MYRA McENTIRE

Hourglass

GOLDMANN
Lesen erleben

Buch

Emerson Cole ist 17 Jahre alt und ein besonderes Mädchen, denn sie kann etwas sehen, was niemand sonst sieht – Menschen, die aus der Vergangenheit zu stammen scheinen. Diese Halluzinationen haben ihr allerdings bisher nur Probleme bereitet, sie sogar bis in die Psychiatrie geführt. Ihr Bruder sorgt sich sehr um seine Schwester und versucht immer wieder neue Experten ausfindig zu machen, die ihr endlich helfen, ein normales Leben zu führen. Bei seiner Suche stößt er dann auf ein besonderes Institut, das Hourglass heißt und paranormale Phänomene untersucht. Er engagiert den noch jungen Michael Weaver in der Hoffnung, neue Erkenntnisse zu erlangen. Emerson ist zwar alles andere als erfreut darüber, erklärt sich aber bereit, Michael zu treffen. Und gleich bei dieser ersten Begegnung weiß sie, dass Michael anders ist als alle Therapeuten zuvor. Er nimmt sie ernst, glaubt ihr und erklärt ihr, dass sie nicht krank ist, sondern eine ganz besondere Gabe besitzt. Plötzlich eröffnet sich für Emerson eine völlig neue Welt, die aber auch voller Gefahren steckt …

Myra McEntire

Hourglass

Die Stunde
der Zeitreisenden

Roman

Aus dem amerikanischen Englisch
von Inge Wehrmann

GOLDMANN

Die Originalausgabe erschien 2011 unter dem Titel
»Hourglass« bei Egmont, New York.

MIX
Papier aus verantwortungsvollen Quellen
FSC® C014496
FSC
www.fsc.org

Verlagsgruppe Random House FSC-DEU-0100
Das FSC®-zertifizierte Papier *Super Snowbright* für dieses Buch
liefert Hellefoss AS, Hokksund, Norwegen.

1. Auflage
Deutsche Erstveröffentlichung Juni 2012

Umschlaggestaltung: UNO Werbeagentur, München
Umschlagmotiv: Colin Andersen/getty images; FinePic, München
Redaktion: Kerstin von Dobschütz
NG · Herstellung: Str.
Satz: Uhl + Massopust, Aalen
Druck und Bindung: GGP Media GmbH, Pößneck
Printed in Germany
ISBN 978-3-442-47563-6

www.goldmann-verlag.de

Für Ethan,
weil er mein bester Freund ist
und mir gezeigt hat,
wie man einen Strike erzielt.

Und für Andrew und Charlie,
hört nicht auf, euren Träumen nachzujagen,
denn sie könnten wirklich wahr werden.

Was hinter dir liegt und was vor dir liegt,
sind Kleinigkeiten im Vergleich zu dem,
was in dir liegt.

Ralph Waldo Emerson

1. KAPITEL

Meine kleine Heimatstadt im Süden ist eine etwas verblichene Schönheit und erinnert an eine in die Jahre gekommene Ballkönigin. Das Knochengerüst ist exquisit, aber die Haut könnte ein Lifting gebrauchen. Als Architekt ist mein Bruder eine Art Schönheitschirurg für Ivy Springs.

Gedankenverloren schlurfte ich durch den spätsommerlichen Regenguss zu einem seiner Restaurationsprojekte – unserem Zuhause. Das Wetter war mir vollkommen gleichgültig. Ich hatte es nicht eilig. Über Feng Shui, gotische Strebebögen und andere architektonische Finessen wusste mein Bruder vielleicht Bescheid – aber über mich? Er hatte keine Ahnung.

Bevor ich geflohen war, um meinen Frust auf einem Laufband abzuarbeiten, hatten Thomas und ich wegen des bevorstehenden Abschlussjahrs der Highschool gestritten. Ich hielt es für überflüssig. Konservativ wie er war, sah mein Bruder das natürlich anders.

Als ich zu unserem Haus kam, versperrte mir eine altmodisch gekleidete Südstaatenschönheit den Weg. Ein Seidenschirmchen und ein ausladender Reifrock machten ihren Look komplett. Auf einem Kostümfest hatte ich mal was Ähnliches an, aber sie trug das Original. Der Frust war wieder da und versperrte mir jetzt sogar den Weg.

In Gestalt der verdammten Scarlett O'Hara aus *Vom Winde verweht*.

Seufzend schob ich die Hand durch ihren Bauch und spürte

keinerlei Widerstand. Ich verdrehte die Augen, als ich sah, wie sie mit den Wimpern klimpernd nach Luft schnappte und sich in Luft auflöste.

»Hör zu Scarlett, deinem Rhett war's schon egal, was du machst, und mir erst recht.«

Als die Tür hinter mir ins Schloss fiel, fing es draußen an zu donnern. Ich ging die Treppe des ehemaligen Lagerhauses hinauf, das mein Bruder zu einem Wohnkomplex umgebaut hatte. Aber statt einen eleganten, filmreifen Auftritt hinzulegen, kam ich mit angeklatschten Haaren und tropfnasser pinkfarbener Regenjacke in die Küche gestapft. Mein Bruder saß am Tisch, auf dem er diverse Baupläne ausgebreitet hatte.

»Emerson!« Thomas blickte von den Plänen auf und faltete sie in der Mitte zusammen, nur um sie erneut vor sich auszubreiten. Sein Lächeln glich meinem eigenen aufs Haar – das Ergebnis einer dreijährigen, erstklassig durchgeführten Kieferregulierung –, nur dass ich heute nicht lächelte. »Ich bin froh, dass du zuhause bist.«

Wenigstens war einer von uns froh.

Ohne mein Zusammentreffen mit Miss O'Hara zu erwähnen, schüttelte ich das Regenwasser von meiner Jacke, woraufhin er genervt auf die Pfütze zu meinen Füßen starrte. Garantiert hatte er immer einen farblich auf seine Kleidung abgestimmten Regenschirm dabei. Thomas, der Pfadfinder. Allzeit bereit und für sämtliche Zwischenfälle gerüstet. Ein familiärer Charakterzug, der mir vollkommen fehlte.

Wir hatten das gleiche blonde Haar und die gleichen moosgrünen Augen, doch Thomas hatte den kantigen Kiefer unseres Vaters geerbt, während mein Gesicht herzförmig war wie das unserer Mutter. Er war auch mit Daddys Größe gesegnet. Auch da bin ich zu kurz gekommen, und zwar gehörig.

Thomas strich seine Baupläne ein wenig sorgfältiger glatt als notwendig. »Tut mir leid, dass wir uns gestritten haben.«

»Schon gut. Mir bleibt sowieso keine andere Wahl.« Statt ihn anzusehen, starrte ich auf den Fußboden. »Entweder ich gehe weiter zur Schule, oder du lässt mich von der Polizei in den Jugendknast schleifen.«

»Wir könnten neue Medikamente ausprobieren. Vielleicht würde es dir dann leichter fallen zurückzugehen.«

»Keine neuen Tabletten.« In Wahrheit nahm ich gar keine Medikamente mehr ein. Aber davon ahnte er nichts. Dass ich ein solches Geheimnis vor ihm verbarg, löste gewaltige Schuldgefühle aus, die mich fast dazu gebracht hätten, ihm alles zu gestehen. Das Geständnis lag mir förmlich auf der Zunge, weshalb ich mir eine Flasche Wasser nahm und mein Gesicht hinter der Kühlschranktür verbarg. »Ich werd's schon schaffen.«

»Wenigstens hast du Lily.«

Lily war meine einzige Freundin aus der Kindheit, die noch mit mir redete, und wahrscheinlich das einzig Gute an meiner Rückkehr aus dem Internat, wo ich die letzten beiden Klassen absolviert hatte. Offiziell hieß es, dass mein Stipendium für das letzte Schuljahr aufgrund »sinkender Spendenbereitschaft ehemaliger Absolventen« gestrichen wurde, aber vielleicht hatte das Mitgefühl für verwaiste Mädchen, die von Zeit zu Zeit halluzinierten und ihre Klassenkameraden ängstigten, seine Grenzen erreicht. Ich hatte zwar ein bisschen Geld aus dem kleinen Treuhandfonds, den meine Eltern hinterlassen hatten, aber nicht genug, um die Kosten meines letzten Schuljahrs zu decken. Thomas hatte angeboten, mir die Abschlussklasse in Sedona zu finanzieren, doch das hatte ich abgelehnt. Oft und lautstark. Ich war damit einverstanden, bei ihm zu wohnen, da er mein gesetzlicher Vormund war, nur sein Geld wollte ich partout nicht annehmen.

Also ging es zurück nach Tennessee. Irgendwie würde ich das eine Jahr schon herumkriegen, selbst in der öffentlichen Highschool.

»Ich wollte noch etwas anderes mit dir besprechen.« Thomas strich erneut die Baupläne glatt. Wenn er so weitermachte, würde er noch die Tinte vom Papier reiben. »Wir … wir haben jemanden Neues gefunden, einen Berater, der sagt, dass er dir helfen kann.«

Alle paar Monate hörte Thomas von jemandem, der mir vielleicht helfen konnte. Bislang waren es allesamt und ausnahmslos Spinner oder Nieten gewesen. Ich knallte die Wasserflasche auf die Anrichte, sodass sie fast umfiel, verschränkte die Arme vor der Brust und warf ihm einen finsteren Blick zu. »Noch einer?«

»Diesmal ist es anders.«

»Das war's beim *letzten* Mal auch schon.«

»Dieser Typ …«

»Hat ein drittes Auge mitten auf der Stirn?«

»Emerson!«

»Ich hab nicht viel Vertrauen zu deinen Kontakten«, konterte ich und verschränkte die Arme ein wenig fester, wie um eine neuerliche Attacke unerwünschter »Hilfe« abzuwehren. »Hast du mal wieder die Werbeanzeigen auf den paranormalen Internetseiten studiert?«

»Das hab ich höchstens ein-, zweimal gemacht.« Er versuchte, nicht zu grinsen. Ohne Erfolg.

»Wo hast du den Neuen entdeckt?« Es war schwer, wütend zu bleiben, wenn er sich solche Mühe gab, mir zu helfen. »Sicher kommt er direkt aus dem Entzug.«

»Er arbeitet für eine Organisation namens Hourglass. Der Gründer hat am parapsychologischen Seminar der Bennett Universität in Memphis gearbeitet.«

»Das Seminar, das geschlossen wurde, weil es keiner finanzieren wollte? Na toll.«

»Woher weißt du das denn schon wieder?«

Ich warf ihm einen Blick zu, der in etwa ausdrückte: He, ich bin ein Teenager. Ich weiß, wie man sich im Internet informiert.

»Hourglass ist eine sehr angesehene Organisation, glaub mir. Mein Ansprechpartner …«

»Okay, okay … Wenn ich zu einem Treffen bereit bin, können wir das Thema wechseln?« Mit gespielter Unterwürfigkeit hielt ich die Hände hoch. Thomas hatte gewusst, dass er gewinnen würde. Er gewann immer.

»Danke, Em. Ich habe es nur vorgeschlagen, weil ich dich liebe.« Sein Gesichtsausdruck wurde ernst. »Ich hab dich wirklich sehr lieb.«

»Ich weiß.« Er liebte mich wirklich. Und allen Uneinigkeiten zum Trotz erwiderte ich seine Liebe. Mit dem Ziel, weitere Gefühlsbekundungen zu vermeiden, erkundigte ich mich nach dem Verbleib meiner Schwägerin. »Wo ist deine Frau?«

Thomas und Dru waren ein Renovierungstraumpaar. Sie hatten sich gesucht und gefunden, denn ihre Fähigkeiten ergänzten sich perfekt. Einmal konnte ich zusehen, wie Dru mit einem Vorschlaghammer auf eine Wand eindrosch, um die Umbauarbeiten in einem Gebäude zu beschleunigen. Als sie fertig war, sahen ihre Fingernägel immer noch perfekt aus.

»Im Restaurant beim neuen Chefkoch. Er wollte mit ihr besprechen, welche Weine heute Abend serviert werden sollen.«

»Da kann sie ihm bestimmt weiterhelfen.« Ihr Geschmack war unfehlbar.

Der Klingelton von Thomas' Handy gab mir die Chance zu entkommen. Ich warf die leere Wasserflasche in den Recyclingeimer. »Schon ganz schön spät. Muss noch unter die Dusche.«

Als die Küchentür hinter mir ins Schloss fiel, roch ich frische Farbe. Dru hatte die Wände im vorderen Wohnzimmer vor Kurzem mit tiefrotem venezianischen Putz versehen. Die gemütlichen Ledersofas mit den sepiafarbenen Seidenkissen passten hervorragend zu dem Holzfußboden. Eine Wand war vollständig verglast; eine andere war mit Bücherregalen bedeckt, in denen gediegene Lederbände sowie zerlesene Taschenbücher standen. Ich strich über die Buchrücken und hätte es mir am liebsten mit einem der Schmöker gemütlich gemacht. Doch das ging heute Abend nicht. Thomas und Dru hatten das Gebäude der alten Telefongesellschaft zu einem schicken Restaurant umgebaut. Statt es, wie geplant, an einen Investor zu verkaufen, wollten sie es nun selbst behalten und führen. In ein paar Stunden sollte die große Eröffnung stattfinden. Meine Anwesenheit war mehr als erbeten – als eine Art Wiedereinführung in die Kleinstadtgesellschaft.

Mein Bruder hatte die Gabe, kaputten Dingen zu neuem Glanz zu verhelfen. Wahrscheinlich hegte er die Hoffnung, dass sein Zauber sich heute Abend auf mich übertragen würde.

Der Verlust unserer Eltern vor vier Jahren hielt uns zusammen, auch wenn Thomas und ich uns in meiner Kindheit nicht besonders nahegestanden hatten. Ich war das Nesthäkchen, fast zwanzig Jahre jünger als er. Er war nicht auf die Erziehung seiner jüngeren Schwester vorbereitet gewesen, und ich hatte mir alle Mühe gegeben, meine besondere Art von Verrücktheit von ihm fernzuhalten. Das Stipendium war ein solcher Glücksfall, als hätte jemand all meine Gebete erhört. Ich wollte fort aus meiner Heimatstadt, fort von all ihren Erinnerungen und von Thomas' Restaurationsprojekten. Deshalb gefiel mir meine derzeitige Situation ganz und gar nicht, jetzt, da mein Stipendium futsch war.

Hauptsächlich wegen »meines Problems«.

»Hallo.«

Die unbekannte Stimme ließ mich zusammenzucken. Erschrocken drehte ich mich um und sah an der Glasfront einen Mann stehen, der seltsamerweise vertraut und gleichzeitig vollkommen fehl am Platze wirkte. Er war außergewöhnlich gut aussehend, groß und schlank und trug einen schwarzen Anzug. Eine weizenblonde Haarsträhne fiel über seine linke Braue, verdeckte jedoch nicht seine eleganten Gesichtszüge. An seiner Weste war eine silberne Taschenuhr befestigt, die er in die Hosentasche gleiten ließ, bevor er die Hände hinter dem Rücken verschränkte.

»Kann ich Ihnen helfen?«, fragte ich, um einen furchtlosen Tonfall bemüht, der mir jedoch misslang. Schließlich war er vor einer Sekunde noch nicht da gewesen.

»Mein Name ist Jack.« Er machte keine Anstalten, näher zu treten, sondern blieb auf der Stelle stehen und musterte mich mit seinen strahlend blauen Augen. Ich bekam eine Gänsehaut und hoffte inständig, dass er nicht der neue Ansprechpartner war, den Thomas erwähnt hatte.

»Wollen Sie zu meinem Bruder?«

»Nein, ich kenne Ihren Bruder nicht.« Sein rechter Mundwinkel hob sich zu einem angedeuteten Lächeln, woraufhin mein Herz einen Schlag aussetzte. »In der Tat bin ich hergekommen, um dich zu besuchen, Emerson.«

Die Taschenuhr und der Anzug konnten zu einer anderen Generation gehören. Seine Frisur stand für keine besondere Zeit. Vielleicht war der Typ eine meiner Wahnvorstellungen, aber wenn es so war …

Wieso kannte er meinen Namen?

2. KAPITEL

Thomas!«, schrie ich, bevor mir vor Angst die Luft wegblieb. Ich hörte einen Küchenstuhl krachend zu Boden schlagen und wandte mich in Richtung Tür. Als ich wieder zur Glasfront schaute, war Jack verschwunden. Thomas stürzte keuchend ins Zimmer.

»Warum, warum, warum?«, fragte ich und sackte neben dem Bücherregal in die Hocke, wobei ich bei jedem Warum mit dem Hinterkopf an die Seitenwand schlug. »Warum musst du ständig alte Häuser renovieren? Warum kannst du nicht einfach mal ein neues bauen?«

»Es ist wieder passiert? Hier?«, fragte er schockiert.

Er sprach von meinem Problem mit jenen, die … nicht mehr am Leben waren.

Nicht direkt tot. Noch war ich nicht dahintergekommen, was die Dinger waren, die ich sah; ich wusste nur, dass ich noch nie eine Geistergeschichte gehört hatte, in der Geister wie Luftballons zerplatzten und verschwanden, wenn man sie berührte. Mit dreizehn hatte ich angefangen, sie zu sehen, kurz bevor meine Eltern starben. Thomas baute damals gerade eine alte Glasfabrik zu einem Bürogebäude um.

Bei meinem ersten Besuch auf der Baustelle, führte ich ein nettes Gespräch mit einem älteren Herrn, der einen Schutzhelm trug. Er roch nach Tabak und Schweiß. Blaue Adern zierten seine knollenartige Nase und verrieten, dass er gern einen trank. Er war recht freundlich und bot mir sogar etwas von seinem Mittagessen an. Ich lehnte ab, doch er bestand darauf, dass ich ein Stück von dem Kuchen probierte, den seine Frau ihm in seine verbeulte Brotdose gelegt hatte.

In diesem Moment wurde die Sache kompliziert. Als er mir den Kuchen in die Hand geben wollte, merkte ich, dass er nicht fest war. Er kam zu demselben Schluss, ließ Kuchen und Brotdose fallen und kreischte wie eine Frau, die vergessen hat, ihre Unterwäsche von der Leine zu nehmen, bevor der Pastor zu Besuch kommt. Und dann verschwand er. Puff. Einfach so.

Willkommen im Land des Wahnsinns. Dem freundlichen Bauarbeiter folgten Unmengen von Leuten – toten Leuten –, die an den seltsamsten Orten auftauchten und erst verschwanden, wenn ich sie berührte. Doch weder in der Toilette von Burger King noch in der Umkleidekabine von Macy's konnte ich mich an sie gewöhnen.

»Ich fass es nicht, dass ich mich von dir habe überreden lassen, hier zu wohnen. Ich hätte wissen müssen, dass ich in so einem alten Kasten niemals sicher sein kann. Und dieser Typ wusste sogar meinen Namen.«

Das war noch *nie* passiert.

»Er wusste deinen Namen?«, fragte Thomas sichtlich beunruhigt.

Ich nickte und schloss die Augen. Jack hatte auch gesagt, dass er hierhergekommen sei, um mich zu besuchen. Davon brauchte Thomas nichts zu wissen.

»Ich dachte, es hätte aufgehört, Em.«

Mein Internat war in Sedona, Arizona. Pioniere waren dort erst ab 1876 aufgetaucht, deshalb fiel es mir nicht besonders schwer, den Unterschied zwischen einem alten Apachenkrieger und, sagen wir, meinem Sportlehrer zu erkennen.

Ich hatte gedacht, es sei besser geworden, aber jetzt war ich mir nicht mehr so sicher. Sofern ihre Kleidung nicht offensichtlich aus einer anderen Ära stammte, konnte ich nicht immer mit Bestimmtheit sagen, ob Leute zum Hier und Jetzt gehörten oder zu jenem rätselhaften Fenster der Vergangenheit. Mittlerweile war ich zur Expertin für historische Kleidung geworden, nicht weil ich mich für Mode interessierte, sondern weil es hilfreich war, Kleidungsstücke aus zurückliegenden Dekaden zu erkennen. Frauen waren leichter zuzuordnen, doch abgesehen von den riesigen Kragen und himmelblauen Smokings der Siebzigerjahre, umfasste die klassische Herrenmode mehrere Generationen und stellte ein größeres Problem dar.

Ich mied Themenparks oder Museen, in denen die Angestellten im Stil der jeweiligen Epoche gekleidet waren. Der reinste Albtraum. Auch verkniff ich es mir, ständig Leute zu berühren. Es sei denn, sie trugen zufällig einen Reifrock und versperrten mir den Weg.

»Es hat aufgehört. Jedenfalls hab ich das geglaubt.«

Zumindest bis ich meine Medikamente ins Klo geworfen hatte.

Mein Bruder hatte es ganz schön schwer mit mir. Meine Gefühle im Inneren zu verschließen – sowohl die Trauer um den Tod meiner Eltern als auch die Angst davor, Menschen zu sehen, die gar nicht existierten – hatte meinem Seelenleben nicht gutgetan. Ein Klinikaufenthalt, gefolgt von einem starken Medikamentencocktail, um die »Halluzinationen« zu stoppen, hatte eine Weile geholfen. Aber im letzten Winter, als ich das Dahinvegetieren in einem zombieartigen Nebel satthatte, wagte ich den Sprung ins kalte Wasser und setzte die Psychopharmaka auf eigene Faust ab, ohne jemanden davon in Kenntnis zu setzen.

Nicht einmal Thomas.

Nach und nach kehrten die Visionen zurück. Em, das Zombiemädchen war verschwunden, aber Em, das potenziell psychotische Mädchen funktionierte ebenfalls nicht besonders gut. Jetzt befand ich mich wieder in dem Stadium, in dem ich mich fragte, ob die Menschen, mit denen ich mich auf der Straße unterhielt, real waren.

»Es tut mir leid, Em.«

Ich blickte zu Thomas auf. »Du brauchst dich nicht zu entschuldigen.«

»Schließlich hab ich das Gebäude gekauft.« Seine Augenbrauen waren so dicht zusammengezogen, dass es aussah, als würde ihm eine haarige Raupe über die Stirn kriechen.

»Ja, so weit kommt es noch, dass du dir einen anderen Beruf suchst, um deine kleine Schwester zu verhätscheln.« Ich stieß mich vom Regal ab. »Als hätte ich dein Leben nicht schon genug durcheinandergebracht.«

»Hör auf, das zu sagen. Zur Restauranteröffnung kommst du aber, oder?«, fragte Thomas mit besorgter Miene. »Bring Lily mit.«

Da mich meine Schuldgefühle ihm gegenüber eh schon plagten, war es für Thomas ein Leichtes, mich zu überreden.

»Wir kommen.«

Um weitere Verrücktheiten zu verhindern, ging ich zu Lily, um mich umzuziehen.

Die meisten Jugendlichen, mit denen ich aufwuchs, mieden mich wie die Pest. Das rührte alles von jenem öffentlichen Zwischenfall, der mich für alle zum Freak abstempelte. Kurz gesagt, ich hatte einen lauten Streit in der Schulcafeteria, bei dem ich einen Jungen anbrüllte, wie unhöflich ich es fand, dass er sich auf meinen Platz gesetzt hatte, als ich kurz aufgestanden war, um mir eine Gabel zu holen. Daraufhin drohte ich, ihm die Gabel in den Arm zu rammen.

Doch außer mir hatte ihn keiner gesehen.

Für den Fall, dass der lautstarke Streit mit der Luft nicht ausreichte, um die anderen Cafeteriabesucher zu überzeugen, dass ich den Verstand verloren hatte, setzte ich eins drauf und brach in hysterisches Gelächter aus, um selbst die tolerantesten Mitschüler zu überzeugen. Als Lily mir den Arm um die Taille legte und mich zur Toilette zerrte, schlug das Lachen in lautes Schluchzen um.

Seit dem Tag, als wir uns in der dritten Klasse kennen gelernt hatten, war Lily meine beste Freundin. Sie akzeptiert mich so, wie ich bin, was auch immer damit einhergeht. Ich verhalte mich ihr gegenüber genauso. Es war keine Übertreibung, als ich Thomas sagte, dass es nur ihretwegen für mich okay sei, wieder in Ivy Springs zur Schule zu gehen.

Lily und ihre Großmutter lebten in der Wohnung über ihrem Restaurant. Ich ging durch die Hintertür ins Haus und fand Lily im Wohnzimmer vor, wo sie eine Pilatesübung durchführte, bei der sie ihre langen Beine durchstrecken musste, was ziemlich schmerzhaft aussah. Ich ging lieber joggen – mit MP3-Player in den Ohren, den Blick auf den Boden gerichtet, immer darauf bedacht, durch niemanden hindurchzulaufen. Außerdem wollte ich mich unbedingt auf die Suche nach einem Karatestudio machen. Nachdem ich es in Arizona schon bis zum braunen Gürtel gebracht hatte, wollte ich jetzt unbedingt für den schwarzen trainieren. Und ganz nebenbei fand ich das Austeilen von Arschtritten immer herrlich entspannend.

»Hey, weißt du schon, was du heute Abend anziehst?«, fragte ich.

»Sei nicht sauer.«

»Soll das etwa heißen, du kommst nicht mit?«

»Nicht sauer sein – bitte!« Sie fiel vor mir auf die Knie und legte die Hände zusammen wie ein Waisenkind, das um eine Schale Reis bettelt. »Ich soll ein paar Nachtaufnahmen machen. In einer Höhle. Sie brauchen noch Fotos für die Website.«

Lily geht mit einer Kamera so selbstverständlich um wie andere Leute mit einem Toaster. So kam sie auch an ihren Ferienjob als Assistentin eines bekannten Naturfotografen. »Du weißt, dass ich dich nie im Stich lasse, aber wenn ich den Auftrag ablehne, bin ich meinen Job los.«

Ich verdrehte die Augen. »Ich weiß, du würdest nicht kneifen, wenn du keine Angst hättest, deinen Job zu verlieren.«

»Danke, danke!« Lily rutschte auf Knien auf mich zu und schlang die Arme um mich. »Oh, guck mal, jetzt sind wir fast gleich groß.«

Lachend schubste ich sie auf ihre Trainingsmatte, marschierte in ihr Zimmer und legte das Kleid, das meine Schwägerin mir aufgenötigt hatte, sowie Handtasche, Schmuck und Schuhe auf Lilys Bett. Dru hatte mir genaue Anweisungen erteilt, wie ich alles zusammenstellen sollte. Manchmal gab sie mir das Gefühl, als könnte ich mich nicht allein anziehen. Das kann ich durchaus; aber ich hatte schon immer einen sehr minimalistischen Stil. Und Accessoires sind überhaupt nicht mein Ding.

Während Lily ihre Verrenkungen absolvierte, ging ich unter die Dusche und setzte mich danach an ihren Computer, um im Internet noch schnell etwas über Hourglass herauszufinden. Ich war gern vorbereitet, wenn es um meinen Bruder und seine Parade von Ärzten, Therapeuten und Medizinmännern ging, doch abgesehen von Shoppingergebnissen und einem peinlichen Link zu einer Stripteasebar fand ich nichts heraus. Für eine genauere Suche blieb mir keine Zeit, da Thomas mich umbringen würde, wenn ich mich verspätete.

Dru hatte wirklich einen exquisiten Geschmack. Das schwarze Samtkleid hatte eine geraffte Taille, dreiviertellange Ärmel und einen kurzen Glockenrock, der beim Gehen um meine Beine schwang. Vorausgesetzt, ich würde noch gehen können – mit den Schuhen. Sie waren mörderisch. Damit meine ich nicht, dass sie gut aussahen, obwohl sie wirklich gut aussahen. Ich meine, sie waren superhochhackig und spitz, und obwohl ich wirklich kein Tollpatsch bin, stellten sie eine echte Bedrohung für meine Sicherheit und die meiner Mitmenschen dar.

Als ich gerade meinen dunkelroten Lippenstift auftrug, kam Lily frisch von ihrem Training ins Zimmer – so frisch nun auch wieder nicht, besonders wenn man in ihrem Windschatten stand.

»Du wirkst dramatisch und geheimnisvoll.« Sie zog die Wangen nach innen und klimperte mit den Wimpern, als wollte sie der lieben Scarlett von heute Nachmittag Konkurrenz machen. »Freut mich, dass du deine Möglichkeiten ausschöpfst.«

»Wow, was für ein Lob aus deinem Munde!«

Sie kniff die Augen zusammen und begann, an meinen Haaren herumzuzupfen.

Lily ist eine echte Schönheit mit karamellfarbenem Teint, also eins von den Mädchen, derentwegen Männer gegen Verkehrsschilder und Laternen laufen, weil sie vor lauter Bewunderung kein Bein mehr vors andere kriegen. Hätte sie nicht diesen boshaften Sinn für Humor und wäre sie nicht treuer als ein Bernhardiner, dann hätte ich sie wahrscheinlich schon aus Prinzip gehasst. Ich tastete nach der Halskette, die Dru zu dem Kleid vorgesehen hatte, und war sicher, dass ich sie bereits angelegt hatte.

»Deine Kette liegt noch auf der Kommode«, sagte Lily, ohne

den Blick von mir zu wenden. »Die Ohrringe sind in der Tüte auf dem Bett.«

Ich stieß genervt ihre Hände weg. »Woher weißt du bloß immer, wo alle Sachen sind? Und kannst du denn wirklich nicht mitkommen? Vielleicht begegnest du dem Jungen deiner Träume.«

»Auf der ganzen Welt gibt es keinen Jungen wie den aus meinen Träumen«, murmelte sie und starrte auf die Kommode, bevor sie sich wieder meinen widerspenstigen Haarsträhnen zuwandte. »Alle anderen sind der Mühe nicht wert.«

»Selbst wenn es deinen Traumjungen geben würde, er hätte im Moment keine Chance, dir näher zu kommen. Sieh zu, dass du unter die Dusche kommst.« Ich verpasste ihr einen liebevollen Klaps auf den Hintern. »Sonst zieht dein Gestank noch in meine Sachen!«

Lachend und mit übertriebenem Hüftschwung wackelte sie aus dem Zimmer. Bevor sie im Bad verschwand, steckte sie noch einmal den Kopf durch die Tür und schenkte mir ihr breitestes Haifischgrinsen. »Du siehst wirklich super aus. Brich dir in den Schuhen nicht die Beine.«

Ich warf einen letzten Blick in den Spiegel, und nach ein paar Spritzern von meinem Lieblingsparfüm – ein leichter Fliederduft mit einem Hauch von Vanille – schnappte ich noch Handtasche und Schultertuch. Ich war schon fast zur Tür hinaus, als mir einfiel, besser den Regenschirm mitzunehmen. Er passte farblich nicht zu meinem Outfit. Mit ein bisschen Glück würde man mich gar nicht einlassen.

3. KAPITEL

Leider hatte ich nicht so viel Glück.

Als ich ins Restaurant kam, hielt Dru beide Daumen hoch, während mein Bruder einen anerkennenden Pfiff ausstieß. Nachdem ich erklärt hatte, warum ich allein gekommen war, ging ich brav zu den »wichtigen Leuten«, denen Thomas mich unbedingt vorstellen wollte. Ihre Gesichter verschwammen im Glanz unzähliger Pailletten, Perlen und Diamanten, mit denen sie auf jeder Oscar-Verleihung Furore gemacht hätten. Sobald ich mich davonstehlen konnte, versteckte ich mich hinter dem Jazztrio zwischen Wendeltreppe und Bar, nippte an einem Saftcocktail und versuchte, mich unsichtbar zu machen.

Ohne groß nachzudenken, hatte ich meine Mörderschuhe abgestreift und betrachtete nun den ganzen Rummel.

Ich war immer eher schüchtern gewesen, hatte mich aber nie komisch verhalten, bevor ich anfing, Visionen von Leuten aus der Vergangenheit zu sehen. Es ist wirklich ein merkwürdiges Gefühl, wenn man nicht weiß, ob die Person, mit der man gerade spricht, körperlich anwesend ist oder nicht. Nicht zu wissen, ob man bei der nächsten Halluzination einen psychotischen Zusammenbruch erleidet. Als die Visionen sich häuften, achtete ich darauf, ob eine der anwesenden Personen von den anderen ignoriert wurde, was ein Hinweis darauf war, dass diese Person nicht real war. Natürlich hatte ich am Ende oft Mitleid mit diesen Leuten und sprach trotzdem mit ihnen. Wobei ich mich natürlich vergewisserte, dass uns niemand beobachtete.

Nur für den Fall.

Vor langer Zeit hatte ich damit aufgehört, Leute, die ich sah, wie Ballons zerplatzen zu lassen. Wenn ich meine Hand in etwas hineinschob, das wie ein Mensch aussah, und nichts als Luft spürte, musste es sie genauso in den Wahnsinn treiben wie mich. Also ließ ich die Visionen nach Möglichkeit in Ruhe, es sei denn, ich musste durch sie hindurchgehen.

Zumindest war am heutigen Abend bis jetzt alles normal. Ich hatte mich gerade ein wenig entspannt, als ich am anderen Ende des Raums bei den Türen zur hinteren Terrasse einen jungen Typen stehen sah. Seine breiten Schultern steckten in einem Smoking, der ihm hervorragend stand, was Pech für mich war. Während ich ihn abcheckte, ging ich meine übliche Liste durch, die mir dabei half herauszufinden, ob jemand lebendig war oder nicht. Punkt eins war der Stil der Kleidung. Abendgarderobe war viel schwieriger für mich als Straßenkleidung. Sie wurde aus gutem Grund als klassisch bezeichnet, und seine Kleidung war so klassisch, wie man es sich nur vorstellen konnte.

Sein schwarzes Haar war recht lang – auch das half mir nicht weiter. Auf lässige Weise sexy, aber keine bestimmte Stilrichtung. Ich konzentrierte mich auf sein Gesicht. Glatt rasiert, doch ich ahnte, dass sich spätestens um fünf Uhr nachmittags auf seinem Kinn ein deutlicher Bartschatten zeigen würde. Beneidenswert geschwungene Brauen setzten seine Augen in Szene. Der olivfarbene Teint ließ auf mediterrane Vorfahren schließen, und die hohen, kräftigen Wangenknochen verliehen seinen Gesichtszügen Charakter. Nur sein auffallend großer Mund fiel aus dem Rahmen. Seine vollen Lippen brachten mich aus der Fassung.

Ich hoffte wirklich sehr, dass er lebendig war.

Energisch rief ich mich zur Vernunft. Was machte ich da nur? Lippen standen nicht auf meiner Checkliste. Außerdem war es ganz und gar nicht meine Art, Jungs anzustarren, selbst wenn sie noch so gut aussahen. Doch nach seinem leichten Grinsen zu urteilen hatte ich anscheinend soeben gegen meine Prinzipien verstoßen. Hastig quälte ich mich wieder in meine hochhackigen Folterinstrumente und schaute mich suchend nach Thomas und Dru um, konnte sie jedoch nirgends entdecken. Ich blickte wieder zu dem Typen im Smoking, der direkt auf mich zukam.

Nichts wie weg. Als ich mein Glas auf dem Klavier abstellen wollte, sah ich erschrocken, wie es hindurchfiel und auf dem gefliesten Boden in tausend glitzernde Scherben zersprang.

Augenblicklich tauchte mein Bruder neben mir auf. »Ist alles in Ordnung mit dir?«

»Nein. Es sei denn, du siehst ebenfalls ein Jazztrio?«, sagte ich hoffnungsvoll.

»Nein, ich sehe keins.«

»Dann kann ich definitiv sagen, dass mit mir gar nichts in Ordnung ist.« Die Phantommusiker spielten unbeirrt weiter. Ich hatte nicht versucht, mit ihnen in körperlichen Kontakt zu treten. Das war wahrscheinlich der einzige Grund, warum sie nicht verschwunden waren.

Nicht nur einer, sondern *drei* auf einmal? Und ein *Flügel*? Ich hatte noch nie zuvor eine ganze *Szenerie* gesehen. Plötzlich fiel mir das Atmen schwer. »Ich brauche frische Luft!«

»Wenn Sie uns bitte entschuldigen würden.« Thomas lächelte die realen Leute an, die in unserer Nähe standen, bevor er als perfekter Gastgeber seiner leicht hysterischen Schwester Beistand leistete. Er führte mich durch den Saal, und währenddessen gab ich mir alle Mühe, so zu tun, als würde ich die neugierigen Blicke der Umstehenden nicht bemerken. Wir traten auf die Terrasse, auf der sich glücklicherweise niemand aufhielt, da es sich nach dem Regenguss merklich abgekühlt hatte.

Ich holte tief Luft, um mich ein wenig zu beruhigen. »Wie viele alte Häuser planst du noch zu öffentlichen Gebäuden umzubauen? Nur damit ich mich gefühlsmäßig darauf vorbereiten kann.«

Gott sei Dank lebten wir nicht in Europa. Dort mussten ganze Heerscharen von Toten aus einer Unzahl vergangener Jahrhunderte herumspazieren. In den USA hatte ich es nur mit ein paar Generationen von Leuten zu tun, die man mit heute lebenden Menschen verwechseln konnte. Als Thomas und Dru einen Ausflug zum alljährlichen Cherokee-Indianerfest in North Carolina vorschlugen, habe ich mich schlichtweg geweigert mitzukommen. Bloß keine Nachstellungen historischer Ereignisse. Niemals.

»Ich kann nicht fassen, dass es so schlimm ist«, sagte Thomas und tätschelte meinen Arm, um mich zu trösten. Ich schüttelte nur den Kopf. Jetzt war nicht der richtige Augenblick, ihm die Wahrheit über meine Medikamente zu gestehen, denn in diesem Augenblick kam der Typ im Smoking durch die zweiflügelige Glastür nach draußen geschlendert.

»Siehst du ihn?« Ich hielt mir die Hände vors Gesicht und spähte vorsichtig durch meine zitternden Finger, starr vor Schreck bei der Vorstellung einer weiteren Vision, die so schnell auf das Jazztrio folgte.

»Wen soll ich sehen?«

»Ihn.« Ich gab Thomas ein Zeichen, sich umzuschauen. Wenn der Smokingtyp kein Mensch aus Fleisch und Blut war, würde ich um eine erneute Einweisung in die Psychoklinik bitten.

»Ja, ich sehe ihn.« In Thomas' Stimme schwang Erleichterung mit. »Das ist Michael.«

»Wer ist Michael?«

»Er ist der neue Berater, von dem ich dir erzählt habe.«

4. KAPITEL

Aus der Nähe sah der Smokingtyp sogar noch besser aus: groß, breitschultrig, glatte Haut – und diese Lippen! Ich konnte nicht glauben, dass er für ein Unternehmen namens Hourglass arbeitete. Fünfzigjährige Brillenträger mit Bierbäuchen sollten dort arbeiten. Kein Prinz, der zu schön war, um sich unter das gemeine Volk zu mischen. Er konnte nicht viel älter sein als ich. Vielleicht war er ein Praktikant. Vielleicht war sein Honorar nicht so hoch, weil er noch in der unteren Liga statt mit den großen Jungs spielte.

»Hattest du vor, mir zu sagen, dass er hier ist?«, zischte ich, während meine Gefühle zwischen Wut und Angst schwankten.

»Er sollte dich zuerst beobachten.«

»Wie ein Exemplar einer besonderen Spezies? Wo ist mein Käfig?«

Ich wollte schon eine Schimpftirade anstimmen, hielt jedoch inne, als mir klar wurde, dass der Smokingtyp sich in unmittelbarer Nähe befand und mich beäugte, als könnte ich jeden Moment in Flammen aufgehen.

»Michael Weaver, darf ich Ihnen meine Schwester, Emerson Cole, vorstellen?« Thomas schob mich ein Stück nach vorn, damit ich Michael die Hand gab.

Michael ließ seinen Blick von Thomas zu mir wandern und streckte mir zögernd die Hand entgegen. Erschaudernd verbarg ich mein Gesicht hinter der Schulter meines Bruders.

Obwohl Thomas seine Anwesenheit und somit seine tatsächliche Existenz bestätigt hatte, mochte ich Michael nicht berühren. Als ich abermals einen vorsichtigen Blick in seine Richtung wagte, hatte er die Hand in die Tasche geschoben.

Die Terrassentür öffnete sich erneut, und diesmal war es Dru. Wahrscheinlich hatte Thomas sie noch nicht über den neuesten Stand meiner Halluzinationen informiert, da sie mit den Vorbereitungen für diesen Abend alle Hände voll zu tun gehabt hatte. Ich wollte nicht, dass sie sich um mich sorgte.

»Entschuldige, dass ich so tollpatschig bin.« Sie stürmte auf mich zu, und ich hatte alle Mühe, sie auf Distanz zu halten. Durch mein abwinkendes Gefuchtel konnte ich das Zittern meiner Hände kaschieren. »Alles ist gut, geh wieder rein.«

Die meisten Leute würden Drus Augenfarbe als eisblau bezeichnen, was ich nicht ganz nachvollziehen kann, da Eis nicht blau, sondern durchsichtig ist. In diesem Augenblick spiegelte sich große Besorgnis in ihrem Blick.

»Du bist nicht tollpatschig; und deshalb mache ich mir Sorgen.« Sie ignorierte meinen Protest und legte mir die Hand auf die Stirn. »Bist du krank?«, fragte sie und streichelte meine Wange. »Ist dir schwindelig? Hast du Hunger? Willst du dich hinsetzen?«

»Alles bestens. Ehrlich«, log ich durch meine perfekten Zähne. Ich wollte nur zwei Dinge: der Jazzband, die ich immer noch spielen hörte, und dem atemberaubenden Smokingtyp an meiner Seite entfliehen. Hätte er nicht wenigstens wie ein Steuerprüfer aussehen können statt wie ein Männermodel? Ich war auch so schon verwirrt genug.

»Bist du sicher? Dann würde ich deinen Bruder gern entführen, wenn du nichts dagegen hast. Brad von der Bank wollte mit dir sprechen, Thomas. Es geht um das Objekt an der Main Street.« Sie zog die perfekt gezupften Brauen hoch, und ich ahnte, dass es sich um einen äußerst lukrativen Deal handeln musste. »Ich kann ja hierbleiben.«

Thomas machte ein gequältes Gesicht, hin- und hergerissen zwischen seinen Pflichten. Ich half ihm aus der Patsche. »Geh nur. Du auch, Dru. Ihr müsst Geld verdienen.«

»Nein, ich bleibe bei dir, Süße. Ich will sicher sein, dass es dir gut geht.« Dru legte den Arm um meine Taille und drückte mich kurz.

»Nein. Das brauchst du nicht. Geh nur. Es ist alles in Ordnung«, beharrte ich.

»Bleiben Sie bitte bei ihr?«, fragte Thomas Michael, und seine Worte klangen so ernst, als würde er meine Mitgift aushandeln. Oder ein Immobiliengeschäft. »Ich möchte sie nicht allein lassen.«

Ich warf Thomas einen grimmigen Blick zu. Das würde ihn teuer zu stehen kommen.

»Selbstverständlich«, erwiderte Michael verbindlich.

Seine Stimme ließ mich zusammenzucken. Ihr Klang versetzte jede Zelle in meinem Körper in Alarmbereitschaft. Sie war sanft und samtig. Bestimmt war er ein guter Sänger. Nachdem ich Thomas ein weiteres Mal versichert hatte, dass ich mich besser fühlte, sah ich meine beiden einzigen Vertrauten im Restaurant verschwinden und wünschte mir verzweifelt, an irgendeinem anderen Platz auf der Welt zu sein … außer in Colonial Williamsburg vielleicht.

Ich atmete seufzend aus und schenkte Michael ein leichtes Lächeln. Als er es erwiderte, stockte mir der Atem.

Eine echte Sahneschnitte.

»Ich hatte Sie mir anders vorgestellt«, sagte ich und hasste meine brüchige Stimme.

»Das habe ich schon öfter gehört«, erwiderte er und überging netterweise meine Unsicherheit.

»Ich bin froh, dass Sie nicht viel älter sind als ich.« Bitte sei nicht viel älter. »Gibt mir das Gefühl, als würden wir in derselben Liga spielen.«

»Mir war gar nicht klar, dass wir ein Spiel spielen.« Seine dunklen Augen verengten sich ein wenig. Wahrscheinlich fragte er sich, ob er genug dafür bezahlt bekam, sich mit mir abzugeben. »Soll ich dich Em oder Emerson nennen?«

Das machte mich stutzig. Ich konnte mich nicht erinnern, dass mich jemand in seiner Gegenwart Em genannt hatte.

»Emerson ist okay. Fürs Erste. Nennst du dich Michael oder Mike? Oder Mikey?«

»Seh ich aus wie ein Mikey?«

»Ähm ... nein.«

»Michael ist okay. Fürs Erste.« Er presste die Lippen zusammen, was jedoch nicht verkniffen wirkte, sondern sehr sexy, als würde es ihm schwerfallen, sich ein Lächeln zu verbeißen.

Er strich über die schmiedeeiserne Brüstung der Terrasse, dann drehte er sich wieder zu mir um und schüttelte das Regenwasser von seinen Händen. »Dein Bruder hat eine besondere Gabe. Ich bin noch niemandem begegnet, der so viel Mühe darauf verwendet, den Zauber eines Ortes wieder lebendig werden zu lassen. Hat er all diese Gebäude restauriert?«

Von der Terrasse hatte man einen wunderschönen Blick auf die preisgekrönte Restauration des alten Marktplatzes. Viele Fenster der zwei- und dreigeschossigen Gebäude waren hell erleuchtet. In den Lofts wohnten hauptsächlich junge, erfolgsverwöhnte Leute, Paare mit ausgeflogenen Kindern sowie die eine oder andere Familie. Nachbildungen der historischen Gaslaternen beleuchteten die Straßen, die von originellen Läden, Antiquitätenhändlern, Cafés und Galerien gesäumt wurden. Pflanzkästen und -kübel präsentierten eine spätsommerliche Blütenpracht. Mittlerweile zählte Ivy Springs zu den zehn schönsten amerikanischen Kleinstädten, und man konnte sich nur allzu leicht vorstellen, wie es hier vor hundert Jahren ausgesehen haben musste, was für mich äußerst problematisch war.

Diese Pferdekutsche konnte unmöglich real sein.

Die ersten Töne eines alten Swing-Liebeslieds wurden durch die regenfeuchte Luft getragen und mischten sich mit dem Duft der violettfarbenen Wicken, die am schmiedeeisernen Geländer hochrankten. Ich wandte den Blick von dem überaktiven Marktplatz ab und richtete meine Aufmerksamkeit wieder auf Michael.

»Ja, Thomas hatte bei jeder einzelnen Renovierung die Hände im Spiel. Seine Vorstellungskraft ist unglaublich.« Und teuer … und trotzdem letztendlich immer Gewinn bringend.

»Was ist mit deiner Vorstellungskraft?« Raffiniert. Sein Tonfall war beiläufig, aber ich spürte den tieferen Sinn seiner Worte und fragte mich, was Thomas ihm über mich erzählt hatte.

Ich umfasste die Eisenstäbe, wobei ich es vermied, mir die Finger an den Wicken nasszumachen. »Warum bist du hier, Michael Weaver?«

»Um dir zu helfen.« Die Anteilnahme in seinem Gesicht war eine willkommene Abwechslung. Er sah aus, als würde er sich ernsthaft für meine Probleme interessieren. Ich wollte ihm beinahe schon alles erzählen.

Beinahe.

Stattdessen kicherte ich spöttisch, hielt mich an den Geländerstäben fest, lehnte mich zurück und schwang ein bisschen hin und her, wie ich es als kleines Mädchen am Klettergerüst getan hatte. »›Um dir zu helfen.‹ Was für ein abgedroschener Spruch.«

»Wie oft hast du ihn schon gehört?«

»Mal überlegen. Da waren diese beiden Schwestern, die behaupteten, sie könnten in meine Vergangenheit und in meine Zukunft sehen. Anscheinend bin ich eine Nachfahrin von Mata Hari, die als mögliche finnische Thronerbin galt.«

»In Finnland gibt es keine …«

»Ich *weiß*.«

»Autsch!« Zwischen seinen Augen zeigte sich eine mitleidsvolle Falte.

»Das war mal wieder ein Schuss in den Ofen. Immerhin hat Thomas das Geld dafür zurückgekriegt. Das hab ich ihm abgeschwatzt und dazu noch seine Kreditkarte, für eine anständige Shoppingtherapie. Ich habe mir alle Mühe gegeben, ihn bankrott zu machen.« Ich grinste bei dieser teilweise glücklichen Erinnerung, und Michael teilte mein Lächeln. Es ließ mich fast vergessen, was ich gesagt hatte. »Ähm … Dann war da noch dieser Schamane, der die bösen Geister aus meinem Körper vertreiben wollte. Das war der Brüller; er hat behauptet, er brauchte dazu nichts weiter als eine Mischung aus Salzlake und Asche.«

Michael schüttelte ungläubig den Kopf. »Wo findet dein Bruder bloß solche Leute? Offensichtlich ist er ein gewitzter Geschäftsmann – wie kommt er da auf die Idee, solche Scharlatane anzuheuern?«

»Aus Verzweiflung vielleicht. Mein Internat war in Sedona. Da wimmelt's nur so von ›spirituellen Geistheilern‹. Wahrscheinlich hat es sich wie ein Lauffeuer herumgesprochen, dass ein besorgter Bruder mit Geld um sich wirft, um seiner durchgeknallten Schwester zu helfen. Und die Leute, die nach traditionellen Methoden arbeiten, haben mir ja nicht geholfen. Sie wollten mich alle mit Tabletten zudröhnen oder mich in die Psychiatrie einweisen.« Ich ließ das Geländer los und biss mir auf die Unterlippe, damit ich ihm nicht erzählte, dass sie ihre Pläne in die Tat umgesetzt hatten. Wie konnte ich ihm gegenüber nur so offen sein? Doch wenn er ein Betrüger war wie alle anderen, würde er vielleicht Schuldgefühle bekommen und verschwinden, bevor er weiteren Schaden anrichten konnte.

»Das tut mir leid«, sagte Michael. Es klang nicht mitleidig, sondern mitfühlend. Sein Gesichtsausdruck wirkte aufrichtig, oder er hätte ein sehr guter Schauspieler sein müssen. Er erinnerte mich an das alte Hollywood, an Cary Grant vielleicht, bis auf sein längeres Haar.

»Also was ist anders an dir?« Ich hatte die Unterhaltung langsam satt und bereitete mich innerlich schon auf die nächste Enttäuschung vor. »Welche Versprechen willst du mir machen?«

»Keine, die ich nicht halten kann.« Sein Kinn drückte Entschlossenheit aus, seine Stimme Sicherheit.

»Welche Qualifikationen hast du? Bist du auf einen Berg geklettert und hast dich mit einem Guru getroffen?« Ich wollte ihn herausfordern. Eine Reaktion von ihm erzwingen. »Hattest du eine extrakorporale Erfahrung, und jetzt sprechen Leute aus Spiegeln und Pfützen mit dir?«

»Hör zu, ich kann verstehen, warum du nicht viel Vertrauen hast.« Seine Stimme war leise und ruhig, aber darunter war ein Hauch von Zorn zu erahnen. »Doch was ist, wenn ich dir wirklich helfen *kann*? Warum willst du dir nicht von mir helfen lassen?«

»Was ist, wenn ich nicht glaube, dass mit mir etwas nicht in Ordnung ist?« Jedenfalls nichts, was er in Ordnung bringen könnte.

»Das habe ich ja auch nicht behauptet.«

»Wenn du mir Hilfe anbietest, glaubst du anscheinend, dass ich verzweifelt bin. Das bin ich aber nicht.«

»Was war dann vor zehn Minuten, als du dein Glas auf einem Klavier abstellen wolltest, das nicht existierte?«

»Das war keine Verzweiflung. Das war …« Ich schnappte nach Luft.

Er hatte das Klavier gesehen.

5. KAPITEL

Ich boxte ihm in den Magen. Hallo Sixpack! Trotz der schützenden Muskeln krümmte er sich keuchend und rieb sich den Bauch.

»Entschuldigung. Tut mir leid«, rief ich und schüttelte meine kribbelnde Hand aus. Die Straßenlaternen flackerten leicht, und ich fragte mich kurz, ob ein weiteres Gewitter angekündigt war. »Ich musste mich vergewissern, dass es dich wirklich gibt.«

»Und es gab keine bessere Möglichkeit, das herauszufinden?« Michael stöhnte. Er hatte Glück, dass ich nicht tiefer gezielt hatte. Eigentlich hatte ich ihm einen Tritt verpassen wollen, dachte im letzten Moment jedoch an meine Mörderschuhe.

»Eine Stressreaktion.« Bevor ich noch mehr Schaden anrichten konnte, zog ich die hochhackigen Waffen aus und genoss es, den kühlen Steinboden unter den Füßen zu spüren.

Michael richtete sich auf und musterte mich abschätzend. Ich wusste nicht, ob ihm gefiel, was er sah, und war überrascht, dass es eine Rolle für mich spielte.

»Warum hast du befürchtet, ich könnte nicht real sein? Du wolltest mir nicht mal die Hand geben, obwohl dein Bruder mich gesehen hat.«

»Der Tag heute war so anders. Meine ganze Welt ist auf den Kopf gestellt worden.«

»Vielleicht umso besser.« Sein Grinsen ließ mich darüber

nachgrübeln, was er für sich behielt. »Dann erzähl doch mal, was heute so anders war.«

»Erstens hab ich vorher noch nie ein ganzes Jazztrio gesehen. Das hat mich aus der Bahn geworfen. Anscheinend haben sich die Regeln geändert.«

»Was für Regeln?«

»Ich sehe Leute aus der Vergangenheit.« Die Turmuhrglocken läuteten zur vollen Stunde, doch ich sprach leise weiter. »Sie sind wie eine Filmprojektion, ohne Substanz, und wenn ich versuche, sie zu berühren, verschwinden sie. Ich bin hundert Prozent sicher, dass ich noch nie drei auf einmal gesehen habe. Plus Klavier.« Oder eine Pferdekutsche.

»Zumindest haben sie gut geklungen. Der Bass war schön weich.« Er neigte den Kopf zu den Glastüren, aus denen nach wie vor Musik drang. »Klingt immer noch gut.«

»Du scheinst nicht beeindruckt zu sein. Noch nie hat jemand anders sehen oder hören können, was ich sehe oder höre. Also, wie kommt das?«, fragte ich, obwohl es offensichtlich war, dass er genauso einen Dachschaden hatte wie ich.

»Sagen wir mal, meine Mom hat immer gesagt, ich hätte eine Menge Phantasiefreunde.«

Ich legte den Kopf schief, um ihm besser ins Gesicht sehen zu können. »Es ist also schon so, seit du ein kleiner Junge warst?«

Michael nickte. »Und bei dir?«

»Seit vier Jahren.« Die Glocken verstummten nach dem zehnten Schlag, und die plötzliche Stille hatte etwas Gespenstisches. Zeit für einen Themenwechsel. Ausweichen und ablenken. »Tut mir echt leid, dass ich dich geschlagen habe.«

»Es sei dir vergeben.« Er zwinkerte mir zu. »Mit so einem zierlichen Ding wie dir werde ich schon fertig.«

Ich biss mir auf die Zunge. Diese Chauvisprüche würde ich ihm abgewöhnen müssen.

»Wenn du mir hilfst, wie funktioniert das? Haben wir ... Sitzungen oder so etwas? Was willst du mit mir machen?« Hoppla. Ein gefährliches Blitzen in seinen Augen. Ich räusperte mich. Ich musste auf meine Ausdrucksweise achten. »Ich meine *für* mich.«

Das Blitzen verschwand nicht aus seinen Augen. »Als Erstes würde ich mir gern deine Geschichte anhören.«

»Das ist einfach.« Als ob es einfach wäre, sich jeden Schrecken erregenden Augenblick noch einmal vor Augen zu führen. Als ob ich Lust dazu hätte, mich einem völlig Fremden schutzlos auszuliefern. Ich rieb mir den Nacken, dessen Muskeln sich verkrampft hatten.

»Emerson.« Ich liebte die Art, wie er meinen Namen sagte. Oder vielleicht sah ich einfach gern, wie er die Lippen bewegte. »Ich weiß, das ist schwer für dich, aber ich will, dass du ehrlich zu mir bist. Du kannst mir vertrauen.«

Offenbar wusste er nichts von der Regel, niemals jemandem zu vertrauen, der sagt: »Du kannst mir vertrauen.«

»Mal sehen, wie es läuft. Wann fangen wir an?«, fragte ich.

»Wie wär's morgen?«

Zu früh.

Am nächsten Morgen zog ich meine Lieblingsjeans an, ein tailliertes schwarzes T-Shirt und meine bequemen schwarzen Converse-Turnschuhe. Sie gaben mir immer ein Gefühl von Entschlossenheit und Mut. Mein Haar steckte ich locker hoch und zupfte ein paar sonnengebleichte Strähnen heraus. Ich schminkte mich ein wenig sorgfältiger als gewöhnlich und betonte meinen makellosen Teint mit einem Hauch von Puder. Und alles nur für ein Frühstück mit Michael.

Hmmm.

Gemächlich durchquerte ich das Stadtzentrum und genoss die friedvolle Stille. Die Schwüle war noch nicht zurückgekehrt, und nach dem gestrigen Regen ahnte ich beinahe schon die klare Luft der bevorstehenden Herbstmonate. Ich hatte eine Schwäche für fallende Blätter, Heuwagenfahrten, Vogelscheuchen und ganz besonders für Halloween. Wer einen so gruseligen Alltag hat wie ich, für den geht's an Halloween um nichts weiter als um riesige Berge von Süßigkeiten und Kürbislaternen – solange ich zuhause blieb, um die Tür zu öffnen. Keine meiner Visionen hatte je bei uns geläutet, und so fühlte ich mich ziemlich sicher, wenn ich mit einer Riesentüte Fruchtgummis vor dem Fernseher herumlümmelte, um mir die x-te Wiederholung des uralten Peanuts-Kürbisfilms anzuschauen.

Michael und ich waren im Murphy's Law verabredet, dem Buchladen-Café, das Lilys Großmutter gehörte. Diese Frau ist nicht nur eine Heilige, sie macht auch die wahnsinnigsten kubanischen Kaffeespezialitäten und Apfelempanadas, die so köstlich sind, dass sie eine Nonne zum Fluchen bringen. Die Location hatte nur einen Nachteil.

Als ich Murphy's Law am Abend zuvor vorgeschlagen hatte, war mir vor lauter Aufregung nicht in den Sinn gekommen, dass Lily während unseres Treffens ebenfalls dort sein könnte. Es blieb mir erspart, mir eine passende Geschichte auszudenken, denn ich traf sie auf dem Gehsteig. Offensichtlich hatte sie soeben das Haus verlassen und war auf dem Weg zur Arbeit, da sie ihre Kameratasche dabeihatte.

»Hallo, Lily! Wie lief das Shooting?«

Sie sah mich an und begann, rückwärts vor mir herzugehen. »Ganz gut. Bis auf die Fledermäuse, die er vergessen hat zu erwähnen. Und die Filmcrew. Wenigstens bin ich diesmal nur von einem Produktionsassistenten angebaggert worden.«

»Wow, nur von einem Typen? Sieht so aus, als ob du bald keinen mehr vom Hocker reißt.« Lilys Chef arbeitete manchmal mit Dokumentarfilmern zusammen. Sie behauptete, dass viele von ihnen mehr Anspruchsklagen am Laufen hatten als das gesamte britische Königshaus. Und die meisten erhoben Ansprüche auf sie.

»Hoffen wir das Beste!« Nach einigem Wühlen zog sie einen gigantischen Blaubeermuffin aus ihrer Kameratasche und gönnte sich einen Happen.

»Bist du in Eile?«, fragte ich betont beiläufig mit Blick auf die Kameratasche. »Hast du noch ein Shooting?«

»Nur die Sachen von gestern aufräumen und vielleicht ein bisschen retuschieren.« Sie hörte auf, rückwärts vor mir herzugehen, und musterte mich. Zuerst riss sie erstaunt die Augen auf, dann den Mund, wobei sie mir einen großzügigen Blick auf den zerkauten Muffin gewährte. »Sieh mal einer an. So sexy schon am frühen Morgen? Wo willst du hin? Wie war eigentlich die Party?«

Ich überlegte, ob ich ihr von Michael erzählen sollte. Aber dann hätte sie darauf bestanden, die ganze Geschichte zu hören, und was meine Visionen anging, tappte sie so ziemlich im Dunkeln.

»Hab kein bestimmtes Ziel. Und gestern Abend hast du nicht viel verpasst.« Abgesehen von einem Jazztrio, einem zerbrochenen Glas und dem atemberaubendsten Jungen, der je auf Gottes Erde gewandelt ist. »Geh nur. Wir können später quatschen.«

Lily drehte die Hand, in der sie den Muffin hielt, um auf die Uhr zu schauen. Sie kam ungern zu spät, aber ich wusste, wie sehr sie darauf brannte, mich weiter auszufragen. Ich hoffte darauf, dass ihr Hang zur Pünktlichkeit die Oberhand über ihre Neugierde gewann.

»Darauf kannst du wetten«, rief sie über die Schulter, als sie in die Seitenstraße einbog, in der sich das Fotostudio befand.

Das war knapp.

Vor dem Café blieb ich kurz stehen und legte die Hand auf meinen Bauch, um die Schmetterlinge darin zu beruhigen. Ich wusste nicht, was mich nervöser machte, die bevorstehende Diskussion oder die Person, mit der ich mich gleich treffen würde. Beim Öffnen der Tür läutete die vertraute Glocke, und ich schnupperte den verlockenden Duft nach frisch aufgebrühtem Kaffee. Und versuchte, meine Nerven zu beruhigen.

Michael saß im hinteren Bereich und studierte eine ausländische Zeitung, ich nahm an, eine spanische. Nachdem ich an der Theke meine Bestellung aufgegeben hatte, verstaute ich meinen Rucksack unter dem Tisch und gesellte mich zu ihm. Anscheinend hatte er sich noch nicht rasiert und trug genau wie ich ein schwarzes T-Shirt zu einer verwaschenen Jeans. Beides brachte seine sportliche Figur bestens zur Geltung. Seine Muskeln schienen Muskeln zu haben.

»Liest du das wirklich, oder willst du nur angeben?«, fragte ich herausfordernd.

Er schaute von der Zeitung auf und bombardierte mich mit einer wahren Sturzflut fremder Worte.

»Tut mir leid, war nur ’ne Frage. Moment mal, waren das vielleicht jede Menge Schimpfwörter?«

Michael lachte, wobei seine weißen, ebenmäßigen Zähne aufblitzten. Sein Lachen klang angenehm, natürlich, als ob er es häufig tun würde. Ich wünschte, ich hätte so lachen können. Sein Lächeln brachte mich genauso durcheinander wie am letzten Abend.

»Welche Sprache war das?«

»Italienisch.«

»Wo hast du das gelernt?«

»Von meiner Großmutter.« Michael legte die Zeitung beiseite, beugte sich über den Tisch und schaute mir eindringlich in die Augen. »Was willst du?«

»Ich hab schon einen Espresso bestellt«, antwortete ich und lehnte mich instinktiv zurück.

»Nein, ich meine, was willst du vom Leben?«

»Ist es nicht ein bisschen früh am Tag für philosophische Diskussionen?« Ich strich mir eine lose Haarsträhne aus der Stirn und rutschte unbehaglich auf dem Stuhl herum.

»Warum verunsichert dich die Frage?«

»Normalerweise laufe ich nicht durch die Gegend und spreche mit Fremden über meine persönlichen Pläne und Wünsche.« Die Kellnerin brachte mein Getränk und die Empanada an den Tisch. Als sie sich entfernte, fuhr ich fort. »Du bist natürlich kein völlig fremder Mensch für mich, aber schließlich kenne ich dich erst seit gestern.«

»So fremdartig bin ich gar nicht.« Ein weiteres verwirrendes Aufblitzen weißer Zähne. »Dann lass uns nicht von deinem ganzen Leben sprechen, sondern von einer kürzeren Zeitspanne. Was erwartest du vom heutigen Tag?«

Ich hob die Tasse an die Lippen und blies auf den dampfenden Inhalt. Vielleicht konnte ich ihm weismachen, dass ich vom heißen Espresso so rote Wangen hatte und nicht aus … Verlegenheit.

Michael vermittelte so überzeugend den Eindruck, als hätte er alle Zeit der Welt, um mir zuzuhören, dass ich ganz durcheinander war. Die Schmetterlinge in meinem Bauch regten sich. Ich war nicht bereit, ihm gegenüber vollkommen ehrlich zu sein. Vielleicht würde ich es niemals sein. Ich war keine gute Lügnerin. Aber vom Thema ablenken, das konnte ich. Darin war ich Spezialistin.

»Warum erzählst du nicht ein bisschen was von dir? Ich glaube, ich würde mich bei der Sache hier viel wohler fühlen, wenn ich etwas mehr über dich wüsste.« Dagegen konnte er nichts sagen. Und ich wollte wirklich mehr über ihn wissen. Viel mehr.

Michael legte die Hände auf den Tisch. Seine Finger waren lang, die Nägel gerade abgeschnitten und an der rechten Hand ein wenig länger, und ich fragte mich, ob er Gitarre spielte. Am linken Daumen trug er einen Silberring.

»Ich habe eine Schwester; ihr Name ist Anna Sophia. Meine Mutter arbeitet in der Immobilienbranche. Hochpreisige historische Objekte. Sie ist sehr erfolgreich – so ähnlich wie Thomas. Sie ist mein großes Vorbild. Mein Dad ist von der Bildfläche verschwunden, als ich acht war.« Er lächelte andeutungsweise, und ich fragte mich, wie seine Geschichte weitergehen würde. »Ich bin in einem Vorort von Atlanta aufgewachsen und arbeite seit fast einem Jahr für Hourglass.«

Da meine Internetrecherche nichts ergeben hatte, wusste ich nichts über Hourglass, aber ich hatte ein Bild von Marlon Brando im Hinterkopf, im Hinterzimmer eines italienischen Restaurants, in einer Zigarrenrauchwolke, zwei schwer bewaffnete Jungs namens Paolo und Vito an seiner Seite. Ich brauchte ein klareres Bild. Oder zumindest eines, das weniger beängstigend war.

»Was genau macht ihr so bei Hourglass?«, fragte ich.

»Beratung, Mentoring, Coaching und so weiter.«

»Wie hast du das Unternehmen gefunden? Oder war es umgekehrt?«

»Sie haben mich gefunden. Ich wurde einem Mentor zugeordnet, der mir geholfen hat, meine Fähigkeiten zu erkennen.

Als ich letztes Jahr hier aufs College gekommen bin, habe ich angefangen, kleinere Beratungen zu übernehmen. Gespräche mit Kindern, die einen Vertrauten brauchten, Zusammentragen von Informationen, Sachen in der Art. Dann wurde alles anders. Als mein Mentor starb« – er hielt inne und holte tief Luft – »habe ich um mehr Verantwortung gebeten. Ich wollte etwas von dem zurückgeben, was ich bekommen hatte.«

Michaels Augen und Mund drückten Schmerz aus und noch etwas anderes, vielleicht Wut. Ich konnte nur ahnen, welcher Wust von Gefühlen unter der Oberfläche kochte.

»Das mit deinem Freund tut mir leid.«

»Gewinnen und verlieren, darum geht es im Leben«, erwiderte er, während die Traurigkeit die Oberhand über den Zorn in seinem Blick gewann. »Wer wüsste das besser als du?«

Nur dass in meinem Leben die Verluste viel schwerer wogen als die Gewinne. »Was für ein Auftrag bin ich? Beratung oder Mentoring?«

»Ein Teil meiner Arbeit ist, dass ich mit Leuten rede, die Schwierigkeiten damit haben, sich selbst anzunehmen. Ich höre zu.« Er zuckte die Achseln.

»So wie du mir zuhörst.«

»Du bist anders.«

»Bin ich das?«

»Japp.« Er grinste und die Schmetterlinge in meinem Bauch schlugen Purzelbäume. »Ich würde dir auch so zuhören.«

Wieder steckte ich die Nase in die winzige Espressotasse. Nach einem weiteren Schluck fragte ich: »Dann gehst du also schon aufs College?«

»Ich fang bald mein zweites Jahr an. Was ist mit dir?«

»Thomas will mich für die Abschlussklasse an der Ivy Springs Highschool anmelden. Eigentlich brauche ich nur noch ein Semester, weil ich in den letzten zwei Jahren zur

Sommerschule gegangen bin. Am liebsten würde ich nur den G.E.D.-Kurs für die Hochschulreife machen. Aber Thomas lässt mich nicht.« Ich lachte freudlos. Ich konnte mir nichts Schrecklicheres vorstellen, als an den Ort meines öffentlichen Mentalzusammenbruchs zurückzukehren. »Ich wünschte, er überlegte es sich noch anders. Ich brauche eine Pause.«

»Also wenn jemand eine Pause verdient hat, dann du«, sagte Michael mit verständnisvoller Stimme. »Vielleicht kannst du eine andere Alternative zur Highschool finden, mit der Thomas einverstanden ist.«

»Vielleicht«, sagte ich zweifelnd. »Jedenfalls werd ich versuchen, so schnell wie möglich wieder alles auf die Reihe zu kriegen, damit du bald wieder zu deinen Bierpartys, Footballspielen und Cheerleaderinnen zurückkannst.«

»Ich trinke nicht, ich mag lieber Baseball, und Cheerleaderinnen sind auch nicht mein Fall.«

Was sie garantiert zutiefst bedauerten.

»Und Emerson«, fuhr Michael fort und sah mir tief in die Augen. »Nur um es mal ganz klar zu sagen. Es stimmt nicht, dass mit dir was nicht in Ordnung ist.«

Die ganze Situation und seine Nähe machten mich verlegen, und ich wich seinem Blick aus. »Netter Versuch, aber ich bin da anderer Meinung. Nichts für ungut!«

Er seufzte. »Ich weiß, dass du weitere Fragen hast. Warum stellst du sie nicht einfach?«

Nervös zerknüllte ich die Serviette auf meinem Schoß. Michael konnte dieselben Dinge sehen wie ich, aber es machte ihm keine Angst. Er wirkte ruhig und verständnisvoll. Wenn ich mit ihm sprach, konnte ich das beklemmende Gefühl in meiner Brust fast vergessen. Ich wollte ihm vertrauen. Ich wollte ihm Fragen stellen. Ich wollte wissen, warum er das Ganze anders empfand als ich, denn das tat er offensichtlich.

»Wie war es, als du zum ersten Mal eine Vision hattest?«, fragte ich leise.

»Meine Mom hatte dieses Haus im historischen Peachtree District von Atlanta entdeckt. Bürgerkriegszeit.«

Meine gestrige Erfahrung mit Scarlett kam mir in den Sinn, und ich konnte mir ein leises Stöhnen nicht verkneifen. Kurz nachdem ich angefangen hatte, Sachen zu sehen, musste ich mir eine dieser unseligen historischen Bürgerkriegsnachstellungen anschauen, die hier im Süden so beliebt sind. Ich hatte keine Ahnung, wer tot oder lebendig war. Danach mochte ich eine Woche lang mein Zimmer nicht verlassen.

»Die Dinge, die wir sehen … Was sind sie? Ich meine, ich habe keine Ahnung wieso, aber ich habe sie nie für Geister gehalten. Aber ich weiß nicht, was sie sonst sind. Weißt du es?«

Michael kam ein wenig näher. »Ich nenne sie mit ein bisschen Ironie die Zeitlosen. Fast wie Zeitstempel von Leuten, die in ihrem Leben einen großen Eindruck auf der Welt hinterlassen haben.«

»Ist das nicht dasselbe wie ein Geist?«

»Es ist ein bisschen komplizierter als das.«

»Inwiefern?«

»Es ist ziemlich schwer zu erklären«, erwiderte Michael und trommelte mit den Fingern auf dem Tisch. »Es hat etwas mit theoretischer Physik und Zeitrissen zu tun, aber ich bin gern bereit, dir zu erklären …«

Ich hielt die Hand hoch. »Nein, danke. Ich glaube dir auch so. Fürs Erste.«

Ich dachte über seine Definition nach. Sofort kam mir der Mann, den ich gestern gesehen hatte, in den Sinn. Ich war sicher, dass er auf seine Weise Eindrücke hinterlassen hatte. »Hm, Zeitrisse, Risse in der Zeit. Das erklärt zumindest, wieso ich Leute aus der Vergangenheit sehe. Es ergibt einen Sinn, vorausgesetzt, dass etwas so Verrücktes jemals einen Sinn ergeben könnte. Entschuldigung.«

»Du musst dich nicht entschuldigen. Du sollst nicht alles korrigieren, was du sagst.«

»Keine Sorge.« Ich warf ihm einen freudlosen Blick zu. »Das Meiste, was aus meinem Mund kommt, ist die volle Wahrheit. Mein Laufwerk da oben«, ich tippte mir an die Stirn, »ist etwas beschädigt, deshalb ist mein Mundwerk schneller als mein Gehirn.«

»Gut.« Michael lehnte sich zurück, verschränkte die Arme vor der Brust und streckte die langen Beine unter dem Tisch aus. Seine schwarzen Motorradstiefel wirkten riesig neben meinen winzigen Turnschuhen. »Ich bin ein großer Freund der Wahrheit. Ich hasse es, wenn Leute Sachen geheim halten.«

Mit Geheimhaltung kannte ich mich bestens aus.

»Wie viele Leute wissen die Wahrheit über dich?«

»Meine Familie. Hourglass.« Er räusperte sich und drehte den Ring an seinem Daumen herum. »Ein paar gute Freunde. Eine kleine Gruppe Auserwählter.«

Ich fragte mich, ob die Gruppe der Auserwählten eine Freundin beinhaltete. Am liebsten hätte ich nachgefragt, aber dann entschloss ich mich, nicht zu persönlich zu werden. »War es schwer? Ihnen von den Dingen zu erzählen, die wir sehen?«

»Eigentlich nicht. Einige von ihnen haben selbst besondere Fähigkeiten.«

»Dieselben wie wir?« Erschrocken stellte ich fest, dass ich mir wünschte, als Einzige sein Schicksal zu teilen.

»Nein.«

»Aber es gibt also andere Leute, die … spezielle Dinge tun können?«

»Mehr als du vielleicht ahnst«, erwiderte er, ohne den Blick von mir abzuwenden.

»Hmm.« Ich ließ diese Auskunft auf mich wirken und konzentrierte mich auf meine Empanada. Michael ließ mir die Zeit, die ich brauchte, und wandte sich wieder seiner Zeitung zu.

In dem Moment, als ich anfing, diese Sachen … diese Zeitlosen zu sehen, wurde ich zu einem Freak. Dann wurde ich zu einem Freak ohne Eltern. Wenn Kinder zu Waisen werden, kann es sein, dass sie zunächst untergehen, aber nach einer Weile kommen sie wieder an die Oberfläche zurück. Ich nicht. Ich bin nicht mal zum Luftholen aufgetaucht, bis ich einige Zeit in einer Privatklinik therapiert und unter Drogen gesetzt worden war.

Jetzt saß mir Michael gegenüber und erklärte ganz beiläufig, dass er so sei wie ich; behauptete, es gäbe da draußen noch eine ganze Reihe von Leuten mit »speziellen« Fähigkeiten. Die Vorstellung, da wären andere Menschen mit besonderen Gaben, Menschen, mit denen ich möglicherweise in Kontakt treten könnte, war überwältigend und tröstlich zugleich. Mit einem von ihnen konnte ich mir jetzt schon vorstellen, eine Beziehung einzugehen – momentan warf er mir hinter seiner Zeitung verstohlene Blicke zu. Ich hätte mir ja denken können, er würde ein Auge auf mich haben.

Aber wahrscheinlich wartete er nur darauf, dass ich durchdrehte, und wollte darauf vorbereitet sein.

»Okay«, sagte ich schließlich und unterbrach die Stille. »Was soll ich tun?«

»Es läuft alles auf meine ursprüngliche Frage hinaus.« Er faltete seine Zeitung zusammen und legte sie auf den Tisch. »Was willst du?«

»Ich will normal sein, aber ich weiß, dass das nicht möglich ist.«

»Normalität wird überbewertet.« Sein Lächeln war zum Dahinschmelzen.

»Na ja ...« Ich geriet ins Stocken – wieder einmal verwirrt durch seinen Mund. »Wenn normal keine Option ist, würde ich, glaube ich, gern so viel wie möglich von dem verstehen, was ich bin.«

»Was wir sind«, korrigierte er mich. »Wie wär's, wenn wir heute Abend essen gehen? Dann kannst du den ganzen Tag darüber nachdenken, welche Fragen du mir stellen möchtest.«

Essen gehen. Heute Abend. O Gott. Ja. »Ich besorg uns einen Tisch im Phone Company. Um sieben?«

»Abgemacht, dann haben wir also ein Date«, sagte er und stand lächelnd auf. So schnell wie das Lächeln gekommen war, verschwand es wieder. »Nun ja, kein Date im eigentlichen Sinne. Bei Hourglass wird es nicht gern gesehen, wenn die Angestellten Arbeit und ... Vergnügen vermischen.«

Ich nickte ihm lächelnd zu, bevor er das Café verließ, doch all die wunderschönen Schmetterlinge in meinem Bauch machten eine jähe Bruchlandung.

Natürlich wurde es nicht gern gesehen.

6. KAPITEL

Auf dem Heimweg schaute ich im Phone Company herein, um einen Tisch zu reservieren. Da jeder das Restaurant weiter Phone Company nannte, egal welchen neuen Namen er ins Spiel brachte, hatte Thomas die alte Bezeichnung einfach beibehalten. Er nutzte das ehemalige Firmenlogo und dekorierte den Schankraum mit alten Einrichtungsstücken und Apparaten. Sehr originell mit viel glänzendem dunklem Holz und poliertem Metall. Sehr schön, wenn man auf solche Sachen stand.

Offensichtlich taten das sehr viele Leute, denn ohne meine Beziehungen hätte ich keinen Tisch für uns ergattern können. Ich scheute mich nicht, sie zu nutzen, und zwang die Empfangsdame förmlich, uns ganz oben auf der Reservierungsliste einzutragen. Nie und nimmer wollte ich mir dieses Date … Abendessen entgehen lassen. Es kostete mich große Selbstbeherrschung, mir ein nervöses Kichern zu verkneifen. Die Dame musterte mich verstohlen, und mir war klar, dass ich die Gerüchteküche mal wieder tüchtig anheizte beziehungsweise zum Kochen brachte.

Die Reservierung in trockenen Tüchern ging ich über den Platz zu unserer Wohnung, wobei ich mich zwang, nach unten zu blicken und mich dem Strom der Passanten anzupassen. Ich hätte es beinahe geschafft, doch als ich von der Straße auf den Gehsteig trat, marschierte ich durch ein Blumenmädchen aus den Siebzigern mit bunter Hippiekette. Sie zerplatzte und verschwand mit einem leichten Luftzug, so wie es die Zeitlosen – wenigstens hatte ich jetzt ein Wort für sie – immer taten.

Ich überlegte, ob ich mich mit geschlossenen Augen hinauf in die Wohnung tasten sollte, aber ich wollte keine unnötigen Verletzungen vor dem Abendessen riskieren. Stille umfing mich, als ich durch die Haustür trat, und ich war dankbar, dass ich eine Weile allein sein konnte.

Kurz vor meiner Rückkehr hatte Dru mein Zimmer dekoriert, und nun spiegelte es meine Persönlichkeit ziemlich gut wider. Die tiefbraunen Wände waren nur ein paar Nuancen heller als mein Frühstücksespresso. Weiße, schlichte Möbel wurden mit sanften Korallentönen in Szene gesetzt, die den Raum lebendig machten, und sorgfältig ausgewählte, gerahmte Fotografien machten ihn zu einem Zuhause. Zwischen den beiden Erkerfenstern stand ein Ledersessel mit Fußhocker. Hübsch gerahmte Drucke von John William Waterhouse hingen über dem Bett. Mein Lieblingsbild, *Die Lady von Shalott,* prangte in der Mitte. Über einer Kommode befand sich ein großer, beleuchteter Spiegel.

Dru kam, ohne zu klopfen, hereinspaziert und erschreckte mich.

»Tut mir leid, Em. Ich wusste nicht, dass du da bist.« Sie legte ein flauschiges, orangefarbenes Plaid, an dem noch die Preisschilder hingen, auf mein Bett und wollte sich gleich wieder zurückziehen. »Ich hab das hier heute entdeckt und dachte, es wäre eine kuschelige Zudecke für dich. Ich lass dich sofort wieder allein.«

»Bleib ruhig da. Du brauchst mir aber wirklich nicht ständig was zu kaufen«, sagte ich leise und zog die Decke auf meinen Schoß. Ich wollte ihr klarmachen, dass ich nicht andauernd Geschenke von ihr erwartete. »Aber sie ist toll. Vielen Dank.«

Sie errötete, und ihr heller Porzellanteint glühte noch mehr als gewöhnlich, weil sie sich freute, dass ich mich freute. Ich hatte Dru eine Menge zu verdanken. Sie hatte mich nicht nur als Ersatztochter akzeptiert, als sie Thomas heiratete, sondern sich auch ungeheuer bemüht, damit ich mich willkommen und geliebt fühlte, als ich zurück nach Hause gekommen war. Immer wieder versicherte sie mir, die Aufkündigung meines Internatsstipendiums liege nicht daran, dass ich versagt hätte, sondern an der mangelnden Spendenbereitschaft der Sponsoren.

Sie ließ sich in den Ledersessel fallen. »Und erzählst du mir jetzt was von Michael? Er scheint anders zu sein als die anderen, stimmt's?«

Eine halbe Sekunde lang versuchte ich, meine Meinung für mich zu behalten.

»Ich muss die ganze Zeit an seinen Mund denken.« Mein Laufwerk musste wirklich dringend repariert werden. *So* aufrichtig hatte ich wirklich nicht sein wollen. Ich fühlte, wie mir das Blut in die Wangen schoss, und hoffte verzweifelt, dass Dru mich nicht richtig verstanden hatte.

Vergeblich.

»Wie bitte? Emerson Cole, so etwas hab ich dich ja in deinem ganzen Leben noch nicht sagen hören!«

Ich biss mir auf die Lippe, doch das Kichern ließ sich nicht unterdrücken. Es fühlte sich vollkommen normal an, anders als ich. Dru stimmte mit ein.

Sie wischte sich mit dem Ärmel die Augen. »Dein Bruder ist bestimmt nicht begeistert, aber ich freue mich für dich. Du hast viel durchgemacht in den letzten Jahren. Mehr als die meisten Menschen in ihrem ganzen Leben.«

So ungern ich auch über die Vergangenheit reden mochte, so kam sie heute ständig zur Sprache. Zeit für ein Ausweichmanöver. Ich streifte die Schuhe ab, zog die Knie an die Brust und schlang meine Arme darum. »Michael und ich wollen heute Abend essen gehen.«

»Das wird ja wohl kein Date, oder?«

Ich verdrehte die Augen. »Ich wünschte, es wär eins. Aber er hat es ziemlich deutlich gemacht, dass Hourglass keine privaten Beziehungen zwischen Mitarbeitern und Klienten wünscht.«

Jetzt verdrehte Dru die Augen. »Oh, darüber bin ich bestens informiert. Thomas hat es Michael mehrmals eingeschärft, bevor er ihn beauftragt hat. Aber trotzdem ... Ich habe gesehen, wie Michael dich gestern Abend angeschaut hat.«

»Ich habe ein Glas fallen lassen und mitten auf der Party fast hyperventiliert. Jeder hat mich angestarrt.«

»Nein, schon bevor das passiert ist.«

Ich hatte es auch gesehen.

Vielleicht war er einfach glücklich, jemanden gefunden zu haben, der so war wie er, oder vielleicht war es ja auch Unsinn, dass Gegensätze sich anzogen. Ich hatte keine Ahnung. In den letzten Jahren hatte ich mich so zurückgezogen, dass ich noch nie ein richtiges Date gehabt hatte. Gruppendates hatte ich schon ein paarmal mitgemacht, was vor allem, wenn ich nicht alle kannte, die Hölle war, aber nie ein normales Date und schon gar kein Blind Date. Igitt. So oder so, ob es mir nun gefiel oder nicht, heute Abend würde es wieder kein Date sein.

»Heute Abend ist kein Date«, sprach ich meine Gedanken laut aus. »Es ist ein Geschäftsessen – er wird dafür bezahlt, dass er mit mir ausgeht. Thomas hat ihn beauftragt. Michael ist nicht aufgetaucht und hat darum gebeten, mir vorgestellt zu werden.«

»Was willst du anziehen?«

Ich sah förmlich, wie es sie in den Fingern juckte, mir bei

der Kleiderwahl zu helfen. »Wie wär's, wenn ich die Entscheidung dir überlasse?«

Zwei Minuten später reichte sie mir ein weiteres Paar Schuhe mit Mörderabsätzen und ein Kleid aus schimmerndem, kupferfarbenem Stoff. »Hier, das bringt deine grünen Augen zum Leuchten. Ich ruf noch schnell im Restaurant an, damit ihr zwei auch wirklich einen schönen Tisch bekommt. Wir haben eine Weinlieferung bekommen, also werde ich heute Abend auch da sein. Aber ich verspreche dir, dass ich so tue, als würde ich dich nicht kennen. Und jetzt beeil dich!«

Es war ein Liebesbeweis, mich derart von ihr herumkommandieren zu lassen.

Auf dem Internat hätte ich alles für ein Bad gegeben, wie ich es jetzt mein Eigen nannte. Himmlisch. Wie oft hatte ich mich in die engen Duschkabinen quetschen oder auf ein freies Waschbecken warten müssen. Aber das war nun vergessen. Ich genoss den pulsierenden Strahl der Duschköpfe – drei an der Zahl und alle individuell einstellbar. Sie waren toll, nachdem ich gelernt hatte, sie so auszurichten, dass ich noch Luft bekam. Ich widerstand der Versuchung einer ausgiebigen Duschorgie. So verführerisch die Dusche auch sein mochte, so konnte sie nicht mit dem Abend mithalten, auf den ich mich freute.

Vor allem nicht mit der Gesellschaft, in der ich ihn verbringen würde.

In ein Badetuch gewickelt, trat ich in mein Zimmer und überließ mich Dru, die mit Make-up-Koffer und Haarstyling-Geräten bewaffnet auf mich wartete. Für sie war alles Kunst, sei es Schminken, Anziehen oder Häuser dekorieren. Sie hatte ein unschlagbares Händchen fürs Ästhetische. Und ich wusste aus eigener Erfahrung, dass sie eine wahre Meisterin darin war, sich um Menschen zu kümmern.

Als sie ihr Werk beendet hatte, zog ich das Kleid an und schaute in den Spiegel. Meine Augen wirkten tatsächlich grüner als sonst. Mein Haar floss wie Seide über meine nackten Schultern. Schlüsselbeinknochen und Dekolletee wurden mit einer Art phosphoreszierendem Puder zur Geltung gebracht, der nach Zuckerwatte roch. Zusammen mit dem metallischen Kleid fühlte ich mich wie der Inbegriff schimmernder Eleganz. Das irisierende Make-up verlieh dem glänzenden Look den letzten Schliff.

»Ist das dein Ernst?«, fragte ich.

»Vertrau mir.« Anscheinend hatte auch sie noch nie von der Vertrau-mir-Regel gehört. Beim Anblick meiner zweifelnden Miene sagte Dru: »Glaub mir. Das Licht im Phone Company ist sehr gedämpft, mit vielen Kerzen und so weiter. Du wirst richtig leuchten.«

»Außerirdische leuchten.«

»Nicht so. Schau mal.« Sie schaltete die kleine Lampe über meinem Spiegel ein und löschte die Deckenlampe, bevor sie mir mein Haar aus dem Gesicht strich. Als ich erneut in den Spiegel blickte, starrte mir eine exotische Schönheit entgegen.

»Er findet mich bestimmt zu aufgedonnert.«

»Er wird so hin und weg von dir sein, dass er an gar nichts denken kann.«

Und das machte mich kein bisschen nervös.

7. KAPITEL

Ich war schon um kurz vor sieben im Restaurant, da ich glaubte, ich würde mich sicherer fühlen, wenn ich bei Michaels Ankunft bereits am Tisch saß. Der Kellner führte mich zu einem gemütlichen Zweiertisch in einer verschwiegenen Nische, die von zwei Wandlampen aus gebürstetem Stahl erleuchtet wurde. Ich kam mir vor wie eine Verführerin und überlegte, ob ich um einen anderen Tisch bitten sollte, ließ jedoch davon ab, als ich Michael auf mich zukommen sah.

Sein weißes Hemd passte wunderbar zu seinem dunklen Teint. Die beigefarbene Baumwollhose, die er dazu trug, saß auf den Hüften und betonte seinen muskulösen Körperbau. In dem gedämpften Licht sah er aus wie ein dunkler Engel, mit Augen, die fast so schwarz waren wie sein Haar. Er erwiderte meinen Blick und taxierte dann Gesicht und Dekolletee. Ich fühlte mich unsicher, bis er leise durch die Zähne pfiff. Dann wurde ich aus ganz anderen Gründen unsicher.

»Hey.« Das Wort klang wie ein flüchtiger Windhauch. Es hörte sich an, als wollte ich Marilyn Monroe imitieren.

Michael erwiderte nichts, sondern setzte sich lächelnd an meinen Tisch. Ich konnte sein Aftershave riechen, und der frische Zitrusduft weckte in mir den Wunsch, ihm näher zu rücken.

Ich hätte mir fast auf die Unterlippe gebissen, doch dann dachte ich an das Lipgloss, das Dru so liebevoll aufgetragen hatte, und hielt mich zurück. »Wie war dein Nachmittag?«

»Produktiv«, antwortete er und legte sich die Serviette auf den Schoß. »Und deiner?«

»Ebenso.«

»Ich habe Thomas gefragt, ob ich ein Loft in eurem Haus mieten kann. Mein Mitbewohner hat die Uni gewechselt, und ich würde lieber allein leben, als mir einen neuen zu suchen.«

Glücklicherweise hatte ich gerade nichts im Mund, denn sonst hätte ich mich mit Sicherheit verschluckt. Wär kein schöner Anblick gewesen, wenn mir der Eistee aus der Nase gelaufen wäre.

»Ein Loft? In unserem Haus? Tatsächlich? Wow.« Ich räusperte mich. »Also planst du, eine Weile in der Gegend zu bleiben?«

»So lange wie es dauert.« Michael schaute mir prüfend ins Gesicht, wobei sein Blick ein klein wenig zu lange auf meinen Mund gerichtet war. Wieder musste ich gegen den Drang ankämpfen, mir auf die Lippe zu beißen.

Und gegen die Vorstellung, an seinen Lippen zu knabbern.

»Und wie ist es?«, fragte er und beugte sich über den Tisch. »Hast du dir noch ein paar Fragen für mich ausgedacht?«

Zeit, zum Geschäftlichen zu kommen. Meine Liste steckte in meiner Handtasche, aber ich glaubte nicht, dass ich sie brauchen würde. Kribbelig, wie ich war, begann ich, an einer Rosenknospe, die vor mir in einer Vase stand, herumzuspielen. »Na ja, ich hab über das nachgedacht, was gestern Abend passiert ist. Was ich sehe, wird mehr. Ich meine – ein Jazz-Trio? Mit Flügel? Wurde es bei dir auch nach und nach schlimmer?«

Er schwieg einen Moment, bevor er antwortete. »Ich habe keine Erklärung für das, was du gestern gesehen hast. So eine vollständige Szenerie ist auch für mich etwas Neues. Ich würde mir keine Sorgen machen. Ich könnte mir denken, es hat damit zu tun, dass unsere Fähigkeit sich mit zunehmendem Alter verstärkt.«

»Das könntest du dir denken? Was für ein Trost.« Ich lachte ungläubig. »Ist das dein Ernst? Ich soll mir keine Sorgen machen, wenn du schon auf meine allererste Frage keine anständige Antwort weißt?«

Michael fixierte einen Punkt über meiner linken Schulter. Die Stimme klang entschlossen. »Ich finde die Antwort. Mach dir keine Sorgen.«

»Okay«, sagte ich, während Zweifel fast die Oberhand über meine Neugierde gewannen. »Hat einer von deinen Zeitlosen jemals irgendetwas über dich gewusst?«

»Wie meinst du das?«

»Zum Beispiel deinen Namen oder …« Vielleicht sollte ich diesen spezifischen Zwischenfall lieber für mich behalten. Ich rief mir die Liste meiner Fragen ins Gedächtnis. »Ähm, wenn du weißt, dass du einen Zeitlosen vor dir hast – wie gehst du auf ihn zu?«

»Ganz langsam.« Michael grinste und lockerte die Spannung.

Ich spielte immer noch mit der Rosenknospe in der Vase herum. Durch sein Lächeln abgelenkt, passte ich nicht auf und kippte sie um, woraufhin sich das Wasser über den Tisch ergoss.

Gut dass das hier kein Date war. Dann wär mir das echt peinlich gewesen.

Gleichzeitig streckten wir die Hände aus, um die Vase wieder hinzustellen, und unsere Fingerspitzen berührten sich kurz. Ein Energiestrom pulsierte durch seine Hand in meine. Meine Haut erschien mir plötzlich zu eng, zu stark gedehnt, als wolle sie die Berührungsfläche vergrößern. Es machte ein paar Mal ping, dann wurde es dunkel am Tisch.

Irgendwas lief neben der Spur, total daneben.

Langsam hob ich den Kopf und sah Michael in die Augen. Seine Gesichtsmuskeln waren angespannt; seine Miene nicht zu deuten. Verwirrt und ein bisschen ängstlich wich ich zurück. Noch immer spürte ich, wie Elektrizität von seinen Fingern in meine geströmt war und sich bis zu den Haarwurzeln ausgebreitet hatte. Die übrigen Lampen gaben mittlerweile wieder normales Licht.

Ich war mir sicher, dass ich zusammengezuckt war. Michael schob die Hand unter den Tisch und starrte auf die Speisekarte.

»Ähm … Was war das?«, hauchte ich fassungslos und sah zu, wie das Blumenwasser von der Tischdecke aufgesaugt wurde.

»Das ist ein bisschen kompliziert.«

Es war also wirklich passiert. »Haben wir das ausgelöst?«

Er nickte mit starrer Pokerface-Miene.

»Hast du das schon einmal erlebt?«

»Nicht wirklich.«

Die Bedienung kam, um unsere Bestellungen entgegenzunehmen. Die Anspannung wurde durch die Unterbrechung nicht gelockert. Ich wollte nur, dass die Kellnerin verschwand, damit ich ihn wieder berühren konnte. Stattdessen hielt ich mir die Speisekarte vor mein flammend rotes Gesicht und beschwor meinen Körper, in seinen Normalzustand zurückzukehren. Michael bestellte das Spezialmenü, und ich schloss mich ihm an, ohne zu schauen, was es überhaupt war.

»Bring ich Ihnen gern«, sagte die Bedienung und nahm uns die Karten ab. Sie musterte die Wandleuchten über dem Tisch und verzog die pinkfarbenen Lippen. »Und ein paar Kerzen … Ganz schön dunkel hier, nicht wahr?«

Keiner von uns erwiderte etwas, und sie zog von dannen.

Ich fühlte mich ungeschützt, da ich mich nicht mehr hinter der Speisekarte verstecken konnte.

»Wollen wir darüber sprechen, was gerade passiert ist?«

»Wärst du damit einverstanden, wenn wir's fürs Erste auf sich beruhen lassen? Glaub mir, es ist besser so.«

»Gibt es eine andere Möglichkeit?«

»Ich fürchte nicht.« Ein leichtes Lächeln spielte um seine Lippen, doch seine Augen blieben ernst. »Vielleicht solltest du mir erst einmal deine anderen Fragen stellen.«

»Wie wär's mit: ›Was zum Teufel war das gerade?‹«

Sein Gesichtsausdruck ließ keinen Zweifel daran, dass dieses Thema tabu war.

»Na schön.« Vergeblich versuchte ich, einen der Gedanken, die mir durch den Kopf jagten, zu fassen zu bekommen, damit ich irgendetwas zu sagen hätte. Schließlich zog ich meine Liste aus der Tasche und breitete sie vor mir aus. »Woran erkennt man den Unterschied zwischen realen Menschen und Zeitlosen?«

»Du meinst abgesehen davon, sie in den Bauch zu boxen?«

Ich wurde rot, jedoch nicht, weil ich ihn geboxt hatte, sondern weil ich an sein Sixpack dachte. »Ja.«

»Sie verschwinden, wenn sie auf feste Gegenstände stoßen.« Er machte ein nachdenkliches Gesicht. »Außerdem ... nun ja, ich seh die Zeitlosen ja schon so lange und hab eine Art siebten Sinn dafür entwickelt, sie zu erkennen.«

Das wäre hilfreich.

»Wie sorgst du dafür, dass sie verschwinden?«, las ich von meiner Liste ab. »Ich meine, nicht für immer, aber wenn du sie siehst – wenn sie dir im Weg sind?«

»Ich versuche, sie zu ignorieren. Da ich jetzt weiß, wie ich sie erkenne, kann ich ihnen leichter ausweichen, aber wenn ich aus irgendeinem Grund will, dass sie verschwinden, berühre ich sie. Obwohl da eigentlich nichts ist, das man anfassen könnte. Wie machst du's?«

Ich nickte, unfähig, den Blick von seinen Fingern loszureißen. Unfähig, meinen Wunsch zu unterdrücken, ein weiteres Mal von ihm berührt zu werden.

Das Essen wurde serviert und rettete mich vor meinen Gedanken. Ich stopfte die Liste zurück in die Handtasche. Sobald ich den Essensduft in die Nase bekam, erwachte mein Appetit; es war mit Honig glasierter Lachs und gegrillter Spargel. Michael aß ein paar Bissen und schob den Teller beiseite. Er stützte die Ellbogen auf den Tisch und faltete die Hände. »Der Umgang mit den Zeitlosen wird mit der Zeit einfacher. Ist es nicht jetzt schon so? Seit du zum ersten Mal welche gesehen hast, meine ich?«

Einfacher? »Ja, vielleicht.«

»Wie hat es bei dir angefangen?« Ich spielte ein bisschen auf Zeit, indem ich eine sperrige Spargelstange mit der Gabel attackierte. »Wie viel weißt du über mich?«

»Thomas hat mir einen Teil deiner Geschichte erzählt – kurz vor dem Tod deiner Eltern hast du angefangen, Dinge zu sehen. Seine restaurierten Gebäude scheinen ein Auslöser zu sein.«

»Sonst noch was?«

Michael trank einen großen Schluck Eistee und schien seine Worte sehr sorgfältig abzuwägen, bevor er sprach. »Er hat erwähnt, dass du eine ziemlich schwere Zeit hinter dir hast.«

Ich starrte auf meinen Teller und mochte ihm vor lauter Verlegenheit nicht in die Augen sehen. »Hat er dir erzählt, dass ich eine Weile in einer Klinik war?«

»Ja. Aber er sagte nicht, aus welchem Grund. Ich habe ihn gebeten, es dir zu überlassen.« Seine Stimme klang ruhig und tröstlich.

»Wegen Depressionen. Hauptsächlich.« Mit gesenktem Blick fing ich an, mein Brötchen zu zerkrümeln. »Ich hatte angefangen, Zeitlose zu sehen. Kurz danach sind meine Mom und mein Dad … gestorben. Das hat mich ziemlich aus der Bahn geworfen. Nicht gerade schön. Ich wurde in die Psychiatrie eingewiesen und bekam Medikamente. Jede Menge. Alles verschwand. Nicht nur die Sachen, die ich sah – die Zeitlosen –, sondern auch meine Persönlichkeit, meine Bedürfnisse und Wünsche, alles. Ich war wie eine leere Hülse.«

Weniger als eine Hülse.

»Für eine Weile war es gut, leer zu sein. Ich spürte keinen Schmerz mehr. Aber nach einiger Zeit war es so, als hörte ich mich selbst von weit her rufen und darum bitten zurückzukehren.« Ich zupfte erneut an meinem Brötchen. »Nach der Entlassung aus der Klinik kam ich aufs Internat und fand eine Therapeutin, Alicia. Es half, mit jemandem zu reden, ihr alles sagen zu können.«

Fast alles.

»Weihnachten habe ich mit den Tabletten aufgehört.« Ich konnte nicht fassen, dass ich ihm so viel anvertraute, aber die Worte sprudelten nur so aus meinem Mund. Seine Augen, die direkt in mein Inneres zu blicken schienen, ohne mich zu beurteilen, brachten mich zum Reden. »Thomas und Dru ahnen nichts davon. Ich will nicht, dass sie sich Sorgen um mich machen, und das werden sie, wenn sie erfahren, dass ich sie nicht mehr nehme.«

»Sind dir zuhause die Semmelbrösel ausgegangen, oder warum kannst du das das arme Brötchen nicht endlich in Ruhe lassen?« In Michaels scherzhaften Worten schwang Besorgnis mit. Mein Herz geriet ein wenig ins Stolpern, doch der zärtliche Klang seiner Stimme bewahrte mich vor dem Zusammenbruch.

Ich legte das Brötchen beiseite und verschränkte die Arme vor der Brust. »Sobald die Wirkung der Medikamente nachließ, fing ich wieder an, Sachen zu sehen. Im letzten Semester ist es nur ein paar Mal passiert. Zu Beginn des Sommers habe ich bei meiner Freundin Lily einen Zeitlosen gesehen. Gestern sah ich dann eine Südstaatenschönheit mit Reifrock und einen Typen in unserem Wohnzimmer, und gestern Abend war da dieses …«

»Jazztrio, ja.« Er drehte den Silberring an seinem Daumen. »Bist du froh, dass du keine Medikamente mehr nimmst?«

»Ich fand's schrecklich. Ich hatte nie das Gefühl, die Dinge im Griff zu haben, aber die Fähigkeit zur Selbstkontrolle ist bei verrückten Leuten ja ohnehin nicht besonders stark ausgeprägt.«

»Stopp!« Michaels Stimme war nicht laut, aber das Wort war ein Befehl. »Du bist nicht verrückt. Was du siehst, ist wirklich vorhanden, Emerson. Es ist real; mit dir ist alles in Ordnung. Du hast Schreckliches durchgemacht – deine Eltern zu verlieren.«

Meinen Verstand zu verlieren.

»Ich will doch nur sagen … Sei bitte nicht so streng mit dir.« Er streckte die Hand aus, als wollte er mich berühren, zog sie jedoch wieder zurück. »Sei ein bisschen nachsichtiger mit dir selbst.«

Bei seinen Worten wurde ich von einer Woge der Erleichterung erfasst. Es war nicht nur, was er sagte, sondern wie er es sagte, so als würde er mir keine andere Wahl lassen. Ein Teil meiner Anspannung löste sich und wurde hinweggespült. Ein Gefühl von Befreiung überkam mich und trieb mir die Tränen in die Augen.

»Verdammt. Ich bin keine Heulsuse. Ich weine nie. Ich *hasse* Weinen.« Ich wischte mir die Augen mit der Serviette trocken.

Er bat die Bedienung um die Rechnung und gab mir Zeit, mich wieder zu fassen.

»Geht aufs Haus«, verkündete sie fröhlich. Sie musterte mich kurz, bevor sie Michael unverbindlich anlächelte.

»Danke.« Er erwiderte ihr Lächeln. Als sie davoneilte, hinterließ er einen Zwanziger auf dem Tisch.

Ein großzügiges Trinkgeld. Immer ein sicheres Zeichen für einen guten Charakter.

Nach ein paar Sekunden schaute ich wieder zu ihm auf. »Danke.« Er nickte. Ich wusste, er hatte verstanden, dass ich ihm nicht für das Essen dankte.

»Wollen wir gehen? Zu dir nach Hause?«

8. KAPITEL

Es dauerte einen Augenblick, bis ich den Mund wieder zukriegte.

Er gab sich keine Mühe, sein Grinsen zu verbergen. »Damit du mir die Lofts zeigen kannst?«

»Ach ja, richtig, die Wohnungen. Dann lass uns gehen.« Ich stand auf und war mir bewusst, dass meine Wangen feuerrot angelaufen waren.

Auf dem Weg durchs Restaurant in Richtung Bar streifte seine Hand versehentlich meinen Nacken. Dort, wo er mich berührte, spürte ich eine derart konzentrierte Hitze, dass ich am übrigen Körper anfing zu frieren. Als ich ihm einen verstohlenen Seitenblick zuwarf, schob er die Hand in die Hosentasche.

Hinter der Bar zählte Dru die Rotweinflaschen ab, die der Barkeeper in ein Teakholzregal legte. »Dru? Michael möchte sich gern die Lofts ansehen. Könnte ich den Generalschlüssel bekommen?«

»Ja, klar.« Sie zog eine Hand voll Schlüssel aus der Tasche, löste einen davon vom Ring und reichte ihn mir. Sie musterte uns kurz, und in ihrer Miene spiegelte sich Überraschung oder vielleicht auch Besorgnis wider.

Es konnte ihr unmöglich entgangen sein, dass ihr kunstvoll aufgetragenes Make-up ein wenig verschmiert war.

Schweigend überquerten wir den Marktplatz. Meine Gefühle befanden sich lächerlich dicht unter der Oberfläche, als wäre mein Innerstes nach außen gekehrt, aber das Gefühl von Verwundbarkeit jagte mir keine Angst ein. Während ich ihm die beiden freien Wohnungen zeigte, waren die Energieströme zwischen uns deutlich spürbar und ließen alle meine Sinne auf Hochtouren laufen. Trotz der spannungsgeladenen Atmosphäre machte ich eine unbekannte Erfahrung. Seit langer Zeit spürte ich ein Gefühl von … Sicherheit.

Wir traten in den Flur, und ich verschloss die Tür der zweiten Wohnung.

»Ich mag beide Lofts«, erklärte er. »Thomas und Dru können mich hinstecken, wo sie wollen.« Michael wippte auf den Fersen. Ein paar Sekunden lang starrte er mir in die Augen. Die Sekunden wurden zur Ewigkeit, als er seine Hand ausstreckte, bis seine Fingerspitzen nur wenige Zentimeter von meinen entfernt waren.

»Bist du sicher?«, flüsterte ich.

»Es geht nicht weg«, erwiderte er leise. »Am besten, du gewöhnst dich dran.«

Ich wappnete mich gegen den bevorstehenden Energiestoß, bevor ich ihm die Hand reichte.

Es war besser, als ich es in Erinnerung hatte.

Ich war froh, dass die Lampen im Flur nicht besonders hell waren. Als sie anfingen zu flackern, wusste ich nicht, wo ich hinsehen sollte.

Michael schien einen inneren Kampf auszufechten und wirkte unentschlossen. Ich begann zu zittern. Die Elektrizität wurde zu einem leisen Summen. Dennoch hätten wir mit all den Funken, die zwischen uns sprühten, wahrscheinlich die gesamte südliche Hemisphäre erhellen können.

»Es tut mir leid«, sagte er mit leisem Bedauern. Seine Hände fühlten sich warm und fest an.

»Wieso? Es fühlt sich wirklich ungewöhnlich an, aber es

geht mir gut.« Prinzipiell. Sich einen Ganzkörperstromstoß von einem Typen einzufangen, den man gerade erst kennen gelernt hat, war genauso sonderbar, wie tote Leute zu sehen. Aber weitaus angenehmer.

»Nicht, dass wir uns … berührt haben. Das mit den Zeitlosen. Es tut mir leid, dass du auf dich allein gestellt damit fertigwerden musstest.«

»Aber ich mache fast alles mit mir allein ab.« Vorsichtig zog ich meine Hand aus der seinen, trat langsam zurück und vergewisserte mich, dass meine Knie wieder ihren Dienst tun und meine Beine mich tragen würden.

»Denk dran, dass ich da bin, um dir zu helfen.« Michael ließ den Arm hängen. »Ich werde in der Nähe bleiben, bis du mich fortschickst.«

Oder bis mein Bruder seine Zahlungen an ihn einstellen würde.

»Nun ja, ich sollte wohl besser … zu Bett gehen. Gute Nacht.«

»Gute Nacht.«

Ich sah ihm nach, wie er über den Flur davonging, und hielt mich am Türknauf fest. Ich hatte Mühe, mich aufrecht zu halten, während ich spürte, wie sich unsere Verbindung ausdehnte, den Flur hinunter und bis zur Haustür.

Ich schloss die Wohnung mit dem Generalschlüssel auf und legte ihn in der Küche auf die kalte Marmoranrichte.

Eigentlich hatte ich nur kurz duschen wollen, um mir den Puder vom Körper zu spülen, aber dann ließ ich mich von den warmen Kaskaden und der Stille verführen. Meine Haut war rot und verschrumpelt, als ich endlich aus der Duschkabine trat und in meinen Pyjama schlüpfte. Ich schlug die Daunendecke zurück und strich über das schneeweiße Laken.

Mein Blick fiel auf die Familienfotos auf dem Nachtschränkchen. Auf dem einen lächelten mir Thomas und Dru entgegen. Das andere war von mir. Ich wirkte hohl und leer. Die Aufnahmen wurden auf einer Reise gemacht, die mich nach dem Tod meiner Eltern ein bisschen ablenken sollte. Weder Disneyland noch die Bahamas hatten irgendeine positive Wirkung.

Ein drittes Foto zeigte meine Eltern bei ihrem letzten Weihnachtsfest. Ich nahm den schweren Silberrahmen und schaute in ihre vertrauten Gesichter, die ich niemals wiedersehen würde, es sei denn, meine Eltern würden mir als Zeitlose erscheinen. Ich wusste nicht, ob ich mich davor fürchtete oder es herbeisehnte.

Das heutige Gespräch über meine Vergangenheit hatte eine Wunde aufgerissen. Das große Loch, das der Tod meiner Eltern hinterlassen hatte, war von der Zeit zugenäht geworden, doch die Unterhaltung mit Michael hatte die Fäden gelockert. Beim Betrachten des Bildes rissen sie entzwei.

Ich war bislang noch zu keinem Menschen so offen gewesen wie zu Michael. Er gab mir ein Gefühl von Sicherheit, als ob ich real sein könnte – zerschmettert und bruchstückhaft und komplett unvollkommen –, auch wenn er der genaue Gegenpol war. Heil, vollständig und absolut perfekt.

Und absolut verboten.

Ich blickte wieder auf das Foto meiner Mutter und zeichnete die Umrisse ihres Gesichts nach. Wäre sie noch am Leben gewesen, hätte ich mich zu ihr ins Bett gekuschelt und sie um Rat gefragt.

Stattdessen legte ich mich in mein eigenes Bett, schaltete die Nachttischlampe aus und drückte das Bild an mein Herz.

Kurz bevor ich wegdämmerte, spürte ich jemanden in meiner Nähe, aber ich war schon zu schläfrig, um zu sagen, ob es Traum oder Realität war. Ich konnte mir nicht vorstellen, wieso ein längst verstorbener Mann aus der Vergangenheit sich um mich sorgen sollte.

Aber Jack schien am Fußende meines Bettes zu sitzen und mich mit sorgenvoller Miene anzuschauen.

Ich blinzelte, und er war verschwunden.

9. KAPITEL

Als ich am nächsten Morgen erwachte, fühlte ich mich schwach und wehrlos, als hätte ich meinen Schutzpanzer verloren. Meine schützende Hülle aus Sarkasmus und Ironie war mir entglitten. Ich musste sie wiederhaben, um mit all dem fertigzuwerden, was ich erfahren hatte. Ein Wortgefecht mit Thomas war jetzt genau das Richtige. Er brachte mich immer auf Touren. Wenn ich einen kleinen Streit mit ihm vom Zaun brach und danach in meine Lieblingsturnschuhe schlüpfte, würde ich mein Leben wieder auf die Reihe kriegen.

Die Seidenkrawatte über die Schulter geschlagen, saß er am Küchentisch und löffelte dasselbe Frühstück, das er, so lange ich denken konnte, jeden Morgen zu sich nahm: Fruity Pebbles. Der Geruch nach Zucker und Fruchtaroma hing wie eine Glocke über ihm, Farbstoff und Konservierungsmittel machten den ungesunden Fraß komplett. Eine gute Vorlage.

»Wie beruhigend, dass ein erfolgreicher Jungunternehmer wie du den Tag mit einem gesunden Frühstück beginnt.« Ich trat hinter ihn, mit der Absicht, seine Krawatte in die Müslischale zu befördern. »Die wirtschaftliche Zukunft unserer kleinen Stadt hängt davon ab, ob du Nachschub dabeihast, wenn dein Blutzucker in den Keller geht. Also steck dir lieber ein Snickers und einen Kakao für zwischendurch ein, damit du gerüstet bist.«

Thomas langte nach hinten und packte mein Handgelenk,

bevor ich seine Krawatte zu fassen bekam. »Guten Morgen, kleine Schwester. Sind wir etwa beleidigt, weil wir keinen Gutenachtkuss gekriegt haben?«

Um ihn zu nerven, strich ich ihm mit meiner freien Hand durch sein ordentlich frisiertes Haar. »Woher willst du wissen, ob ich einen Gutenachtkuss gekriegt habe oder nicht?«

»Der Gebäudekomplex ist hervorragend gesichert. Wachmänner, Alarmanlagen, Kameras.« Er zog mich herum und sah mich an. »Deshalb muss ich mir keine Sorgen machen, dass irgendetwas Unangemessenes passieren könnte. Da es sich ja um eine rein professionelle Beziehung handelt.«

»Hast du uns hinterherspioniert? Willst du Streit anfangen?«, fragte ich und entriss ihm meinen Arm. Die Schüssel mit Fruity Pebbles geriet bedenklich ins Wanken. »Was kümmert es dich, wenn wir nach Vegas abhauen und heiraten – dir geht es doch nur darum, dass er mir hilft, ›normal‹ zu werden, stimmt's?«

»Michael und ich haben eine klare Absprache. Keine Beziehung zwischen dir und ihm, außer auf professioneller Ebene. Er hat eine Aufgabe übernommen, und ich erwarte, dass er sie erfüllt. Ich mein's ernst, Em.«

Meine Oberlippe zitterte, und ich hätte am liebsten losgeheult. Was war nur mit mir los? Ich hatte nicht übel Lust, meinen Frust an Thomas auszulassen, aber bevor ich loslegen konnte, kam Dru vom Schlafzimmer in die Küche gerannt und wedelte kreischend mit einem länglichen Gegenstand herum.

Mein Bruder sprang auf, schloss Dru in die Arme und wirbelte sie durch die Küche. Vor lauter Lachen und Weinen verstand ich von dem, was sie sagten, kein Wort.

»Lass mich runter, Thomas!« Sie verpasste ihm einen Schmatzer auf die Wange und strampelte so lange herum, bis er sie sanft auf den Boden stellte. Endlich erkannte ich, was sie in der Hand hielt: einen Schwangerschaftstest.

Ein Schwall von Gefühlen überkam mich, als mir klar wurde, was los war. Dankbarkeit, weil ich wusste, wie lange sie schon auf diesen Augenblick gewartet hatten. Freude, weil wir bald ein neues Familienmitglied haben würden. Und schließlich ein Gefühl, das mich fast immer begleitete – Furcht. Denn wo würde ich nach der Geburt des Babys wohnen?

Dru muss die Sorge in meinem Blick gesehen haben, denn sie nahm mich fest in die Arme.

»Keine Angst! Wir haben die Vermietung der dritten Wohnung extra aufgeschoben – für den Fall, dass wir mehr Platz brauchen. Obwohl wir immer wieder enttäuscht wurden, haben wir die Wohnung leer stehen lassen. Wir konnten nicht anders. Tante Em zieht also nirgendwohin. Es sei denn, du möchtest es.«

»Nein! Nein, ich will hierbleiben.« Das stimmte. »So lange wie ihr mich behalten wollt.«

»Wir wollen, dass du hier bei uns bleibst. Alle drei.« Thomas drückte meine Hand. Seit Ewigkeiten hatte ich ihn nicht mehr so glücklich gesehen. Als ich bemerkte, wie er Dru anschaute, hatte ich den Drang zu verschwinden.

»Ich glaub, ich geh eine Runde Laufen, damit ihr in aller Ruhe, ähm, über die Kinderzimmereinrichtung sprechen könnt. Herzlichen Glückwunsch. Ihr werdet sicher tolle Eltern.« Ich eilte in mein Zimmer, bevor die Tränen in meinen Augen die Oberhand gewannen, was meinem Ruf als toughes Mädchen geschadet hätte. Hastig zog ich einen Sport-BH und Shorts an, schnappte mir einen Haargummi und griff nach Laufschuhen und iPod. Als ich durchs Wohnzimmer ging, waren Dru und Thomas nirgends zu sehen. Die geschlossene

Schlafzimmertür legte den Verdacht nahe, dass sie die gute Nachricht so feiern wollten, wie ich es vermutet hatte.

Ein Glück, dass ich Langstreckenläuferin war.

Ich drehte die Lautstärke hoch und ließ mein Hirn von klassischem Alternativrock volldröhnen. Ich wollte an nichts anderes denken als ans Laufen und Atmen. Es war ein perfekter Spätsommertag. Eine leichte Brise strich durch das Laub, das bereits angefangen hatte, sich ein wenig zu färben. Ich konnte es kaum erwarten, bis die Blätter in flammendem Rot und Gold erstrahlten und die Schaufenster mit dicken Kürbissen und Chrysanthemen dekoriert waren.

Ob Michael dann noch hier sein würde?

Scharen von Leuten waren unterwegs, führten ihre Hunde spazieren, schoben Kinderwagen oder nutzten wie ich das schöne Wetter für eine Joggingrunde. Ich trabte den Bürgersteig entlang zum Riverbend-Park und folgte dem Weg, den ein genialer Stadtplaner, mit dem ich verwandt war, ein paar Jahre zuvor ausgebaut hatte, um Einheimische und Touristen zu erfreuen.

Thomas und Dru taten so viel für unsere Stadt. Sie hatten sich kennen gelernt, als er ein renommiertes Architekturunternehmen verließ, um sich selbstständig zu machen, mit dem großen Ziel, das Stadtzentrum von Ivy Springs zu restaurieren. Sie hatte gerade in der Designbranche angefangen und wurde bei seinem ersten Auftrag zu Rate gezogen. Es begann als eine berufliche Beziehung, was sich aber schnell ändern sollte. Beim Tod meiner Eltern waren sie ein halbes Jahr verheiratet gewesen.

Ich liebte die beiden heiß und innig, und ich wusste, dass sie mich ebenfalls liebten. Ich hatte schreckliche Schuldgefühle, weil ich ihnen das Absetzen der Medikamente verschwieg. Doch ich wollte einfach nicht, dass sie sich Sorgen machten, und jetzt, da ein Baby unterwegs war, erst recht nicht. Sie hatten andere Dinge zu bedenken, obwohl sich Thomas offensichtlich zum Chef meines Liebeslebens ernannt hatte. Vielleicht war er ja nun so beschäftigt damit, Namen auszusuchen und Treuhandfonds einzurichten, dass er mich in Ruhe lassen würde. Nach und nach beschleunigte ich meine Schritte, hielt den Blick auf den Boden gerichtet, um unliebsame Überraschungen zu vermeiden, und fand meinen idealen Laufrhythmus.

Das ging so lange gut, bis ich gegen eine harte Muskelwand prallte, so heftig, dass meine Zähne aufeinanderschlugen. Automatisch hielt ich mir die geballten Fäuste vors Gesicht, machte einen Ausfallschritt und stellte mich meinem potenziellen Angreifer.

Michael.

Mein Schrei blieb mir im Halse stecken, und ich riss mir die iPod-Stöpsel aus den Ohren. »Was zum … Wie kannst du mich nur so erschrecken?«

Michaels Lippen rundeten sich vor Staunen. Dann krümmte er sich und bekam einen solchen Lachanfall, dass er nach Luft schnappte. Wutentbrannt starrte ich ihn an und konnte nicht umhin, den Muskeltonus seiner gebräunten Arme und Beine zu bewundern. Als er zu mir aufschaute, machte er ein anerkennendes Gesicht. Ich fragte mich, warum ich kein T-Shirt über den Sport-BH gezogen hatte, und kreuzte die Arme vor der Brust, in der Hoffnung, dass die Geste Empörung ausdrückte und nicht meine Unsicherheit verriet.

Es dauerte eine Weile, bis es Michael gelang, ein ernstes Gesicht aufzusetzen. »Es tut mir leid. Ich hätte dich nicht so überfallen dürfen.«

»Ist schon okay.« War es nicht.

»Ich hatte nur nicht erwartet, dass du dich in einen Ninja-

Krieger verwandeln würdest.« Michael lachte erneut los. Ich wünschte mir fast, ich hätte ihm wenigstens einen anständigen Tritt verpasst, bevor ich merkte, wer er war. Nach einem weiteren grimmigen Blick lief ich einfach weiter.

Nach ein paar Sekunden hatte er mich eingeholt und hielt mit mir Schritt. Es musste schwierig für ihn sein, da seine Beine so viel länger waren als meine, aber das kümmerte mich nicht. Er hatte es verdient zu leiden. Wir liefen eine Weile schweigend weiter, bis ich ihm einen verstohlenen Seitenblick zuwarf. Er lachte immer noch. Ich blieb so abrupt stehen, dass er an mir vorbeilief.

Er drehte sich um und legte die Hand auf den Mund. Doch seine Augen verrieten ihn.

»Hör auf, Michael.«

Er schlang die Hand um meinen Hals und zog mich an seine Seite. Ich machte mich auf eine Kopfnuss gefasst und versuchte, das verführerische Ganzkörperkribbeln zu ignorieren.

»Ich entschuldige mich«, sagte er, doch seine Stimme klang immer noch belustigt. »Wirklich. Du bist nur so verdammt süß.«

»Und so verdammt verschwitzt.«

Vielleicht lag es daran, dass wir uns so nah waren oder dass er den Arm um mich gelegt hatte und wir beide schwitzten und keuchten, denn obwohl mir entsetzlich heiß war, verkrampfte sich mein Körper in einem eisigen Kälteschauer, sobald unsere Blicke sich trafen. Einen endlosen Augenblick starrten wir uns in die Augen, bevor er den Blick abwandte und mich sanft zurückschob.

»Frieden?«, fragte Michael zaghaft und streckte mir die Hand entgegen.

Ich schnappte nach Luft und verscheuchte meine Gänsehaut. Als ich meinen Körper wieder unter Kontrolle hatte, schenkte ich ihm ein süßes Lächeln und schickte mich an, ihm die Hand zu schütteln.

Dann schleuderte ich ihn über die Schulter.

Als er keuchend am Boden lag, blickte ich immer noch lächelnd auf ihn herunter. »Dann sehen wir uns später?«

Er blinzelte, was ich als Ja deutete.

10. KAPITEL

Als ich zurück in die Wohnung kam, waren Thomas und Dru fort. Ich fühlte mich großartig. Meine alte Frechheit war wieder da. Es ist erstaunlich, wie gut es tut, einen erwachsenen Mann aufs Kreuz zu legen.

Nachdem ich geduscht hatte, nahm ich Drus Laptop mit in mein Zimmer, machte es mir im Ledersessel bequem und begab mich auf die Suche, die sich ganz schön in die Länge zog. Ich wollte schon fast aufgeben, als ich auf einen Artikel im *Bennet Review* stieß. Er informierte über ein Stipendium, das vom Hourglass-Begründer, Liam Ballard, ins Leben gerufen worden war. Ich googelte seinen Namen.

Bingo.

Ich kroch aus dem Sessel und platzierte den Laptop auf dem Fußhocker, um den Bildschirm besser sehen zu können. Als ich den ersten Eintrag anklickte, erschien ein riesiges Foto eines vollkommen zerstörten Gebäudes mit dem Untertitel: Ursachen für verheerenden Labor-Brand ungeklärt.

Der Artikel hinterfragte den Tod Liam Ballards, eines Wissenschaftlers, der ums Leben kam, als sein privates Labor ein Opfer der Flammen wurde. Es wurden keinerlei Hinweise auf brennbare Materialien oder Brandbeschleuniger gefunden. Das Gebäude war kurz zuvor brandschutztechnisch überprüft worden. Ballards Privathaus und eine Reihe von Nebengebäuden blieben unbeschädigt. Außer ihm wurde niemand verletzt.

Meine Haut kribbelte, während ich weiterlas. Nach einer umfassenden Untersuchung durch die Behörden wurde die Akte aufgrund mangelnder Beweise geschlossen. Es fand sich keine plausible Erklärung für das Feuer.

Das Läuten der Türglocke ließ mich zusammenfahren.

Ich kehrte zurück zu den Suchergebnissen und eilte zur Wohnungstür, nicht ohne einen prüfenden Blick in den Spiegel zu werfen. Ich öffnete die Tür und sah mich Michael gegenüber, der ziemlich kleinlaut wirkte und einen Strauß duftender Zinnien in der Hand hielt.

»Als Entschuldigung«, sagte er und hielt mir den Strauß entgegen. »Du musst mir unbedingt erklären, wie du das gemacht hast. Bald.«

Als ich die Blumen entgegennahm, berührten sich unsere Finger. Elektrizität fing an zu zischen, und ich wich hastig zurück.

»Mal sehen«, erwiderte ich nur, drehte mich um und ging in Richtung Küche. Ich war froh, dass er mein Gesicht nicht sehen konnte – ich spürte, dass ich rot geworden war. Da ich ihm den Rücken zugewandt hatte, steckte ich meine Nase in den Strauß und sog seinen Duft ein.

Ich hatte noch nie von einem Jungen Blumen bekommen.

»Was für eine tolle Wohnung«, sagte er, während er mir folgte.

»Danke. Dru ist ein Dekorationsgenie. Sie liebt neue Projekte. Und jetzt haben sie und Thomas ein besonders schönes vor sich.« Ich deutete einen Babybauch an. Dankbar, mich einer konkreten Aufgabe zuwenden zu können, nahm ich eine Kristallvase aus dem Regal und füllte sie mit Wasser.

»Richte ihnen herzliche Glückwünsche aus.« Er lehnte sich an die Anrichte und beobachtete mich. »Was gibt es Schöneres für ein so verliebtes Paar wie die beiden?«

»Sie haben wirklich Glück gehabt, dass sie sich gefunden haben«, sagte ich und sah zu ihm auf.

»Stimmt.« Wir schauten uns an, und das Laufen des Wasserhahns bildete die einzige Geräuschkulisse.

Nach einigen Sekunden richtete ich meine Aufmerksamkeit wieder auf die Vase, die überzulaufen drohte. »Ich soll dir sagen, dass du Loft Nummer zwei haben kannst. Aber es wird nicht billig. Ich hoffe, mir zu helfen, wird gut bezahlt.«

»Für dich würde ich auch gratis arbeiten.«

»Für mich?« Ich biss mir auf die Lippe, drehte den Hahn zu und sah wieder zu ihm hoch.

»Du bist was Besonderes.«

»Kommt drauf an, was du damit meinst.«

Statt etwas zu entgegnen, lächelte er versonnen. Ich starrte kurz auf seinen Mund, rief mich innerlich zur Ordnung und stopfte die Blumen in die Vase. »Danke nochmals. Zinnien sind meine Lieblingsblumen«, sagte ich nach kurzem Räuspern.

»Freut mich, dass sie dir gefallen«, erwiderte er, und sein Lächeln wurde sanfter. »Sie haben mich an dich erinnert.«

Wieder starrte ich auf seine Lippen.

Verdammt!

Ich nahm die Vase, und er folgte mir in mein Zimmer und setzte sich in den Ledersessel. Ich hatte gerade auf der Kommode ein bisschen Platz für die Blumen gemacht, als er meinen Namen aussprach.

»Emerson?«

»Ja«, antwortete ich zerstreut.

»Warum hast du Liam Ballard gegoogelt?«

Der Klang seiner Stimme jagte mir einen eisigen Schauer über den Rücken. Ich hörte auf, an den Blumen herumzufummeln, und warf einen vorsichtigen Blick auf sein Spiegelbild. »Weil er der Gründer von Hourglass ist?«

Vielleicht hatte mein Schulterwurf irgendeine Art von Hirnschaden bei ihm ausgelöst. Denn sobald das Wort Hourglass gefallen war, änderte sich sein Gesichtsausdruck und zeigte nicht mehr Besorgnis, sondern Zorn.

»Michael?« Ich drehte mich um. Von Angesicht zu Angesicht war er genauso Furcht erregend wie im Spiegelbild – die braunen Augen fast schwarz und die vollen Lippen zu einem dünnen Strich zusammengepresst. »Was …«

»Wie hast du Liams Namen gefunden?«, unterbrach er mich.

»Er wurde in einem Artikel über Hourglass und das Bennett …«

»Was hast du noch herausgefunden, als du nach ihm gesucht hast?« Die Frage klang wie ein Vorwurf, der Tonfall war kalt. Diesen Michael kannte ich nicht.

Diesen Michael mochte ich nicht.

»Dass er …«, ich hielt inne und bemühte mich um einen ruhigen Tonfall, »dass er bei einem Feuer ums Leben kam.«

Mit wenigen Schritten durchquerte er das Zimmer. Ich trat unsicher zurück und stieß mit dem Rücken gegen die Kommode.

Er kam mir ganz nah und sah mir direkt in die Augen. »Steck deine Nase nicht in Angelegenheiten, die dich nichts angehen«, sagte er eindringlich, wobei er jedes Wort einzeln betonte.

Mühevoll würgte ich den riesigen Klumpen in meinem Hals herunter. »Willst du mir drohen?«

»Ich will dich warnen«, sagte er und stützte sich auf der Kommode ab. Seine Arme streiften meine Schultern, und ich war froh, dass ich ein T-Shirt trug und kein Top. Direkter Hautkontakt wäre mir in dieser Situation alles andere als hilfreich erschienen. »Vergiss Liam Ballard.«

»Warum?«, fragte ich atemlos. Ich fühlte mich in die Enge getrieben – gleichermaßen gefangen von seinem Blick wie von seinen Armen.

»Tu einfach, was ich dir sage«, befahl er autoritär und herablassend mit stahlharter Stimme. »Ich kümmere mich um Hourglass. Vertrau mir.«

»Tut mir leid, Chef«, sagte ich und schaltete von ängstlich auf zornig um. »Wenn mir einer sagt, ich soll ihm vertrauen, werde ich grundsätzlich misstrauisch.«

»Diesmal bleibt dir nichts anderes übrig.«

Michael blieb reglos stehen, das Gesicht dicht vor meinem. Goldene Sprenkel blitzten in seinen dunkelbraunen Augen auf. Seine Haut war makellos und glatt, mit einem Hauch von Bartschatten, den ich nicht gesehen hätte, wenn er mir nicht so nah gewesen wäre. Es hätte eine wunderschöne Situation sein können, wenn ich nicht vor Wut gekocht hätte.

»Emerson?« Die Frage klang eher wie ein Flehen.

»Also schön«, schnauzte ich ihn an und traf eine Entscheidung. »Und jetzt *rück mir von der Pelle.*«

Er wich zurück und sah mir prüfend ins Gesicht. Ich fragte mich, ob er sah, wie mein Puls durch meine Halsschlagadern raste. Ich konnte es fühlen. Ich musste nachdenken, und wenn er mir so nah war, konnte ich das nicht.

»Bitte versteh das nicht falsch … Ich will nur …« Die Fingerspitzen noch auf der Kommode, die Augen geschlossen, rang er um die richtigen Worte.

Schnell schlüpfte ich unter seinem Arm hindurch. Es hatte auch Vorteile, wenn man klein war. »Was willst du? Mir Angst machen? Mich auf die Palme bringen?«

»Beides war nicht meine Absicht.« Er stieß sich von der Kommode ab, um mich anzusehen. »Es tut mir so …«

»Stopp.« Ich schnitt ihm das Wort ab, bevor er noch mehr

sagen konnte. »Ob mit oder ohne Absicht, du hast es getan. Und jetzt solltest du besser gehen.«

Ich wollte keine Entschuldigung hören. Ich wollte ihn nur aus meinem Zimmer haben.

Wieder trafen sich unsere Blicke, und unausgesprochene Worte blieben in der Luft hängen. Sein Gesicht spiegelte eine Mischung aus Gefühlen – seine zusammengepressten Lippen drückten Zorn aus, seine Augen Bedauern.

»Ist sonst noch was?«, fragte ich und hielt die Luft an.

Er schüttelte den Kopf und verließ wortlos mein Zimmer.

Erst als ich die Wohnungstür hinter ihm ins Schloss fallen hörte, atmete ich aus.

11. KAPITEL

Am nächsten Tag zog Michael ein.

Ich hörte ihn nebenan herumräumen. Die Wände waren gut isoliert, aber das Wetter war frisch und sonnig und die Fenster standen offen. Mein Zimmer und sein Schlafzimmer befanden sich Wand an Wand.

Na toll. Ich fragte mich, wie ich mit dem Wissen, dass er praktisch neben mir lag, jemals einschlafen sollte. Obwohl er mich am Tag zuvor fuchsteufelswild gemacht hatte, konnte ich nicht abstreiten, dass er eine magische Anziehungskraft auf mich ausübte.

Was war ich nur für eine blöde Kuh.

John Lee Hookers unverwechselbare Gitarrenklänge wurden aus Michaels Zimmer zu mir herübergetragen. Schon wieder eine Gemeinsamkeit – auch ich war ein Blues-Fan. Ich saß auf dem Bett, hörte die Musik, während ich den bewegten Schatten des Eichenlaubs vor meinem Fenster zuschaute. Es war ein wunderschöner Nachmittag, perfekt für ein letztes Sonnenbad am See, um vor dem Winter noch ein bisschen Wärme zu tanken. Wenn man ein normaler Teenager war. Da ich der Normalität schon vor einer halben Ewigkeit den Rücken zugekehrt hatte, blieb ich zuhause, als Gefangene meiner Gedanken.

Obwohl ich Michael versprochen hatte, mich um meine eigenen Angelegenheiten zu kümmern, war die Versuchung groß, meine Hourglass-Recherche fortzuführen. Liam Ballard starb unter mysteriösen Umständen und Michael wollte, dass ich keine Fragen stellte. Warum? Was wollte er verbergen?

Mein Blick fiel auf Drus Laptop, der immer noch auf dem Fußhocker stand, wie um mich zu verspotten. Würde ich mein Versprechen brechen, wenn ich die Power-Taste drückte und mir ansah, was auf dem Bildschirm erschien?

Als ich nach dem Laptop greifen wollte, tauchte Jack plötzlich vor mir auf. Vor lauter Schreck hätte ich fast aufgeschrien, doch das offene Fenster und der Gedanke, dass Michael mich hören könnte, ließen mich stumm bleiben. Da ich allein und einsam war, fand ich, dass ein Gespräch mit einem toten Typen vielleicht gar kein so schlechter Zeitvertreib war.

»Hallo.« Seine Stimme klang sanft und kultiviert.

»Was geht?«

»Was … geht?«, fragte Jack.

»Vergiss es«, sagte ich und schloss das Fenster. Ich lehnte mich an die Fensterbank. »Ich wollte fragen, wie es dir geht.«

»Besser als dir, glaube ich.«

»Ja.« Ich seufzte. »Aber freu dich nicht zu früh. Es gehört nicht viel dazu, sich besser zu fühlen als ich.«

»Oh, das glaube ich ganz und gar nicht.« Jack faltete die Hände hinter dem Rücken. »Du solltest dich nicht selbst kleinmachen.«

»Soll das etwa ein Witz sein?« Ich streckte die Arme aus und schaute von den Füßen zu meinen Fingerspitzen.

Er wirkte ein wenig bestürzt, doch dann brach er in warmherziges, ansteckendes Gelächter aus. Ich konnte nicht anders, als mit einzustimmen.

»Deine Größe lässt dich zart und zerbrechlich wirken wie Spinnweben. Aber die kluge Fliege weiß, dass etwas Zartes auch sehr stark sein kann.«

Plötzlich wurde mir bewusst, dass er zwar nicht lebendig,

aber definitiv männlich war und sich in meinem Zimmer befand. Darüber hinaus hatte er mir soeben das netteste Kompliment gemacht, das ich je bekommen hatte.

»Und«, sagte ich mit gesenkter Stimme, »gibt es einen bestimmten Grund für deinen Besuch?«

Jack zuckte die Schultern. »Ich wollte ein bisschen menschliche Gesellschaft haben, es sei denn du findest meine Anwesenheit aufdringlich.«

Ich dachte über seine Worte nach und überlegte, ob ich mich bedrängt fühlte. Wäre er lebendig gewesen, hätte ich ihn wahrscheinlich als Stalker betrachtet. Machte ihn die Tatsache, dass er ein Zeitloser war, eher zu einem Schutzengel?

»Nein, das ist schon in Ordnung.« Ich setzte mich auf die Bettkante, da ich noch immer etwas wacklige Knie hatte. Jack war ein erwachsener Mann. Der zufälligerweise tot war. Ich musste mich ein bisschen zusammenreißen.

»Ich war so lange fort, ohne jemanden zum Reden zu haben«, sagte Jack mit liebenswürdiger Stimme, die Essig in Wein verwandelt hätte. »Ist es nicht ein Glück, dass ich für mein erstes Gespräch jemanden wie dich gefunden habe!«

Auf jeden Fall war er ein überaus charmanter Engel.

Am liebsten hätte ich mir Luft zugefächelt.

»Ähm … Danke.«

»Gern geschehen.« Kaum merklich lächelnd, tastete er nach seiner Uhrkette.

Ich schaffte noch nicht mal eine normale Unterhaltung mit einem toten Typen.

»Em?« Dru klopfte an meine Tür.

Als würde ich bei etwas Verbotenem erwischt, sprang ich auf. »Ja?«

»Mit wem redest du da?«

»Mit niemandem, nur … äh …« Ich wich Jack aus und stolperte über den Hocker. »Ich hab nur laut gelesen.«

»Mach die Tür auf. Ich will dir die Babybettwäsche zeigen, die ich gekauft habe.«

»Ja, einen Moment.« Ich starrte auf den Türknauf, und mir fiel ein, dass ich nicht abgeschlossen hatte. Aber Dru hätte ruhig hereinkommen können, weil sie Jack ohnehin nicht gesehen hätte. Ich mochte mir jedoch nicht vorstellen, mich mit ihr zu unterhalten, während er neben mir stand – nie und nimmer.

Ich rappelte mich hoch und wollte ihm sagen, dass er verschwinden sollte.

Aber er war bereits fort.

Außer der Bettwäsche hatte Dru sämtliche geschlechtsneutrale Babybekleidung von Ivy Springs aufgekauft. Sie sortierte die Sachen auf dem großen Himmelbett, das sie mit meinem Bruder teilte, und die cremefarbene Spitzentagesdecke war unter all den Stapeln kaum noch zu sehen.

»Emerson, ich wollte mich entschuldigen«, sagte Dru und faltete ein winziges Babyhemdchen mit aufgesticktem Teddybär zusammen.

»Wieso?«

»Weil wir dich verscheucht haben, als Thomas und ich die Schwangerschaft, äh, gefeiert haben.« Ihr Gesicht war genauso tomatenrot wie die Schlafzimmerwand geworden. Auch meine Wangen wurden heiß und wahrscheinlich ebenso rot. Gott sei Dank blähte gerade eine kleine Brise die hellen Vorhänge und brachte ein wenig Kühlung. Dru räusperte sich und fuhr fort. »Wir hätten ein bisschen diskreter sein sollen.«

»Schon gut«, murmelte ich und hob eine winzige Socke vom Boden auf.

»Nein. Das hier ist auch dein Zuhause, und du sollst dich wohlfühlen können.«

»Tu ich doch.« Ich lächelte sie an. »Ihr werdet sicher tolle Eltern. Außerdem weiß ich ja, wie lange ihr euch schon ein Baby wünscht.«

Dru strich sich über den Bauch, Tränen stiegen ihr in die Augen. Ich begann, zwischen all den Sachen auf dem Bett nach der zweiten Babysocke zu suchen. Thomas hatte mir erzählt, dass sie schon in den Flitterwochen von einem Baby gesprochen hatten. Es war nie offen darüber geredet worden, doch ich wusste, dass es in den vergangenen fünf Jahren so manche Enttäuschung gegeben hatte.

»Weißt du, was wir uns überlegt haben?«, sagte sie leise. »Das Baby soll den Namen von deiner Mom oder deinem Dad bekommen. Clarissa oder Sean.«

Jetzt bloß nicht weinen. »Das würde die beiden bestimmt freuen«, flüsterte ich. »Ich meine, es *hätte* sie sicher gefreut.«

»Dann ist es dir recht?« Dru griff nach einer weichen Chenille-Babydecke.

»Warum sollte ich was dagegen haben?«

Dru fingerte am Saum der Decke herum. »Eines Tages wirst du auch Kinder haben. Ich wusste nicht, ob du vielleicht …«

»Ich? Nie im Leben!«, tat ich ihre Frage ab und lachte. Kinder konnte ich mir in meinem Leben nur als Neffen und Nichten vorstellen, die mich in meinem winzigen Häuschen besuchten, das ich mit dreißig Katzen teilen würde. Und mit ein paar toten Leuten. Vergeblich versuchte ich, mich zu einem Lächeln zu zwingen. »Ich glaube nicht, dass ich jemals heirate, und schon gar nicht, dass ich Kinder kriege. Selbst wenn ich mir das eines Tages vielleicht wünsche. Das ist alles so … normal. Und das bin ich nun mal nicht.«

Sie legte die Decke weg und drückte tröstend meine Hand.

»Thomas hat mir erzählt, dass du wieder angefangen hast, sie zu sehen.«

»Schlechte Nachrichten verbreiten sich schnell.« Mein Magen sackte fünf Stockwerke nach unten. Hastig zog ich die Hand zurück und begann erneut, zwischen all den Babysachen nach dem fehlenden Söckchen mit dem gelben Küken zu wühlen.

»Vielleicht ist es keine schlechte Nachricht. Vielleicht ist es ein glücklicher Zufall, perfektes Timing. Jetzt, da Michael da ist. Thomas glaubt wirklich, dass er dir helfen kann.«

»Oder er ist am Ende genauso mies wie all die anderen.« Oder mieser. Denn nach unserem ersten Gespräch hatte ich mir so viel von ihm erhofft, und jetzt wusste ich nicht mehr, was ich denken sollte. »Wie habt ihr ihn eigentlich gefunden?«

Sie zuckte die Achseln und nahm einen weiteren Stapel Babysachen aus einer Tüte. »Das solltest du lieber deinen Bruder fragen. Und wechsel nicht das Thema.«

»Welches Thema?«

»Deine Zukunft. Dein Glück.« Sie knüllte die Papiertüte zusammen und warf sie in die Ecke. »Du bist einer der mitfühlendsten, großzügigsten Menschen, die mir je begegnet sind. Und das bedeutet, dass du eine wunderbare Mutter werden kannst, wenn du es willst. Du hast so viel zu geben. Mach dich nicht klein und versteck dich nicht in einem Loch, statt dein Leben zu leben!«

Ich erstarrte und wartete darauf, dass die Hölle zufror. Dru war noch nie laut geworden.

»Entschuldigung!« Erschrocken hielt sie sich die Hand vor den Mund. »Ich hätte nicht … Es tut mir leid.«

»Braucht es nicht. Ich … ich will dir nur danken. Für alles.« Ich hielt inne, presste die Lippen zusammen und blinzelte heftig. »Ich weiß, dass du eine phantastische Mom wirst, weil du für mich eine gewesen bist. Danke.«

Diesmal gewannen die Tränen die Oberhand. Ich hielt mir das Teddybärhemdchen vor die Brust. »Das passt doch nie im Leben. Gab's das nicht eine Nummer größer?« Ich erzielte die erhoffte belustigende Wirkung und wechselte bei der Gelegenheit das Thema. »Sieht so aus, als wären alle Tüten leer. Entsprechen alle Babysachen deinen Vorstellungen?«

Sie nickte und wischte sich die Tränen von den Wangen, bevor sie sich mit Eifer wieder ihrer Aufgabe zuwandte. »Hilfst du mir beim Schilderabschneiden, damit ich alles waschen kann?«

»Klar. Ich hatte keine Ahnung, dass Babys ihr eigenes Waschmittel brauchen.« Ich reichte Dru die pinkfarbene Plastikflasche mit dem Bild eines schlafenden Kindes.

»Ich auch nicht.« Sie lachte. »Wir haben noch viel zu lernen. Ist das nicht aufregend?«

Das war es.

Als wir fertig waren, lagen lauter winzige Plastikbügel und Schilder auf dem Boden. Ich stopfte alles in eine leere Tüte und brachte sie nach unten in die Mülltonne. Auf dem Rückweg über die Hintertreppe stieß ich mit Michael zusammen und geriet ins Stolpern.

Er hielt mich an den Schultern fest, damit ich nicht stürzte. Ich wich zurück, da ich nicht an unsere verrückte physische Verbindung erinnert werden mochte.

»Hey.« Er schaute verlegen zu Boden und hakte die Daumen in die Jeanstaschen ein.

Ich ließ ihn stehen und stieg die Treppe hinauf. Meine gute Laune war dahin.

»Warte, Emerson.« Seine Schritte hallten auf der Metalltreppe. Ich drehte mich um und lehnte mich ans Geländer. Da er zwei Stufen unter mir stand, befanden wir uns etwa auf Augenhöhe.

»Was ist?« Ich dehnte die Worte, bemühte mich um einen gelangweilten Tonfall, aber meine Stimme zitterte ein wenig.

»Wegen gestern ... Hourglass ... Ich wünschte, ich könnte es dir erklären.«

»Wieso kannst du's nicht?«

Er rieb sich die Stirn. »Ich kann einfach nicht.«

Ich murrte verärgert vor mich hin und wollte weitergehen. Er griff nach meiner Hand, aber ich riss sie weg und wirbelte herum. »Warum? ›Ich soll mich um meinen eigenen Kram kümmern‹ – oder was hast du noch gleich gesagt?« Unwillkürlich verzog ich spöttisch den Mund.

»Es ist ein bisschen komplizierter.«

Diese Antwort, die langsam zur Standardantwort wurde, weckte in mir den unwiderstehlichen Drang, ihm gegen die Schienbeine zu treten. »Nein.«

»Wie bitte?«

»Nein.« Jetzt war mir nicht mehr nach Treten zu Mute, sondern nach Boxen, ausgelöst durch meine Wut und die Tatsache, dass ich Michael bis zu dem gestrigen Zwischenfall in meinem Zimmer vertraut hatte. »Ich werd mich nicht um meinen eigenen Kram kümmern. Du kommst daher, sagst, dass du mich *verstehst* und ich dir vertrauen soll. Und dann sagst du mir nicht die Wahrheit.«

»Glaub mir, Emerson, ich bin dir gegenüber so ehrlich, wie ich kann«, erwiderte er und hielt die Handflächen nach oben.

»Wenn man nicht vollkommen ehrlich ist, ist das genauso, als wäre man ein Lügner.«

»Ich bin kein Lügner«, sagte er.

An seiner Schläfe sah ich eine Ader pulsieren.

»In meinen Augen schon.«

»Bin ich nicht. Ich bin nur eins: total frustriert.«

Mit einem Mal packte Michael mich an den Ellbogen, wirbelte mich herum und stellte mich wieder auf die Füße.

»Wessen Schuld ist das wohl?«, rief ich, als er mit steifem Rücken die Treppe zur Hintertür hochging. »Nicht meine. Vielleicht solltest du mir einfach erzählen, womit ich angeblich nicht klarkomme – hast du darüber schon mal nachgedacht?«

Doch die Tür war bereits ins Schloss gefallen, und ich sprach ins Leere.

12. KAPITEL

Am nächsten Morgen schaute ich im Murphy's Law rein, um flüssige Energie zu tanken und mit Lily zu quatschen. Schlafmangel gehörte mittlerweile zu den unangenehmen Begleiterscheinungen meines Lebens. Ich überlegte kurz, einen Kamillentee zu bestellen. Der sollte ja bei Aufregung ganz hilfreich sein, und davon hatte ich jede Menge.

Lily stand hinter der Theke. Sie sah mich kommen und gab meine übliche Bestellung weiter. »Ein doppelter *Cubano* und eine extragroße Empanada.«

Kamillentee?

Alles klar.

Als Lily meine Bezahlung verweigerte, schob ich mein Geld in die Trinkgelddose und ging zum vorderen Teil des Cafés, wo ich mich in einen dick gepolsterten, orangefarbenen Sessel fallen ließ. Draußen sah ich einen Mann mit Arbeitshosen und T-Shirt mit Gärtnereilogo, der die Sommerblumen aus den Pflanzkübeln am Straßenrand entfernte. Er ersetzte sie durch Chrysanthemen in verschiedenen Rot- und Violetttönen. Neben ihm stand ein Doppelgänger unseres Nationalhelden Davy Crockett, dessen Waden in der Blumenerde verschwanden. Zeitlose und feste Gegenstände vertrugen sich nicht besonders gut. Ich war froh, dass sich Davy im falschen Jahrhundert befand und nicht nur modisch danebenlag.

Die Biberpelzmütze wäre wirklich der Brüller gewesen.

Während ich die beiden beobachtete, bemerkte ich ein

Schild an der Fensterscheibe des Cafés. Im hellen Sonnenschein stachen zwei fettgedruckte Wörter deutlich hervor: AUSHILFE GESUCHT. Das war ein Geschenk des Himmels. Ich wollte schon so lange einen Job, damit ich mich nicht immer an Thomas wenden musste, wenn mein Taschengeld nicht reichte, und jetzt suchte mein absolutes Lieblingscafé eine Aushilfe. Konnte ich diesen Traumjob ergattern, bei dem ich den ganzen Tag mein Lebenselixier riechen und verkaufen durfte?

Lily servierte mir Espresso und Empanada und setzte sich anmutig zu mir an den Tisch.

»Warum hast du mir nicht erzählt, dass ihr jemanden sucht?«

Sie runzelte ungläubig die Stirn, bis ich auf das Schild deutete. Mühsam entzifferte sie die spiegelverkehrten Buchstaben. »Ich hatte keine Ahnung, dass meine Großmutter jemanden einstellen will. Ich dachte, sie lässt mich schuften, bis ich umfalle, nur um Geld zu sparen.«

»Deine Auffassungsgabe erstaunt mich immer wieder aufs Neue.« Sie warf mir einen grimmigen Blick zu. Um sie wohlwollend zu stimmen, wechselte ich das Thema. »Meinst du, deine Abuela würde mich einstellen?«

»Wieso nicht? In deinen Adern fließt Kaffee statt Blut. Das hat vielleicht dein Wachstum gestoppt.« Am liebsten hätte ich ihr etwas an den Kopf geworfen, aber außer der Empanada fand ich nichts zum Werfen, und die wollte ich nicht opfern.

»Ist sie da?« Vergeblich versuchte ich, mich aus dem Sessel hochzurappeln. »Kann ich sie sprechen?«

»Sie holt gerade ein paar Münzrollen von der Bank. Und wieso fragst du überhaupt? Wenn du den Job haben willst, dann kriegst du ihn.« Lily drehte ihr langes dunkles Haar zusammen und steckte es hoch. Mit der Speisekarte, die sie als

Fächer benutzte, erinnerte sie eher an Kleopatra als an eine Serviererin in einem Kleinstadtcafé. Sie wirkte einfach in jeder Lage glamourös. »Meinst du, du kannst morgen anfangen? Ich brauch eine Pause.«

»Nur wenn du mich aus diesem Sesselungeheuer rausziehst. Was gebt ihr diesem Monster zu fressen? Gäste?«

»Entspann dich.« Lily ließ ihr Haar wieder auf die Schultern fallen und grinste mich an. »Ich hab's gern, wenn mein Publikum nicht wegrennen kann. Wie läuft's mit Thomas und Dru?«

Da ich ohne fremde Hilfe nicht entkommen konnte, trank ich einen Schluck Espresso und seufzte genießerisch. Es ging das Gerücht um, dass man außer in Miami keinen besseren *Cubano* bekam, weil er schon beim Aufbrühen mit Zucker versetzt wurde. »Ausgezeichnet. Dru ist schwanger.«

»Schwanger? Das ist ja toll«, sagte sie begeistert. Doch dann legte sie den Kopf schief und musterte mich argwöhnisch. »Oder?«

»Ja, es ist großartig. Dru hat mir mit Hausarrest gedroht, für den Fall, dass ich ausziehen will. Angeblich kennt sie einen Polizisten, der ihr elektronische Fußfesseln besorgen kann.«

Lily lehnte sich graziös zurück. Sie würde niemals in einem Sessel stecken bleiben. »Familie ist echt wichtig«, sagte sie wehmütig.

Wir zwei teilten das Schicksal, ohne Eltern zurechtkommen zu müssen. Ihre Eltern waren am Leben, doch da ihr Vater mit der Regierung in Konflikt geraten war, hatten er und ihre Mutter in Kuba zurückbleiben müssen. Abgesehen von ein paar weit entfernten Verwandten in Südflorida hatte sie weniger Familienmitglieder als ich.

»Irgendwas Neues von deinen Eltern?«

»Nein. Seit Weihnachten kein Wort.« Ihre Augen füllten

sich mit Traurigkeit, die mir vertraut war. Wie immer, wenn ihre Familie zur Sprache kam, wechselte sie hastig das Thema. »Du hast mir noch gar nichts von der Restauranteröffnung erzählt. Raus damit – hast du irgendwelche Eroberungen gemacht?«

»Nee.«

Ihr Blick verriet, dass sie mir kein Wort glaubte. »Die Antwort kam ein bisschen zu schnell.«

»Wann habt ihr eigentlich mit dem Verkauf eurer eigenen Marke angefangen?«, fragte ich ausweichend und studierte die Preise für frischgeröstete Kaffeebohnen.

»Letztes Frühjahr. Und jetzt raus mit der Sprache, ich wette, du *hast* jemanden kennen gelernt.« Sie rutschte erneut auf die Stuhlkante und beugte sich gespannt nach vorn.

»Ja, schon.« Lily kannte mich zu gut. Sie würde keine Ruhe geben, bis ich ihr die Wahrheit sagte. »Aber es hat keinen Sinn, darüber zu reden. Er ist tabu.«

»Warum?«, fragte sie enttäuscht. »Erzähl mir bloß nicht, dass er eine Freundin hat.«

»Es geht um eine von Thomas' Regeln – der Typ arbeitet sozusagen für uns. Außerdem ist er älter als ich, wenn auch nur ein paar Jahre. Thomas tut so, als ob's nach dem Highschoolabschluss mit Riesenschritten ins Altenheim gehen würde. Es ist nur so, jedes Mal, wenn wir uns treffen, sind da all diese verrückten …« Da ich keine vernünftige Erklärung hatte, fuchtelte ich hilflos in der Luft herum. Ich wollte ihr schon erzählen, dass wir fast die gesamte Stromversorgung der Phone Company lahmgelegt hätten, aber dann beschloss ich, diesen Zwischenfall lieber für mich zu behalten. »Er hat einfach diese … magische Anziehungskraft.«

Und das machte mir eine Höllenangst.

»Das ist wunderbar für dich, Em«, sagte Lily leise. Sie wusste, wie schwer es mir manchmal fiel, eine Beziehung zu anderen Menschen aufzubauen. »Wenn es wirklich eine Bindung zwischen euch gibt, meinst du nicht, dass Thomas Verständnis hätte und eine Ausnahme machen würde?«

»Ich weiß nicht, ob es auf Gegenseitigkeit beruht. Außerdem denkt Michael, glaube ich, genauso wie Thomas. Er hat mich drauf hingewiesen, dass man Arbeit und Vergnügen nicht vermischen sollte.«

»Michael«, hauchte Lily versonnen und fing an zu kichern. »Schöner Name. Ihr könntet's natürlich wie Romeo und Julia machen, wenn es nicht anders geht, und eure Liebe geheim halten.«

»Ja. Das hat ja auch wunderbar geklappt. Es gibt keine Liebe, Lily.« Und für mich würde es wahrscheinlich niemals eine geben. Da mochte Dru noch so viel protestieren – ich glaubte nicht, dass ich irgendetwas zu geben hatte.

»Abi ist wieder da. Lass uns mit ihr reden. Ich wette, du brauchst nicht mal den Bewerbungsbogen auszufüllen.«

»Ich seh sie nicht.« Ich verrenkte mir den Hals. Zwei Sekunden später kam sie durch die Küchentür. »Okay«, sagte ich zu Lily.

Lachend stand sie auf, um die Küche anzusteuern.

»Lily?« Sie drehte sich zu mir um. Ich deutete auf den Sessel. »Hilfst du mir endlich hier raus?«

13. KAPITEL

Thomas wollte *Der Pate* sehen. Wieder einmal. Aber diesmal weigerte ich mich zu kapitulieren.

»Aber mein Lieblingsfilm ist *Die Nacht vor der Hochzeit*.« Auf seinen Protest hin änderte ich meine Taktik. »Deine Frau erwartet ein Kind; du musst auf ihre Bedürfnisse eingehen.«

»Sie hat Recht, Thomas. Und Gewalt ist nicht gut fürs Baby.«

»Der kleine Wurm hat noch nicht mal Fingernägel – woher soll er wissen, dass wir uns einen Mafia-Film ansehen?«

»*Sie* wird genauso sensibel wie ihre Mutter.« Dru schaute ihn mit großen Augen an. »Das Risiko willst du doch sicher nicht eingehen?«

Die Vorspannmusik der alten Filmkomödie begann, und als ich gerade mit der Popcornschüssel in der Hand aus der Küche kam, läutete es an der Tür. Ich rief: »Ich mach auf!« Wahrscheinlich war's die Pizza.

Vor der Tür stand jedoch nicht der Pizzabote, sondern Michael. Er hatte die Hände tief in die Hosentaschen geschoben und sah mich todunglücklich an.

»Hey.« Ich hatte seit zwei Tagen keinen Pieps von ihm gehört. Verlegen zog ich den Bademantel, den ich über gestreiften Pyjamahosen und Trägerhemdchen trug, enger zusammen, während die Popcornschüssel für Abstand zwischen uns sorgte. »Willst du irgendwas?«

Er musterte meine Häschenpantoffeln. »Nur mit dir reden. Bitte, Emerson?«

»Ich brauch fünf Minuten.« Ich bemühte mich um einen neutralen Tonfall. »Warte unten auf mich.«

Michael stand verloren im Eingangsbereich, als ich zehn Minuten später zurückkam. Meinen Bademantel hatte ich gegen eine Sweatshirtjacke getauscht, Zähne geputzt und in letzter Sekunde noch an ein paar Spritzer Parfüm gedacht.

Aus Trotz war ich bei den Häschenschlappen geblieben.

Ich führte Michael auf die Veranda, die allen Bewohnern des Hauses zur Verfügung stand. Von hier hatte man denselben Blick wie von der Restaurantterrasse. Auch das schmiedeeiserne Geländer war das gleiche. Wir setzten uns an ein rundes Glastischchen, und ich wartete auf das, was er zu sagen hatte.

»Ich hab einen Fehler gemacht.«

Nicht gerade das, was ich erwartet hatte.

»Wie edel von dir, dich zu entschuldigen«, sagte ich und war selbst erschrocken über den sarkastischen Unterton in meiner Stimme, obwohl es meiner Erfahrung nach immer das Beste war, in die Defensive zu gehen.

Trübsinnig lehnte Michael sich zurück. »Hör zu, wenn du nicht mit mir arbeiten möchtest, kann ich versuchen, jemand anderen zu finden, der dir hilft …«

»Nein, nein. Ich will dich.« Die Worte waren aus dem Mund, bevor ich mich bremsen konnte. Michael grinste so breit, dass ein Grübchen in seiner linken Wange zum Vorschein kam, das mir zuvor noch nicht aufgefallen war. »Damit du mit mir arbeitest.«

»Gut. Und ich verspreche dir, dass ich jegliche Gefühle, die ich vielleicht habe, für mich behalten werde.«

Gefühle? Welche Art von Gefühlen?

»Es gibt noch einen anderen Grund, warum ich mit dir sprechen wollte.« Er zögerte und holte tief Luft. »Du hast gesagt, du willst die Wahrheit wissen, und ich möchte dir gern alles sagen, was ich kann. Zeitlose aus der Vergangenheit zu sehen, ist nur ein Teil deiner Gabe.«

Die Bezeichnung Gabe wäre mir im Leben nicht eingefallen.

»Ist da etwa noch mehr?«

»Das wird dir jetzt ziemlich abwegig erscheinen. Hör mir einfach zu. Du hast Leute aus der Vergangenheit gesehen, sagst du. Hast du jemals welche ... aus der Zukunft gesehen?«

»Ich sehe nur Leute, die tot sind. Tote Personen aus der Vergangenheit. Leute aus der Zukunft sind nicht tot. Wie können Zeitlose aus der Zukunft in der Gegenwart auftauchen? Die dann ihre Vergangenheit wäre, nehme ich an.«

Michaels Stirn legte sich in Falten, bestimmt weil er vergebens versuchte, meiner Logik zu folgen. Verständlich. Ich konnte ihr selbst nicht folgen.

»Es geht nicht so sehr um Vergangenheit, Gegenwart und Zukunft.« Die Falten vertieften sich, während er versuchte, es zu erklären. »Die Übergänge sind fließender, als man es sich normalerweise vorstellt, fast parallel.«

»Dann ist es unvermeidbar?«, fragte ich niedergeschlagen. »Dass ich mich demnächst auch noch mit Leuten aus der Zukunft herumschlagen muss?«

Er nickte, und mir war, als hätte ich eine schallende Ohrfeige bekommen.

»Hast du Leute aus der Zukunft gesehen?«, fragte ich.

»Anfangs habe ich nur Zeitlose aus der Zukunft wahrgenommen, aber jetzt seh ich auch welche aus der Vergangenheit.«

Na toll. Eine weitere Personengruppe, vor denen ich auf Partys auf der Hut sein musste.

»Das ist das Verrückteste, das ich je gehört habe.« Langsam

bekam meine Stimme einen leicht hysterischen Unterton. »Woher wusstest du, dass sie aus der Zukunft stammen? Waren sie mit einem Luftkissenfahrzeug unterwegs? Mit einem treuen Roboterkameraden an ihrer Seite?«

»Nein.« Er schüttelte den Kopf, und seine Miene wurde zusehends besorgter. »Beim Essen hast du mich gefragt, wann ich zum ersten Mal einen Zeitlosen aus der Vergangenheit gesehen hätte. Ich hab es dir erzählt. Aber der allererste Zeitlose, der mir begegnet ist, war aus der Zukunft. Wir sind zum Turner Field Stadion gefahren, um die Braves und die Red Sox spielen zu sehen. Der Typ in der Reihe vor uns trug ein World Series T-Shirt. Aber mit dem Jahr und der Siegermannschaft stimmte etwas nicht.«

Michael hatte beim Erzählen ins Nichts gestarrt. Jetzt richtete er seine Aufmerksamkeit wieder auf mich.

»2004 oder 2007?«, fragte ich.

»2004.« Er grinste. »Als ich seinen Ärmel berühren wollte und gegen seinen Arm stieß, verschwand er. Ich bin ausgeflippt, und meine Mom brachte mich ins Krankenhaus. So ist Hourglass auf mich aufmerksam geworden. Sie bezahlen Leute, die Ausschau nach Menschen wie uns halten.«

»Personen aus der Zukunft. Wie seltsam. Meine Zeitlosen tragen Pilgerhauben und gepuderte Perücken. Aber Leute aus der Zukunft. Wie seltsam«, wiederholte ich. »Hast du schon mal jemanden getroffen, den du kennst?«

»Nicht direkt.« Er wandte den Blick ab. Sein Ausweichen versetzte meine ohnehin schon überlasteten Sinne in Alarmbereitschaft.

»Michael?«

Er sagte nichts, schaute mich jedoch wieder an.

»Michael, wen hast du gesehen? Sag es mir.«

»Ich glaube, das hier ist ein Fehler«, erwiderte er und machte

Anstalten aufzustehen. »Vergiss es einfach. Das willst du gar nicht wissen.«

»Doch, ich glaube schon.« Ich streckte den Arm aus, um ihn aufzuhalten, und legte die Hand auf seine Schulter, zuckte jedoch zurück, als der Blitz durch meinen Arm fuhr. Leise wiederholte ich meine Frage. »*Wen hast du aus der Zukunft gesehen?*«

»Dich.«

14. KAPITEL

Ich starrte Michael an und fragte mich, wer von uns beiden der Durchgeknalltere war. Ich trainierte meine Tiefenatmung, obwohl ich die Technik nie richtig gelernt hatte. Aber wenn ich nicht umkippen wollte, musste ich es wenigstens versuchen.

»Es ist schon gut, Em«, sagte Michael behutsam.

»Nenn mich nicht Em.« Der Spitzname drückte zu viel Vertrautheit aus, was kein Wunder war, wenn ich davon ausgehen musste, dass er mich längst gekannt hatte, als ich ihm begegnete. Ich legte den Kopf auf den Glastisch, schlug ein paarmal mit der Stirn dagegen und fluchte leise vor mich hin.

Ich verkniff es mir, schreiend die Veranda zu verlassen, vor allem weil ich ja doch irgendwann zurückkehren musste. Schließlich wohnte ich oben. Außerdem waren meine Häschenschlappen für Sprints denkbar ungeeignet. Die Tatsache, dass er das Jazztrio gesehen hatte, machte ihn glaubwürdig. Ein bisschen. Aber jetzt redete er von Leuten aus der Zukunft, insbesondere von mir. Ich hob den Kopf von der Tischplatte und hätte am liebsten laut losgejammert.

»Ich hätte dir das etwas schonender beibringen sollen«, sagte Michael. »Aber als wir uns kennen lernten, hast du gesagt …«

»Stopp! Bitte erzähl mir nicht, was ich gesagt habe, es sei denn, ich hätte es in den letzten paar Tagen gesagt. Ich persönlich.« Ich tippte mir auf die Brust. »Und ich spreche von diesem Ich. Wenn all das wirklich wahr ist …« Ich kicherte hysterisch. »Woher wusstest du, wer ich war? Warum hast du mir geglaubt?«

»Du warst sehr überzeugend. Du wusstest Dinge über mich, so wie ich jetzt Sachen von dir weiß.«

»Was denn zum Beispiel?« Der Gedanke war so faszinierend für mich, dass ich vergaß, über was für surreale Dinge wir eigentlich sprachen.

»Mal überlegen. Du bist verrückt nach Baseball, eingefleischter Red-Sox-Fan wie ich, aber du findest die Starspieler lächerlich«, erklärte er und beobachtete meine Reaktionen, wobei er es sichtlich genoss, mich zu verblüffen. »Du hörst gern Bluegrass-Countrymusik, aber nur wenn du allein bist, weil es keiner wissen soll. Du hattest ein Bauchnabelpiercing, aber du hast es rausgenommen, bevor du nach Haus gekommen bist, weil du's vor Thomas vertuschen wolltest.« Grinsend starrte er auf meinen Bauch. Ich zwang mich, gerade stehen zu bleiben. »Und …«

Bis jetzt hatte er den Nagel auf den Kopf getroffen. Ich fragte mich, warum er nicht weitermachte.

»Und was?«

»Ich will noch nicht alle meine Geheimnisse preisgeben. Lag ich bei irgendwas daneben?«

»Nein«, seufzte ich. »Obwohl meine Abneigung gegen die Starspieler noch nicht voll ausgeprägt ist.«

»Jetzt brauchst du nicht mehr drüber nachzudenken. Du weißt ja, wie du dich entschieden hast.«

»Wie auch immer. Also, als mein zukünftiges Ich dich gefunden hat …« Das klang völlig verrückt. »Was wusste ich da über dich?«

»Warum sollte ich dir das verraten?« Er fand das Ganze ein bisschen zu lustig.

»Und wenn dies die einzige Chance ist, die du kriegst? Wenn dieses Gespräch die einzige Gelegenheit ist, mir das zu sagen, was ich dir eines Tages sagen werde, damit du mir glaubst?« Ich hoffte, er würde mir antworten, ohne mich um eine Wiederholung meiner Worte zu bitten, denen ich selbst kaum folgen konnte.

Michaels Grinsen wurde noch breiter, und ich fühlte mich durchschaut. »Du hast mir erzählt, dass Spumoni mein Lieblingseis ist, dass ich mit sieben genäht wurde und dass die Narbe sich an einer sehr außergewöhnlichen Stelle befindet – du weißt, an welcher –, dass ich einen Teddybär namens Rupert besaß, von dem ich mich nie trennen mochte, und dass du mir bei unserem ersten Treffen in der Gegenwart den … Atem rauben würdest.«

»Mmm.« Meine Wangen begannen zu glühen.

Er schaute in den Nachthimmel und sagte die nächsten Worte so leise, dass ich sie kaum verstehen konnte. »Du hast Recht gehabt.«

Langsam und tief einatmen und wieder ausatmen, Em.

»Als ich dich fand … War ich da eine Zeitlose?«, fragte ich schließlich.

»Das ist ein bisschen kompliziert«, sagte er und trommelte wieder mit den Fingern auf der Tischplatte.

»Wieso ist das eigentlich deine Lieblingsantwort auf all meine Fragen?«

Er antwortete nicht.

Ich hatte ebenfalls mit Nervosität zu kämpfen und konnte meine Beine kaum stillhalten. Warum war der Tisch bloß durchsichtig? Ich atmete abermals tief ein, um mich zu beruhigen. Was ich fragen wollte, bedeutete entweder, dass ich total verrückt war, oder dass meine Welt vollkommen auf den Kopf gestellt würde.

»Du hast gesagt, ich sei aus der Zukunft zu dir gekommen. Ich kann mir nur eine Art vorstellen, wie das passieren konnte, wenn ich dir nicht als Zeitlose erschienen bin.« Ein weiteres hysterisches Lachen entschlüpfte mir, diesmal aus gutem Grund. Oder aus einem schlechten. »Christopher Reeve und Selbsthypnose? Doctor Who und seine Telefonzelle? Hermione und ihr Zeitumkehrer?«

»Doctor Who hatte eine Polizeizelle. Aber es freut mich zu hören, dass dir die Vorstellung nicht völlig fremd ist.«

»Heilige Sch… Du erwartest doch nicht etwa, dass ich dir das abkaufe?« Zitternd legte ich den Kopf auf die Knie. Ich fragte mich, ob ich ein paar von meinen Tabletten behalten hatte oder ob sie alle in der Toilette gelandet waren. Michael könnte sie sicher gut gebrauchen.

»Du hast mir die Frage gestellt.«

»Ich weiß!« Ich setzte mich auf und schloss die Augen. »Kannst du mir einen Gefallen tun und mir *hier und jetzt sämtliche* Informationen geben? Halt bloß kein Bonusmaterial zurück, mit dem du mich später in den Wahnsinn treibst!«

Oder eine Treppe hinab, unter einen Bus und zurück in die Psychiatrie.

»Okay. Ich weiß, es klingt unmöglich…«, begann er zögernd.

Ich riss die Augen auf. »Zeitreisen? Ja, das tut es. Wie soll das gehen? Und wieso ich?«

Michael kratzte sich am Kopf. »Es ist irgendwie… genetisch.«

»Wie eine *Krankheit?*«

Ich merkte, dass ihm die Analogie nicht gefiel. »Wenn du schon in Richtung Krankheit denken willst, könnte man es wohl eher mit einer Sucht vergleichen. Die Neigung zur Sucht ist genetisch. Wonach ein Mensch süchtig ist, mag unterschiedlich sein, so ist ein Sohn vielleicht Alkoholiker, der zweite Sohn nimmt Drogen, der dritte ist spielsüchtig und so weiter.« Er presste sich die Hände gegen die Stirn. »Nichts davon ist wünschenswert.«

»Nein.«

»Lass es uns so sehen. Du hast eine besondere Gabe. Das Wahrnehmen von Zeitlosen ist wie ein Symptom.« Er brummte frustriert. »Ich meine, es ist wie ein Indikator. Die Tatsache, dass du bislang nur Personen aus der Vergangenheit gesehen hast, deutet darauf hin, dass du in der Lage bist, in die Vergangenheit zu reisen.«

»Aha. Wenn ich also irgendeinen Punkt in der Vergangenheit erreichen möchte, dann kann ich das? Was muss ich machen? Die Augen schließen und mir vorstellen, wohin ich will? Meine Hacken dreimal zusammenschlagen und ›Neolithikum‹ sagen?«

»Es ist ein bisschen …«

»Wenn du jetzt wieder sagst, dass es ein bisschen komplizierter ist, dann schreie ich. Was ist mit dir? Kannst du in die Vergangenheit reisen?« Führte ich dieses Gespräch tatsächlich? Ich kniff in meinen Oberschenkel, sehr kräftig. Das Gespräch schien tatsächlich stattzufinden. »Oder kannst du in die Zukunft reisen, weil du Menschen aus der Zukunft siehst?«

»Ich kann allein in die Zukunft reisen und wieder zurück in die Gegenwart. Du kannst allein in die Vergangenheit reisen und in die Gegenwart zurückkehren. Aber wenn wir zusammen reisen, können wir an jeden beliebigen Punkt der Zeitachse gelangen. Wir sind so etwas wie die zwei Hälften eines Ganzen.«

»Zwei Hälften eines Ganzen?« Ich blinzelte ein paarmal, beugte mich über den Tisch, um sein Gesicht zu studieren. »Nimmst du Drogen? Gras? LSD? Oder was? Ich hab meinen

Bruder gefragt, ob du direkt aus dem Entzug kommst, aber bis jetzt habe ich das nicht wirklich als Möglichkeit in Betracht gezogen.«

»Ich nehme keine Drogen, und du bist nicht verrückt.« Er beugte sich ebenfalls vor und legte die Handflächen auf den Tisch. »Angesichts all der anderen Dinge, die du erlebt hast, fällt es dir wirklich so schwer, das zu glauben?«

Er starrte auf seine Finger, deren Wärme das Glas beschlagen ließ. War es so unmöglich? Fast vier Jahre zuvor hatte ich angefangen, Leute aus unterschiedlichen Zeitaltern zu sehen, die verschwanden, wenn ich sie berühren wollte. Also nein, es war nicht unmöglich, an die Möglichkeit von Zeitreisen zu glauben. Das hieß jedoch nicht, dass ich daran glauben *wollte*.

Abgesehen von der Vorstellung, mit Michael auf irgendeine Weise verbunden zu sein. Dieser Aspekt war durchaus verlockend.

»Diese Verbindung«, sagte ich und schaute zu ihm auf. »Ist das der Grund, warum wir jedes Mal so eine Art Kurzschluss kriegen, wenn wir uns berühren?«

»Unsere Fähigkeiten ergänzen sich. Das kann eine tiefe Verbundenheit schaffen. Deshalb ist zwischen uns auch so viel … Chemie.« Er rutschte unbehaglich auf seinem Stuhl herum.

Eine Woge der Erleichterung überkam mich. Jetzt konnte ich meine Gefühle für ihn irgendwie rechtfertigen, und sei es durch eine wissenschaftliche Verbindung. Chemie. Ich dachte an die Energie, die wir erzeugten, wenn wir uns versehentlich berührten, und hatte eine kurze Vision, wie es sein würde, wenn unsere Lippen sich träfen. Würde die Welt um uns herum explodieren?

Als er wieder anfing zu sprechen, richtete ich meine Konzentration auf das, was er sagte, und verscheuchte die Gedanken an Explosionen und Feuerwerk.

»Der Mann, von dem ich dir erzählt habe«, fuhr Michael fort und hatte seine Verlegenheit überwunden oder gut versteckt. »Mein Mentor bei Hourglass, er und seine Frau hatten dieselben Fähigkeiten wie wir, dieselbe Verbundenheit.«

Dass die beiden verheiratet waren, schob ich zunächst beiseite und fragte: »Welche Verbindungen gibt es noch? Ich meine abgesehen von der physischen?«

»Eine starke emotionale Beziehung, eine instinktive Anziehungskraft zueinander.«

Es fiel mir nicht schwer, das zu glauben. Jedes Mal, wenn ich ihn sah, fühlte ich mich stärker zu ihm hingezogen. Stärker als ich mir eingestehen mochte. »Was hat all das mit Hourglass zu tun? Warum willst du mir nichts darüber erzählen?«

»Ich habe meine Gründe«, erwiderte er. »Es gibt Dinge, die du noch nicht wissen darfst …«

»Du hast gesagt, du würdest mir alles erzählen«, schmollte ich. »Ich muss *alles* wissen.«

»Ich hab dir alles gesagt. Über dich.« Er stand unvermittelt auf und starrte über das Verandageländer auf die Straße hinab. »Du kennst doch die Filme über Zeitreisen. Teile davon sind wahr. Ereignisse können beeinflusst werden, aber selten ohne Folgen.«

Michael drehte sich um und ging vor mir in die Hocke. »Ich bin nicht nur hier, um dir dabei zu helfen, dass du verstehst, was du siehst und warum du es siehst«, sagte er und schaute mir in die Augen. »Ich bin hier, um auf dich aufzupassen und …«

Er verstummte. Mir schien, als wäre er kurz davor gewesen, einige der Dinge preiszugeben, die er lieber verschweigen wollte.

»Red weiter.«

»Hier kommt dein Bauchgefühl ins Spiel.« Er ergriff meine Hände. »Entweder vertraust du mir oder nicht.«

Ich wusste nicht, ob ich ihm vertraute. Aber eines wusste ich genau: Ich wollte nicht, dass er aufhörte, mich zu berühren. Ich gewöhnte mich langsam an die Intensität. Er kam mir noch näher. Ich verlor mich in den Tiefen seiner warmherzigen braunen Augen, fragte mich, ob seine Lippen genauso warm wären …

Zentimeter um Zentimeter bewegte Michael sich auf mich zu, bis er das Gleichgewicht verlor und zur Seite kippte. Leise fluchend stand er auf und trat zurück.

»Du … du verstößt gegen die Regeln!« Ich sprang entrüstet auf und verpasste ihm einen Boxhieb gegen die Brust. »Du hättest mich beinahe geküsst!«

Michael wich zurück, bis er das schmiedeeiserne Geländer im Rücken hatte. »Nein, hätte ich nicht.«

Er sagte nicht die Wahrheit. Ich trat ganz dicht an ihn heran und flüsterte: »Lügner.«

Seufzend rieb er sich das Gesicht. Dann machte er eine unerwartete Drehung und stellte sich vor mich hin, so dass ich plötzlich mit dem Rücken zum kalten Metallgitter stand. Der Vorteil war, dass mein Oberkörper gegen Michael gepresst wurde.

Er beugte sich herab und vergrub das Gesicht an meinem Hals. Ich langte nach hinten und umfasste die Gitterstangen, um mich aufrecht halten zu können. Die Jacke glitt von meinen Schultern. Es war, als würde ich lichterloh brennen, und in diesem Moment hätte ich mir kein schöneres Ende vorstellen können, als in Flammen aufzugehen.

Ich hatte noch nie Alkohol getrunken – verträgt sich nicht gut mit Psychopillen –, aber ich wusste, dass es sich so ähnlich anfühlen musste, wenn man betrunken war. Meine ganze

Welt geriet ins Wanken, und ich hätte alles gegeben, um mehr von ihm zu bekommen. Wenn auch nur für einen winzigen Augenblick.

Dann sah ich plötzlich aus dem Augenwinkel ein rotes blinkendes Licht.

Die Sicherheitskamera.

15. KAPITEL

Es bringt, glaube ich nichts, wenn du sie kaputt machst.«

Ich hatte einen Sonnenschirm aus dem Ständer gezogen und versuchte vergeblich, die Kamera damit von der Wand zu schlagen.

»Wirklich. Der Film wurde bestimmt schon irgendwo gespeichert.« Er hielt sich zwei Finger über die Lippen, um sein Grinsen zu verbergen.

Ich schleuderte den Schirm zu Boden, stemmte die Hände in die Hüften und funkelte ihn grimmig an.

Er brach in volltönendes Gelächter aus. Wäre ich nicht so wütend gewesen, hätte ich mich davon anstecken lassen. Meine Gefühle wirbelten durcheinander. Ich fühlte mich zurückgestoßen.

»Hör zu, mein Schatz.« Die liebevolle Anrede ließ meinen Zorn verrauchen. Nichts anderes hätte das bewirken können. Ich konnte die Zuneigung in seinen Augen nicht wegdiskutieren, weil ich sie auch empfand. »Wir befinden uns hier auf gefährlichem Terrain.«

»Hier ist nur eins gefährlich, und das bin ich. Warte nur, bis ich Thomas zwischen die Finger kriege.«

»Emerson …«

Ich legte den Kopf zur Seite. »Warum plötzlich so förmlich?«

»Em, gut, dass du die Kamera entdeckt hast.« Seine Worte klangen, als wollte er sich selbst überzeugen. »Wir hätten sonst vielleicht ein Riesenproblem gekriegt.«

»Im Moment könnte die Welt aus der Erdachse fallen und es würde mir am Ar… vorbeigehen.«

Michaels Blick fiel auf meine nackten Schultern, und er zog meine Jacke hoch. »Ich hab gewusst, dass es so zwischen uns sein würde. Aber das hat mich trotzdem nicht auf dich vorbereitet. Tut mir leid.«

»Ich wünschte, ich könnte sagen, dass es *mir* leidtut.«

»Die Regeln, die private Beziehungen verbieten, haben einen guten Grund.« Er deutete auf das Geländer und schloss die Augen. »Das darf nicht noch einmal passieren.«

Ich hatte noch nie einen Freund gehabt. Aber bevor meine Welt aus den Fugen geriet, hatte ich wie jedes andere junge Mädchen manchmal von irgendwelchen Filmstars oder Musikern geträumt, doch die vergangenen paar Jahre waren wie eine Achterbahnfahrt – mal mit, mal ohne Psychotabletten. Ich wusste nicht einmal, wie normale Beziehungen funktionierten, und Michael und ich waren alles andere als normal. Von null auf hundert in fünf Sekunden. Ich würde es bestimmt ins *Guinnessbuch der Rekorde* schaffen, unter der Kategorie: »Verlorene Zeit nachholen.«

Michael rieb sich erneut das Gesicht. »Wir dürfen uns nicht verwirren lassen. Es gibt höhere Ziele, und die dürfen wir nicht aus den Augen verlieren.«

»Ich bin nicht verwirrt.« Nur verärgert. »Und welche höheren Ziele? Wir sollen doch nicht die Welt retten oder so.«

Er blieb stumm.

»Michael?«

Ich überlegte, ob ich ihn noch einmal über die Schulter schleudern sollte, um mich besser zu fühlen, und unterbreitete ihm den Vorschlag.

»Wann erklärst du mir endlich, wie du das machst?«

Michael und ich saßen auf dem flachen Teil des Dachs vor unseren Schlafzimmerfenstern. Nachdem wir in unsere jeweilige Wohnung zurückgekehrt waren, hatten wir uns erneut hier draußen getroffen; schließlich war es schon spät, und ich wollte nicht, dass mein Bruder irgendwelche Fragen stellte, die mir ohnehin bevorstanden, wenn er sein Spionagematerial auswertete. Hoffentlich würde er mir glauben, dass nichts passiert war.

Was ja auch der Wahrheit entsprach. Bedauerlicherweise.

Wir bemühten uns, einen großen Sicherheitsabstand zu wahren. Doch egal wie weit Michael von mir entfernt saß, seine unwiderstehliche Anziehungskraft war allgegenwärtig. Sie wurde immer stärker, als wäre unser Innerstes miteinander verbunden. Kein Wunder, dass ich mich schlecht konzentrieren konnte.

»Wie bist du zum Teenager-Ninja geworden?« Der spottende Unterton war kaum zu überhören.

»Ich hatte Kampfsport als Wahlfach. Ich war die Beste in unserem Kurs. Am Ende des Schuljahrs bin ich in ein privates Studio gegangen, um für den schwarzen Gürtel zu trainieren. Kurz bevor ich herkam, hab ich den braunen geschafft.« Ich spürte seinen zweifelnden Blick mehr, als dass ich ihn sah. Das Licht der Straßenlaternen reichte nicht bis zu unserem Platz auf dem Dach, und der Mond war nur eine dünne Sichel. »Ich hab selbst einen Schreck gekriegt, aber es war eine gesunde Art, meinen Frust abzubauen.«

»Für mich war's nicht so gesund«, sagte er leise kichernd.

»Ich hab dich geschont. Sag mal, glaubst du, meine Arschtrittkünste könnten nützlich sein, wenn ich ›die Welt rette‹?«

»Es geht nicht direkt um die ganze Welt.«

»Nur um die achtundvierzig Kernland-Staaten?«

»Ich rede nicht über Geografie.«

»Details, bitte.«

Michael zog die Beine an und stützte die Ellbogen auf die Knie. »Ich versuche, auf dich aufzupassen, Emerson. Und dazu gehört, dass ich fürs Erste den Mund halte. Es ist nicht leicht für mich, aber es geht nicht anders.«

»Nicht leicht für dich?«, spottete ich. »Wie wär's, wenn du die Wahrheit ausspuckst und ich auf mich selbst aufpasse?«

Er blickte hinauf zur silbrigen Mondsichel.

»Michael, du musst verstehen, dass ich schon seit vier Jahren Fragen stelle. In Gedanken, laut, auf jede erdenkliche Weise. Und ich habe niemals eine Antwort bekommen, bis du mir über den Weg gelaufen bist.«

»Wir können nicht vier Jahre in einer einzigen Nacht abhandeln.« Seine Hand wanderte langsam in meine Richtung.

Ich ließ meine Hand zu seiner hinübergleiten und spürte die rauen Dachziegel unter meiner Haut. Unsere Finger berührten sich kaum, dennoch reagierte jeder Quadratmillimeter meines Körpers. Das Verlangen, die Entfernung zwischen uns aufzuheben, damit wir uns berühren konnten, war überwältigend. Mir stockte der Atem, und ich sah ihn an.

Er wich zurück, ohne meinen Blick zu erwidern.

Ich ließ die Hand auf dem Dach liegen. »Wie lange muss ich warten, bis du mir alles erzählst?«

»Nicht lange, ich versprech's. Kannst du noch warten?«

»Hab ich eine andere Wahl?«

Er antwortete nicht.

»Du ahnst nicht, wie frustriert ich bin.« Wegen so vieler Dinge.

»Gib mir Zeit bis morgen. Morgen, ich versprech's. Ich will nur sichergehen, dass wir keine Fehler machen. Vertraust du mir?«

»Ja«, antwortete ich und brach meine eigene Regel.

16. KAPITEL

Soll ich dich zur Arbeit mitnehmen?«, fragte Thomas, als ich meinen Rucksack vom Haken nahm. Ich trug meine pinkfarbene Regenjacke, weil es draußen schon wieder schüttete.

»Nein, ist ja nicht weit.« Mein Haar war ohnehin noch nass, denn ich war nicht aus dem Bett gekommen und hatte nach dem Duschen keine Zeit mehr zum Föhnen gehabt. Nachdem ich in der vergangenen Nacht durchs Fenster zurück in mein Zimmer geklettert war, konnte ich Michael noch spüren, konnte ihn fast noch auf der anderen Seite der Wand atmen hören. Meine Gedanken rasten mit Lichtgeschwindigkeit durch meinen Kopf, und es dauerte ewig, bis ich endlich eingeschlafen war.

Auf dem Weg zum Murphy's Law fragte ich mich plötzlich, wieso ich Michael noch nie in einem Auto gesehen hatte. Wie bewegte er sich fort? Wahrscheinlich schnippte er mit den Fingern und beamte sich von einem Ort zum anderen. Oder vielleicht gelangte er auch per Zeitreise, wohin er wollte.

Oder vielleicht hatte er auch Wahnvorstellungen, und ich war kurz davor, ihm seine aberwitzigen Theorien abzukaufen.

Ich schnaubte genervt, als ein Mann in Konföderierten-Uniform mir einen seltsamen Blick zuwarf. Wahrscheinlich war er ohnehin gar nicht da. Am liebsten hätte ich ihm einen Tritt verpasst, nur um es herauszufinden, aber ich wollte kein Risiko eingehen.

Zeitreisen? Die Welt retten? Befand ich mich in einem gefloppten Zukunftsfilm, der nur als DVD erschienen war? Wie konnte ich glauben, dass Michael die Wahrheit sagte? Es war alles so verrückt. Hätte ich von Zeitlosen gehört, bevor ich einen sah, hätte ich es auch nicht geglaubt. Viele unglaubliche Dinge passierten. Jeden Tag. Gravitation, Erdrotation, Teilchenbeschleunigung und so weiter.

Aber Zeitreisen? Die Welt retten? Mit siebzehn?

Ich stieß die Eingangstür des Cafés so heftig auf, dass ich fast die Türglocke runtergeholt hätte. »Morgen«, murmelte ich Lily zu und steuerte gierig die Espressomaschine an.

Sie schaute mich an und schüttelte missbilligend den Kopf. »Du siehst aus wie das, was ich mir manchmal von den Schuhsohlen kratzen muss.«

»Vielen Dank auch. Nicht jeder kann so schön sein wie du. Ich wette, dir würde man ein paar schlaflose Nächte gar nicht ansehen.«

Sie schob mich zur Seite und übernahm das Kommando. »Finger weg von der Maschine. Das mache ich. Zuerst musst du mal in die Gänge kommen. Warum hast du so schlecht geschlafen?«

»Da gibt's ne ganze Liste von Gründen.« Und wenn ich sie aufzählte, würde sie die Männer in den weißen Kitteln rufen. »Sagen wir, ich stehe vor einem Problem.«

»Hat es vielleicht irgendetwas mit Michael zu tun?«

Ich nahm die Espressotasse, die sie mir anbot, entgegen und stürzte den kochend heißen Inhalt in einem Zug herunter. Als ich meine Zunge wieder spürte, hielt ich ihr die Tasse zum Nachfüllen hin. »Irgendwie schon.«

»Irgendwie?«

»Ich mag noch nicht darüber reden.«

»Hm.« Lily wollte gerade einen zweiten Espresso aufbrühen,

als sich hinter ihr eine Vision materialisierte – als hätte der Tag nicht schon toll genug angefangen.

Gegenüber von der Kasse war ein Tisch voller Teenager in Tellerröcken und Buchstabenpullovern. Es konnte sich nur um Zeitlose handeln, weil Murphy's Law eine sehr moderne Ausstattung hatte und keine mit Kunstleder bezogenen Bänke und Resopaltische wie in der Nische, wo die jungen Paare saßen. Sie plauderten mit einer Kellnerin in einem pinkfarbenen Nylonkleid mit kariertem Baumwollschürzchen.

Mit ziemlicher Sicherheit nicht die heutige Standarduniform.

»Em? Emerson?« Lily schnippte mit den Fingern, um meine Aufmerksamkeit zu wecken. »Wo wart ihr denn?«

»In den fünfziger Jahren, nach den Schuhen zu schließen.« Oxfordschuhe. Also wirklich.

»Wie bitte?«

Mist. Ich hatte mal wieder laut gedacht. »Nichts. Hab nur an den Film gedacht, den ich letzte Nacht gesehen hab. *Grease.*«

»Okay.« Lily musterte mich befremdet, während ich *Shama Lama Ding Dong* vor mich hin trällerte. »Ich hol schnell ein paar Pie-Böden aus der Truhe. Kann ich dich so lange allein lassen?«

Ich starrte einen Schmalzkopf an, der genug Fett im Haar hatte, um ein Dutzend Backbleche damit einzufetten.

»Em?«

»Ja, ja. Geh schon«, sagte ich und sah ihr lächelnd nach, als sie in Richtung Küche davoneilte.

Sobald sie fort war, langte ich unter die Theke. Ich musste etwas finden, das lang genug war, um die Zeitlosen damit anzutippen und verschwinden zu lassen. Nie und nimmer würde ich meine Schicht durchstehen, wenn die gesamte *Grease*-Besetzung vor meiner Nase hockte.

»Bingo!«

Ich hatte ein Nudelholz entdeckt, beugte mich über die Theke und piekte damit so viele Zeitlose, wie ich konnte. Es war nicht leicht – sie ergriffen die Flucht, als es Schmalzlocke an den Kragen ging. Wie Don Quijote gegen Windmühlen kämpfte ich gegen die Zeitlosen und merkte nicht, wie Lily mit dem Hinterteil die Schwingtür der Küche aufstieß und mit einem großen Blech voller Pie-Böden zurückkehrte. Eine Millisekunde, bevor sie sich umdrehte, ließ ich den letzten Zeitlosen platzen, schlüpfte zurück hinter die Theke und schleuderte das Nudelholz in die Ecke.

»Was war das denn gerade?« Vor Schreck über den Knall hätte Lily beinahe das Blech fallen lassen.

»Ratten. Ich glaube, ihr habt Ratten. Große Biester.« Ich deutete die Größe mit den Händen an und lehnte mich keuchend an die Theke. »Riesig! Du solltest deiner Abuela Bescheid sagen.«

Lily zog eine Braue hoch, stellte das Blech ab und wischte sich die Hände am Geschirrtuch ab. »Mit dir stimmt doch was nicht. Sagst du mir, was los ist, oder muss ich's aus dir rausprügeln?«

Ausweichmanöver. »Ich darf keine Gefühle für ihn haben?«

»Wieso nicht?«

Aus unzähligen Gründen. »Erstens bin ich kein Mädchen, das mit Jungs ausgeht und so weiter. Ich bin diese Verrückte, die in der Cafeteria ausflippt.«

»Das ist lange her, Em. Das hat nichts damit zu tun, wer du jetzt bist.«

Und ob es mit mir zu tun hatte, wie ich jetzt war.

»Zweitens: Könnte sein, dass er auf seine Weise ebenso verrückt ist wie ich.«

»Wie verrückt? Wie ein Serienmörder oder eher wie ein Trekkie, der in voller Montur zu den Treffen geht?«

»Das ist nur verrückt, wenn man sich als Klingone verkleidet.«

Lily verdrehte die Augen.

»Weder noch.« Ich nippte an meinem Espresso. »Es kommt mir so vor, als hätte er irgendein Geheimnis, das vielleicht zu abwegig ist, um es zu glauben. Aber Geheimnisse hat schließlich jeder, stimmt's?«

»Nicht jeder.« Sie wirkte plötzlich ein wenig angespannt und faltete das Geschirrtuch zusammen. »Ich habe keine Geheimnisse. Mein Leben ist ein offenes Buch. Gibt's noch ein Drittens?«

»Ähm … ja.« Ich gab ein paar Löffel Zucker in meine Tasse und behielt Lily im Blickwinkel. »Drittens ist da noch Thomas' bekloppte Regel, nach der es keine private Beziehung zwischen uns geben soll, und Michael scheint fest entschlossen, sich daran zu halten.«

»Vielleicht ist das gar nicht so schlecht. So hast du Zeit, ihn kennen zu lernen und dir über deine Gefühle für ihn klar zu werden.«

»Kann sein.«

»Nutz die Zeit. Du musst nichts überstürzen. Wenn er es jetzt wert ist, dann ist er es in einem Monat immer noch wert. Oder du nutzt einfach deinen aufgestauten Frust und rollst diese Tortenböden für mich aus.« Lily trat hinter die Theke und hob das Nudelholz vom Boden auf, wo ich es hingeworfen hatte. Sie spülte und trocknete es sorgfältig ab, dann bestäubte sie es mit Mehl.

Ich schaute ihr mit offenem Mund zu. »Woher wusstest du, wo es war?«

»Was? Äh … Da liegt's doch immer.« Langsam stieg ihr das Blut in die Wangen. »Wieso fragst du?«

Wir starrten uns einen endlosen Moment lang wortlos an.

»Nur so.«

Sie hielt mir das Holz unter die Nase.

Ich schob die Ärmel hoch, nahm es entgegen und begann mit dem Ausrollen.

Als Lily und ich das Café nach unserer Schicht verließen, hatten sich die Regenwolken fast verzogen und die Sonne spiegelte sich in den Pfützen. Durch die enorme Luftfeuchtigkeit hing mein Haar schlaff herab.

Ich stopfte meine Regenjacke in den Rucksack und zog einen Zopfgummi aus der Seitentasche. Auf der untersten Stufe der Ladentreppe blieb ich stehen, hielt den Rucksack zwischen den Knien und drehte mein Haar zusammen.

In diesem Moment entdeckte ich Michael auf der anderen Straßenseite. Er lehnte an einem schwarzen Cabrio mit offenem Verdeck und hielt sich zwei Finger vor den Mund, um nicht zu lachen. Das tat er ziemlich oft. Ich fragte mich, ob er diese Angewohnheit schon hatte, bevor er mich traf.

Lily machte ein anerkennendes Geräusch. »Hm. Der Weihnachtsmann ist dieses Jahr aber früh dran, und guck mal, was er Leckeres mitgebracht hat.« Sie strich ihr Haar zurück und durchwühlte ihre Tasche, bis sie ein Pfefferminzbonbon gefunden hatte. »Adiós.«

»Stopp!« Ich hielt sie am Rucksackriemen fest und zog sie zurück. »An dem Leckerbissen wird nicht genascht.«

Sie schaute mich mit großen Augen an. »Ist er das Problem, von dem du gesprochen hast?«

»Das Problem, das tabu ist. Und gelegentlich eine schreckliche Nervensäge.« Und möglichweise verrückt.

»Oh, Mädchen.« Lily schüttelte den Kopf und schaute bewundernd in Michaels Richtung. »Das tut mir wirklich leid.«

»Was ist überhaupt mir dir los? Du gehst doch nie auf Jungs

zu. Ich finde ihn ja auch ziemlich außergewöhnlich, aber trotzdem!« Er mochte eine Nervensäge sein, aber er war *meine* Nervensäge. Irgendwie.

Lily sah mich achselzuckend an. »Außergewöhnlich ist eine Untertreibung.«

»Bis später«, murmelte ich, sprang die letzte Stufe hinunter und rannte über die Straße.

»Hey.« Wieder war ich atemlos, aber ich kümmerte mich nicht darum.

»Hey«, erwiderte er. Ich wollte ihn berühren, als Test, um festzustellen, ob die Verbindung auch auf einer betriebsamen Straße und am hellen Nachmittag funktionierte. Mutig legte ich die Hand an seine Wange.

Er packte meinen Arm. »Soll ich gefeuert werden? Oder willst du mich umbringen?«

»Als Toter würdest du mir nichts nützen.« Obwohl ich nicht atmen konnte, wenn er mich berührte. Also hing es wohl davon ab, wer als Erster den Löffel abgeben würde. Er hielt immer noch mein Handgelenk umklammert, und mein ganzer Arm vibrierte.

Ich wünschte fast, sein Gerede über Zeitreisen wäre wahr. Er sah einfach viel zu toll aus, um Wahnvorstellungen zu haben.

»Steig ein.« Michael ließ meinen Arm los, nahm meinen Rucksack und öffnete die Beifahrertür. Ich sank auf den Ledersitz. Als er die Tür zuschlug und um den Wagen ging, schaute ich zum Café.

Lily stand nach wie vor an der Stelle, wo ich sie zurückgelassen hatte, und sah mir mit offenem Mund nach.

17. KAPITEL

Zerrst du immer wehrlose Mädchen in dein Auto?« Die Schalensitze des kleinen europäischen Wagens brachten uns gefährlich nah zusammen. Zumindest vermittelte der Himmel über uns die Illusion von Geräumigkeit. Er fuhr los und stellte das Radio leiser.

»Ich muss für ein paar Tage weg. Ich dachte, wenn wir angeschnallt im Auto sitzen, könnten wir beide ein ernstes Gespräch führen, bevor ich losmuss. Es ist wichtig. Also fass mich nicht an.« Er knurrte einige unverständliche Worte vor sich hin. »Ich meine, nicht noch einmal«, fügte er schließlich hinzu.

»Worüber sollen wir denn reden?« Ich hätte am liebsten irgendetwas getan. Zumindest hätten wir mit dem Zeitreisetraining beginnen können. Ich nahm mir vor, das bei Gelegenheit vorzuschlagen.

»Ich habe da ein paar Sachen, die du lesen solltest.« Der Wind zerzauste sein Haar. Er lenkte mit einer Hand und langte mit der anderen auf die winzige Rückbank und reichte mir ein Hardcover-Buch mit dem Titel *Raum-Zeit-Kontinuum und Wurmlochtheorien* sowie einen dicken DIN-A4-Ordner, mit zerschlissenen, fleckigen Blättern. »Konzentrier dich auf den Ordner – schau ins Buch, wenn du noch Zeit hast. Lass ihn nicht aus den Augen.«

Jetzt hatte ich was zu tun, selbst wenn es nur Lesen war. Vielleicht enthielten die Bücher eine Art wissenschaftlichen

Beweis, der mir helfen würde, ihm zu glauben. Vorausgesetzt, ich würde ihn erkennen, wenn ich ihn vor mir hätte.

Michael bog in eine meiner Lieblingsstraßen ein. Sie verlief an einem See entlang. Ich löste meinen Zopf und lehnte mich zurück, um die Bäume am Seeufer zu bewundern, deren Laub schon einen Hauch herbstlicher Farbe trug. Der Herbst faszinierte mich immer wieder – so viel Schönheit lag im Vergehen. Die Blätter klammerten sich bis zum bitteren Ende an die Zweige, bevor sie schließlich wie ein Feuerwerk aus Farben zu Boden schwebten, fast als wollten sie uns dazu bringen, sie am Leben zu erhalten.

Aus dem Augenwinkel betrachtete ich Michaels Profil und bemühte mich um Objektivität. Auch ohne unsere verrückte Verbindung würde sich jedes Mädchen von ihm angezogen fühlen, wie Lilys Reaktion soeben bewiesen hatte. Gerade Nase, entschlossenes Kinn und dann dieser unglaubliche Mund. Ich schloss die Augen und genoss die warmen Sonnenstrahlen, die durch das Blätterdach auf mein Gesicht fielen, und den Wind in meinen Haaren. Im Geist wiederholte ich das große Einmaleins, um meine Gedanken unter Kontrolle und meine Hände bei mir zu behalten.

Ich weiß nicht, wann ich einschlief, nur dass ich erwachte, als er den Motor abstellte. Wir parkten in der Seitenstraße neben unserem Haus. Die Sonne war nur ein kleines Stück tiefer gewandert, also konnte ich nicht lange weg gewesen sein. Ich streckte mich und sah Michael an, der einen gequälten Eindruck machte. Die Brauen über den dunklen Augen waren zusammengezogen, und um den Mund war ein harter Zug zu erkennen.

»Was ist los?«, fragte ich erschrocken.

»Nichts«, erwiderte er mit rauer Stimme.

Ich konnte mir nicht vorstellen, dass ich irgendwelche

Grenzen überschritten hatte, seit wir in den Wagen gestiegen waren, und keine meiner Zimmergenossinnen im Internat hatte sich je über Gequatsche im Schlaf beschwert.

»Tut mir leid, wegen eben …«

Er schüttelte den Kopf. »Darum geht's nicht.«

»Was hab ich dann falsch gemacht?«

»Außer einzuschlafen?«

»Entschuldige bitte. Ich hab mich nicht mit dir gelangweilt, aber wir waren so lange auf, und die Sonne war so schön warm.« Ich hielt inne. Warum verteidigte ich mich? Michael gab auch keine großen Erklärungen ab, also sah ich nicht ein, wieso ich mich vor ihm rechtfertigen sollte.

Er wandte den Blick ab und starrte auf die Seitenmauer des Gebäudes. »Du siehst so verletzlich aus, wenn du schläfst. Ganz anders als sonst.«

»Letztens beim Essen habe ich fast geweint. War dir das nicht verletzlich genug?«, fragte ich unbehaglich.

»Das war etwas anderes. Im Restaurant warst du traurig; heute bist du … sanft.« Er richtete den Blick wieder auf mein Gesicht. Was ich in seinen Augen sah, ließ mich nach Luft schnappen.

»Hauptsache, ich habe nicht gesabbert.«

Einer seiner Mundwinkel hob sich zu einem halben Lächeln. »Ich wünschte, ich müsste nicht wegfahren.«

»Dann lass es doch.«

»Ich muss. Vielleicht ist es besser so. Noch so ein Zwischenfall wie gestern Abend auf der Veranda wäre, glaube ich, zu viel für mich.«

»Wann bist du zurück?«, ich tauchte in den Fußraum ab, um meinen Rucksack und die Bücher, die er mir gegeben hatte, zu holen. Und um mein flammend rotes Gesicht zu verbergen.

»Ich kann's nicht versprechen, aber vielleicht morgen. Hoffentlich liest du schnell.«

Ich öffnete die Wagentür. Ich musste raus, wollte Abstand zwischen uns schaffen. »Klar. Schneller als der Blitz. Trotz allem …« Ich ließ den Finger neben meiner Schläfe kreisen. »Ich hab beim Lesewettbewerb immer gut abgeschnitten.« Ich schlug die Tür zu. »Meist war ich unter den drei Besten.«

»Lustig, umwerfend und genial. Was für eine Kombination.« Er setzte zurück und fuhr lächelnd davon.

Ich freute mich, dass er »verrückt« nicht auf die Liste gesetzt hatte.

18. KAPITEL

Der Ordner, den Michael mir gegeben hatte, war prallvoll mit detaillierten Informationen. Nach einer halben Stunde konzentrierten Lesens verschwammen die Buchstaben vor meinen Augen. Ich lechzte nach Koffein und Zucker und warf die Kaffeebohnen, die ich im Murphy's Law stibitzt hatte, in den Automaten.

Statt beim Aufbrühen zuzuschauen, machte ich mich nützlich und räumte alle Zettel und Papiere von der Anrichte. Ich pinnte kleine weiße Kärtchen mit Arztterminen an die Korktafel, warf alte Zeitungen weg und sammelte ungeöffnete Rechnungen. Ich hatte gerade die Arbeitsflächen mit Reiniger eingesprüht und abgewischt, als der Piepton der Maschine meldete, dass mein Kaffee fertig war. Als ich die Sprayflasche unter die Spüle stellen wollte, entdeckte ich etwas auf dem Fußboden.

Drus Schlüsselring.

Die Schwangerschaft machte Dru vielleicht ein bisschen vergesslich, denn es war sonst nicht ihre Art, irgendetwas zu verbummeln. Und jetzt lag ihr Schlüsselbund einschließlich Generalschlüssel vor mir auf dem Boden.

Durch Zufall.

Oder war es Schicksal?

Ich wollte mehr über Michael wissen. Thomas und Dru würden erst frühestens in einer Stunde nach Hause kommen, und Michael war weggefahren, also warum sollte ich nicht kurz nach nebenan gehen und mich ein wenig umschauen? Vielleicht hatte Michael eine Kerze brennen lassen. Oder er hatte vergessen, den Herd oder das Bügeleisen abzuschalten. Vielleicht lief die Spülmaschine noch und setzte alles unter Wasser, oder irgendeine trockene Pflanze brauchte dringend Wasser.

Vielleicht war ich vollkommen übergeschnappt.

Ich schwang den Schlüsselring hin und her, ja oder nein, ja oder nein. Plötzlich läutete das Telefon und setzte meinen Überlegungen ein jähes Ende. Drus Stimme hatte noch nie so gestresst geklungen.

»Gott sei Dank bist du zuhause, Em. Ich hab mir Michaels Handynummer nicht notiert, und die Männer vom Lager wollen gleich den Generalschlüssel abholen und sein Sofa aufstellen. Und jetzt geht er nicht ans Telefon, und ich hab die Schlüssel nicht, weil ich sie heute Morgen nicht finden konnte. Ich muss sie wohl …«

»Beruhige dich«, sagte ich lachend. »Ich hab deine Schlüssel.«

»Gott sei Dank«, seufzte sie erleichtert. »Könntest du die Möbelpacker reinlassen?«

Mit meinem Grinsen hätte ich dem Grinch Konkurrenz machen können. »Ja, klar. Kein Problem.«

Die Möbelpacker hatten ihre Arbeit schnell erledigt. Um einen längeren Aufenthalt in Michaels Wohnung zu rechtfertigen, machte ich mich auf die Suche nach irgendwelchen Pflanzen, die vielleicht Wasser brauchten.

Obwohl er erst seit ein paar Tagen hier wohnte, roch die Wohnung schon nach Michael. Sauber, wie frischgewaschene Wäsche von der Leine, mit einem Hauch von etwas anderem, von Pheromonen vielleicht. Der Zitrusduft seines Rasierwassers stieg mir in die Nase, und ich vergaß beinahe, weshalb ich hergekommen war.

Konzentrier dich. Du wolltest doch spionieren.

Dru hatte Michaels Wohnung mit Möbelstücken aus ihren Lagerbeständen ausgestattet, und das Design war schlicht und schnörkellos. Es passte zu seiner Persönlichkeit. Die einzige Ausnahme war ein kompliziert aussehender Computer. Als ich mit der Hüfte gegen den Schreibtisch stieß, erschien der Hinweis, dass der PC passwortgeschützt war.

Jede Wohnung verfügte über eingebaute Bücherregale, auf denen sich bei Michael hauptsächlich moderne Dekorationsgegenstände befanden, freundliche Leihgaben von Dru. Zwei enthielten persönliche Dinge. Auf dem ersten stand ein Gedichtband von Byron sowie Romane von Kurt Vonnegut, Orson Scott Card und Jack Kerouacs *Unterwegs*. Mir fiel ein, dass ich ihn noch gar nicht nach seinem Hauptfach gefragt hatte. Nach Zeitreisen sah es jedenfalls nicht aus. So fortschrittlich war unser College nun auch wieder nicht.

In einem anderen Regal standen Fotos. Eins von seiner Familie, als er noch jünger war – sein Vater fehlte auf dem Bild. Ein anderes zeigte Michael als Jugendlichen mit einem erwachsenen Mann an einem See mit allerlei Angelutensilien. Ich schaute ein bisschen genauer hin. Keine Ähnlichkeit.

Dann nahm ich einen Fotostapel vom Regal und sah die Aufnahmen durch. Schulabschluss, Skiausflug, ein achtzehnter Geburtstag, dann ganz unten im Stapel ein Mädchen im Prinzessinnenkostüm, mit kastanienbraunem Haar und strahlendem Lächeln. Zuerst hielt ich sie für Michaels Schwester, aber irgendwas an ihr war anders, vielleicht die perfekte ovale Form ihres Gesichts oder der makellose Porzellanteint. Eifersucht nagte an meinem Ego. Sie wirkte geheimnisvoll und exotisch und … groß.

In der Küche öffnete ich ein paar Schränke und den Kühlschrank. Nichts weiter als ein paar Energydrinks und Fertiggerichte. Eine Packung Fruity Pebbles auf der Anrichte. Männer!

Vor seiner Schlafzimmertür zögerte ich einen Moment. Im Schlafzimmer ließen die Leute schon eher mal was herumliegen, was nicht für fremde Augen bestimmt war. Ich hatte keine Ahnung, wonach ich suchte, aber ich hatte Angst vor dem, was ich möglicherweise finden würde.

Wenn mir Michaels Geruch nicht schon beim Öffnen der Wohnungstür in die Nase gestiegen wäre, hätte ich vielleicht mein Gesicht in die Kissen geschmiegt und wäre geblieben. Sein Bett war ordentlich gemacht und stand Wand an Wand mit meinem. Kein Wunder, dass ich nicht schlafen konnte.

Auf dem Nachtschränkchen lagen weitere Bücher und die Ladestation seines iPods. Ich riskierte einen Blick darauf, weil ich neugierig auf seinen Musikgeschmack war. Dabei bemerkte ich einen Notizblock, auf den etwas gekritzelt war.

Bingo!

Ich nahm den Block und inspizierte ihn genauer. Dabei fielen ein paar Visitenkarten zu Boden. Leicht in Panik sammelte ich sie auf, denn ich wusste nicht, ob sie im Notizblock oder auf dem Nachtschrank gelegen hatten. Auf allen Karten stand dasselbe:

Michael Weaver
Consultant
Hourglass

Auf der Rückseite stand eine Adresse in der Nähe von Ivy Springs. Ich schob eine Karte in dic Tasche und schichtete die anderen zu einem Stapel auf. Dann versuchte ich, die Worte auf dem Block zu entziffern, aber es musste sich um eine Art

Kurzschrift oder Code handeln. Michael war offenbar ein Meister darin, Dinge zu verbergen.

»Suchst du etwas Bestimmtes?«

Ich kreischte erschrocken auf und hätte fast den Notizblock fallen gelassen. Jack stand neben mir, ein leichtes Lächeln auf den Lippen.

»Du hast mich erschreckt!« Ich schämte mich, dass ich erwischt worden war, und sei es nur von Jack, der es niemandem weitererzählen konnte. Ich starrte auf meine Finger, die immer noch den Notizblock umklammert hielten. Ich knallte ihn auf den Nachtschrank und drehte ihn verlegen um, damit es aussah wie vorher. »Wie bist du hier hereingekommen?«

Jack zögerte kurz, bevor er antwortete. »Ich kann mich von einem Raum zum anderen bewegen.«

Ich bekam eine Gänsehaut, als mir klar wurde, was das bedeutete. »Zum Beispiel von meinem Bad ins Schlafzimmer?«

»Nein, nein«, antwortete er und schüttelte heftig den Kopf. Er trat einen Schritt näher, wahrte jedoch weiterhin Distanz. »So verlockend das auch sein mag, ich würde es niemals tun. Dazu habe ich zu viel Achtung vor dir.«

Ich konnte den Blick nicht von ihm wenden. Seine Pupillen waren nicht ganz schwarz, sondern eine Nuance heller, und die Iris wirkte heute eher grau als blau. »Dann warst du also schon mal in Michaels Zimmer?«

»Ja.«

Oh.

»Hast du mit ihm geredet?« Auf meiner Stirn bildeten sich Schweißperlen. Vielleicht hatte Jack doch jemanden, dem er von meiner Schnüffelei erzählen konnte. Was war, wenn er nicht nur mir, sondern auch Michael erschien?

»Nein«, sagte Jack und machte große Augen. »Nein, ich rede nur mit dir.«

»Gut.« Mir war nicht klar gewesen, dass Zeitlose sich aussuchen konnten, wann sie sich zeigten. Ich nahm mir vor, Michael darauf anzusprechen. »Hast du irgendwas Interessantes gesehen?«, bohrte ich.

»Was zum Beispiel?«

»Ich weiß nicht. Mit wem er redet, was er so macht?«

»Er tippt oft auf diesem Ding.« Jack deutete mit der einen Hand auf den Computer und ließ die andere hinter dem Rücken. Dann zeigte er auf das schnurlose Telefon auf dem Schreibtisch. »Und er spricht ziemlich oft mit jemandem durch diesen Apparat.«

»Hast du ihn irgendwelche Namen sagen hören?«

»Ich hab gehört, wie er deinen ein paarmal erwähnt hat«, sagte Jack und beäugte mich, als wolle er meine Reaktion deuten.

»Meinen Namen?«, fragte ich. »In welchem Zusammenhang?«

»Dass du nett wärst … nein.« Er überlegte kurz. »Er meinte, du würdest dich gut machen … und dass alles nach Plan laufen würde.«

Ich stampfte aus dem Schlafzimmer und war wütend auf mich, weil seine Worte mich verletzt hatten.

»Wo willst du hin?« Er blieb mir dicht auf den Fersen.

»Geht dich nichts an.« Ich blieb stehen. Ich hatte keinen Grund, so grob zu ihm zu sein, deshalb drehte ich mich um und wollte mich entschuldigen. Er erschrak und machte einen Ausfallschritt, damit er nicht gegen den Nachtschrank stieß.

Ich erstarrte.

»Was ist los?«, fragte er.

Ich trat zögernd auf ihn zu. »Warum weichst du festen Gegenständen aus? Ich habe das schon vorher beobachtet, aber nicht registriert.«

»Ich weiche nicht aus«, erwiderte er und entfernte sich mit einer fließenden Bewegung von mir.

»Tust du wohl. Und letztens in der Nacht, als du auf meinem Bett gesessen hast, da habe ich gespürt, wie dein Gewicht die Matratze runtergedrückt hat. Wie hast du das gemacht? Und warum hältst du immer deine Hände hinter dem Rücken zusammen, als hättest du Angst, etwas zu berühren.«

»Ich habe keine Angst«, protestierte er und zog die Hände hastig auseinander, woraufhin er eine herunterhängen ließ und die andere unter seine Weste schob. »Es ist nur eine Angewohnheit.«

»Das glaube ich nicht.« Ich trat einen Schritt näher, hob die Hand und bewegte sie auf seine Brust zu.

»Hör auf. Bleib, wo du bist«, warnte er mich mit ängstlicher Stimme.

Ich holte tief Luft, kniff die Augen zu und ließ die Hand in seine Gestalt gleiten.

19. KAPITEL

Ich traf auf Widerstand.

Es war nicht direkt feste Materie, mehr wie zäher Schlamm oder nasser Sand. Als ich zurückschreckte, wand Jack sich gleichzeitig beiseite.

»Was zum Teufel?« Ich schaute auf die Rückstände der Substanz auf meiner Hand. Was auch immer es sein mochte, es hatte eine Art … Schimmer.

Als ich aufschaute, war Jack verschwunden. So schnell wie möglich verließ ich Michaels Wohnung und machte mir nicht einmal die Mühe, die Tür abzuschließen. Ich hatte keine Ahnung, was ich als Nächstes tun sollte.

Abgesehen von Händewaschen.

Obwohl Jacks halbfeste Beschaffenheit mich ganz schön aus der Bahn geworfen hatte, schien die Karte mit der Hourglass-Adresse ein Loch in meine Tasche zu brennen. Ich konnte in knapp zwanzig Minuten dort sein.

Ich musste es wagen.

Nach einer gründlichen Handwäsche packte ich ein paar dunkle Sachen ein, um mich gegebenenfalls besser tarnen zu können, sowie den Ordner, den ich laut Michaels Anweisung nicht aus den Augen lassen sollte. Ich drehte mein Haar zu einem Zopf zusammen und steckte ihn hoch. Daraufhin eilte ich in die Küche, goss meinen Kaffee in einen Thermobecher, schrieb eine kurze Nachricht an Thomas und Dru und verließ mit Michaels Karte in der Hand die Wohnung.

Zu Drus Geburtstag hatte Thomas ihren SUV mit einem Navi ausgestattet, und ich musste nur die Adresse von der Visitenkarte eintippen. Nach einem prüfenden Blick auf die Tankanzeige, holte ich tief Luft und legte den Rückwärtsgang ein. Ich war eine recht gute Fahrerin, hatte jedoch wenig Praxis. Gott sei Dank war Autofahren wie Schwimmen, was man ja auch nicht verlernte, wenn man es einmal konnte.

Wie auch immer.

Jack. Wenn er kein Zeitloser war, was war er dann? Vielleicht existierte er ja schon so lange, dass er im Laufe der Zeit Materie aufgenommen hatte. Aber wenn das der Fall war, wieso hatte Scarlett dann nicht auch einen halbfesten Körper gehabt?

Ich hätte Michael danach fragen können, aber aus irgendeinem mir selbst unerfindlichen Grund wollte ich Jacks Besuche lieber für mich behalten. Allein der Gedanke an ihn trieb mir das Blut in die Wangen.

Ich hatte vermutet, dass Hourglass sich in einer Art Bürogebäude befand. Stattdessen führte mich das Navi aus der Stadt hinaus und durch grünes Farmland mit vereinzelten ländlichen Anwesen. Durch die offenen Autofenster strömte der Duft nach Heu und anderen erdverbundenen Dingen. Nach einer Weile meldete das GPS, dass ich mein Ziel erreicht hatte, und ich hielt vor einem eingefriedeten Anwesen mit schmiedeeisernem Tor. Es stand offen.

Große Eichen versperrten den Blick von der Straße aus. Zwischen den Bäumen wand sich eine Kieseinfahrt, deren Ziel ich nicht sehen konnte.

Ich musste es wagen.

Dass ich schon so viele schreckliche Dinge durchgestanden hatte, war ein Vorteil, wenn es darum ging, Risiken einzugehen. Was konnte schon passieren? Man könnte mich wegen unbefugten Betretens ins Gefängnis stecken. Konnte kaum schlimmer sein als eine geschlossene psychiatrische Station. Wer auch immer hinter der Grundstücksmauer leben mochte, könnte mich gefangen halten, um irgendwelche Experimente mit mir durchzuführen. Auch nicht viel anders als in der Psychiatrie. Ich zögerte. Mein Blinker strahlte so hell wie ein Leuchtfeuer für die Sicherheitsposten und Wachhunde, die in meiner Phantasie direkt hinter der Grundstücksmauer auf mich lauerten.

Ich *brauchte* Antworten.

Ich musste wissen, ob Michael mir die Wahrheit gesagt hatte – und was er noch vor mir verbarg.

Entschlossen fuhr ich durch das Tor.

20. KAPITEL

Mit einem zweiten Blick auf die Visitenkarte vergewisserte ich mich, dass ich die korrekte Adresse eingegeben hatte und mich am richtigen Ort befand. Ein im griechischen Stil erbautes Plantagenhaus erhob sich vor meinen Augen – groß, weitläufig, aus roten Ziegeln, mit hohen, weißen Säulen zu beiden Seiten des Eingangsportals. Keine bewaffneten Wachmänner, keine Hunde, nichts von dem, was ich erwartet hatte. Die Einfahrt führte am Haus vorbei und endete auf einem kleinen baumbestandenen Parkplatz, wo ich den Wagen abstellte.

Falls mich irgendjemand fragen sollte, was ich hier wollte, würde ich einfach sagen, ich hätte mich verfahren, in der Hoffnung, dass niemand einen Blick in den Wagen werfen würde. Sich zu verfahren, wenn man ein hochmodernes Navi hatte, war ziemlich unwahrscheinlich. Ich beschloss, mir den Laden mal anzusehen – da ich doch so eine tolle Superspionin war und so weiter.

Ohne lange zu fackeln, schlüpfte ich aus dem Wagen und versteckte mich zwischen den Bäumen. Der Sonnenuntergang ließ den Horizont aufflammen – kitschig orange wie ein Wassereis. Im schwindenden Tageslicht waren Stallungen und andere Nebengebäude auszumachen, hinter denen sich ein dunkles Waldgebiet erstreckte.

Ich schlich näher.

Schweißperlen rannen mir den Rücken hinab, als ich auf

Zehenspitzen an der Seitenmauer des Hauses entlanghuschte und mich bei jedem Fenster duckte. In der drückend schwülen Luft kostete es mich große Anstrengung, mich möglichst leise fortzubewegen, und ich war froh, dass ich mein Haar hochgesteckt hatte. An der Hausecke wischte ich mir den Schweiß von der Stirn. Die Blätter mochten sich vielleicht färben, aber es fühlte sich nicht an, als stünde der Herbst vor der Tür.

Die Rückseite des Anwesens erinnerte mich an die pompösen Achtzigerjahre-Serien, die ständig wiederholt wurden. Ein hell erleuchteter, schmaler, lang gezogener Pool wurde von Pflanzkübeln mit schlanken Koniferen gesäumt. Vier Säulen umgaben eine mit italienischen Kacheln geflieste, überdachte Terrasse. Hinter dem Haus befand sich eine weitere Terrasse, auf der winzige Tischchen mit passenden Stühlen sowie bequeme Gartensofas standen. Elektrische Fackelleuchten und weitere Koniferen in Tontöpfen vervollständigten das Bild. Es wirkte ganz und gar nicht wie eine Top-Secret-Zeitreise-Kommandozentrale.

Als ich plötzlich Stimmen hörte, zog ich mich hinter einer Mauer zurück. Am anderen Ende der überdachten Terrasse konnte ich zwei Gestalten ausmachen. Sie lehnten sich über die Brüstung, und ihre definitiv männlichen Stimmen waren deutlich zu hören.

Eine erkannte ich wieder.

Es war Michaels Stimme.

Ich schlich ein paar Schritte weiter, setzte mich auf den Boden und lehnte mich mit dem Rücken an die Stützmauer. So hatte ich es wenigstens halbwegs bequem. So bequem wie man es mit Bruchsteinen im Rücken eben haben konnte.

»Und wie ist sie so?«, fragte die unbekannte Stimme.

»Unglaublich.« Michael seufzte. »Mehr als ich's je für möglich gehalten hätte.«

Es blieb ein paar Sekunden lang still. »Was weiß sie?«

»So ziemlich alles. Nur nicht, warum ich sie brauche.«

»Wie hat sie's aufgenommen?«

»Was glaubst du denn? Wie würdest du es denn aufnehmen?«

Ich erstarrte. Ich ahnte, von wem sie da redeten.

»Du *musst* es ihr erzählen.« Die unbekannte Stimme klang eindringlich.

»Das Timing ist nicht gut, Kaleb. Sie fängt gerade erst an, mir zu vertrauen.«

»Du musst sie einweihen, bevor etwas passiert.« Kalebs Stimme war tiefer und rauer als Michaels. Ich wünschte, ich hätte sein Gesicht sehen können, und fragte mich, ob es zu seiner Stimme passte. »Sie muss wissen, was los ist. Du kannst sie nicht blind da hineinlaufen lassen.«

»Ich erledige das.« Michael klang, als würde er beim Sprechen mit den Zähnen knirschen.

»Mach das«, knurrte Kaleb. Zumindest wollte er, dass ich die Wahrheit erfuhr, damit ich mich selbst schützen konnte und nicht länger im Dunkeln tappte. Ich mochte ihn. Wer auch immer er sein mochte. »Denk dran, wir sind ein Team. Ich kümmere mich um die Akten; du kümmerst dich um sie. Es steht eine Menge auf dem Spiel für eine Menge Leute.«

»Ich habe ein Versprechen gegeben, und das werde ich halten. Ich tu alles, was nötig ist, um ihn zurückzuholen, egal, welche Opfer ich bringen muss.«

»Glaubst du, sie macht mit?«

Michael hielt kurz inne, bevor er antwortete. »Ich kann es nicht garantieren. Aber ich glaube, wir können davon ausgehen. Sie ist ziemlich beeindruckend.«

Überraschtes Lachen hallte an den Mauern wider. »Mike! Hast du dich etwa in sie verguckt?«

»Das darf nicht sein. Du kennst die Regeln.«

»Das würde mich nicht bremsen«, gab Kaleb zurück.

»Ich weiß. Aber nur zu deiner Information: Ich habe mich nicht in sie verguckt.« Michaels Stimme klang fest. Kaleb musste zweifelnd geschaut haben, denn Michael wiederholte: »Da läuft nichts. Ich habe meine Gründe.«

Mein Magen krampfte sich zusammen.

»Ich *spüre* es doch, Bruder. Ich weiß es. Wenn dieses Mädchen so ›beeindruckend‹ ist, wie du sagst, bist du einfach nur dumm. Aber ich habe ganz vergessen, dass es für dich nichts Wichtigeres gibt als Ehre und Ritterlichkeit«, sagte Kaleb mit Singsangstimme.

»Solltest du bei Gelegenheit auch mal ausprobieren.«

»Aber sag mir *bitte* nicht, dass du dich wegen Ava zurückhältst.«

»Kaleb«, sagte Michael und klang frustriert. »Ich habe dir doch schon erklärt, wie es mit Ava steht ...«

In einem der Fenster des oberen Stockwerks war das Licht angegangen und warf ein gelbliches Rechteck auf den Steinfußboden der Terrasse. »Ich sollte lieber wieder reingehen«, sagte Kaleb hastig. »Sag's ihr – behandele sie nicht wie ein Kind.«

»Geh schon!«, zischte Michael, dann wurde eine Tür geschlossen.

Das Licht im oberen Fenster erlosch.

Ich blieb einen Moment sitzen und versuchte, die Informationen zu verarbeiten. Ich hätte nicht beschwören können, dass sie über mich gesprochen hatten; schließlich war mein Name nicht gefallen. Doch ob aus Paranoia oder Intuition – ich war mir ziemlich sicher, dass die beiden mit »sie« mich gemeint hatten.

Aber wer war »er«?

Ich verließ mein Versteck bei der Terrasse und schlich denselben Weg zurück, den ich gekommen war. Ich beeilte mich nicht, damit Michael genug Zeit hatte, sich zurückzuziehen – schließlich wollte ich ihm nicht in die Arme laufen. Vorsichtig spähte ich an der Vorderseite des Hauses in eins der niedrigen Fenster.

An einer Wand hingen gerahmte Fotografien. Trotz guter Beleuchtung lag ein seltsamer Schimmer auf den Gesichtern, so dass sie schlecht zu erkennen waren. Ich musterte eins nach dem anderen, und als ich das Ende der Reihe erreicht hatte, blieb ich stehen. Irgendetwas an dem Gesicht kam mir vertraut vor. Bevor ich herausfand, an wen es mich erinnerte, wurde ein weiteres Licht eingeschaltet und beleuchtete meine Silhouette auf dem Rasen. Ich presste mich gegen die Wand, bis das Licht wieder gelöscht wurde, dann steuerte ich schleunigst den Parkplatz an und riss die Autotür auf.

Ich stieß einen Schrei aus.

Der Fahrersitz war bereits besetzt.

21. KAPITEL

Sei leise«, flüsterte Michael. »Oder willst du die Toten aufwecken?«

»Was machst du hier?«, krächzte ich und presste die Hand auf mein rasendes Herz.

Er schaltete die Innenbeleuchtung aus, doch im schwindenden Licht konnte ich immer noch seinen wütenden Gesichtsausdruck erkennen. »Und *du*? Was machst *du* hier?«

Ich überlegte kurz, ob ich sagen sollte, dass ich mich verfahren hätte. Es fiel mir einfach nichts anderes ein. Ich schüttelte nur den Kopf und schnappte nach Luft.

»Wie hast du mich gefunden?«

»Ich habe gar nicht nach dir gesucht. Ich war auf der Suche nach Hourglass. Die Adresse hab ich von den Visitenkarten auf deinem Nachtschrank.« Okay. Das war ziemlich dumm. »Drus Schlüssel. Na ja, er lag vor der Spüle ... Ich sollte die Typen mit der Couch in deine Wohnung lassen. Tut mir leid.«

Spione sollten selbst unter Folterqualen ihre Geheimnisse für sich behalten können. Ich plapperte meine einfach fröhlich heraus.

Seufzend lehnte Michael sich an die Kopfstütze. »Großartig. Was hast du sonst noch gefunden?«

»Nichts Besonderes.«

Bis auf ein Foto von einem wunderschönen Mädchen und ein paar verschlüsselte Notizen.

»Das hier ist kein sicherer Ort für dich«, sagte Michael und umfasste das Lenkrad. »Wir müssen das Anwesen verlassen, bevor dich jemand sieht.«

»Du meinst jemand wie Kaleb?«

»Kaleb ist momentan deine geringste Sorge.«

»Zumindest findet er, dass ich wissen sollte, was los ist«, sagte ich höhnisch. »Er kennt mich gar nicht, und trotzdem traut er mir mehr zu als du.«

Michael schüttelte genervt den Kopf und deutete neben sich. »Steig ein.« Als ich mich nicht rührte, packte er mich an den Hüften und zerrte mich über seinen Schoß auf den Beifahrersitz. »Hast du im Internat gelernt, wie man Leute belauscht?«

»Was gibt dir das Recht, mich so grob zu behandeln?« Die Hitzeschauer, die nach seiner Berührung über meine Haut liefen, waren alles andere als hilfreich, einen kühlen Kopf zu bewahren. Er ließ den Motor an. Sein Gesicht wurde nun von den Lichtern des Armaturenbretts erleuchtet. »Außerdem wollte ich gar nicht lauschen. Ich war zur richtigen Zeit am richtigen Ort – okay – am falschen Ort zur richtigen Zeit«, korrigierte ich mich, als er entrüstet die Brauen hochzog.

Weiteres Kopfschütteln.

Langsam und ohne Licht fuhr Michael die lange Einfahrt hinunter und schaltete die Scheinwerfer erst ein, als wir die Hauptstraße erreichten, wo er nicht nach Ivy Springs, sondern in die entgegengesetzte Richtung abbog.

»Was ist mit deinem Wagen?«

»Den holen wir auf dem Rückweg ab.«

»Auf dem Rückweg von wo?« Da war sie wieder, die vertraute Mischung aus Angst, heller Panik und Scham.

»Von meiner Wohnung«, erwiderte er und hielt den Blick auf die Straße gerichtet.

»Müssten wir da nicht in dieselbe Richtung fahren wie zu mir?«

»Nein«, erwiderte er genervt. »Ich meinte mein Zimmer beim College. Und du kommst mit. Ich muss da jemanden treffen.«

»Wen denn? Kann das nicht warten? Du hast ein Zimmer im Studentenwohnheim?«

»Könntest du die Fragerei bitte für ein paar Sekunden einstellen? Ich muss mir überlegen, wie ich alles auf die Reihe kriege.« Seine Kiefermuskeln waren angespannt.

Ich zählte stumm bis fünf. »Als du heute Nachmittag losgefahren bist, warum hast du mir da nicht gesagt, wohin du wolltest?«

Michael stöhnte frustriert. »Hab ich dich nicht gerade gebeten, die Fragerei sein zu lassen?«

»Du hast gesagt, ich soll ein paar Sekunden still sein. Du hättest dich deutlicher ausdrücken müssen, wenn du länger Ruhe wolltest.« Durch meinen großen Bruder hatte ich gelernt, meinen Gegner mürbe zu machen. »Warum hast du mir nicht gesagt, dass du zu Hourglass wolltest?«

»Nun ja, Emerson, offensichtlich wollte ich nicht, dass du mir folgst.« Entschlossen drehte er das Radio auf, um mich zum Schweigen zu bringen.

»Ich bin dir nicht nachgefahren. Jedenfalls nicht direkt«, wandte ich ein und stellte den Ton wieder leiser.

»Nein, du bist in meine Privatsphäre eingedrungen und dann zufällig an dem Ort gelandet, von dem ich dich um jeden Preis fernhalten wollte.« In seinen Worten schwang unterdrückter Zorn mit. »Du hättest nicht herkommen sollen.«

Ich fragte mich kurz, ob ich Angst haben musste, statt wütend zu sein. Michael hatte mich praktisch gekidnappt und fuhr mich gegen meinen Willen an einen unbekannten Ort. Das kam einer Entführung gleich. Ich horchte tief in mich hinein und suchte nach Spuren von Furcht.

Nichts. Nur Wut.

Wir bogen in eine kleine Seitenstraße hinter dem Campus ein. Die Häuser mussten Anfang des vergangenen Jahrhunderts erbaut worden sein, alle gut in Schuss. Michael steuerte den Wagen in eine Auffahrt. Das dazugehörige Haus hatte ein Giebeldach, schwarze Fensterläden und eine große Veranda.

Michael ging um den Wagen, um mir die Tür zu öffnen. Ich blieb schweigend und reglos sitzen, während er meine Tasche nahm und in Richtung Haus ging. Als er merkte, dass ich ihm nicht folgte, kehrte er zum Wagen zurück und blies sich eine Haarsträhne aus der Stirn. »Emerson? Zwing mich nicht, dich zu holen.«

Also folgte ich ihm zur Haustür.

Auf Zehenspitzen schlich ich hinter ihm her durch den dunklen Eingangsbereich in einen hohen Raum mit kunstvollen Stuckverzierungen und Parkettboden. Auf einem langen Mahagonitisch standen Laptops und ein Sammelsurium benutzter Kaffeetassen. Er stellte meine Tasche auf einen Beistelltisch und ließ sich auf eins der Ledersofas fallen.

»Soll ich mich auch setzen?«, fragte ich und deutete auf den Platz neben ihm. Das Leder erinnerte mich an einen abgenutzten Baseballhandschuh. »Oder wäre es dir lieber, wenn ich auf der Veranda warte?«

Er griff nach meinem Ärmel und zog mich nach unten. Ich landete ein bisschen dichter neben ihm, als es mir in diesem Augenblick lieb war, aber ich rührte mich nicht vom Fleck.

»Ich nehme an, du bist noch sauer.«

Michael schaute mich missbilligend an.

»Das ist alles so unfair«, protestierte ich. »Du hast Geheimnisse vor mir. Geheimnisse, die mich betreffen. Ich weiß es, du weißt es – warum reden wir nicht darüber?«

»Ist es nicht fürs Erste schwer genug, die Informationen über deine Fähigkeiten zu verdauen?«

»Die Informationen hab ich längst verdaut, Michael. So gut verdaut, dass sie bald als großer Haufen Sch…«

»Komm mir nicht so schnippisch.« Er warf mir einen warnenden Blick zu.

»Ich bin nicht schnippisch. *Ich bin wütend*«, zischte ich durch die Zähne. »Und du riskierst ernste Verletzungen, wenn du nicht endlich ausspuckst, was los ist.«

»Ich habe dich wirklich unterschätzt.«

»Was soll das denn heißen?«

Michael starrte mich einen Moment lang an. »Du bist verdammt mutig, aber dein Mut bringt dich in Teufels Küche. Du hast keine Ahnung, in welche Gefahr du dich heute Abend begeben hast.« Er stand auf und ging vor dem Sofa auf und ab. »Als ich dich bei dem Haus gesehen habe …«

»Wovon redest du? Klär mich auf«, sagte ich patzig.

Seine breiten Schultern sackten nach unten, und er gab sich geschlagen. Von einer Sekunde zur anderen war mein Zorn verflogen. »Wenn dir heute Abend etwas zugestoßen wäre, dann hätte ich Schuld gehabt. Kaleb hat mich beschworen, dich nicht wie ein Kind zu behandeln. Ich hab's trotzdem getan, und das tut mir leid.«

Ich suchte vergeblich nach Worten.

»Ich kann keinen weiteren Schritt machen, ohne dich einzubeziehen.« Er faltete die Hände im Nacken und schloss die Augen. »Heute Abend, als du mein Gespräch mit Kaleb mit angehört hast, haben wir über …«

»Michael?«, rief eine leise Stimme von der Haustür aus.

Er ließ die Hände fallen und riss die Augen auf. »Dr. Rooks?«

Eine Frau trat ins Zimmer. Eine umwerfend attraktive Frau. Ihr bronzefarbener Teint war makellos, das Haar raspelkurz geschnitten. Bei dem unvergleichlichen Gesicht brauchte sie auf ihre Frisur keine große Mühe zu verwenden. Ich konnte nicht anders, als sie anzugaffen.

»Emerson, das ist Frau Dr. Rooks, die ich dir gern vorstellen wollte. Sie unterrichtet theoretische Physik hier am College. Außerdem ist sie noch sozusagen unsere Hausmutter.«

Sicher gab es auf der ganzen Welt keine Physikdozentin und Hausmutter, die so aussah. Sie war etwa Ende zwanzig, groß, aber grazil, fein geschnittene Gesichtszüge und große Augen. Als sie sich zu mir umdrehte, um mich anzulächeln, sah ich zu meiner Überraschung einen winzigen Ring in ihrem Nasenflügel aufblitzen.

»Wie nett, Sie kennen zu lernen, Emerson.« Ihre melodische Stimme weckte Erinnerungen an eine sanfte tropische Brise. »Sind Sie zu Besuch?«, fragte sie verwirrt.

Ich wusste nicht, was ich antworten sollte, und sah Michael an. Er schaute auf die Standuhr in der Ecke.

»Es ist fast Mitternacht«, sagte er. »Du solltest Thomas anrufen.«

Ich regte mich nicht.

»Bitte. Ich will nicht, dass wir Ärger bekommen.«

»Ich ruf ihn an, aber wir sind hier noch nicht fertig. Ich sag ihm, dass ich vor morgen Früh nicht zurück bin.« Ich stand auf, um mein Handy aus der Tasche zu nehmen, und wappnete mich gegen seine Einwände, während ich selbst über meine Dreistigkeit erschrak. »Ist das in Ordnung?«

»Es ist dein Leben.«

Dr. Rooks lächelte, als ich mich für einen Moment entschuldigte.

Michael blieb ernst.

Ich trat in den Korridor und tippte mit zittrigen Fingern die Nummer ein. Thomas meldete sich nicht. Erleichtert hinterließ ich ihm eine kurze Nachricht. Lieber später um Verzeihung als jetzt um Erlaubnis bitten. Bei meiner Rückkehr ins Wohnzimmer waren Dr. Rooks und Michael in einen heftigen, aber leisen Wortwechsel vertieft.

»Ähm, wir haben gerade überlegt, wo du schlafen sollst«, erklärte Michael, doch die tiefe Röte in seinem Gesicht verriet mir etwas anderes. »Dr. Rooks macht dir ein Gästebett in ihrem Zimmer fertig.«

»Oben.« Sie deutete auf meine Tasche. »Seid ihr so weit?«

Ich sah Michael an. Ich wollte kein Theater machen, aber ich gab mich nicht gern geschlagen.

»Geh schon vor«, sagte er. »Ich bring sie gleich nach oben. Wir haben noch ein paar Dinge zu bereden.«

22. KAPITEL

Hier.« Michael war mit einem großen Glas Eiswasser aus der Küche zurückgekehrt und setzte sich wieder neben mich aufs Sofa. »Möchtest du wirklich nichts zu essen?«

»Schluss mit der Zeitschinderei. Ich will Antworten.« Ich stellte das Glas auf meinem Oberschenkel ab und beobachtete, wie sich ein feuchter Ring auf meiner Jeanshose bildete. »Du wolltest mir eben etwas über Kaleb erzählen.«

»Ja, Kaleb.« Er atmete hörbar aus. »Sein Nachname ist Ballard. Er ist Liam Ballards Sohn.«

Als mir der Zusammenhang klar wurde, klappte mir die Kinnlade herunter. »Der Liam Ballard, der Hourglass gegründet hat?«

»Genau der. Liam Ballard war mein Mentor. Er ist der, der vor sechs Monaten gestorben ist.«

»Michael«, hauchte ich. Ich sagte nicht, dass es mir leidtat. Es war nie hilfreich, wenn Leute sich für etwas entschuldigten, das nicht in ihrer Macht lag.

Sein Blick wurde starr, und sein Gesicht spiegelte genau dieselbe Mischung aus Trauer und Zorn, die ich bereits darin gesehen hatte, als er zum ersten Mal von Liams Tod gesprochen hatte.

Er legte den Kopf in den Nacken und informierte mich über Fakten statt über Gefühle. »Ein paar Jahre vor der Schließung der parapsychologischen Abteilung am Bennett hat sich ein Nebenzweig gebildet.«

»Ich habe gelesen, dass die Abteilung geschlossen wurde. Zu wenig finanzielle Unterstützung und Ansehen.«

»Liam gründete Hourglass, um den privaten Sektor zu bedienen. Aus moralischer Verpflichtung.« Er hob den Kopf, schaute mir jedoch nicht in die Augen. »So lief es auch, bis er starb. Du weißt ja, wie es ist, eine Gabe zu haben, ohne zu wissen, was es damit auf sich hat oder wie man sie nutzen kann. Liam wollte einen sicheren Ort, an dem Leute wie du und ich Hilfe bekommen konnten. Einen Ort, wo wir lernen sollten, Positives zu bewirken, statt Schaden anzurichten.«

»Du bist fortgegangen. Du gehörst nicht mehr zu Hourglass.«

»Nach Liams Tod hat Jonathan Landers die Leitung übernommen. Ich fühle mich Hourglass und Liams Vermächtnis wirklich verpflichtet, aber ich verweigere meine Mitarbeit, solange jemand wie Landers am Ruder sitzt.«

»Warum?«

»Erstens ist er ganz besessen davon, Liams Forschungsergebnisse in die Finger zu bekommen. Kaleb hält sie bislang unter Verschluss und will sie so bald wie möglich aus dem Haus schmuggeln. Aber Landers und seine Helfershelfer sind ständig im Weg. Er will etwas ganz Bestimmtes. Er hat einen Plan. Das *fühle* ich.«

»Warum bist du nicht bei Hourglass geblieben, um ihn im Auge zu behalten?«

»Ich hatte andere Pflichten.« Er sah mich an. »Außerdem hat Kaleb einen besseren Grund im Haus zu bleiben als ich. Schließlich gehört es ihm.«

»Du sagst, ihr seid Freunde. Warum wolltest du dann heute Abend auf keinen Fall beim Haus gesehen werden?«

»Weil Landers nicht weiß, wo ich bin und was ich mache. Und er soll es auch nicht erfahren. Ich habe versucht, dich aus seinem Gesichtsfeld zu halten.« Er massierte sich die Schläfen, als hätte er Kopfschmerzen. »Und du bist gekommen und hast praktisch an seiner Haustür geklopft.«

Ich erwähnte nicht, wie kurz ich davor gewesen war, genau das zu tun.

Michael legte seinen Kopf nach links und rechts, um seine Nackenmuskeln zu dehnen. Ich fragte mich, ob seine Muskeln genauso angespannt waren wie meine und wie er wohl reagieren würde, wenn ich ihm eine Nackenmassage anbieten würde. Aber statt ihn zu berühren, biss ich in den sauren Apfel und entschuldigte mich.

»Es tut mir leid. Entschuldige, dass ich zu Hourglass gefahren bin und dir nicht vertraut und dir hinterherspioniert habe.« Schuldbewusst hielt ich die Hände hoch. »Tut mir echt leid.«

»Und mir tut's leid, dass ich mich wie ein überbehütender Freak aufgeführt und dir keine Gründe genannt habe. Aber für jemanden wie Landers haben wir einen unschätzbaren Wert. Wenn er könnte, würde er mich in die Zukunft schicken, um die Gegenwart zu manipulieren – Mittel gegen Krankheiten finden, die Wirtschaft ankurbeln, die Energiekrise beheben.«

»Hast du deshalb Angst, dass er mich findet? Meinst du, er würde mich in die Vergangenheit schicken, um … Google-Aktien zu kaufen oder so was in der Art?« Das konnte nicht der Grund dafür sein, dass Michael so geheimnistuerisch war. Oder so verängstigt. »Dachtest du, ich würde bei so etwas mitmachen?«

»Nein, um solche Sachen geht es nicht.« Er rutschte auf dem Sofa herum und beugte sich zu mir herüber. Dabei kam er mir nah genug, um meinen Herzschlag zu beschleunigen. »Ich habe bei ihm so ein komisches Gefühl. Der Typ ist besessen von der Vergangenheit, und ich hatte Angst, er könnte dich von seiner Sicht der Dinge überzeugen. Ich habe gehofft, dass es nicht so kommen würde, aber ich konnte nicht sicher sein, bis ich dich kennen gelernt habe.«

Ich schaute ihm in die Augen und fragte mich, was er sah, wenn er meinen Blick erwiderte. Ich wandte mich ab und biss mir auf die Unterlippe, bevor ich meine nächste Frage stellte. »Und wie lautet dein Urteil?«

»Ich vertraue dir«, sagte er. »Genug, um dich um Hilfe zu bitten.«

»Wie sollte ich dir helfen können?«

»Ich muss Jonathan Landers daran hindern, ein Verbrechen zu begehen. Und dazu brauche ich deine Hilfe.«

»Was hat Landers denn getan?«

»Er hat Liam ermordet.«

23. KAPITEL

Und *wie* soll ich dir helfen?«

»Ich brauche dich und deine Fähigkeit, in die Vergangenheit zu reisen, damit ich Jonathan Landers daran hindern kann, Liam zu ermorden. Ohne dich kann ich das nicht.«

Ich lehnte mich zurück und hielt mir ein Sofakissen wie einen Schutzschild vor die Brust. Meine Beine fingen an zu zittern, und das Zittern wanderte meinen Körper hinauf, durch Bauch, Arme und bis in die Fingerspitzen. »Das verstehe ich nicht.«

»Wenn wir es schaffen, Liams Tod zu verhindern, kann Landers nicht seinen Platz als Leiter von Hourglass einnehmen.«

»Wie denn? Der Mord ist doch schon passiert. Wenn wir versuchen, das Geschehene zu verändern, würden wir dann nicht ein … Paradoxon oder was auch immer auslösen?« Ich wusste nichts über Zeitreisen, abgesehen von dem, was ich in *Zurück in die Zukunft* und bei unzähligen Wiederholungen von *Lost* aufgeschnappt hatte, aber immer schien es zu irgendwelchen Paradoxa zu kommen, die bislang fiktional gewesen waren. Ich presste mir das Kissen noch ein wenig fester an die Brust. »Wie kann man verhindern, dass jemand stirbt – ich meine … äh, wenn er bereits tot ist?«

Beim Gedanken an diese Möglichkeit, schien sich alles um mich zu drehen.

»Es gibt eine Theorie, die man das Nowikow-Prinzip nennt.

Das ist eine Art wissenschaftliches Schlupfloch, das uns ermöglichen würde, Liam zu retten, ohne die Zeit zu verändern. Ohne Paradoxa. Liam wurde bei einem Feuer in seinem Labor getötet. Alles dort ist bis zur Unkenntlichkeit verbrannt.«

»Als du das Suchergebnis auf meinem PC gesehen hast …« Ich hielt inne. Die Fakten, die ich brauchte, hätte ich niemals in einem Nachrichtenartikel finden können. »Da hatte ich gerade was über das Feuer gelesen.«

»Hast du gelesen, wie heftig das Feuer gewütet hat? Es wurden keine identifizierbaren Leichenteile gefunden.« Die Sehnen seiner Handknöchel traten deutlich hervor. »Nur ein paar verkohlte Knochen.«

Übelkeit überkam mich. Wie grauenvoll, auf diese Weise zu sterben. »So weit bin ich nicht gekommen.«

»Das Nowikow-Prinzip erlaubt uns nicht, die Vergangenheit zu verändern. Es gestattet nur eine Einflussnahme, die keine Ungereimtheiten zur Folge haben würde.«

»Ich kann dir nicht folgen. Welche Art von Ungereimtheiten meinst du?«

»Jeder glaubt, dass Liam tot ist. Um seinen Tod zu verhindern, reisen wir in die Vergangenheit. Bevor ihm etwas zustößt, sehen wir zu, dass wir ihn aus dem Labor holen.« Seine Hände entspannten sich, während er seine Erklärung fortsetzte. »Um den Anschein aufrechtzuerhalten, dass er tot ist, ersetzen wir ihn durch jemand anderen. Dann versteckt er sich und taucht eine Weile unter.«

Ich schluckte verzweifelt, aber die Übelkeit war nicht zu unterdrücken. Ich musste mich einfach verhört haben. »Willst du etwa vorschlagen, dass wir an seiner Stelle *jemand anderen* sterben lassen sollen?«

»Nein!« Er sah mich an. »Als Professorin für theoretische Physik gehört Dr. Rooks zum naturwissenschaftlichen Institut des Colleges und hat Schlüssel für die Pathologie, wodurch ich Zugang zu Leichen habe …«

»Stopp.« Ich atmete ein paarmal ein und aus. Als ich sicher war, meinen Mageninhalt bei mir behalten zu können, gab ich ihm ein Zeichen fortzufahren. »Warum müssen wir den Anschein aufrechterhalten, dass er tot ist?«

»Damit sich nichts verändert. Es wird weiterhin Knochen als Beweis geben. Und wenn Liam sich volle sechs Monate versteckt hält, bis zu dem Augenblick, in dem wir zurückgehen, um ihn zu retten, wird die Tatsache, dass er in Wahrheit noch am Leben ist, die Zeitachse nicht beeinflussen. Wahrscheinlich.« In seiner Stimme war ein vager Hoffnungsschimmer auszumachen.

»Also wenn es jemals ein Ereignis gab, das ohne irgendeine weltverändernde Nebenerscheinung geändert werden könnte, dann ist es dieses?«, fragte ich und verdrängte den Gedanken an irgendwelche Leichenteile.

»So ist es. Vor allem, weil nie eindeutig bestätigt wurde, dass die paar Knochen, die im Labor gefunden wurden, tatsächlich Liams waren.«

Nachdenklich trank ich einen Schluck Wasser. »Bei Liams Rettung geht es um mehr, als Landers aufzuhalten, nicht wahr?«

»Liam war wie ein Vater für mich. Der einzige Vater, den ich je hatte.«

»Ich verstehe, warum du ihn ins Leben zurückholen möchtest.« Michaels richtiger Vater hatte ihn im Stich gelassen, und dann war sein Ersatzvater ermordet worden. Da hätte ich auch Gerechtigkeit gewollt.

»Ich will es nicht nur für mich tun, sondern für seine Frau, seinen Sohn und all die Leute, denen er geholfen hat, und für all jene, denen er in Zukunft helfen könnte. Bevor ich ihm begegnet bin, hab ich nicht geahnt, wie viel Gutes ein einzelner Mensch bewirken kann.«

»Ich verstehe.«

Seine Augen mit den langen geschwungenen Wimpern blickten mich ernst an. »Ich weiß. Dein zukünftiges Ich hat es auch verstanden. Was meinst du, wer mir vom Nowikow-Prinzip erzählt hat?«

Obwohl ich wirklich verstand – wahrscheinlich besser als die meisten anderen –, warum er das Leben eines geliebten Menschen retten wollte, konnte ich seine Worte nicht begreifen. Das Beben, das mein Inneres erschütterte, machte es mir schwer zu atmen.

»Du wolltest Antworten. Du hast sie gerade bekommen«, sagte er und rückte näher, was meine Atembeschwerden noch verschlimmerte. »Bereust du, dass du gefragt hast?«

»Du sprichst davon, einen Toten zurück zu den Lebenden zu holen«, sagte ich leise.

»Ich weiß, es ist unglaublich.« Michael ergriff meine Hände. »Aber es ist wahr.«

»Und ich konnte schon kaum fassen, dass Zeitreisen tatsächlich möglich sind.«

Ich versuchte, klar zu denken, aber solange er mich berührte, war mir das unmöglich. Ich schaute zu ihm auf, und tausend unausgesprochene Worte schossen zwischen uns hin und her. Je länger er meine Hände hielt, desto intensiver wurde unsere Verbindung.

»Ich muss darüber nachdenken.« Ich zog meine Hände zurück und rutschte ans andere Ende des Sofas, wo ich langsam ausatmete und die Augen schloss. Mein Gehirn war in den letzten paar Tagen so stark beansprucht worden, dass ich mich fragte, ob es überhaupt in der Lage war, noch mehr aufzunehmen.

Die Möglichkeit, den Ablauf der Zeit zu verändern, kreiste in meinem Kopf herum. Einen Menschen, den man liebte, von den Toten zurückzuholen. Ich fragte mich, ob allein der Gedanke daran das Universum auf den Kopf stellte und ein grausameres Schicksal herausforderte als je zuvor.

Erschöpft und überwältigt schlief ich ein.

24. KAPITEL

Die gläserne Drehtür wirbelt schneller und schneller im Kreis, fegt arktische Luft und Tannenduft herbei. Ich sehe, wie sie sich aus dem Gebäude herauslöst, sich weiterdreht und zu einem schneebedeckten Schlitten wird, der von zwei schwarzen Pferden gezogen wird. Kaum ist er aufgetaucht, stürzt er auch schon in eine Schlucht, und es bleibt nichts von ihm als gellende Schreie und eine senfgelbe, schwefelige Rauchwolke. Neben mir steht eine Gestalt, ein Körper ohne Gesicht, an Stelle der Augen sind nur Löcher mit glühenden Kohlen.

»Nein! Nein!« In kaltem Schweiß gebadet fuhr ich hoch. Michael saß immer noch neben mir. Zitternd kroch ich auf seinen Schoß, zu verängstigt, um mich zu schämen. Die elektrische Strömung zwischen uns kehrte auf der Stelle zurück. Diesmal war sie tröstlich statt beunruhigend. Nur mit größter Mühe gelang es mir, meinen keuchenden Atem so weit zu beruhigen, dass ich wieder halbwegs im Stande war, Wörter zu formen.

»Entschuldigung«, krächzte ich heiser. »Alles okay.«

»Lügnerin.« Michael wiegte mich tröstend hin und her. Ausnahmsweise schien es ihn nicht zu kümmern, wie nah wir einander waren. Mich kümmerte es auch nicht.

Ich schmiegte die Stirn an seine Schulter. Er rieb meinen Rücken mit kreisförmigen Bewegungen, während ich mich darauf konzentrierte, regelmäßig zu atmen. Die Standuhr schlug zweimal.

In der darauffolgenden Stille ging meine Furcht in Beschämung über.

»Nicht doch.«

»Was?« Ich drückte mein Gesicht gegen seine Brust, um mich zu verstecken.

»Ich spüre, dass du dich schämst, aber das brauchst du nicht.« Er hob mein Kinn an. »Bestimmt hattest du schon öfter diesen Traum. Wovon handelt er?«

»Ich will dir nichts verheimlichen, aber … ich kann einfach nicht.«

»Em?« Mein Haar hatte sich aus dem Zopfgummi gelöst. Er strich es über meine Schulter zurück und legte die Hand in meinen Nacken. »Wenn du jemanden zum Reden brauchst, ich bin hier und höre dir zu.«

Seine traurigen Augen spiegelten meinen Schmerz. Der emotionale Teil unserer Verbindung überwältigte mich. Ich ahnte, dass er längst wusste, was ich sagen würde.

»Meine Eltern. Der Tag, an dem sie gestorben sind.«

Er legte beruhigend den Arm um mich, und die Elektrizität zwischen uns ebbte ab zu einem leisen Summen.

Ich holte tief Luft. »Wir waren im Skiurlaub. Ein paar Monate vorher hatte ich angefangen, Zeitlose zu sehen – meine Eltern wussten nicht, was sie machen sollten. Ich glaube, sie haben gehofft, dass meine Visionen in einer anderen Umgebung verschwinden würden.«

Er hörte zu und ließ mich nicht aus den Augen, vielleicht fragte er sich, ob ich zusammenbrechen würde.

Ich fragte mich dasselbe.

»Wir mussten uns beeilen, um den Pendelbus zur schwarzen Piste zu erwischen. Einer meiner Skistöcke war verschwunden. Ich sagte zu meiner Mom, sie solle mit meinem Dad vorausfahren. Dass ich alt genug sei, um allein mit dem

Bus nachzukommen.« Voller Entsetzen erinnerte ich mich an meinen damaligen Tonfall. »Sie war die reinste Glucke, seit sie Angst hatte, dass ihre einzige Tochter vielleicht den Verstand verlieren könnte.«

»Du siehst nicht aus wie ein Mädchen, das sich gern bemuttern lässt.« Er nahm meine Hand.

»Ich fand's schrecklich. Aber sie wollte nicht ohne mich fahren. Auf dem Weg durch die Lobby haben wir immer noch gestritten. Ich passte nicht auf und stieß mit jemandem zusammen. Dabei fiel mein Rucksack herunter, und meine Sachen flogen überall herum. Meine Mom war völlig genervt, und ich hab ihr gesagt, sie soll schon vorgehen. Und das tat sie.«

Als wäre es gestern gewesen, fühlte ich den kalten Luftzug, als die Drehtür sich in Bewegung setzte. Ich sah, wie meine Mom hineintrat, wie ihr blondes Haar ihr ins Gesicht wehte. Ihr Blick spiegelte eine Mischung aus Bedauern und Enttäuschung.

»Die Polizei konnte nicht mehr sagen, als dass sie entweder wegen Glatteis ins Schleudern geraten waren oder von einem entgegenkommenden Fahrzeug abgedrängt wurden. Der Pendelbus stürzte den Hang hinunter und in einen zugefrorenen See.« Meine Lippen zitterten. »Er ist durchs Eis gebrochen. Es dauerte drei Tage, bis alle Leichen geborgen waren.«

Michael sagte nichts, sondern drückte meine Hand ein wenig fester. Ich lehnte die Wange an seine Schulter und erzählte weiter.

»Das Letzte, das ich zu meiner Mutter gesagt habe … Das Letzte, was ich ihr gesagt habe, war, dass ich sie nicht brauche. Ich habe ihr gesagt, sie soll mich nicht bemuttern. Dass ich auf mich selbst aufpassen kann. Ich habe ihr gesagt, dass ich sie nicht brauche. Das habe ich noch niemandem erzählt. Nicht einmal Thomas.«

Es war zu schrecklich gewesen, um es laut auszusprechen. Es jemandem anzuvertrauen, bedeutete, es wieder aufleben zu lassen.

»Aber du hast deine Eltern geliebt«, sagte er. »Und sie haben dich geliebt.«

»Ich weiß.«

Wir blieben reglos sitzen. Bis auf unseren Atem und das Ticken der Standuhr war es vollkommen still im Raum. Ich spürte, wie seine Brust sich hob und senkte.

»Oh, nein. Emerson!« Michael setzte sich gerade hin. Trotz seines olivfarbenen Teints wirkte er plötzlich ganz blass. »Was bin ich nur für ein Idiot… Liam… Wenn irgendjemand das Recht hat, etwas in der Vergangenheit zu ändern, dann bist du es.«

»Hör auf.« Ich schüttelte den Kopf.

»Wir könnten versuchen, einen Weg zu finden…«

»Gibt es einen?« Meine Stimme brach. »Gibt es einen Weg?«

»Ich… ich weiß es nicht.« Er wusste es, ich sah es in seinen Augen. Er wusste, dass es unmöglich war.

Ich biss mir auf die Wangen und schluckte die Tränen herunter. »Wenn man den Verlauf ändert, würden andere Dinge sich auch ändern. Paradoxa dürfen nicht sein, stimmt's? Außerdem gab es Beerdigungen.«

Leichen.

Ich bemühte mich um einen beiläufigen Tonfall und versagte kläglich. »Es sei denn, du hättest noch eine andere Theorie im Ärmel.«

»Nein.« Mit dem Daumen wischte er eine Träne von meiner Wange. Die Fürsorglichkeit seiner Geste brachte mich fast um. »Ich wünschte, es wäre anders. Ich wünschte, ich könnte das Geschehene verändern.«

»Ich habe gesagt, ich helfe dir, weil ich es wollte, nicht weil ich erwarte, dass du mir hilfst, irgendwas zu ändern.« Ich lächelte wehmütig. »Außerdem komme ich gut alleine klar. Schon seit Jahren.«

»Emerson, du hast mir gerade dein größtes Geheimnis anvertraut. Das bedeutet mir sehr viel. Spiel es nicht herunter.«

Hätte er nicht schon mein Herz in den Händen gehalten, hätte ich es mir rausgerissen und es ihm geschenkt.

Ich schloss die Augen und holte tief Luft.

Auch ich wünschte mir, die Dinge könnten anders sein.

25. KAPITEL

Ich erwachte, als die Sonne bereits durch die Ritzen der Holzjalousien drang. Die Sonnenstrahlen verrieten mir, dass wir unseren frühen Aufbruch zurück nach Ivy Springs verpasst hatten.

Zu schade.

Ich hatte die Nacht in Michaels Zimmer verbracht. Ich wackelte mit den Zehen und war dankbar, dass er mir zumindest die Schuhe ausgezogen hatte, bevor er mich in voller Montur in sein Bett gelegt hatte, um selbst mit dem Sofa im Wohnzimmer vorliebzunehmen. Der Junge war die Anständigkeit in Person. Ich atmete tief ein und stellte fest, dass sein Kopfkissen genauso gut roch wie er. Ich widerstand dem Drang, mein Gesicht darin zu vergraben.

Nach und nach gewöhnten sich meine Augen an das Schummerlicht, und ich nahm meine Umgebung wahr. Bei Weitem nicht so schick wie das Loft, eher eine Studentenbude, aber die eines ordentlichen Studenten. Die blau-grün karierte Decke passte zur blauen Wandfarbe. Auf dem Schreibtisch standen eine silberfarbene Arbeitsleuchte und ein cooler Laptop, wie der in seiner Wohnung. In der Ecke, neben dem gut bestückten Bücherregal, befand sich eine Gitarre auf einem Ständer. Das Ganze sah aus wie … Michael.

Ich gab meinem Verlangen nach, drehte mich auf die Seite und sog den Duft seines Kissens ein. Meine Träumereien wurden durch ein leises Klopfen an der Tür unterbrochen. Vor

Verlegenheit wurde mir ganz heiß, und ich musste mir ein bisschen Luft zufächeln, bevor ich antwortete. »Komm rein.«

Michael steckte grinsend den Kopf durch die Tür. »Hey.«

Vor seinen Augen aufzuwachen, fühlte sich sehr intim an. Vielleicht lag es daran, dass ich mich am Abend zuvor zum ersten Mal seit vier Jahren jemandem offenbart hatte, der nicht zur Familie gehörte, wodurch Michael zu meinem Vertrauten geworden war.

Oder es hatte mit der Kopfkissensache zu tun.

»Die Dusche ist durch diese Tür. Handtücher sind unter dem Waschbecken. Ich schau mal nach, ob ich was zum Frühstück finde.« Er schob meine Tasche durch die Tür und war verschwunden, ehe ich irgendetwas sagen konnte.

Ich duschte rasch und zog mich an. Gott sei Dank hatte ich wie immer eine Zahnbürste und ein paar Schminksachen dabei. Als ich zurück ins Zimmer kam, saß Michael auf dem Bett und hielt zwei Becher mit Kaffee in den Händen. Er musterte mein schwarzes Outfit.

»Bist du unter die Punker gegangen?«, fragte er und grinste schon wieder.

Ich strich pikiert über mein T-Shirt. »Ich wusste nicht, was ich bei Hourglass zu erwarten hatte. Deshalb hab ich diese Sachen eingepackt, zur Tarnung in der Dunkelheit.«

»Du siehst aus wie ein Mini-Einbrecher.«

»Vergiss nicht, dass ich dir in den Hintern treten kann.«

»Tut mir leid.« Tat's ihm gar nicht.

»Entschuldige, dass ich dich aus deinem Badezimmer vertrieben habe«, sagte ich und setzte mich auf den Schreibtischstuhl.

»Kein Problem. Hier gibt's jede Menge Duschen.« Er hielt mir einen Kaffeebecher hin, und mir fiel auf, dass sein Haar noch feucht war. »Mit einem *Cubano* kann ich leider nicht dienen.«

»Macht nichts. Hauptsache Koffein.« Ich freute mich, weil er noch wusste, was ich morgens am liebsten trank. Gleichzeitig wurde ich von einem peinlichen Morgen-danach-Gefühl überkommen und wusste nicht, was ich sagen sollte.

Er unterbrach die Stille. »In der Küche gibt's was zu essen, wenn du so weit bist.«

»Klingt gut. Ich sollte wohl besser im Murphy's Law anrufen. Ich kann nicht fassen, dass ich schon am zweiten Tag nicht bei der Arbeit auftauche.« Lily war sicher verrückt vor Sorge und dachte, Michael hätte mich entführt, um mich als Sexsklavin zu benutzen. Wenn die Antwort nur so simpel gewesen wäre.

»Ich habe schon angerufen. Hab sie informiert, dass wir hier hängen geblieben sind. Sie haben dir heute frei gegeben, aber vielleicht hat das damit zu tun, dass ein Mädchen im Hintergrund gebrüllt hat, sie würde deine Schicht übernehmen, falls du noch mit der ›Sahneschnitte‹ unterwegs wärst.«

»Danke.« Ich würgte einen Riesenschluck heißen Kaffee hinunter und starrte auf den Teppich.

»Willst du sofort zurück?«, fragte er amüsiert. »Oder hast du noch ein bisschen Zeit?«

»Ich gehör ganz dir.« Die Worte waren mir herausgerutscht, ehe ich sie zurückhalten konnte. »Äh … Ich meine, ich krieg so oder so Ärger, weil ich die Nacht mit dir verbracht hab … Ich meine, hier in deinem Zimmer.« Ich verstummte und seufzte. »Ich hab Zeit.«

Erde, tu dich auf.

»Schön.« Michael stand auf und grinste wie ein Breitmaulfrosch. »Weil wir Dr. Rooks erklären müssen, wer du wirklich bist.«

26. KAPITEL

Über die Hintertreppe gelangten wir in eine sonnige Küche mit Holzfußboden und zitronengelb gestrichenen Wänden. Michael setzte sich zu zwei Jungs an den Tisch, aber ich blieb fasziniert stehen, als ich Dr. Rooks an der Kochinsel stehen sah, wo sie Obst in Stücke schnitt. Ich hatte noch niemanden eine Ananas so geschickt zerteilen sehen. Auf einem Teller lag schon ein Haufen mundgerechter Stücke und ließ die Küche wie eine tropische Bar duften, so dass mir das Wasser im Munde zusammenlief.

»Guten Morgen.«

»Den wünsche ich dir auch«, erwiderte sie mit ihrer melodischen Stimme und nahm eine große Orange von der Anrichte. »Michael hat erzählt, ihr beiden hättet die halbe Nacht geredet.«

»Ähm … Tut mir leid, dass Sie ganz umsonst das Bett für mich hergerichtet haben.«

Sie legte das Messer ab, blinzelte ein paarmal mit ihren unfassbar langen Wimpern und sah mich an. »Ich habe nicht mal ein Laken geholt.«

Mir fiel die Kinnlade herunter, und sie lachte.

»So etwas sieht ihm gar nicht ähnlich, und ich war schon ein bisschen überrascht, wenn man bedenkt … Aber es ist schon in Ordnung.« Ich fragte mich, was sie mit »wenn man bedenkt« meinte. Sie lächelte und reichte mir ein Stück Obst. »Er ist ein ganz besonderer junger Mann.«

Das Blut stieg mir in die Wangen. Ich beugte mich vor, um mich nicht mit dem süßen Obstsaft zu bekleckern, und hielt die Hand darunter. Die Ananas schmeckte sogar noch besser, als sie roch. Während ich kaute, überlegte ich, was ich als Nächstes sagen sollte. »Es ist nichts … Ich meine, wir haben nicht … Da ist nichts zwischen uns.«

»Tut mir leid. Ich hätte keine voreiligen Schlüsse ziehen dürfen.« Sie ritzte die Orangenschale ein. »Ich dachte, ich hätte eine starke Verbindung zwischen euch beiden gespürt. Vielleicht habe ich mich aber auch geirrt.«

Auf der Anrichte entdeckte ich einen Küchenpapierhalter in Häschenform. Die Ohren ragten aus der Rolle heraus, während das untere Ende auf übergroßen Pfoten stand. Ich riss ein Stück ab, um mir den Saft von den Fingern zu wischen. »Ich wollte mich nur für die Unannehmlichkeiten entschuldigen, Dr. Rooks.«

»Cat.« Lächelnd wandte sie sich wieder der Orange zu. »Überhaupt kein Problem.«

Sie war so cool, dass ich mich fast fragte, ob ich auch Physik studieren sollte. Fast.

Am Tisch wurden die Stimmen plötzlich lauter.

»Batman gewinnt. Keine übernatürlichen Kräfte – nichts als reine Willenskraft im Kampf gegen das Unrecht.« Ein Junge mit Dreadlocks und Schlafzimmeraugen spießte gerade einen kleinen Pfannkuchen auf die Gabel. Er trug ein farbenfrohes Hawaiihemd. »Er brauchte nichts weiter als Entschlossenheit.«

»Was für ein lahmes Argument, Dune. Superman ist der Beste, daran gibt's nichts zu rütteln. Er ist *Superman*. Wer sollte besser sein als Superman?« Ein Junge mit schwarzen, von neongrünen Strähnen durchsetzten Haaren schaufelte sich gerade einen Riesenteller Rührei rein und schob seine dickrandige, schwarze Brille hoch. »Es sei denn, man rechnet X-Men als eine Person statt als Team …«

»Hey, Jungs«, schnitt Michael ihm das Wort ab. »Ich unterbreche eure hochwissenschaftlichen Erörterungen nur ungern, aber ich möchte euch mit Emerson bekanntmachen. Das sind Nate Lee und Dune Ta'ala.«

»Hi.« Gott sei Dank waren meine Wangen nach meinem Gespräch mit Cat sowieso schon rot. Ich kam mir vor wie eine Misswahlkandidatin vor der Jury.

Nates Mund öffnete sich und bot einen verlockenden Ausblick auf halb zerkautes Rührei. Dunes Gesichtsausdruck entsprach dem von Nate nur ohne die Eier. Sie schauten mich nicht an, sondern an mir vorbei.

Was war nur mit den beiden?

Die Antwort darauf bekam ich, als ich hinter mir eine weibliche Stimme hörte. »Oh, wie wundervoll, dich kennen zu lernen.«

Ich drehte mich um, weil ich sehen wollte, wer am frühen Morgen derart sarkastisch daherreden mochte.

Das Mädchen vom Foto.

Ich hatte ein Problem. Es gab keinen ersichtlichen Grund, dem Mädchen in der Küchentür eine Ohrfeige zu verpassen.

Und ich hätte so gern einen gehabt.

Ihre Beine waren endlos. Schlank aber mit Kurven. Vielen Kurven. Ihr Gesicht sah aus wie das Meisterwerk eines plastischen Chirurgen, aber ich hatte den schlimmen Verdacht, dass das Meiste natürlich war.

Oder alles.

Sie trug Schwindel erregend hohe Absätze und einen Schwindel erregend kurzen Rock, und ihr kastanienbraunes Haar wurde von einer Designersonnenbrille aus der Stirn gehalten.

Michael stand auf und trat zwischen uns. »Emerson«, sagte er in neutralem Tonfall. »Das ist Ava.«

Ich lächelte, aber es wirkte bestimmt, als würde ich die Zähne fletschen. »Ich find's auch wundervoll, dich kennen zu lernen.«

Während wir uns anstarrten, wurde mir klar, wie kleinkariert, unreif und grundlos eifersüchtig ich war, doch jedes Mädchen, das einen Jungen erobern will, merkt es sofort, wenn sie ihrer Erzrivalin gegenübersteht.

Ich hatte das schreckliche Gefühl, den Kampf zu verlieren.

Um meine Fassung wiederzuerlangen, nahm ich ein Stück von der Orange. Als ich mich wieder umdrehte, saßen Ava und Michael zusammen am Tisch, und ich sah ihre Hand auf seinem Knie liegen, woraufhin ich mich hastig abwandte.

Den Orangenschnitz hatte ich zu Saft gepresst.

Ich riss ein weiteres Blatt Küchenpapier vom Häschenhalter und wischte mir die klebrige Soße ab. Dune unterbrach die Stille und meldete sich mit seiner tiefen Stimme zu Wort. »Und zieht Emerson nun ins Haus der Abtrünnigen?«

»Sie ist nur für einen Tag hier zu Besuch«, erwiderte Michael. »Mach den Mund zu, Nate.«

»Ich dachte, ihr zwei wärt gestern Abend schon hergekommen? Ich hab in der Nacht noch Stimmen gehört«, sagte Nate, nachdem er vernehmbar geschluckt hatte.

Bei einem verstohlenen Seitenblick sah ich, wie Michael Avas Hand von seinem Knie schob. Sie zog eine Schnute, und ich fragte mich, ob ich was verpasst hatte.

»Cat, ich hab da noch was mit dir zu besprechen«, sagte er. »Unter vier Augen. Hast du heute irgendwann Zeit?«

»Ja.« Ein paar feine Fältchen traten auf Cats Stirn, während sie Michael, mich und Ava nachdenklich musterte. »Ich gehe schnell nach oben und bin gleich wieder da.«

Dune stand auf und schob seinen Stuhl zurück, der geräuschvoll über den Holzfußboden schrappte, was mich nervös machte. Noch nervöser, als ich ohnehin schon war.

»Ich muss los und unsere Sachen zusammenpacken. Das Wasser wartet.« Damit war er verschwunden, doch dann steckte er den Kopf noch einmal durch die Tür. »Nett, dich kennen zu lernen, Emerson.« Er warf Ava noch einen Blick zu und verschwand.

»Wasser?«, fragte ich. »Was meint er damit?«

»Er ist ein hervorragender Wassersportler«, erwiderte Nate. »Seine Fähigkeiten sind sagenhaft.«

»Er hat selbst ein paar sagenhafte Fähigkeiten«, sagte Michael und deutete auf Nate. »Er kann nicht nur Riesenmengen Eiweiß verdrücken, er kann auch …«

»Ach, lass uns die Details auf später verschieben. Mit dem Eiweiß will ich Muskelmasse aufbauen. Bis jetzt hat's aber noch nicht viel gebracht.« Nate deutete auf seine knochige Brust und grinste. Er schien nur aus dünnen, schlaksigen Gliedmaßen zu bestehen, die er nun in Bewegung setzte, um Nate zu folgen, so dass ich mit Michael und Ava allein zurückblieb.

Sie fixierte mich mit kaltem Blick, warf das Haar zurück und richtete ihre Aufmerksamkeit wieder auf Micheal. An der Art, wie sie ihn anschaute, war nichts Kaltes. »Ich muss dich sprechen. In meinem Zimmer.«

Sie *wohnte* hier?

Mein Magen zog sich zusammen. Jetzt verstand ich Cats Kommentar. Wenn man bedachte, dass Ava hier im Haus wohnte, war es kein Wunder, dass Michaels Entscheidung, mich hierherzubringen, sie überrascht hatte. Gestern Abend hatte ich mich auf seinen Schoß gekuschelt und ihm mein Seelenleben offenbart.

Emotional entblößt hatte ich mit ihm auf dem Sofa gelegen, während Ava oben geschlafen hatte.

Und die Art, wie sie ihn ansah, ließ vermuten, dass sie weitaus mehr waren als nur gute Freunde.

27. KAPITEL

Michael ließ den Blick von Ava zu mir wandern und auf meinem Gesicht verweilen, wahrscheinlich um den Schaden abzuschätzen. »Ich muss mich noch schnell um Em … äh … Emerson kümmern. Dann komm ich nach oben.«

Sich um mich kümmern? War es das, was er gestern Abend versucht hatte?

»Beeil dich.« Ohne mich eines Blickes zu würdigen, rauschte Ava an mir vorbei.

Ich dachte an das Foto auf Michaels Regal und wünschte, ich hätte es mitgehen lassen.

Weil ich es nur zu gern mit Pfeilen beschossen hätte.

Ich ließ mich auf einen Stuhl fallen, schlug die Beine übereinander, verschränkte die Arme vor der Brust und wartete darauf, dass Michael etwas sagte.

»Ähm … Ich denke, ich schulde dir eine Erklärung.«

»Eine Erklärung wofür?« Es sollte wie eine beiläufige Frage klingen, doch der unwirsche Unterton meiner Worte war nicht zu überhören.

»Wer all die Leute sind. Ich hab dir erzählt, dass Hourglass Beratung und Mentoring anbietet.« Er zog den Stuhl neben meinem hervor, um sich zu setzen, aber als ich ihm einen finsteren Blick zuwarf, stellte er stattdessen den Fuß auf die Sitzfläche und stützte sich auf die Lehne. »Du hast ja gestern Abend gesehen, wie groß das Haus und die Anlagen sind«, erklärte er.

»Ja.«

»Dune kommt aus Samoa, Nate ist aus New York und Ava aus Kalifornien. Sie sind allein hierhergekommen, um die Schule zu besuchen, die Liam aufgebaut hat. Es gibt auch andere Schüler, die mit ihren Familien hergezogen sind.«

»Zu Hourglass gehört auch eine Schule?« Die Idee gefiel mir, obwohl ich lieber zu einem anderen Zeitpunkt davon erfahren hätte.

»Liam hat sie eingerichtet. Von Lehrern unterrichtet zu werden, die uns verstehen, ist für viele von uns die einzige Möglichkeit, eine anständige Bildung zu bekommen. Nate und Dune wurden der Schule verwiesen, nachdem Landers herausgefunden hatte, dass sie mit seinen Methoden nicht einverstanden waren. Darauf sind sie hier eingezogen.«

Ich konnte es kaum fassen. Niemals irgendetwas erklären zu müssen, weil alle andere ebenso seltsame Fähigkeiten haben wie man selbst. Sich nicht entschuldigen müssen, wenn man den Klassenraum verlässt, weil ein Mädchen aus den Zwanzigern neben dem Lehrer einen flotten Charleston aufs Parkett legt, während er die Fortpflanzungsweise von Fröschen erklärt.

»Das muss eine tolle Schule sein.«

»Meistens schon. So viele unterschiedliche Fähigkeiten auf so engem Raum ...« Michael grinste. »Ich erzähl dir irgendwann mal ein paar Geschichten.«

Nach meinem Treffen mit Ava konnte ich mir nicht vorstellen, dass Michael in Zukunft viel Zeit mit mir verbringen würde. Natürlich wusste er viel mehr über die Zukunft als ich, auch wenn er seine Informationen für sich behielt. »Nate hat das hier als das Haus der Abtrünnigen bezeichnet. Wieso?«

»Das ist sein Name für diejenigen, die von Landers rausgeschmissen wurden. Da wir jetzt gegen ihn arbeiten, sind wir eben Abtrünnige.«

»Aber Ava hat keinen Tritt bekommen? Und habt ihr zwei euch abgeschleppt, bevor oder nachdem sie hier eingezogen ist?«

»Nun mal langsam.« Michael wich erschrocken zurück. »So ist es nicht. Ich habe sie nur vor ein paar Wochen gefragt, ob sie hier einziehen will.«

»Oh.« Ich bemühte mich um einen neutralen Gesichtsausdruck. »Na dann.«

»Ich meine, sie war immer noch bei Hourglass und hat versucht, Kaleb zu helfen, aber ich wollte nicht, dass Landers an sie rankommt. Ich wollte sie von ihm fernhalten.«

»Was bist du nur für ein edler Ritter!«, säuselte ich mit honigsüßer Stimme, und alle warmen, verschwommenen Gefühle, die von letzter Nacht übrig geblieben waren, lösten sich in Luft auf. »Wo steht eigentlich dein Pferd? Und wer entsorgt den Mist, den es fallen lässt?«

»Nein, nein, nein, es ist nicht dasselbe wie mit uns«, erklärte er hastig.

»Stopp.« Es gab kein Uns. »Erspar mir die Einzelheiten. Du musst mir wirklich nichts erklären.«

»Aber Em…«

»Ich will nichts hören. Wirklich nicht.« Ich versuchte, meine Gefühle zurückzudrängen. Ich hatte keinen Grund, so angefressen zu sein. Wenn jemand das Recht hatte, sauer zu sein, dann war es Ava. Denn ganz offensichtlich war ich die andere Frau, die in ihrem Revier wilderte.

Cat steckte den Kopf durch die Tür und setzte unserem Gespräch ein Ende. »Können wir jetzt reden, Michael?«

»Er ist fertig. Ich geh nach draußen.« Ich stand auf und steuerte die Hintertür an.

»Warte«, sagte Michael eindringlich.

Ich blieb stehen, ohne mich umzuschauen. »Was?«

»Die Mappe, die ich dir gestern gegeben habe, hast du die mitgebracht?«

»Du hast gesagt, ich soll sie nicht aus den Augen lassen. Sie ist in meiner Tasche.«

»Könntest du nach oben gehen und sie holen? Und …«, sagte er mit einem Seitenblick auf Cat, »lass dir Zeit.«

»Klar, mach ich.«

Ich eilte hinauf in Michaels Zimmer, nahm den Ordner aus der Tasche, schlich leise wieder nach unten und blieb vor der Küchentür stehen.

»Hast du sie gefunden?«

»Es war eher umgekehrt«, erwiderte Michael leise. Ich presste den Körper an die Wand zur Küche.

»Wie hat sie es aufgenommen?« In Cats Stimme schwang Beklommenheit mit.

»Sie hat es erst vor ein paar Tagen erfahren.«

»Ist es wie bei Liam und Grace? Die Chemie zwischen euch?«

Er schwieg.

»Ich wusste es. Ich habe es gespürt. Michael …«

»Ich konnte es mir nie vorstellen, aber jetzt, da ich sie kennen gelernt habe …«

»Weiß sie es?«

Wieder blieb Michael stumm.

Ich hielt den Atem an. Was sollte ich wissen?

»Wieso braucht sie so lange?«, fragte Cat. Stuhlbeine schrappten über den Küchenboden. Ich zuckte zusammen und presste den Ordner an die Brust.

Ich machte ein paar Geräusche, als würde ich die Treppe herunterkommen, und trat atemlos in die Küche, als wäre ich gelaufen. Cat riss mir den Ordner praktisch aus der Hand und drückte ihn an sich, als wäre er mit kostbaren Juwelen besetzt. So wie sie ihn hielt, fragte ich mich, warum Michael ihn mir anvertraut hatte, und wünschte, ich hätte mehr von dem verstanden, was ich gelesen hatte. Ich wandte mich zum Gehen.

»Em, warte. Setz dich.« Michael deutete auf den leeren Platz neben sich. Ich starrte ihn an. Er zog den Stuhl zurück. »Bitte!«

Ich setzte mich auf den angebotenen Platz und faltete die Hände auf dem Tisch. »Michael hat mir gerade erzählt, was du tun kannst.«

Cats Worte klangen vorwurfsvoll, und nachdem sie mir den Ordner förmlich aus der Hand gerissen hatte, ging ich unwillkürlich in die Defensive. »Ich würde mich ja entschuldigen, aber ich bin selbst nicht froh darüber.«

»Nein.« Sie nahm meine Hand. Ihre Augen waren vor Staunen geweitet. »Verzeih mir. Ich bin … überwältigt. Es ändert sich dadurch so vieles. Öffnet so viele Wege – ich kann es kaum fassen.«

Ich hatte ihre rätselhaften Andeutungen satt und fragte: »Welche Wege denn?«

»Du bist die Hälfte eines einzigartigen Paars. Außer Liam und seiner Frau habe ich noch niemanden getroffen, der tun könnte, was du mit Michael kannst. Dadurch verändert sich einiges für mich, für meine Gabe.« Sie zog ihre Hand zurück und legte sie auf den Ordner. Als sie sich setzte, sah ich einen Hauch von Traurigkeit in ihren Augen. »Hast du die Erklärung gelesen, wie ihr beiden auf die Reise gehen könnt?«

»Ich hab's versucht, aber das Meiste habe ich nicht verstanden.«

»Ich werde versuchen, es verständlicher auszudrücken. Eine der vielen Zeitreisetheorien ist die Wurmlochtheorie. Wurmlöcher verbinden zwei Punkte im All wie eine Brücke.« Ehrfürchtig schlug Cat den Ordner auf und blätterte, bis sie ein Diagramm gefunden hatte, das für mich genauso rätselhaft war, als wäre es mit unsichtbarer Tinte geschrieben. Sie deutete auf eine Reihe von Gleichungen. Ich fragte mich, ob ich mir Notizen machen sollte. »Siehst du?«

Meine Augen wurden immer größer, und sie klappte den Ordner wieder zu. »Tut mir leid, ich wollte nicht zu wissenschaftlich werden. Ich erklär dir jetzt die Basics. Die Brücken können dich mit einer anderen Zeit verbinden, aber sie müssen stabil sein und offen gehalten werden, damit die Reise möglich ist. Dies wird durch die Nutzung negativer Materie erzielt, auch bekannt als exotische Materie. Einfach genug?«

Klar.

»Was hat das alles mit deiner Gabe zu tun?«, fragte ich.

Cat blieb einen Augenblick still. »Ich erschaffe exotische Materie.«

»In einem Labor?«

»Nein, so.« Sie schloss die Augen, legte die Hände zusammen, als hielte sie eine Hand voll Wasser. Ein kleines Stück über den Handflächen erschien eine violettfarbene Kugel. Sie war nicht fest, eher wie Gas, das sich pulsierend im Kreis drehte. Sie schien einen feinen Nebel zu versprühen. Alles andere im Zimmer wurde dunkel, und ich konnte mich auf nichts anderes konzentrieren als auf die Energie in Cats Händen. Ich beugte mich vor, näher und näher und fühlte mich auf unerklärliche Weise von dem Ding angezogen.

Ich verpasste dem Schauspiel einen Dämpfer, als ich mich so weit vorbeugte, dass ich vom Stuhl fiel.

Cat schnappte nach Luft und hielt die Hände zusammen. Der wirbelnde Ball verschwand, und im Raum war es wieder hell.

Michael half mir auf. Ich war zu schockiert, um mich zu

schämen oder auf seine Berührung zu reagieren. »Em braucht eine Warnung, bevor du sie mit solchen Dingen konfrontierst.«

Jetzt verstand ich die Diskussion über die Superhelden beim Frühstück. Die Hausbewohner hatten über ihre fiktionalen Pendants gesprochen.

Kein Problem.

»Wie … Wie hast du das gemacht, Cat?«

»Körperchemie?« Sie tat, als wäre es keine große Sache. »Es ist schwer zu erklären. Wissenschaft hat mich schon immer fasziniert. Besonders das Studium negativer und positiver Materie, Wurmlöcher, schwarze Löcher …«

Sie hatte gerade Materie erschaffen. Materie. Mit ihren Händen. Ich konnte es kaum glauben, aber es erschien mir unmöglich, dass die wirbelnde violettfarbene Kugel durch einen Trick zu Stande gekommen war.

»Das Erschaffen wahrer exotischer – oder negativer – Materie wird gemeinhin als unmöglich betrachtet. Es ist eine überaus flüchtige Substanz.« Cats Worte klangen, als würde sie eine Vorlesung wiederholen, die sie schon hunderte Male gehalten hatte. »Liam hat mich gelehrt, was wir tun können, wenn wir die Fähigkeiten jedes Einzelnen miteinander verbinden. Wenn du so willst, habe ich Brücken geöffnet, und er ist über sie gereist.«

»Ich glaube dir, was den wissenschaftlichen Kram angeht«, sagte ich abwinkend. Es interessierte mich zwar, wie sie und Liam Ballard alle Puzzleteile zusammengefügt hatten, dennoch fand ich ihren persönlichen Weg im Moment faszinierender. »Wie bist du dahintergekommen, dass du es kannst – Materie erschaffen, meine ich.«

»Ich bin auf einer Insel aufgewachsen. Als Kind habe ich mich oft nachts aus dem Bett geschlichen und mich in eine Hängematte gelegt, die zwischen zwei Palmen auf unserem

Grundstück angebracht war.« Cats dunkle Augen bekamen einen verträumten Schimmer, und ich war mit ihr in der Hängematte, hörte das sanfte An- und Abschwellen der Dünung und fühlte die warme Südseebrise auf der Haut. »Ich schaute hinauf zu den Sternen und fragte mich, wie es wäre, zwischen ihnen herumzuschweben. Eines Nachts habe ich geträumt, ich könnte eine Galaxie in den Händen halten. Ich sah, wie sie sich bildete und umeinanderkreiste, als hätte ich sie selbst erschaffen und ihr Leben eingehaucht. Als ich wach wurde, wirbelte das, was du gerade gesehen hast, in meinen Händen herum, als würde es dorthin gehören.«

»Wie alt warst du damals?«, fragte ich.

»Elf. Ich wusste, dass es etwas Besonderes war, das ich tun konnte, und wollte es erforschen. Ich lernte so viel, wie ich konnte, in der Highschool, machte den Abschluss schon mit sechzehn und bekam ein Stipendium fürs College, wo ich Physik als Hauptfach studiert habe. Ich habe mich als studentische Hilfskraft beworben, damit ich Zugang zum Labor bekam.« Sie hielt inne und lächelte versonnen. »Da bin ich Liam zum ersten Mal begegnet.«

»Woher wusste er, was ihr beiden gemeinsam tun konntet? Die Sache mit der Zeitreise?«

»Er hatte ein paar … externe Hilfsmittel.« Das Lächeln verschwand, und ihre Stimme bekam einen geschäftsmäßigen Klang. »Michael hat dir wohl bislang noch nichts Genaueres über die Logistik der Zeitreise erzählt?«

»Nein.« Bevor der violettfarbene Ball in Cats Hand entstanden war, hatte ich noch ein wenig gehofft, er hätte die ganze Sache vielleicht doch nur erfunden, also hatte ich keine Fragen gestellt. Jetzt hoffte ich, dass er die Wahrheit sagte, denn wenn nicht, hatten meine Halluzinationen ein neues Stadium erreicht. Ein weitaus schlimmeres.

»Gib ihr den Ring«, sagte Cat und deutete auf Michaels Hand.

Er zog den Ring vom Daumen und reichte ihn mir. Ich hielt ihn ans Licht und bemerkte zum ersten Mal eine Reihe winziger eingravierter Achten.

»Was hat ein Silberring mit lauter Achten mit Zeitreisen zu tun?«

Michael nahm den Ring zurück, sorgsam darauf bedacht, Hautkontakt zu meiden. »Das sind keine Achten, sondern Unendlichkeitssymbole. Und der Ring ist nicht aus Silber, sondern aus Duronium. Ein Metall, das noch in keinem Periodensystem aufgeführt wird.«

Ich dachte kurz nach. »Also, wenn ich das richtig verstehe … Unsere Gene plus Duroniumring plus Cats exotische Materie ist gleich Zeitreise?«

Er nickte.

»Klingt wie ein Kinderspiel. Kein bisschen gruselig.«

Ich fixierte den Ring auf seiner Handfläche. »Und wie soll ich mir so ein Ding besorgen? Im Internet kann man so etwas wohl nicht bestellen?«

»Wir kümmern uns darum«, antwortete Michael.

»Schön.« Ich wandte mich an Cat. »Michael hat mir erzählt, dass es noch mehr Leute mit besonderen Fähigkeiten gibt. Welche denn?«

»Alle möglichen.« Sie warf Michael einen auffordernden Blick zu. »Erklärst du das bitte?«

Ihr Tonfall ließ vermuten, dass es nicht darum ging, wer meine Frage beantwortete, sondern darum, ob sie überhaupt beantwortet werden sollte. Weitere Geheimnisse.

»Ja«, sagte er und trommelte mit den Fingern auf die Tischplatte. »Es gibt andere Einrichtungen wie Hourglass. Nicht viele, aber ein paar sind es schon. Manche haben bestimmte …

Spezialgebiete. Für Menschen, die Geister aufspüren können oder eine andere Gestalt annehmen …«

Ich schnappte hörbar nach Luft. Er verstummte und sah mir in die Augen. Als er auf seinem Stuhl herumrutschte, stieß er unterm Tisch mit dem Oberschenkel gegen mein Bein. Dass ich trotz des engen Körperkontakts nicht hyperventilierte, bewies, wie überwältigt ich mich von alldem fühlte, was ich gerade gehört hatte.

»Es tut mir leid«, sagte ich matt, »aber hast du gerade von … Geisterjagd und *gestaltwandlerischen* Fähigkeiten geredet?«

»Schlechte Beispiele. Ich hätte nicht davon sprechen sollen«, sagte Michael hastig und stand auf. Ich fragte mich, ob die zufällige Berührung oder das Thema unserer Unterhaltung ihn aufgescheucht hatte. Er ging hin und her und drehte dabei unablässig an seinem Ring. »Ich wollte dich nicht in Angst und Schrecken versetzen.«

»Zu spät. Du hast einen ordentlichen Treffer gelandet.«

»Emerson, nichts von dem, was wir tun, ist einfach oder unkompliziert.« Cat klang etwas angenervt, und ich kam mir ein bisschen blöd vor. »Hör dir einfach an, was wir zu sagen haben, und versuch, es zu verstehen. Das kann doch nicht so schwer sein.«

Michael sah Cat mahnend an.

Sie nahm die Schultern zurück, und ihr genervter Blick verschwand. »Tut mir leid. Ich lebe schon so lange in dieser Welt, dass ich vergesse, wie rätselhaft sie auf Außenstehende wirken muss.«

Michael starrte Cat weiterhin an, und sein Blick war so intensiv, dass es mich nervös machte. Schließlich wandte sie sich ab und sah mich an. »Hourglass ist ebenfalls spezialisiert. Jeder dort hat eine Gabe, die mit der Manipulation von Zeit zu tun hat.«

Da ich immer noch versuchte, Michaels Blick zu deuten, mit dem er Cat fixiert hatte, dauerte es einen Moment, bis seine Worte zu mir durchdrangen. »Aber hast du nicht gesagt, dass wir die Einzigen sind, die auf Zeitreise gehen können?«

»Das sind wir.« Er setzte sich wieder neben mich, rückte jedoch seinen Stuhl ein bisschen zur Seite. »Aber Zeit ist ein fließendes Konzept. Sie kann verlangsamt, beschleunigt oder angehalten werden.«

Ich ersann ein absurdes Szenarium. »Also wenn jemand auf mich schießen würde und ich die Fähigkeit hätte, die Zeit anzuhalten, dann könnte ich die Kugel aus der Luft rupfen, bevor sie mich trifft?«, fragte ich lachend.

Er lächelte nicht. »Erschreckt es dich, dass so etwas möglich ist?«

»Nicht mehr als alles andere«, murmelte ich ernüchtert und legte den Kopf auf meine Hände. »Warum fühl ich mich plötzlich, als säße ich am normaleren Ende des Freak-Spektrums?«

»Ich habe dir doch schon tausendmal erklärt, dass normal ein relativer Begriff ist«, sagte er. »Brauchst du noch einen Moment?«

Ich brauchte ein Jahrtausend. »Kann ich … Kann ich das auch? Eine Kugel aufhalten?«

»Alles deutet darauf hin, dass deine Gabe es dir ermöglicht, in die Vergangenheit zu reisen.«

»Das reicht mir auch«, sagte ich und fühlte mich etwas besser. Obwohl es sicher praktisch wäre, eine Kugel abfangen zu können. »Und was ist mit den anderen?«

»Nate ist eine Art Mischung aus Oliver Twist und diesem Extremzauberkünstler David Blaine.« Michael tat, als würde er ein Kaninchen aus dem Hut ziehen. »Halb Taschendieb, halb Illusionist. Er kann Dinge verlangsamen oder beschleunigen, sich selbst eingeschlossen – je nach Bedarf.«

»Wie ist er hergekommen?«, fragte ich. »Das scheinen mir nicht die Art von Fähigkeiten zu sein, die Liam gefördert hätte.«

»Er hat es nicht gefördert. Jedenfalls nicht, um sich finanziell zu bereichern. Aber es gibt andere Gründe, die Hinterlist nötig machen.«

»Und was ist mit den anderen?«

»Dune kann Wasser beeinflussen. Es ist schwieriger, als es sich anhört. Ava … nun ja. Sie versucht, ein paar Sachen auf die Reihe zu bekommen.« Michael schenkte mir ein entschuldigendes Lächeln, das dahinschwand, als er zur Hintertreppe schaute. »Da wir gerade von Ava sprechen … Ich muss mit ihr reden. Dann können wir uns auf den Rückweg nach Ivy Springs machen.«

»Ich warte hier auf dich.«

Kochend vor Eifersucht.

Er verschwand in Richtung Hintertreppe, und es hörte sich an, als würde er zwei Stufen auf einmal nehmen. »Was machen Nate und Dune denn heute?«, fragte ich Cat.

»Ein Beratungstermin, den ich arrangiert habe. Dune kann zum Beispiel Ebbe und Flut beeinflussen oder die Fließrichtung von Flüssen. Das ist hilfreich, wenn wir bestimmte Dinge herausfinden wollen, doch es ist keine Gabe, die er besonders oft nutzen kann. Aber er ist ein wahres Genie, wenn es ums Recherchieren geht, was sehr praktisch ist …«

Sie fuhr fort, und ich versuchte, ihr zu folgen, aber meine Gedanken wanderten in Avas Zimmer. Was machten die beiden da oben? Sie hatte gesagt, sie müsse mit ihm reden. Ich hoffte, dass sie wirklich nur miteinander redeten. Und ich wünschte, sie wäre nicht so eine umwerfende Schönheit. Am liebsten hätte ich mich nach oben geschlichen und an ihrer Tür gelauscht. Ich hatte es am Tag zuvor nicht zugegeben, als Michael mich danach gefragt hatte, aber ich hatte tatsächlich im Internat gelernt, wie man Leute belauscht. Von meinen Mitschülern. Nicht von den Lehrern.

Plötzlich merkte ich, dass Cat schwieg und darauf wartete, dass ich auf etwas antwortete, was sie gesagt hatte.

»Wie bitte? O Gott, tut mir wirklich leid.« Ich setzte mich gerade hin und hielt mir beschämt die Hände vor den Mund.

»Ist schon gut – ehrlich. Ich weiß, dass du mit den Gedanken woanders bist.«

»Ist das so offensichtlich?« Ich verbarg mein Gesicht, um die Röte zu verstecken, die mir in die Wangen stieg.

»Ich verstehe, wie es zwischen euch beiden ist«, sagte sie. »Zwischen Liam und seiner Frau war es genauso.«

»Was meinst du damit? Wie war es denn zwischen ihnen?«

»Verhängnisvoll.« Cat lachte über mein perplexes Gesicht und tätschelte sanft meine Schulter.

Schwere Schritte waren auf der Treppe zu hören – deutlich langsamer als auf dem Weg nach oben. Michael trat allein durch die Küchentür, seine Gesichtszüge wirkten müde und abgespannt. »Wenn wir nicht bald aufbrechen, schickt dein Bruder einen Suchtrupp aus.«

»Die kommen bestimmt mit Fackeln und Heugabeln, weil er seit gestern nichts mehr von mir gehört hat.«

»Lass uns fahren.«

Anscheinend gab es Ärger im Paradies.

Das konnte ich nur hoffen.

28. KAPITEL

Ich setzte Michael bei seinem Wagen ab, und wir verabredeten uns im Murphy's Law. Ich schuldete Lily eine Erklärung. Bevor ich ins Café ging, checkte ich meine Mailbox. Sieben Nachrichten von Thomas.

Man konnte es so sagen: Ich steckte bis zum Hals in brauner Materie, und mein großer Bruder hatte die Hand an der Toilettenspülung.

Ich parkte und überquerte den Markplatz, während ich mir den Kopf darüber zerbrach, was ich Lily sagen sollte. Vorm Murphy's Law blieb ich stehen, weil mir einfach keine glaubhafte Geschichte einfallen wollte. Oder wenigstens eine anständige Lüge.

Durchs Fenster konnte ich sie in Gedanken versunken am Tresen stehen und irgendetwas auf einen Block kritzeln sehen. Ich öffnete die Eingangstür, und die Türglocke schreckte sie aus ihren Gedanken. Sie schob Stift und Block in die Schürzentasche und stemmte die Hände in die Hüften.

»Mädchen!«

Die Art, wie sie das Wort betonte, beinhaltete hundert Fragen gleichzeitig.

»Es ist nicht so, wie du denkst«, sagte ich defensiv.

»Das tut mir aber leid für dich.«

Damit waren wir schon zwei. »Ich war nicht die ganze Zeit mit ihm zusammen, seit er mich hier abgeholt hat! Gestern Abend musste ich nochmal weg. Ich hatte was zu erledigen.

Da ist er mir über den Weg gelaufen. Wir haben nicht auf die Zeit geachtet. Es ist spät geworden und …«

»Du musst mir nichts erklären.« Sie zog das Geschirrtuch von ihrer Schulter und polierte den Tresen. Unnötigerweise. »Behalt deine Geheimnisse für dich.«

»Lily, bitte.« Ich nahm ihr das Tuch aus der Hand. »Ich will dir nichts verheimlichen. Diese … Sache … mit Michael ist verdammt kompliziert. Bitte glaub mir.«

»Schon gut. Ich verstehe. Aber eins musst du mir verraten. Ist er von seiner Art her genauso heiß wie die Verpackung?«

Ich lächelte wissend, bevor ich einen Herzanfall nachäffte, indem ich mir die Hände auf die Brust presste und ein paar Schritte nach hinten taumelte, bis ich den Tresen im Rücken hatte. Theatralisch sackte ich unter dramatischen Zuckungen in die Knie und platzte los vor Lachen.

»Du hast sie nicht alle«, sagte Lily und half mir lachend wieder auf die Beine. Ich reichte ihr das Geschirrtuch und nahm mir einen Pappbecher vom Stapel. Nach der langen Nacht fing ich langsam an zu schwächeln. Das Zusammensein mit Michael hatte mich wach gehalten, und jetzt, da er nicht da war, sackte ich zusammen wie nach dem Abebben eines Adrenalinschubes.

»Kann ich eine Sekunde ernsthaft mit dir reden?« Ich zog am Hebel der Kaffeemaschine, mit der ich mir eine starke Mischung aufbrühte, und sog den köstlichen Duft ein.

»Was gibt's?«

»Fragst du dich manchmal, wie dein Leben sein würde, wenn deine Eltern hier wären statt in Kuba?«

»Ja.« Sie zog die Barhocker hervor, die sie hinterm Tresen stehen hatte, falls es ein bisschen ruhiger war und man sich ein paar Minuten setzen konnte. »Ständig. Fragst du dich, wie es wäre, wenn deine noch am Leben wären?«

»Ja klar.« Ich kletterte auf den Hocker. Bei Lily mit ihren langen Beinen wirkte alles so mühelos. Ich hätte fast eine Trittleiter gebrauchen können. »Ich frage mich das auch wegen der Depressionsgeschichte. Wenn der Unfall nie passiert wäre, wenn meine Eltern dagewesen wären, um mir zu helfen – ob ich dann wohl mit allem besser klargekommen wäre?«

»Das wirst du nie erfahren. Und du kannst die Zeit nicht zurückdrehen. Niemand kann das.«

Ich sah keinen Sinn darin, sie zu korrigieren.

»Du weißt ja gar nicht, ob du wegen deiner Lebenssituation mit der Depression zu kämpfen hattest oder ob es körperliche Ursachen dafür gab. Vielleicht war es nicht das letzte Mal. Deshalb musst du alles tun, um gesund zu bleiben, ob weitere Therapiestunden dafür nötig sind oder was auch immer.« Sie warf die Hände in die Luft. »Schweißtreibendes Training ... Ich weiß es auch nicht.«

Wir mussten beide lachen. Lily wusste, dass ich nicht gern über meine Depressionen sprach, aber wenn das Thema auf den Tisch kam, gab sie sich immer große Mühe, mir Mut zu machen und meine Entscheidungen zu respektieren. Ein weiterer Grund, sie gernzuhaben.

»Was hältst du von übernatürlichen Sachen?«

Sie runzelte die Stirn. »Du meinst Werwölfe, Geister und so?«

»Vielleicht, aber ich denke eher an Superhelden – mit besonderen Fähigkeiten, wie Gedankenlesen oder die Zukunft vorausahnen.«

Oder Zeit manipulieren.

»Hast du gestern Abend dein Glas unbeobachtet stehen lassen? Hat dir jemand was in die Cola gekippt?«

»Ich mein's ernst, Lily.«

Sie knabberte am Nagel ihres kleinen Fingers. »Ich hab keine Meinung zu solchen Sachen«, sagte sie schließlich.

»Du musst eine Meinung dazu haben«, beharrte ich. »Willst du mir wirklich erzählen, du hättest noch nie darüber nachgedacht?«

»Nein, habe ich nicht. Und ich will auch jetzt nicht darüber nachdenken«, sagte sie entschieden.

»Hey, ist ja gut.« Ich hatte noch nie erlebt, dass Lily auf eine einfache Frage so reagierte. »Ich war nur neugierig.«

»Wann siehst du dein Sahneschnittchen wieder?« Lily faltete das Geschirrtuch auf ihrem Schoß zusammen.

»Wir wollen uns hier treffen und dann zusammen zu Thomas gehen. Er war nicht begeistert, dass seine kleine Schwester die Nacht außer Haus verbracht hat.«

»Wenn dein Bruder eine Knarre hat, solltest du deinem Schnuckelchen lieber eine schusssichere Weste besorgen. Der Junge ist viel zu hübsch, um durch eine Kugel im Bauch verunstaltet zu werden.«

»Nein, nein.« Die Vorstellung, mein gesetzestreuer Bruder könnte eine Feuerwaffe in der Hand haben, brachte mich zum Lachen. »Thomas hat keinen Revolver. Wenn wir ihm alles vernünftig erklären, hat er sicher Verständnis.«

Zumindest hoffte ich das.

»Du willst ihm erklären, wie ihr die Zeit vergessen habt?«

»Ähm … Ja.«

Jahrelang war ich immer meine einzige Vertraute gewesen. Ich wusste nicht mehr, wie es war, alles, was mich bewegte, einer guten Freundin anzuvertrauen, und jetzt wünschte ich mir nichts sehnlicher, als Lily alles zu gestehen. Es gab zu viele Geheimnisse in meinem Leben.

Die Türglocke läutete, als jemand das Café betrat. Weil mein Energielevel plötzlich um zehn Stufen anstieg, wusste ich, dass es Michael sein musste. Er schlenderte auf den Tresen zu und lächelte Lily an.

»Michael«, sagte ich, »das ist Lilliana Garcia.«

Die sonst so wortgewandte und selbstsichere Lily – ein Musterbeispiel für Anmut und Grazie – saß einfach auf ihrem Hocker und kicherte.

»Freut mich, dich kennen zu lernen, Lilliana.«

»Nenn mich Lily«, hauchte sie wie Marilyn Monroe, und ich fragte mich, ob Michael auf jedes Mädchen diese Wirkung hatte.

»Freut mich, Lily.« Er schenkte ihr ein weiteres Lächeln, und ich hörte sie leise seufzen. Dann schaute er mich an und fragte aufmunternd: »Und bist du bereit für deine Standpauke, Em?«

»Was bleibt mir anderes übrig?« Lily starrte Michael an, als würde sie den Mount Everest erklimmen und den Ärmelkanal durchschwimmen, wenn er sie darum bäte. Ich schnipste mit den Fingern, um ihre Aufmerksamkeit zu erlangen. »Lily? *Lily?*«

»Ja?« Nur mit Mühe konnte sie sich von seinem Anblick losreißen. Sie räusperte sich. Die rauchige Stimme machte auf mich ohnehin keinen Eindruck. »Ja?«

»Bis morgen, vorausgesetzt Thomas sperrt mich nicht in mein Zimmer ein.«

»Viel Glück. Tschüss Michael!«, sagte sie mit huldvollem Winken.

Als wir losgehen wollten, machte Lily hinter Michaels Rücken die wildesten Verrenkungen, um meine Aufmerksamkeit zu erlangen. Sie ahmte heißes Geknutsche nach, und ich schleifte Michael so schnell wie möglich aus dem Laden, bevor sie sich selbst oder mich blamierte. Wir überquerten den Marktplatz mit dem Springbrunnen und den schmiedeeisernen Bänken. Ich hatte Drus Wagen an einer der wenigen Stellen am Straßenrand geparkt, wo keine Parkuhr herumstand. Michaels Cabrio stand direkt dahinter.

»Ich hoffe, dein Zauber wirkt auch auf meinen Bruder!«, sagte ich, als wir einen rostigen, knatternden Kleinlaster passieren ließen, der mit seinen Auspuffgasen die Luft verpestete.

»Wovon redest du?«

Ich löste das schlüssellose Schließsystem aus. »Erzähl mir doch nicht, dass du Lilys Reaktion auf dich nicht bemerkt hast. So hab ich sie in Gegenwart von Jungs noch nie erlebt.«

Er verdrehte die Augen und öffnete die Autotür für mich.

»Das mit der Zauberei mein ich ernst«, sagte ich und stieg in den SUV, dessen Ledersitze von der Sonne angenehm warm geworden waren.

»Ich glaube, du erwartest ein bisschen zu viel von mir und meinen Fähigkeiten. Dein Bruder wird nie und nimmer begeistert davon sein, dass du die Nacht mit mir verbracht hast, selbst wenn ich zum nächsten Houdini mutieren würde.«

»Ich habe nicht die Nacht mit dir verbracht. Ich meine … äh. Ich habe nur bei dir übernachtet.« Jetzt fühlten sich meine Wangen genauso heiß an wie meine Beine auf dem aufgeheizten Ledersitz, und ich wäre am liebsten im Erdboden versunken. »Was ich noch fragen wollte«, sagte ich schließlich, um vom Thema abzulenken. »Wenn wir in die Vergangenheit reisen, um Liam zu retten, ist das sicher nicht ganz ungefährlich, oder?«

»Es ist nicht ohne Risiken.« Er stützte sich auf die offene Fahrertür und verdeckte mit seinen breiten Schultern die Sonne.

Ich lehnte mich zurück und war froh, nicht mehr blinzeln zu müssen. »Die Leute von Hourglass kennen deine Fähigkeiten. Was ist, wenn sich herumspricht, dass du eine Partnerin gefunden hast, mit deren Hilfe du die Dinge verändern kannst?«

»Vergiss nicht, dass Kaleb sich noch im inneren Kreis befindet, und er hat nichts gehört«, sagte Michael und trommelte auf die Scheibe. »Jonathan hat alle Hände voll zu tun, um seine Spuren zu verwischen, und hat bestimmt keine Zeit, auf Gerüchte zu achten.«

»Nur weil er beschäftigt ist, heißt das noch lange nicht, dass er nichts von mir weiß.« Ich fühlte, wie sich auf Stirn und Oberlippe winzige Schweißperlen bildeten.

»Wir haben Vorsichtsmaßnahmen getroffen«, versicherte er mir. »Es ist völlig unmöglich, dass jemand bei Hourglass etwas ahnt, abgesehen von Kaleb, und er sagt garantiert kein Wort.«

Mir wurde heiß und heißer, weshalb ich den Motor startete und Klimaanlage und Gebläse einschaltete. »Was ist mit Liams Frau?«

»Wenn man so eng miteinander verbunden ist wie die beiden … Nach seinem Tod wurde sie sehr krank.« Michael schaute zum Springbrunnen.

»Ist alles in Ordnung mit ihr? Oder ist sie gestorben?«

»Es war keine körperliche Krankheit.«

»Oh.« Also meine Art von Krankheit.

»Wenn wir ihn zurückholen können, kommt sie sicher wieder in Ordnung«, sagte Michael zuversichtlich. Ein Windstoß fegte ein Gemisch aus Auspuffgasen und Chrysanthemenduft herbei. »Genau wie alles andere. Wir müssen fest daran glauben.«

Hoffentlich hatte er Recht. »Glaubst du wirklich, Jonathan Landers gibt Ruhe, wenn wir Liam retten?«

»Nein. Er hat Blut geleckt. Ich glaube, was ihn antreibt, ist sein Wunsch, so zu sein wie wir, obwohl er weiß, dass er das nicht kann. Wenn er herausfindet, dass du dabei warst, kann ich dir nicht versprechen, dass er dich in Ruhe lässt. Aber ich kann dir versprechen, dass ich alles tun werde, um ihn von dir fernzuhalten.«

Die kalte Entschlossenheit seiner Worte jagte mir einen Schauer über den Rücken. Ich fixierte die Windschutzscheibe und tippte mit den Fingern aufs Lenkrad.

Ich erwog meine Möglichkeiten.

Wenn alles, was Michael und Cat mir erzählt hatten, der Wahrheit entsprach, würde ich mithilfe meiner Fähigkeiten einen Mann retten können, einen Mann mit Frau und Sohn. Ein Mann, der sein ganzes Leben darauf ausgerichtet hatte, anderen zu helfen. Er hatte nicht nur eine Schule für Leute wie mich gegründet, sondern auch für Beschäftigungsmöglichkeiten gesorgt. Für eine Zukunft.

Dann war da Jonathan Landers. Wenn man Michael Glauben schenkte, beutete Landers die Menschen mit besonderen Fähigkeiten aus, benutzte sie für seine Zwecke. Sicher baute er ohne Skrupel auf ihre Unsicherheit und Angst, um sie zu manipulieren, damit sie taten, was er wollte. Bevor ich Michael kennen gelernt hatte, wäre ich ein perfektes Opfer gewesen.

Es war eine glasklare Entscheidung.

Ich sah Michael in die Augen und legte die Hand auf seinen Arm. »Ich bin dabei.«

Michael zuckte zusammen, entweder wegen meiner unerwarteten Berührung oder wegen meiner Worte. »Bist du sicher?«

»Wie könnte ich dir meine Hilfe verweigern, wenn es darum geht, ein Leben zu retten?« Ich zog meine Hand zurück und schob sie unter den Oberschenkel. »Und wenn ich helfen kann, dann hat es wenigstens einen Sinn, dass ich ein Freak bin.«

»Em, du bist kein …«

»Ich bin ein Freak, Michael. Genau wie du und Cat und Dune und Nate und all die, denen Hourglass geholfen hat.« Ich wollte Ava nicht mit einbeziehen. »Aber zum ersten Mal in meinem Leben ist das okay für mich. Jetzt bin ich ein Freak mit einer Aufgabe.«

»Sag mir, warum. Warum willst du helfen?« Ich spürte, welches Gewicht er auf das »warum« legte. Es war beinahe, als wäre der Grund, aus dem ich helfen wollte, wichtiger als der tatsächliche Akt der Hilfe.

»Nicht weil ich mich von dir bedrängt fühle oder wegen irgendetwas, das du gesagt hast. Vielleicht ist es einfach die Vorstellung, welche Bedeutung Liams Leben hatte, bevor er starb. Er war genau wie ich, und er hat etwas bewirkt.«

Das schien die Antwort zu sein, auf die er gewartet hatte. »Versprich mir, dass du sicher bist«, sagte er und sah mir prüfend ins Gesicht.

»Ich hab gesagt, dass ich dabei bin, und ich bin dabei. Hundert Prozent. Du brauchst mich nicht noch einmal zu fragen, okay?«

»Zu Befehl.« Michael salutierte zum Spaß, doch hinter seiner Ironie spürte ich Bewunderung. »Wenn du dabei bist, müssen wir es deinem Bruder erzählen. Alles.«

»Muss das sein?«, fragte ich und rieb mir nervös die Oberschenkel.

»Thomas vertraut mir. Ich möchte sein Vertrauen nicht missbrauchen.« Michael nahm meine Hand und hielt sie still. Hitze schoss in meinen Arm. »Was wird er wohl dazu sagen?«

»Bestimmt vergisst er darüber ganz schnell, dass ich die Nacht außer Haus verbracht habe. Ich meine im Vergleich ist das ja eine Bagatelle.« Ich grinste. »Aber im Ernst. Thomas legt mir keine Steine in den Weg. Er akzeptiert meine Entscheidungen.«

»Selbst wenn sie gefährlich sind?«

»Wir werden sehen.«

Er drückte meine Hand. »Also gut. Bist du bereit?«

»Nee.« Ich erwiderte seinen Händedruck. »Lass uns fahren.«

29. KAPITEL

Ich musste es meinem Bruder beibringen. Vielleicht glaubte er, ich hätte eine Art Rückfall und es wäre mir gelungen, Michael durch weibliche List in meine Wahnvorstellungen hineinzuziehen. Vielleicht täuschte er Gelassenheit vor, damit ich nicht noch mehr durchdrehte. Oder vielleicht wollte er mir die Hölle heißmachen, weil ich die Nacht bei Michael verbracht hatte, und meine neuesten Eröffnungen brachten ihn aus dem Konzept. Wie auch immer – jedenfalls schien er meine Verkündung, ich könne durch die Zeit reisen und hätte ganz nebenbei meine Medikamente abgesetzt, erstaunlich locker wegzustecken.

Dru war ein bisschen schwieriger zu überzeugen.

»Ihr wollt mir also erzählen, dass ihr zusammen die Grenzen der Zeit durchbrechen könnt?«, fragte sie und musterte Michael und mich skeptisch. Ihre Stimme klang gefasst und gleichzeitig gezwungen, als wenn ein Erwachsener ein unartiges Kleinkind in der Öffentlichkeit zurechtweist.

Ich nickte. Dru wusste, dass ich ab und zu tote Leute sah, seit es zum ersten Mal geschehen war, aber während Thomas mir sofort geglaubt hatte, hatte sie ein bisschen länger dafür gebraucht.

Während der Kellner den Tisch neben uns abräumte, blieb sie schweigend sitzen. Als er die Kerzen ausblies und verschwand, indem er auf dem Weg zur Küche durch das Jazztrio marschierte, fuhr sie fort. »Du willst mir also erzählen, dass die Dinger, die du gesehen hast, keine Geister waren, sondern Menschen aus der Vergangenheit?«

»Mehr oder weniger.«

»Mehr oder weniger?« Ihre Stimme war schrill geworden, und ihre Fassung schwand mehr und mehr dahin. Sie hielt die Hand hoch. »Ich brauche eine Pause.«

Michael hatte beschlossen, ihr im Restaurant reinen Wein einzuschenken, weil er hoffte, ein öffentlicher Ort könne heftige Gefühlsausbrüche in Zaum halten. In Drus Fall schien seine Theorie jedoch nicht zu funktionieren.

Der Rauch der ausgeblasenen Kerze wehte zu unserem Tisch und verdrängte kurz den Duft nach Tomatensoße und frischgebackenem Brot aus der Küche. Mir knurrte der Magen, und ich hätte am liebsten um einen Korb gebeten.

Stattdessen konzentrierte ich mich wieder auf das Naheliegende. Nach einer kurzen Ruhepause für Dru bemühte ich mich, alles genauer zu erklären, wobei mir erneut klar wurde, wie unglaublich das Ganze klingen musste. »Dass ich in der Lage bin, Zeitlose zu sehen, ist ein Symptom dafür, dass ich eine Zeitreisende bin.«

Ihr Blick sprang von mir zu Michael. »Und Sie können ebenfalls auf Zeitreise gehen?«

»Ja.«

»O Gott.« Sie sackte ein wenig zusammen und zog sich aus dem Gespräch zurück.

»Könnten Dru und ich Zeitlose sehen?«, fragte Thomas.

Ich schaute hinüber zu dem Jazztrio und antwortete für Michael. »Nein.«

»Bei Ihrem ersten Treffen mit Emerson, als sie aus der Zukunft zu Ihnen kam, woher wussten Sie da, dass sie eine Zeitreisende war und keine Zeitlose?«, fragte Thomas mit leiser Stimme. Zumindest er schien uns noch zu folgen.

»Zeitlose verschwinden, wenn man sie berührt. Zeitreisende wissen genau, was sie sind und wo sie sind. Und sie haben einen festen Körper.«

Ich setzte mich gerade hin. »Wie fest?«

»Genauso fest, wie wir es jetzt sind.«

Ein unbehaglicher Gedanke schoss mir durch den Kopf. Wenn Zeitlose aus Dunst und Zeitreisende aus fester Materie bestanden …

Was war dann Jack?

Der Gedanke verflüchtigte sich, als Thomas seine nächste Frage stellte. »Was würde passieren, wenn jemand, der nicht mit der Fähigkeit zur Zeitreise geboren wurde, es versuchen würde? Angenommen, wir würden uns exotische Materie und etwas aus Duronium besorgen. Könnten Dru und ich es dann auch?«

»Nur Menschen mit der angeborenen genetischen Fähigkeit können ohne ernste Folgen reisen.«

»Welche Art von Folgen?«, fragte Thomas.

Michaels Miene verfinsterte sich. »Tod durch Zerfall.«

»Oh«, sagte Thomas und lockerte seine Krawatte.

»Was haben Sie gesehen, wenn Sie in die Zukunft gereist sind?«, meldete Dru sich zu Wort. Sie war so lange still gewesen, dass ich ihre Anwesenheit fast vergessen hatte. »In welcher Art von Welt werden wir leben?«

Ich wusste, dass sie an das Baby dachte.

»Ich darf es nicht erzählen. Ich muss geheim halten, was ich gesehen habe. Aber Babys wurden noch geboren – jeden Tag.« Michael lächelte sie aufmunternd an. »Und sie sind zu wertvollen Menschen herangewachsen.«

»Was ist der nächste Schritt für euch zwei?«, fragte Thomas und griff gleichzeitig nach Drus Hand. »Habt ihr einen Plan?«

»Ich muss Dr. Rooks erklären, was ich vorhabe«, sagte Michael und musterte meinen Bruder mit ernstem Blick. »Wenn sie einverstanden ist und Emerson Ihre Erlaubnis bekommt, werden wir versuchen, Liam Ballard zu retten.«

Thomas sah mich besorgt an. »Willst du bei der Sache mitmachen?«

Ich nickte.

»Wenn – ein ganz großes Wenn –, wenn all das wirklich … wahr sein sollte«, sagte Dru mit sorgenvollem Gesicht. »Dann hoffe ich sehr, dass du dir vollkommen im Klaren bist, welche Risiken du eingehst.«

»Ich bin mir vollkommen im Klaren.« Ich horchte noch einmal in mich hinein, um mich zu vergewissern, ob meine Worte der Wahrheit entsprachen. Im selben Augenblick wusste ich die Antwort. »Ich weiß, dass ich das Richtige tue.«

Thomas legte mir die Hand auf die Schulter. »Könnten wir kurz miteinander reden? Unter vier Augen?«

Michael erhob sich und trat neben Dru. »Ich wollte Sie schon länger nach einem der Kunstfotos in meiner Wohnung fragen. Ich hätte gern die Kontaktdaten des Künstlers. Könnten wir zu mir gehen, dann zeige ich Ihnen, welches Bild ich meine.«

»Ja, gern. Aber wenn es ein Foto ist, kann ich mir denken, wer es gemacht hat. Haben Sie Ems Freundin Lily schon kennen gelernt?«, fragte Dru, als sie zusammen den Tisch verließen. Auf dem Weg zum Ausgang warf sie uns noch einen Blick zu, bei dem ihr langes Haar zwar ihr halbes Gesicht, jedoch nichts von ihrer Sorge verbarg. Die Phantommusiker gingen nahtlos von einem Klassiker von Cole Porter zu einem Stück von Billie Holiday über.

Sobald die schwere Holztür hinter Michael und Dru ins Schloss gefallen war, schaute Thomas mir ernst in die Augen. »Zeit für die Wahrheit.«

»Seit wir hier sitzen, habe ich nichts als die Wahrheit gesagt, Thomas. Du denkst doch wohl nicht, ich hätte das alles erfunden?«

»Darum geht es nicht.« Er nahm ein Tütchen mit Süßstoff aus der Keramikschale. »Du weißt, dass ich dir glaube, zumindest hoffe ich das. Ich rede davon, wie du dich angehört hast, als ihr beiden alles erklärt habt.«

Ich verschränkte die Arme vor der Brust und wartete.

»Obwohl ich in den letzten vier Jahren dein gesetzlicher Vormund war, hast du weitgehend selbst entschieden, wie du dein Leben führen willst. Die einzige Ausnahme war deine …« Er hielt inne und rang nach einer schonenden Ausdrucksweise.

»Zwangseinweisung«, sagte ich für ihn. »Sprich es ruhig aus, es ist kein Schimpfwort.«

Thomas nickte, ging jedoch nicht weiter auf das Thema ein, sondern drehte das winzige Süßstofftütchen unablässig hin und her. »Du bist fast erwachsen. Ich kann dir nicht mehr lange sagen, was du zu tun und zu lassen hast.«

»Ich kann dir nicht ganz folgen.«

»Du und Michael.« Er riss das Tütchen auf, und der Inhalt rieselte auf die Tischdecke. »Wenn ich euch beiden zuhöre und euch zusammen sehe, habe ich das Gefühl, bei eurer Verbindung geht es um mehr als um das Teilen übernatürlicher Fähigkeiten.«

»Wir haben keine professionellen Grenzen überschritten.« Ich mied seinen Blick und spürte, dass ich rot wurde. »Da ist nichts zwischen uns.«

»*Noch* nicht, meinst du wohl. Was ist mit gestern Nacht?«

Ich hatte gehofft, er würde mich damit in Ruhe lassen.

»Thomas, bitte.« Am liebsten wäre ich unter den Tisch gekrochen. Alles, nur um dieser Unterhaltung aus dem Weg zu gehen. »Da war nichts.«

»Hey, und wieso hast du dann die Sicherheitskamera an der Hausecke attackiert? Das sah nach aufgestautem Frust aus.«

Ich hatte mich schon gefragt, wann er mich darauf ansprechen würde. »Du musst dir keine Sorgen machen. Wir haben keine Regeln gebrochen.«

Thomas zeichnete einen Kreis in das Süßstoffgranulat. »Aber du hast Gefühle für ihn?«

»Es ist alles so kompliziert.«

Regeln. Vertrauen. Ava.

»Ich hab mir schon gedacht, dass so etwas passieren kann. Deshalb hab ich sichergestellt, dass Michael die Regeln einhält, sowohl die von Hourglass als auch meine.« Thomas lehnte sich zurück und musterte mich wie das Fundament eines Gebäudes, das er zu kaufen gedachte. »Ich möchte nicht, dass du verletzt wirst.«

»Werde ich nicht«, versicherte ich ihm. »Meine Beziehung zu Michael ist rein platonisch. Wir sind uns nicht einmal nah gekommen …«

Ich verstummte, als ich sah, wie Thomas die Lippen aufeinanderpresste.

»Nun ja, bis auf das eine Mal auf der Veranda haben wir nicht mal im Traum dran gedacht, irgendetwas Unangebrachtes zu tun.« Gedankenverloren wischte ich die Süßstoffkrümel vom Tisch und fühlte mich sofort danach schuldig, weil ich den Boden beschmutzt hatte. »Obwohl er wirklich supernett ist und rücksichtsvoll …«

Die Lippen meines Bruders wurden zu einem schmalen Strich.

»Jedenfalls ist nichts zwischen uns.« Ich wischte meine Hände sauber, legte sie auf den Tisch und blickte Thomas direkt in die Augen. »Es spielt also keine Rolle.«

»Aber Em«, sagte Thomas und ergriff meine Hände. »Ich

denke, es könnte sehr wohl eine Rolle spielen. Sei ehrlich, haben deine Gefühle für ihn irgendetwas damit zu tun, dass du ihm helfen willst?«

»Nein, so ist es nicht!«, protestierte ich, als er mir einen wissenden Großer-Bruder-Blick zuwarf. Ich drückte seine Hände, um meinen Worten mehr Gewicht zu verleihen. »Liam Ballard hat eine Familie, eine Frau und einen Sohn. Ich könnte ihn retten. Nach allem, was ich durchgemacht habe, musst du doch verstehen …«

»Ich weiß, warum es dich reizt. Ich mache mir Sorgen um dich, nicht um deine körperliche Gesundheit, obwohl das natürlich auch ein Aspekt ist.« Sein gequälter Gesichtsausdruck spiegelte meinen eigenen Schmerz. »Wie kannst du in die Vergangenheit reisen, um den Vater dieses Jungen zu retten, ohne den Wunsch, auch das Leben deiner eigenen Eltern zu retten?«

»Darüber haben Michael und ich schon gesprochen.« Ich konzentrierte mich auf den Kronleuchter an der Decke und versuchte, meine Hilflosigkeit zu verbergen. Und die Tränen zurückzuhalten. »Es gibt keine Möglichkeit. Das mit Liam ist eine einmalige Gelegenheit. Ansonsten ist es unmöglich, die Vergangenheit zu ändern. Bis auf diese Ausnahme.«

Wir saßen eine Weile schweigend da und dachten an den großen Verlust, den wir erlitten hatten. Thomas räusperte sich. »Weißt du noch, was Dad immer gesagt hat, wenn wir vor einer großen Entscheidung standen?«

Ich verkniff es mir, die Augen zu verdrehen. »Mach den nächsten richtigen Schritt.«

»Genau. Was auch immer für dich der nächste richtige Schritt ist, Em, ich stehe hinter dir.«

»Der richtige Schritt ist, Michael zu helfen. Danach« – für den Fall, dass es ein Danach gab – »müssen wir einfach weitersehen.«

Thomas ließ meine Hände los und schaute zur Eingangstür. »Wo bleiben sie nur so lange?«

»Ich geh nachsehen«, sagte ich und war dankbar für die Fluchtmöglichkeit, bevor ich etwas sagen konnte, das ich später bereuen würde. »Und in der Zwischenzeit machst du dich nützlich und besorgst mir was von dem Brot mit ein bisschen Dip? Schließlich bist du hier der Chef!«

Beim Überqueren des Marktplatzes ließ ich alles, was Michael meinem Bruder und Dru gesagt hatte, noch einmal Revue passieren und blieb wieder an derselben Stelle hängen.

Zeitreisende hatten feste Körper, und Zeitlose bestanden aus Luft.

Jack. Nicht fest, nicht flüchtig, sondern irgendwas dazwischen.

Michael, Dru und Thomas mussten warten. Ich musste etwas erledigen. Und zwar sofort.

30. KAPITEL

Komm raus, egal, wo du gerade bist!«, rief ich leise, als ich mein Zimmer betrat. »Jack? Spiel jetzt bloß nicht den Schüchternen.«

Stille.

Ich öffnete die Schranktür, die Badezimmertür, schaute unters Bett.

Nichts.

Ich setzte mich in meinen Sessel und dachte nach. Im Gegensatz zu den Ledersitzen in Drus SUV fühlte sich das Leder unter meinen Beinen angenehm kühl an.

Womöglich hatte ich Jack durch meine Berührung für alle Zeiten verscheucht. Nachdenklich wickelte ich mir eine Haarsträhne um den Finger. Wenn es so wäre, hätte ich ein Problem weniger, weil ich immer noch nicht entschieden hatte, ob ich Michael von ihm erzählen sollte oder nicht.

Was hätte ich auch sagen sollen? Ach übrigens, da gibt es diesen halbfesten Typen, der im Dunkeln leuchtet und gern in meinem Zimmer rumhängt? Sollte ich zugeben, warum ich ihn nie zuvor erwähnt hatte? Jacks Aufmerksamkeit und sein Interesse für mich waren angenehm und konnten vielleicht sogar die unangenehme Tatsache, dass Michael die wunderschöne Ava als Alternative hatte und ich niemanden, ein wenig abmildern.

Auch wenn ich nicht wusste, was Jack war. Wie konnte ich das alles erklären, ohne wie ein Idiot dazustehen?

Wenn Jack verschwunden blieb, wäre er kein Thema mehr, und ich könnte mir um andere Dinge Sorgen machen, zum Beispiel um die Möglichkeit, beim Versuch, auf einer Zeitreise ein Leben zu retten, mein eigenes zu verlieren.

Solche Dinge eben.

So viel war seit meiner Rückkehr nach Ivy Springs geschehen. Ich lehnte mich zurück und schloss die Augen. Meine ganze Welt war aus den Fugen. Vor einem Monat wusste ich nicht, was die Zeitlosen waren. Ich wusste nicht, was meine Fähigkeit bedeutete. Ich wusste nichts von Michaels Existenz. Alles war viel einfacher gewesen.

Aber auch viel uninteressanter.

Ich wartete ein paar Minuten. Als Jack immer noch nicht auftauchte, klopfte ich an Michaels Wohnungstür. Keine Antwort. Ich ging zurück ins Restaurant und fand Thomas und Dru am Tisch. Allein.

»Wo ist Michael?«, fragte ich mit einem Blick auf die Uhr über der Bar. Ich war nur fünfzehn Minuten fort gewesen. Ein bisschen mehr Geduld hätte ich ihm schon zugetraut.

»Er ist gegangen.« Dru warf Thomas einen hastigen Seitenblick zu, bevor sie weiterredete. »Diese, äh, diese Frau ist bei ihm aufgetaucht. Sie sagte etwas von einem Notfall.«

»Welche Frau?« Hoffentlich sprach sie von Cat. »Groß und attraktiv? Superkurze Haare?«

»Nein«, sagte Dru entschuldigend. »Groß und attraktiv, aber lange, kastanienbraune Haare.«

Ava. »Was für ein Notfall? Hat sie was gesagt?«

Dru nickte. »Bevor ich gegangen bin, hat sie einen Namen genannt … Kaleb.«

»Michael hat darauf bestanden, dass du hierbleibst.« Thomas räusperte sich und nahm mein Handy vom Tisch, wo ich es liegen lassen hatte, bevor ich zu Michaels Loft gegangen war. Er steckte es in seine Hemdtasche. »Du sollst ihn nicht anrufen und dich ruhig verhalten. Zu deiner eigenen Sicherheit. Er hat gesagt, wir sollen dich aufhalten, wenn du versuchst, ihm zu folgen.«

»Klar hat er das gesagt«, murmelte ich. Von Eifersucht überkommen, ließ ich mich auf meinen Stuhl fallen. Gleichzeitig machte ich mir schreckliche Sorgen. Was war nur geschehen, dass Ava Hals über Kopf nach Ivy Springs gefahren war, um Michael zu holen?

Ich legte den Kopf auf meine gefalteten Hände und kämpfte gegen Tränen und Erschöpfung an. Ich hatte gerade eine große Entscheidung getroffen und Michael bei seinem Versuch, Liam zu retten, meine Hilfe versprochen und konnte es kaum erwarten, in Aktion zu treten. Bei unserem Gespräch mit Thomas und Dru hatte ich mich so stark mit ihm verbunden gefühlt. Und jetzt verbarg er wieder etwas vor mir.

Ich bekam mit, wie Dru aufgeregt gestikulierte, um Thomas ein Zeichen zu geben. Als ich aufschaute, saßen sie und ich allein am Tisch. »Michael will dich anrufen, sobald das Problem behoben ist. Es wird bestimmt alles gut.«

Ich nickte.

»Er schien nicht glücklich, sie zu sehen, wenn es dich beruhigt.«

Tat es nicht.

Ich war verletzt, weil er ohne Abschied gegangen war, und wütend, weil mein Bruder Michaels »Befehle« für mich akzeptierte. Gleichzeitig fühlte ich mich zu niedergeschlagen, um zu streiten. Fürs Erste.

Dru seufzte und tätschelte meine Hand. »Wann hast du zuletzt was gegessen?«

Die Ananas im Haus der Abtrünnigen. »Beim Frühstück.«

»Ist es in Ordnung, wenn ich dich ein bisschen bemuttere?«,

fragte Dru zärtlich. »Ich weiß, du hasst es, aber ich brauche Übung, bevor das Baby kommt.«

»Das ist unfair.« Das Baby vorzuschieben, war die reinste Erpressung.

Dru brachte mich nach Hause und fütterte mich mit frischem Brot und Tomatensugo aus dem Restaurant. Ich ließ sie sogar gewähren, als sie mir ein Lager auf dem Sofa aufschlug, obwohl ich wusste, dass sie es tat, um mich im Auge behalten zu können.

Trotz meiner körperlichen Erschöpfung wollte mein Gehirn einfach nicht abschalten. Unzählige Gedanken rasten durch meinen Kopf: Jack und wer oder was er war. Lily und die Geheimnisse zwischen uns. Michael und wo er jetzt sein mochte. Was er tat. Und mit wem.

Ich drehte und drehte mich im Kreis, ohne Antworten zu finden, und kämpfte gegen den Schlaf an, in der Hoffnung, das Telefon würde läuten.

Beim Aufwachen war ich völlig durcheinander. In den letzten Tagen hatte ich in drei verschiedenen Betten geschlafen, von denen mir Michaels am besten gefiel. Wahrscheinlich lag es am Kopfkissen.

Er rief nicht an. Oder er tat es, und Dru oder Thomas waren drangegangen, während ich schlief. Vielleicht hatte einer von ihnen den Klingelton abgestellt. Ich griff nach dem schnurlosen Telefon auf dem Couchtisch und rief die Nummern der letzten Anrufer auf.

Nichts.

Ich wusste nicht, wo Michael war, aber ich konnte mir ziemlich gut vorstellen, wo ich ihn finden würde. Entschlossen schlug ich die Decke zurück und sauste in mein Zimmer. Das Telefon nahm ich zur Sicherheit gleich mit.

»Einen Moment.« Thomas kam mit einer Schüssel Fruity Pebbles aus der Küche und versperrte mir den Weg. »Wo willst du hin?«

»Unter die Dusche.«

Er bewegte sich hin und her, damit ich mich nicht an ihm vorbeischlängeln konnte. »Und danach?«

»Wieso willst du das wissen?«

»Du hast doch wohl nicht vor, Michael zu suchen, oder?« Die Frage klang, als wüsste er die Antwort bereits.

»Kommt ganz drauf an«, sagte ich und stemmte meine freie Hand in die Hüfte. »Wie lange sollst du mich denn von ihm fernhalten?«

»Hat er angerufen?«

Ich schüttelte den Kopf.

»Er hat's ernst gemeint, Em. Ich weiß nicht, ob ihm klar war, was ihm bevorstand, aber er wollte dich auf alle Fälle heraushalten.«

»Ich will im Café nachsehen, wann ich arbeiten muss«, sagte ich mit monotoner Stimme und mied seinen Blick. »Ist mir das gestattet?«

»Sei doch nicht so«, flehte er. Eigentlich hasste er es, mich so autoritär herumzukommandieren. Dennoch tat er es.

»Ich bin deine Schwester. Und du stellst Michaels Wünsche über meine. Wie kannst du nur?«, sagte ich vorwurfsvoll, mit der Absicht, ihn durch Schuldgefühle milde zu stimmen.

»Ich bin auf deiner Seite. Genau wie Michael«, erwiderte er selbstgerecht. »Er denkt nur an deine Sicherheit.«

Am liebsten hätte ich ihm das schnurlose Telefon, das ich immer noch in der Hand hielt, an den Kopf geschleudert. Frustriert drängte ich mich an ihm vorbei in mein Zimmer, knallte die Tür hinter mir zu und schloss sie ab.

Ich duschte schnell und ließ mein langes Haar einfach an

der Luft trocknen. Beim Schminken und der Wahl meines Outfits gab ich mir, ohne mich zu fragen, warum, weitaus mehr Mühe und entschied mich für enge Jeans und ein figurbetontes grünes Shirt mit rundem Halsausschnitt. Trotz meiner Abneigung gegen Accessoires kramte ich sogar passende Ohrringe hervor. Auf der Kommode stand noch Drus Glitzerpuder, und ich gab ein bisschen davon auf meine Schlüsselbeinknochen. Obwohl ich mir fast ein bisschen nuttenmäßig vorkam, schlüpfte ich beim Verlassen der Wohnung in ein Paar hochhackige Riemchensandalen.

Thomas kam mir nicht in die Quere, aber als ich den Knauf der Wohnungstür umdrehte, hörte ich, wie Dru sich hinter mir räusperte.

»Was ist?« Ich drehte mich um. »Ich will ins Murphy's Law. Mein Kerkermeister hat's erlaubt, auch wenn er sich deshalb fast in die Hose gemacht hätte.«

»Arbeiten? An deiner Stelle wüsste ich, was ich täte.« Sie musterte mein Outfit und überreichte mir mein Handy und ihre Schlüssel. »Sorg dafür, dass ich es nicht bereue. Und hör auf, meinen Mann zu beleidigen.«

Ich nahm die Schlüssel und umarmte sie hastig. »Du wirst eine tolle Mutter!«

»Wenn du mein Kind wärst, würde ich dich an der Kinderzimmerwand festnageln.«

Ich hauchte ihr ein Luftküsschen zu und schloss leise die Tür hinter mir.

31. KAPITEL

Ich konnte Michael nicht erreichen – sein Handy schaltete immer gleich auf die Mailbox. Ich raste wie eine Verrückte zum Murphy's Law und parkte im Halteverbot. Die Warteschlange ging fast bis zur Tür. Lily warf mir eine Schürze zu und starrte mich überrascht an.

»Wow«, sagte sie und inspizierte meine Aufmachung. »Okay. Wow. Was hast du denn heute vor? Willst du zur Topmodel-Show? Nach Kaffeekochen sieht's jedenfalls nicht aus.«

»Ich steige in den Ring, melde meine Ansprüche an, mache meine Absichten deutlich. Wie wenn ein Hund an einen Laternenpfahl pinkelt, um sein Revier abzustecken.«

»Spar dir deine bildlichen Erklärungen.« Bevor ich mir die Schürze umband, musterte sie mein Outfit genauer. »Wieso willst du dem Typen eigentlich deine gesamten Pluspunkte unter die Nase reiben?«

»Die Konkurrenz ist groß«, antwortete ich, drehte mein Haar um einen Bleistift und steckte es hoch, damit es mir nicht ins Gesicht hing.

Lily schüttelte den Kopf und gab einen Schuss Espresso in den Latte-Becher.

»Was ist? Seh ich so schlecht aus?«

»Nein, so gut«, sagte sie und löffelte Schaum in eine Tasse. »Ich will nur, dass du deine Selbstachtung nicht verlierst. Ich nehme an, dass Michael dein Laternenpfahl ist?«

»Ja.« Ich schaute nach, was als Nächstes auf dem Bestellblock stand, gab Milch in den Messbecher und goss sie in den Aufschäumer. »Entschuldige, dass ich dich gestern Morgen hängen lassen hab«, übertönte ich das Gezische der Maschine. »Du musstest zwei Morgenschichten hintereinander übernehmen, stimmt's?«

»Nicht schlimm. Latte mit Vanille?«, rief sie den Wartenden zu, bevor sie die nächste Kaffeespezialität zubereitete. »Hilf mir einfach bei den Bestellungen, dann verzeih ich dir.«

Ein paar Minuten lang konzentrierten wir uns schweigend auf die Arbeit, bis sich die Warteschlange langsam lichtete. Lily nahm sich ein Glas Eiswasser und stürzte es in einem Zug herunter, bevor sie fragte: »Wo willst du hin?«

»Ich weiß nicht genau. Es gibt mehrere Orte, wo er sein könnte. Aber vielleicht ist er auch ganz woanders. Deshalb bin ich ja zu dir gekommen.« Ich hatte genug von Geheimnissen. Meine beste Freundin sollte mit der Wahrheit herausrücken. Selbst wenn das bedeutete, dass ich es auch musste. »Ich wollte fragen, ob du mir hilfst.«

»Dir helfen?« Sie zerbiss einen Eiswürfel und kniff die Augen zusammen.

»Du sollst mir helfen, ihn zu finden.« Ich machte keinen Rückzieher. Alles sollte auf den Tisch kommen. »So, wie du es immer schaffst, *Dinge zu finden*.«

Lily hätte sich fast an ihrem Eiswürfel verschluckt. Erschrocken packte sie meinen Arm, schleifte mich ins Büro und knallte die Tür zu.

»Was soll das, Lily?« Ich rieb mir den Arm.

»Woher weißt du's?«, keuchte sie.

»Ich weiß nichts Genaues«, gestand ich. »Ich hab nur so eine Ahnung.«

»Ich hab mir solche Mühe gemacht, es geheim zu halten.« Sie starrte mich mit vor Schreck geweiteten Augen an. »Als du mich letztens auf übernatürliche Phänomene angesprochen hast, dachte ich, du wärst mir auf die Schliche gekommen.«

»Eigentlich hab ich dir die Frage wegen *mir* gestellt.« Ich öffnete die Tür und hielt nach Kundschaft Ausschau. Es saßen nur ein paar Leute in den orangefarbenen Sesseln beim Fenster, und ich zog mich wieder ins Büro zurück.

Lily setzte sich auf die Schreibtischkante. »Bitte sag mir nicht, du bist ein Vampir. Vampire sind so abgedroschen.«

»Ich schwöre bei jeder einzelnen Kaffeebohne des Universums, dass ich kein Vampir bin«, versicherte ich ihr lachend. »Aber … ich kann – nun ja – Leute aus der Vergangenheit sehen. Mit ihnen reden.«

»War es das, was du damals in der Cafeteria gesehen hast? Ein Geist?«

»Ja, aber es ist ein bisschen komplizierter als das.« Ich schlug mir mit der flachen Hand vor die Stirn, als mir klar wurde, dass ich soeben Michaels Standardantwort auf all meine Fragen wiederholt hatte. »Man kann es nicht so schnell beantworten, und ich bin ein bisschen in Eile. Aber habe ich Recht, was dich angeht?«

»Em, ich musste meiner Großmutter versprechen, dass ich mich zurückhalte. Ich schwinge keinen Zauberstab, benutze nicht mal ein Pendel, obwohl ich das hier trage.« Sie tastete nach dem Tigerauge-Anhänger, den sie an einem Silberkettchen um den Hals trug. Ich hatte immer gedacht, sie hätte ihn gewählt, weil die Farbe so gut zu ihren Augen passte. »Die kurze Antwort lautet, ja, ich kann Sachen finden.«

»Warum ist es so ein Geheimnis?«

»Ich kenne nicht alle Gründe«, sagte Lily trübsinnig. »Aber meine Abuela hat sehr strenge Regeln, was ich aktiv suchen darf und was nicht. Belanglose Sachen wie meine Schlüssel oder ein verlegtes Rezept. Aber einen realen, lebendigen Menschen? Niemals.«

»Aber letztens hast du doch gewusst, dass sie von der Bank zurück war, bevor du sie gesehen hast.«

»Ich wusste, dass die Banktasche zurück war. Und ich wusste, dass Abi sie mitgenommen hatte. Ich hab mir im Laufe der Jahre ein paar Schlupflöcher geschaffen.«

»Hast du schon mal mit jemandem darüber gesprochen?« Ich dachte an Hourglass. »Mit einem Spezialisten, oder so?«

»Was denn für ein Spezialist? Abi würde mich umbringen, wenn sie wüsste, dass ich's dir erzählt habe.« Sie nickte in Richtung Eingangstür. »Tut mir leid, dass ich dir nicht helfen kann, Michael zu finden. Ich weiß, dass du's eilig hast. Also los!«

»Wenn du reden willst, kann ich noch bleiben.«

Sie schüttelte den Kopf. »Lass mich über alles nachdenken. Überlegen, was ich dich wissen lassen darf und was nicht und was ich dich fragen will.«

»Ich bin froh, dass du es mir erzählt hast. Nach allem, was ich hinter mir habe, nach allem, was du mitbekommen hast … bist du immer noch für mich da. Genau wie ich für dich.«

Lily schloss mich in die Arme. »Ich hätte es dir schon eher sagen sollen. Dann hättest du dich vielleicht nicht so allein gefühlt.«

»Dito.«

Wir lösten die Umarmung und sahen uns lange in die Augen, bevor ich zur Tür ging.

»Em? Warte.«

»Was ist denn?«

Sie tippte auf ihren Bauch. »Die Schürze passt nicht zu deinem Outfit.«

32. KAPITEL

Ich beschloss, meine Suche im Haus der Abtrünnigen zu beginnen. Es war fast zu einfach, denn als ich dort ankam, stand sein Auto tatsächlich vor der Tür. Er hatte die Möglichkeit gehabt zu telefonieren, mich aber trotzdem nicht angerufen.

Zeit für die Retourkutsche.

Nach einem kurzen Blick in den Rückspiegel zog ich den Bleistift aus meinem Haar und schüttelte es aus. Dann stieg ich aus und marschierte entschlossen zur Eingangstreppe. Bevor ich die oberste Stufe erreicht hatte, flog die Tür auf.

»Warum ist es *unmöglich* für dich zu tun, was man dir sagt?« Michael trug dieselben Sachen, die ich beim letzten Mal an ihm gesehen hatte. Sie waren zerknittert, als wäre er damit ins Bett gegangen, obwohl er nicht aussah, als ob er viel Schlaf bekommen hätte. Seine Augen waren blutunterlaufen, die Wangen voller Bartstoppeln. Ich fragte mich kurz, wie sie sich wohl auf meiner Haut anfühlen würden, wenn er mich küsste.

Dann fiel mir wieder ein, dass ich sauer war.

»Warum kannst du nicht anrufen, obwohl du's versprochen hast?«, fragte ich empört und versetzte ihm einen ordentlichen Schubs gegen die Brust, wobei mir ein heftiger Stromstoß bis in die Zehen fuhr. »Mein Bruder hat mich praktisch zuhause angekettet. Die ganze Nacht habe ich mir Sorgen gemacht und mich gefragt, was los war.«

»Ganz ruhig. Hör sofort auf zu schreien.« Er rieb sich die

Augen. »Es war eine lange Nacht. Entschuldigung, dass ich nicht angerufen habe, aber wir mussten ewig lang nach Kaleb suchen.«

»Wir?«, fragte ich eifersüchtig.

»Wir. Ich, Dune, Ava und Nate.« Er lehnte sich an die Hauswand. »Wir mussten uns aufteilen und einen Schuppen nach dem anderen absuchen. Er war in Nashville auf Kneipentour. Zum Glück ist er nicht mit dem Auto gefahren.«

»Ist er überhaupt schon alt genug, um in Bars reinzukommen?«

»Er ist fast achtzehn, hat aber einen gefälschten Ausweis. Er benutzt ihn für viele Dinge, die er nicht tun sollte. Man sieht immer gleich, wenn Kaleb darauf versessen ist, was anzustellen. Ein Freund hat hier angerufen, und Ava ist drangegangen. Sie konnte mich nicht auf dem Handy erreichen, also musste sie zur Wohnung kommen.«

Musste. Wer's glaubt.

»Komm rein.« Michael öffnete die Fliegentür. »Aber ich muss dich vorwarnen: Es ist kein schöner Anblick. Kaleb ist mein bester Freund. Bitte beurteile ihn nicht nach dem, was du gleich siehst.«

Er hielt mir die Tür auf, und ich folgte ihm in den Wohnbereich. Eine Geruchsmischung aus Brauerei und Tankstellentoilette schlug mir entgegen.

»Puh!«

Im Schummerlicht sah ich einen Fuß über der Sofalehne hängen. Es war ein großer Fuß mit einem Stacheldraht-Tattoo um den Knöchel. Ich schlich herein und warf einen Blick auf den ausgestreckten, schnarchenden Schläfer.

Auf dem einen der beeindruckenden Oberarmmuskeln prangte ein Drachenkopf, auf dem anderen ein gegabelter Schwanz. Kaleb war größer und kräftiger gebaut als Michael und hatte den ausgeprägtesten Waschbrettbauch, den ich je gesehen hatte. Die kleine Flanelldecke über seinen Lenden hätte für mich die passende Größe gehabt. Bei ihm sah sie aus wie ein Handtuch.

»Warum hat er nichts an?«, flüsterte ich.

»Das möchtest du lieber nicht wissen«, antwortete Michael und verzog das Gesicht.

Ich rümpfte die Nase und atmete durch den Mund. Ich trat etwas näher und musterte sein Gesicht, das im unverkaterten Zustand sehr hübsch sein musste. Sein schwarzes Haar war kurz geschnitten und die Ohren wurden von winzigen Kreolen geziert – ein bisschen wie ein … sexy Pirat. Als er stöhnend eines seiner veilchenblauen Augen öffnete, schreckte ich zurück.

Kaleb hatte Mühe, sich zu orientieren. Unter seinen dichtbewimperten Augen waren dunkle Ringe. »Bin ich tot? Bist du ein Engel? Ein verdammt heißer Engel. Komm her«, lallte er.

Nicht verkatert.

Immer noch betrunken.

Dann versteckte ich mich schleunigst hinter Michael, denn Kaleb wollte mit seiner bratpfannengroßen Hand nach mir grapschen. Er war beängstigend groß, fast nackt und erinnerte an einen entlaufenen Sträfling.

»Hey, Mike. Hab's schon wieder gemacht.« Kaleb grinste, und sein Gesicht hellte sich auf. Angezogen und nüchtern mochte es liebenswert aussehen. Nur im Moment nicht.

»Ja, Kaleb, schon wieder«, sagte Michael und klang wie ein nachsichtiger, entnervter Erzieher.

»Wer hat mich nach Hause geholt? Die da war jedenfalls nicht dabei.« Er zeigte grinsend auf mich. »An sie würd ich mich erinnern.«

»Ich hab dich abgeschleppt«, erwiderte Michael. »Zusammen mit Nate und Ava.«

Kaleb verschränkte die Arme hinterm Kopf und schloss die Augen. Ich versuchte, nicht auf seine muskelbepackte Brust zu starren. »Ava? Warum musstest du Shining mitbringen?«

»Shining?«

»Der Thriller von Stephen King«, erklärte mir Michael, bevor er sich wieder an Kaleb wandte. »Weil Ava ans Telefon gegangen ist. Sie hat mich geholt.«

»Dich geholt?« Kaleb blinzelte. »Wo warst du denn?«

Michael zog mich an seine Seite. »Bei dem Engel. Das ist Emerson.«

Kaleb setzte sich auf, woraufhin sein Gesicht eine ungesunde grünliche Farbe annahm. Blitzschnell schlang er sich die Decke um die Hüften, sprang vom Sofa auf und hechtete zur Tür.

Ich sah Michael an. »Okay.«

Auf dem Weg in Michaels Zimmer versuchte ich, die Würgegeräusche aus der Toilette im Erdgeschoss zu ignorieren, und war froh, dass ich aufs Frühstück verzichtet hatte. »Ein toller erster Eindruck.«

»So schrecklich ist er gar nicht.« Michaels Jalousien waren hochgezogen, und die Sonne schien in sein Zimmer. »Das stimmt nicht. Manchmal ist er sogar noch schrecklicher.«

»Ich spreche von mir, nicht von ihm. Du hast ihm meinen Namen gesagt, und er ist ins Bad gerannt und hat gekotzt. Du brauchst sein Benehmen nicht zu entschuldigen. Es steht mir nicht zu, ihn zu verurteilen.«

»In den letzten sechs Monaten hat er sich vom netten Jungen in einen harten Hund verwandelt.« Michael setzte sich auf den Schreibtischstuhl und hielt sich die Hände vors Gesicht. »Es war schlimm genug, als Liam ums Leben kam, aber dann noch seine Mom …«

»Sie ist krank geworden.«

»Da war noch mehr.« Er zögerte, bevor er mich ansah. »Nach Liams Tod hat sie versucht, sich das Leben zu nehmen.«

Ich schluckte. »O Mann.«

»Zum Glück hat es nicht geklappt. Aber seitdem liegt Grace im Koma. Eine Weile hatte sie rund um die Uhr eine Privatpflegerin. Landers hat erlaubt, dass sie im Hourglass-Haus bleiben darf.«

»Deshalb ist Kaleb geblieben.« Jetzt verstand ich, warum er mit dem Mann, der aller Wahrscheinlichkeit nach seinen Vater umgebracht hatte, noch immer unter einem Dach wohnte. »Um auf seine Mom aufzupassen.«

»Richtig.« Michaels Miene spiegelte Besorgnis. »Aber der Arzt hat eine Langzeitpflegeeinrichtung empfohlen. Heute wird sie dorthin verlegt.«

»Das hört sich nicht gut an.« Ich wusste mehr als genug über diese Art von Pflegeheimen. Ich fragte mich, ob Kaleb wusste, was ihn erwartete, wenn er sie dort besuchen würde.

»Nein, tut es nicht«, stimmte Michael mir zu. »Kaleb war früher so anders, so zielbewusst. Er war ein preisgekrönter Schwimmer. Der Pool, den du beim Hourglass-Haus gesehen hast, wurde für ihn gebaut.«

Das war die Erklärung für seinen durchtrainierten Körper, besonders für die Schultern und das Sixpack.

Eightpack.

Ausnahmsweise ließ mein Laufwerk mich nicht im Stich, und ich verkniff mir eine Bemerkung. Ich setzte mich auf den Schreibtisch. »Du hast mir noch gar nicht gesagt, welche Fähigkeit er hat. Verrätst du's jetzt?«

»Na schön«, sagte Michael und lehnte sich zurück. »Obwohl er es lieber nicht erzählen würde. Weißt du, was ein Empath ist?«

»Ich weiß, was Empathie ist.«

Michael nahm einen Bleistift und tippte mit dem Radiergummiende auf die Schreibtischplatte. »Da gibt es einen Unterschied. Ein Empath ist auf übernatürliche Weise im Einklang mit anderen Menschen. Manchmal auch ungewollt. Empathen sind nicht an Raum und Zeit gebunden. Deshalb können sie jederzeit und überall die Emotionen eines anderen nachempfinden. Aber Kaleb spürt meist nur die Emotionen von Menschen, mit denen er sich auf irgendeine Weise verbunden fühlt. Er kann meine Gedanken lesen, weil er wie mein Bruder ist.«

»Und wieso hat er Ava ›Shining‹ genannt?«

»Kennst du das Buch?«

»Nein, aber ich hab was darüber gelesen. Und über den Film.« Ich mied Horrorfilme und -bücher, vor allem solche, die mit Geistern und Psychopathen zu tun hatten. Ich war total dankbar für die Zusammenfassungen im Internet, denn so konnte ich auf distanzierte Weise kulturell auf dem Laufenden bleiben. »Ava hat ja wohl keine Axt im Schrank oder schreibt Lippenstiftbotschaften auf Türen, oder?«

Er schüttelte den Kopf. »Kaleb hat eine Schwäche für Spitznamen. Er behauptet, Avas Psyche sei genauso zerrissen wie die des Vaters im Buch. Und sie sträubt sich genauso sehr gegen Autorität. Sie tut in der Regel, was sie will und wann sie es will.«

»Sind Kalebs Spitznamen alle so drastisch?«

»Nein. Er mag Ava einfach nicht besonders. Vielleicht wegen der Art, wie sie sich mir gegenüber verhält.«

»Ähm ... Kaleb hört bestimmt bald auf, Bröckchen zu lachen. Vielleicht könntest du mir noch ein bisschen mehr über ihn erzählen, solange er nicht hier im Raum ist?«, schlug ich vor, weil ich nicht über meine Rivalin diskutieren wollte.

»Okay.« Er legte den Bleistift weg. »Ich glaube, er gibt sich nach außen so hart, weil sein Inneres so empfindsam ist. Alles an ihm – sein Äußeres, seine Kleidung – soll eine bestimmte Wirkung erzeugen. Er versucht, Distanz zu anderen Menschen zu halten, damit er ihre Gefühle nicht teilen muss. Was seinem Vater zugestoßen ist, war schlimm genug. Mit dem Zusammenbruch seiner Mutter klarzukommen, hat ihn fast umgebracht.«

»Kann er ihre Emotionen auch jetzt noch fühlen?«

»Nein. Nicht seit dem Selbstmordversuch. Er gibt sich die Schuld daran, weil er es nicht kommen gesehen hat.«

Kaleb tat mir unsagbar leid. Sein Vater war tot, aber seine Mutter lebte, und dennoch konnte er sie nicht erreichen. Zumindest brauchte er nicht an ihrem Umnachtungszustand teilzuhaben. Ihn mit anzusehen, musste schlimm genug sein.

»Teil seines Problems ist, dass er nicht immer erkennen kann, warum die Menschen fühlen, was sie fühlen. So kommt es zu Fehldeutungen, und er bezieht ihre Gefühle auf sich, um später herauszufinden, dass sie auf jemand anders gerichtet sind.« Michael rollte den Bleistift hin und her. »Er hat mir mal gesagt, dass er so gerne schwimmt, weil Gefühle sich durch das Wasser nicht übertragen können. Es ist seine einzige Rückzugsmöglichkeit.«

Dann hätte ich mir auch einen Pool im Garten gewünscht. »Warum ist er so ausgeflippt, als du uns bekanntgemacht hast? Ich dachte, er hätte von mir gewusst.«

»Wusste er auch. Deine Anwesenheit bestätigt, dass du bei dem Versuch, Liam zu retten, dabei bist.«

Auf der Treppe waren Schritte zu hören, und Michael legte den Finger auf die Lippen. Kaleb trat durch die offene Tür und hielt sich die Hand vor die Augen, um sie vor dem Sonnenlicht zu schützen.

»Du siehst schon wieder etwas besser aus«, sagte Michael und zog die Jalousien herunter.

Viel besser. Er hatte geduscht und saubere Sachen angezogen. Allein geruchsmäßig war es eine unglaubliche Verbesserung. Er sah von einem zum anderen, bevor er seinen Blick auf mir ruhen ließ.

Mir wurde heiß.

»Entschuldige wegen eben. Ich bin nicht richtig bei Verstand. Was ich nicht verstehe«, sagte er mit einem Seitenblick auf Michael. »Ich schwöre, ich hab nur zwei Bier getrunken.«

Michael zog die Brauen hoch und setzte sich, ohne etwas darauf zu erwidern, aufs Bett.

»Ich schwör's«, beharrte Kaleb mit tiefer, rauer Stimme. »Weißt du noch … äh, mit wem ich zusammen war, als du mich gefunden hast?«

»Groß, dunkle Haare, durchgeknallter Blick. Sie wollte dich nicht ziehen lassen.«

»Amy. Nein, Ainsley.«

»Deine neue Freundin?«, wollte Michael wissen.

»Nein.« Kaleb sah in meine Richtung.

»Zufallsaufriss?«

»Mike. Wir sind in Damengesellschaft.«

»Besser sie lernt dein wahres Ich gleich kennen.«

»Ich will aber nicht, dass sie voreilige Schlüsse zieht«, zischte Kaleb durch die Zähne.

»Du wirst es überleben.« Michael fasste mich am Ärmel und zog mich neben sich auf die Bettkante. Er deutete auf den Schreibtischstuhl. »Hinsetzen.«

Kaleb gehorchte.

Aber er schien nicht glücklich zu sein.

Sein breites Lächeln verschwand, seine Miene nahm einen grimmigen, verschlossenen Ausdruck an. Seine Augen waren von Nahem sogar noch schöner und ließen sein Gesicht weicher wirken. Dennoch wäre ich ihm noch immer nicht gern im Dunkeln begegnet. Michael hatte Kaleb als harten Hund bezeichnet, aber das wurde ihm nicht annähernd gerecht.

Er war einfach ein Furcht einflößender Typ.

»Keine Sorge, Mike.« Kaleb versuchte, die Missstimmung zu zerstreuen, aber seine Stimme klang angespannt. »Keine Verpflichtungen. Keine Haken und Fallstricke.«

»Ich weiß.« Michaels Worte klangen herausfordernd. Am liebsten hätte ich ihm den Mund zugehalten. Irgendetwas sagte mir, dass ich nicht in der Nähe sein wollte, wenn sie Streit bekamen. »Wie bei all deinen Beziehungen. Immer schön unverbindlich. Und wenn's ernst wird, nichts wie weg.«

»Pass bloß auf!«, sagte Kaleb und trat auf Michael zu. »Ich brauche keinen großen Bruder oder Babysitter.«

»Gestern Nacht schon.«

Zwischen die Jungs zu gehen, war genauso schlau wie in einen Boxring zu springen, aber ich tat es trotzdem und legte beiden die Hand auf die Brust. Selbst im Eifer des Gefechts entging mir nicht, wie durchtrainiert sie sich anfühlten.

»Stopp!«, krächzte ich. »*Stopp!* Ihr wollt doch wohl nicht aufeinander losgehen?! Hört auf, euch wie Babys zu benehmen!«

Nach meiner Erfahrung hatte es immer eine sehr ernüchternde Wirkung, wenn man Jungs mit Babys verglich. Und auch diesmal löste die Spannung sich auf. Michael setzte sich wieder aufs Bett, und Kaleb ließ sich auf den Schreibtischstuhl fallen und beäugte mich argwöhnisch. »Hey, Bruder, kannst du Shorty nicht wieder an die Kette legen?«

Die Hände in die Hüften gestemmt, trat ich ihm gegenüber und ließ mich kaum davon einschüchtern, dass wir fast auf Augenhöhe waren, obwohl er saß und ich stand.

»Erstens lass ich mich von niemandem herumkommandieren außer von mir selbst. Zweitens, wenn du noch ein einziges Mal was von Anketten sagst, tret ich dir in den Hintern.« Ich stach ihm mit voller Wucht den Finger in die Brust. »Und drittens, nenn mich nie wieder Shorty.«

Kaleb blieb einen Moment lang still sitzen und machte große Augen. »Wo hast du die denn aufgetrieben? Kannst du mir auch so eine besorgen?«, sagte er zu Michael.

Ich seufzte frustriert auf und ließ mich neben Michael aufs Bett fallen, der nicht einmal versuchte, sein Lächeln zu verbergen. »Du solltest dich bei Emerson entschuldigen.«

»Es tut mir leid.« Kaleb grinste mich an. »Tut mir leid, dass ich dich nicht als Erster kennen gelernt habe.«

33. KAPITEL

Ich möchte nichts essen!«

Wir drei hatten uns in die Küche verzogen. Michael spähte in den Kühlschrank und suchte nach etwas Essbarem. Kaleb hatte das Gesicht auf die Tischplatte gepresst und die Arme über den Kopf gelegt. Ab und zu lugte er hervor und lächelte mir zu. Er hatte wirklich Charme.

Tonnenweise.

»Sicher würde Nate dir ein halbes Dutzend von seinen Eiern überlassen. O lecker, weißt du, was deinen Magen beruhigen würde? Frühstücksspeck.« Michael öffnete die Packung und wedelte triumphierend damit herum.

Der Geruch wehte zu uns herüber, und Kaleb stöhnte genervt. Michael zwinkerte mir zu, als wäre ich seine Mitverschwörerin. Ich beneidete sie um ihren lockeren Umgang miteinander, besonders nach dem Streit, bei dem es fast zu Handgreiflichkeiten gekommen wäre.

Ich merkte, dass auch ich mich hier wohlfühlte. Ich sah Michael an, der nach wie vor den Kühlschrank durchforstete, und Kaleb neben mir. Es fühlte sich richtig an. Ich war nicht in der Erwartung hergekommen, einen Ort zu finden, an dem ich mich zugehörig fühlte.

Das Freakteam. Vielleicht sollten wir Mannschaftstrikots anschaffen.

Das warme Kameradschaftsgefühl verblasste ein wenig, als ich über die Wahrheit nachdachte. Michael wusste nicht alles, nicht wirklich. Wenn er herausfand, wie mein Leben vier Jahre zuvor ausgesehen hatte … Es war kein Leben gewesen. Ich hatte nur noch vor mich hin vegetiert.

Schritte waren zu hören, und Ava kam in die Küche geschlendert. Ihre Stilettos klackerten über das Parkett. Sie schenkte mir ein verkniffenes Lächeln, bevor sie ihre Aufmerksamkeit auf etwas anderes richtete.

»Michael?« Avas Stimme klang ungeduldig.

Er zuckte zusammen und tauchte aus dem Kühlschrank auf. »Ava. Wie geht's dir heute Morgen?«

»Wir müssen unsere Pläne für Thanksgiving festmachen.« Kaleb hatte sie bis dahin noch keines Blickes gewürdigt. »Ich will unsere Flüge nach Los Angeles buchen. Vorausgesetzt, du nimmst meine Einladung an?«

Michael reagierte wie ein verschrecktes Reh, das nachts vom Scheinwerferlicht geblendet wird. »Darüber haben wir doch schon geredet.«

»Nein, haben wir nicht.« Sie runzelte die Stirn und wirkte ernsthaft verwirrt.

»Es war vor ein paar Tagen. Ich hab dir doch gesagt, dass ich nicht …«

»Komm doch gleich nach oben, dann sehen wir uns die Flugpläne an. Wenn du damit« – sie machte eine vage Handbewegung in Richtung Tisch – »fertig bist.«

Kaleb feixte. »Oh, wenn du ihn brauchst, ist er sicher ›fertig‹ mit mir. Michael, vergiss nicht, dir die Hände zu waschen, bevor du meine Läuse auf Shi … Ava überträgst.«

»Säufer«, sagte Ava herausfordernd.

»Giftnudel«, konterte er.

»Kinder!« Michael kreuzte die Hände. »Schluss jetzt!«

Ava warf Kaleb einen bösen Blick zu und verließ die Küche. Michael folgte ihr.

Ohne sich umzuschauen.

»Warum sagst du ihr nicht, was du wirklich fühlst?«, fragte ich Kaleb, als sie fort waren.

»Das habe ich von Anfang an getan.« Kaleb legte die Arme auf den Tisch, stützte den Kopf auf seine Faust und sah zu mir auf. »So wie ich dir jetzt am liebsten sagen würde, dass ich mich vielleicht in dich verliebt habe.«

»Wirklich?« Ich lachte. »Wegen all der tief greifenden Gespräche, die wir miteinander geführt haben, oder weil wir uns schon so lange kennen? Oder war es Liebe auf den ersten Blick?«

»So was in der Art«, sagte er spottend.

Dachte ich es mir doch.

Eine Sekunde lang verlor ich mich in seinem Blick. Als mir klar wurde, dass er auf eine Antwort wartete, räusperte ich mich. »Gibst du allen Leuten Spitznamen? Shorty, Mike … Shining?«

»Mike hat dir doch sicher die Vorgeschichte dazu erzählt?«

Ich nickte, und ein breites Grinsen breitete sich auf seinem Gesicht aus. Offensichtlich war er daran gewöhnt, dass Mädchen ihn anstarrten. Ich fragte mich, ob er es immer so genoss wie in diesem Augenblick.

»Ich habe Spitznamen für Leute, die ich gernhab, und für Leute, die ich gern hasse.«

Ich fragte mich, ob »Shorty« wohl einen tiefen, verborgenen Sinn haben könnte. »Und Ava steht auf deiner Hassliste?«

»Wir haben uns nie leiden können.« Kalebs Lächeln schwand dahin. »Vielleicht weil sie irgendwas Seltsames an sich hat, das ich nicht einordnen kann. Sie weiß oft selbst nicht, was sie fühlt.«

»Du spürst das, nicht wahr? Ich hoffe, du bist nicht sauer, dass Michael mir davon erzählt hat. Von deiner Gabe.«

»Ich bin nicht sauer. Ich weiß alles über dich. Dann ist es nur fair, wenn du über mich Bescheid weißt.« Er setzte sich gerade hin, und der Moment der Vertrautheit war vorbei. »Kein Problem.«

»Du weißt gar nicht alles über mich.«

»Ich würde gern alles über dich erfahren«, versuchte er zu flirten. Ich ging nicht darauf ein.

»Das bezweifle ich. Der Weg zu dem Punkt, an dem ich mich jetzt befinde, war … steinig. Aber ich erzähl dir gern die Einzelheiten. Wenn du Interesse hast.«

Die veränderte Stimmung schien Kaleb zu verunsichern. Er starrte aus dem Küchenfenster und sagte: »Ich höre zu.«

»Kurz nachdem ich die ersten Zeitlosen gesehen habe, kamen meine Eltern bei einem Unfall ums Leben. Ich wurde in die Psychiatrie eingewiesen, weil mir bei einem Trauergespräch rausgerutscht ist, dass ich öfter das Gefühl hätte, tote Leute zu sehen. Oh, und weil ich in der Schulcafeteria dermaßen durchgedreht bin, dass meine beste Freundin mich zur Krankenschwester bringen musste.« Ich beobachtete seine Reaktion und überlegte, wie viel ich ihm anvertrauen konnte. »Niemand wusste was mit mir anzufangen, deshalb haben sie mich mit Psychopillen zugedröhnt.«

»Wie bist du dann wieder auf die Beine gekommen?« Er musterte mich aufmerksam und wartete auf eine Antwort, die ich ihm nicht geben konnte, wie sehr ich es mir auch gewünscht hätte.

»All die Medikamente in meinem Körper haben bewirkt, dass ich die Zeitlosen nicht mehr gesehen habe. Nach einer Weile haben die Ärzte die Dosis gesenkt, und ich habe gelernt, das, was ich sehe, für mich zu behalten. Weihnachten habe ich die Medikamente dann ganz abgesetzt. Michael zu treffen … hat alles einfacher gemacht.«

»Hat er dir gesagt, wie meine Eltern sich kennen gelernt haben?«

»Nein, aber Cat hat mir ein bisschen von ihrer Beziehung erzählt.«

Kaleb lehnte sich zurück und stützte einen Fuß gegen die Tischkante. »Mein Dad ist … war ein typischer Wissenschaftler. Mit wirren Haaren, Klamotten, die nicht zusammenpassten. Meine Mom hatte immer alles im Griff. Sie war Schauspielerin. Er war technischer Berater in einem Science-Fiction-Film, in dem sie mitspielte.«

»Wie heißt deine Mom?«

»Grace. Ihr Künstlername war Grace …«

»Walker«, unterbrach ich ihn, als mir die Ähnlichkeit zwischen den beiden plötzlich auffiel. »Du siehst genauso aus wie sie.«

»Da hab ich aber Glück gehabt.« Er grinste. »Sie lernten sich also kennen, und sechs Wochen später haben sie schon geheiratet.«

»Wahnsinn.«

»Ihre Beziehung war unglaublich innig und tief. Mein Dad hat sein Leben lang Zeitlose gesehen, aber meine Mom fing erst damit an, nachdem sie sich begegneten.«

»Hat es ihr Angst eingejagt?«

»Sie hatte meinen Dad.«

Ich fragte mich, ob es wirklich so einfach für sie gewesen war. »Wie lief es bei deiner Empathiegeschichte?«

»Soweit ich weiß, wurde ich damit geboren. Als Baby hab ich viel geschrien, aber nicht wegen Bauchschmerzen oder so. Sobald meine Eltern dahintergekommen waren, hörte meine Mom mit der Schauspielerei auf, damit sie die ganze Zeit bei mir sein konnte. Sie hat vieles von mir ferngehalten und mein Leben erträglicher gemacht.« Er hielt inne und starrte zu Boden. Mir war, als hätte ich eine Träne an seinen Wimpern hängen sehen. »Ich vermisse sie. Ich vermisse alle beide.«

»Kaleb, du musst nicht …«

»Nein, ist schon gut.« Er sah zu mir auf, und seine Augen waren klar. Vielleicht hatte ich mich geirrt. »Wie auch immer, als ich älter wurde, entdeckte ich andere Sachen, die mir halfen, zum Beispiel, wie ruhig alles um mich wurde, wenn ich unter Wasser war. Dass ich mich gegen viele Sachen abschotten konnte, indem ich genug Mauern errichtete.«

»Benimmst du dich aus diesem Grund wie ein Blödmann?«, fragte ich, um die Spannung ein wenig zu lockern.

Kaleb belohnte mich mit einem Grinsen. »Gut erkannt.«

»Ich hab auch vieles abgeblockt nach dem Unfall und selbst nach der Klinik«, gestand ich. »Hab den Kopf eingezogen. Ich hab auch vieles gelernt – Selbstverteidigung, Sarkasmus – alles, um andere fernzuhalten.«

»Hat es funktioniert?«

»Eine Weile.« Ich lächelte. »Langsam wird es einfacher, Leute an mich ranzulassen. Du solltest es mal versuchen.«

»Ich sag dir, ob's funktioniert«, erwiderte er lachend. Dann wurde sein Gesicht wieder ernst. »Außer Michael weiß es keiner, aber mein Dad hat bestimmte Wirkstoffe von Medikamenten isoliert, mit deren Hilfe ich Gefühle besser filtern kann und nicht mehr alles von allen aufnehme. Kurz vor seinem Tod hat er einen Vorrat für mich hergestellt.«

Er zog eine Silbermünze aus der Tasche, warf sie in die Luft, konzentrierte sich auf die Bewegung und fing sie wieder auf. »Ich weiß, was du für meinen Dad tun willst.«

Ich schaute direkt in seine blauen Augen, die genauso aussahen wie die seiner berühmten Mutter. »Für deinen Dad. Und für deine Mom. Niemand sollte ein Schicksal wie das unsere ertragen müssen. Wenn ich den Ausgang ändern kann, das

Leben verbessern kann, dann ist es, als würde ich es für die ganze Welt wieder in Ordnung bringen.«

»Mein Dad hat mir das hier gegeben, als ich sechzehn wurde. Ich hatte endlich akzeptiert, wer ich war, und war bereit, den Umgang damit zu lernen, statt davor wegzulaufen.« Kaleb hielt die Münze zwischen zwei Fingern und zeigte sie mir. In Wahrheit war es keine Münze, sondern ein silberner Reif, in den ein Wort eingraviert war. Ich kam ein bisschen näher, um es lesen zu können.

»Hoffnung.«

Er steckte den Silberreif wieder in die Tasche und griff nach meiner Hand. Ich überließ sie ihm. Seine war kräftig, ein bisschen rau und warm. Ich spürte nicht die Elektrizität, die ich spürte, wenn ich Michael berührte, aber ich fühlte etwas anderes.

Trost.

»Danke«, sagte er.

Ich nickte.

Michael kam allein zurück in die Küche. Hastig entzog ich Kaleb meine Hand, aber Michael musste gesehen haben, wo sie sich befunden hatte.

Es gefiel ihm nicht.

»Habt ihr eure Flüge gebucht?«, fragte Kaleb mit zuckersüßer Ironie. »Fliegt ihr erster Klasse?«

Bevor sie wieder anfingen zu streiten, meldete ich mich zu Wort.

»Apropos verreisen. Wann machen *wir* uns auf die Reise?«, fragte ich. Nachdem ich Kaleb kennen gelernt hatte, war ich mir noch sicherer, das Richtige zu tun. Das Problem hatte ein Gesicht bekommen und war dadurch irgendwie realer geworden.

»Bald, hoffe ich«, antwortete Michael. »Wir müssen Cat einweihen und uns vergewissern, dass sie mit an Bord ist.«

»Worauf warten wir?« Ich stand auf. »Lass uns gehen.«

»Wartet. Ist das nicht ein bisschen voreilig?«, fragte Kaleb. »Du hast doch gerade erst von deiner Fähigkeit erfahren. Bist du sicher, dass du schon bereit bist?«

Ich sah ihn an. »Je eher wir reisen, desto eher bekommst du deinen Dad zurück.«

Kaleb erwiderte meinen Blick. Ich wusste, dass er versuchte, meine Gedanken zu lesen. Wahrscheinlich suchte er nach Spuren von Angst.

Er würde keine finden.

34. KAPITEL

Ich folgte Michael und Kaleb in Drus Auto. Wir überquerten den Campus und parkten vor dem Naturwissenschaftlichen Institut. Thomas hatte die klassische Architektur der gut erhaltenen Sand- und Backsteingebäude studiert, als er überlegte, in welchem Stil das Zentrum von Ivy Springs restauriert werden sollte. Wie in der Innenstadt wirkten die Gebäude stoisch, solide, behaglich. Und alt.

Alt war schlecht für mich.

Über eine breite Treppe gelangten wir in den ersten Stock. Der Geruch nach alten Büchern und Kreide hing in den Fluren. Eine tiefe, monotone Stimme drang aus einem der Seminarräume und erläuterte die Eigenschaften verschiedener Metalle. Zettel mit allen möglichen Ankündigungen und Angeboten raschelten, als wir am Schwarzen Brett vorbeikamen. Ich hielt den Blick starr auf Kalebs Rücken gerichtet.

Cats überraschter Aufschrei bei unserer Ankunft schreckte mich aus meinen Gedanken auf. Wir betraten eine Art Labor mit Reagenzgläsern, Erlenmeyerkolben und Bunsenbrennern und einer Tafel voller Gleichungen und Formeln. Sie bat uns herein und schloss die Tür hinter uns.

»Kaleb, nach gestern Abend wundert es mich, dich auf den Beinen zu sehen. Ich dachte, du hättest dich sicher bis morgen außer Gefecht gesetzt.« Ihre Augen hinter einer strassbesetzten Lesebrille spiegelten Sorge und Erleichterung. Ich fragte mich, ob es ihre Brille war oder ob sie sie von einer viel älteren Professorin mit bläulichen Haaren und faltiger Pergamenthaut geborgt hatte.

»Ja, tut mir leid.« Kaleb rieb sich den Nacken, und auf seinen Wangen bildeten sich zwei rote Flecke. »Ich weiß auch nicht genau, was passiert ist.«

Sie schenkte ihm ein verkniffenes Lächeln, das weitere Diskussionen ankündigte, und wandte sich Michael zu. »Was verschlägt euch in die heiligen akademischen Hallen? Hast du noch Fragen, Emerson?«

»Hat sie nicht«, kam Michael mir zu Hilfe. »Ich muss ein Geständnis machen. Es kann nicht warten.«

Cat nahm die Brille ab und lehnte sich an den Labortisch. »Ein Geständnis?«

Mein Herzschlag beschleunigte sich. So viel hing von Cats Einwilligung zu Michaels Plan ab. Er begann mit seinen Erklärungen, und ich drückte ihm in Gedanken die Daumen.

»Vor ein paar Monaten habe ich eine Mailboxnachricht erhalten, in der ich um ein Treffen im Riverbend-Park gebeten wurde.« Er warf mir einen Seitenblick zu. »Ganz in der Nähe vom Hauptweg, bei einer kleinen Baumgruppe. Es war Em. Na ja, die Em von in zehn Jahren. Sie sagte mir, wie und wann ich mit Thomas in Kontakt treten solle, um ihm meine Dienste anzubieten, und was ich wissen müsse, um sie zu überzeugen, dass ich okay sei. Sie sagte auch, dass ich das Nowikow-Prinzip recherchieren solle.«

»Wie bitte?«, hauchte Cat und musste sich am Tisch abstützen. Ich sah Michael an, fasziniert von seiner Offenbarung.

»Es gab keinen Verstoß gegen die Reiseregeln«, versicherte er Cat hastig und mied meinen Blick. »Sie sagte mir, wir beide seien ein Paar und sie könne mir helfen zu tun, *was sonst niemand tun könnte.*«

Cat drückte sich vom Tisch ab und brachte ihn heftig ins

Schwanken. Glas klirrte, Flüssigkeit schwappte über und zischte, als sie mit der Flamme des Bunsenbrenners in Berührung kam. »Ihr wollt Liam retten.«

Michael nickte, blieb jedoch stumm. Die Sekunden tickten dahin, während Cat einen inneren Kampf auszufechten schien.

»Nein. Du weißt, dass es nicht möglich ist. Man kann nicht auf diese Weise in zeitliche Prozesse eingreifen. Sie werden niemals zulassen …« Sie verstummte und schüttelte den Kopf. »Wenn wir die Zeit für unsere Zwecke verlangsamen oder beschleunigen, bringt das schon genug Komplikationen mit sich, aber zurückreisen, die Toten wieder zum Leben erwecken? Nein.«

»Denk doch nur an die Möglichkeiten«, sagte Michael eindringlich und machte einen zögerlichen Schritt in ihre Richtung. »Hast du das Nowikow-Prinzip überhaupt schon in Betracht gezogen?«

»Ich werde keine Prinzipien in Betracht ziehen. Die Antwort ist nein, Michael.« Sie trat hinter den Tisch und benutzte ihn als Barriere. »Ein ganz klares, unwiderrufliches Nein.«

Kaleb hatte die ganze Zeit neben mir gestanden und dem Gespräch schweigend zugehört. Ich fühlte seine Worte mehr, als ich sie hörte, der Klang seines kaum gebändigten Zorns dröhnte in meinen Ohren. »Warum? Warum zum Teufel willst du nicht helfen, meinen Dad zu retten?«

Ich legte ihm die Hand auf den Arm, obwohl ich keinerlei Chance gehabt hätte, ihn zurückzuhalten, wenn er auf Cat losgegangen wäre. Sein Bizeps spannte sich unter meinen Fingern, und ich rechnete damit, dass er mich abschütteln würde. Aber das tat er nicht.

Cat schaute sich um, als würde sie nach einer Fluchtmöglichkeit suchen. »Es geht nicht darum, deinen Vater zu retten.

Es geht um die Regeln, um das, was wir tun dürfen und was nicht.«

Mit einem einzigen großen Schritt hatte Kaleb die Distanz zu Cat überwunden. Um seiner Forderung mehr Gewicht zu verleihen, schlug er bei jedem seiner Worte mit der Faust auf die Edelstahlfläche der Tischplatte. »Zur Hölle mit den Regeln.«

»Kaleb, bitte«, sagte Michael angespannt. Kaleb rührte sich nicht.

Im Raum war es bis auf das Zischen des Bunsenbrenners und das Geblubber einer Flüssigkeit vollkommen still. Nach einer halben Ewigkeit ergriff Cat das Wort.

»Emerson ist noch nie zuvor auf Zeitreise gegangen«, sagte sie und schaute von Kaleb zu Michael. »Wollt ihr etwa ihre Sicherheit und ihr Leben aufs Spiel setzen und sie in die Vergangenheit schicken, um jemandem das Leben zu retten, den sie nicht einmal gekannt hat?«

Michael versuchte sich zu verteidigen. »Es ist nicht gefähr ...«

»Und ob es das ist«, fiel Cat ihm ins Wort. »Michael, du weißt doch, wie Liam gestorben ist. Wenn ihr auch nur die geringste Chance auf Erfolg haben wollt, müsste das Timing bei deinem Plan absolut perfekt sein – auf die Nanosekunde genau.«

»Wir könnten es schaffen«, beharrte er. »Wir müssten ein paar Berechnungen anstellen ...«

»Berechnungen? Überleg doch mal, was du da vorschlägst. Eine falsche Bewegung und ihr zwei wärt beide tot, verbrannt zu einem nicht identifizierbaren Knochenhaufen, genau wie Liam. Ist es das, was ihr wollt?«

Kaleb zischte durch die Zähne und postierte sich zwischen mir und Cat.

Ihre Worte trafen mich wie ein Schlag ins Gesicht. Ich

schlang die Arme um meinen Körper und sehnte mich weit fort von dem Gebäude und von dieser Unterhaltung. Ich drehte mich um und verließ, ohne mich noch einmal umzuschauen, das Labor, bahnte mir den Weg zwischen schwatzenden Studenten, die inzwischen in den Flur geströmt waren. Ich zwängte mich an Rucksäcken und Leuten vorbei, bis ich die Treppe erreicht hatte, die ins Erdgeschoss führte. Erst als ich draußen auf dem Gehsteig stand, blickte ich über die Schulter, um mich zu vergewissern, dass mir niemand gefolgt war.

Fehler.

Vor dem Gebäude tobte eine Gruppe von jungen Männern herum, die sich einen altmodischen Lederfootball zuspielten. Für sie war der Ball jedoch keineswegs altmodisch.

Sie trugen kurze Hosen, gestreifte Socken und Stollenschuhe, und ihre Sportkleidung ließ auf die frühen Vierzigerjahre schließen. Ich hatte heute schon genug erlebt, das einen in den Wahnsinn treiben konnte, und jetzt wurde ich mit einer geisterhaften Footballmannschaft konfrontiert, deren Mitglieder sich gerade für ein Erinnerungsfoto vor der großen Eingangstreppe aufstellten.

Statt mit der Hand in eine Mannschaft aus zwölf stämmigen Jungs zu fahren, wollte ich mir lieber einen weniger belebten Ort suchen. Zu meiner Rechten, hinter dem Verwaltungsgebäude, fand ich mein Refugium. Den Whitewood-Memorial-Garten. Zwischen zwei moosbewachsenen Steinbänken stand eine bronzene Sonnenuhr. Üppige Trauerweiden dämpften die hektische Geräuschkulisse des Colleges und schirmten den Garten mit seinem idyllischen, kleinen Teich gegen die Außenwelt ab. Ich ließ mich auf einer der Steinbänke nieder, lehnte den Kopf zurück, schloss die Augen und genoss die warme Spätnachmittagssonne auf meinem Gesicht.

Doch wie sehr ich mich bemühte, Cats Worte ließen sich einfach nicht verscheuchen.

Nachdem ich meine Eltern verloren hatte, führte ich mir den Verlauf des Busunglücks wieder und wieder vor Augen, stellte mir vor, wie es für sie gewesen war, den Hang hinunter und in den kristallklaren, eiskalten See zu rutschen. Ich hoffte, dass es am Ende ein friedvoller Tod gewesen war.

Liam Ballards Tod musste alles andere als friedvoll gewesen sein.

Als hinter mir schwere Schritte zu hören waren, drehte ich mich um und erwartete, Michael zu sehen. Doch zu meiner Überraschung schaute ich stattdessen in Kalebs blaue Augen.

»Michael macht Cat die Hölle heiß, weil sie dir Angst eingejagt hat. Hier, vielleicht hilft dir das ein bisschen.« Er reichte mir eine Flasche Wasser und hielt mir ein feuchtes Papierhandtuch in den Nacken. Es war so nass, dass mir kleine Rinnsale den Rücken hinunterliefen. »Alles in Ordnung mit dir?«

»Mit mir? Was ist mit *dir*? Zu hören, wie Cat deinen Vater als nicht identifizierbaren …« Ich mochte den Satz nicht beenden. Ich nahm das tropfnasse Tuch, zerknüllte es in meiner Faust und sah zu, wie das herausgedrückte Wasser über meine Handgelenke lief. Das Gefühl ließ mich zittern.

Kaleb bemerkte es. Er stützte die Ellbogen auf die Rückenlehne und legte mir den Arm auf die Schulter. Ich widerstand dem Drang, mich an seinen Körper zu schmiegen.

Die tief stehende Sonne tauchte alles um uns herum in sanftes Gelb. Der Garten sah aus wie aus einem Bilderbuch, nicht wie ein Ort, an dem man über Tod und Seelenqualen redete.

»Kaleb, wie konnte sie in deiner Gegenwart nur so etwas sagen?«

»Sie hat es nicht mit Absicht getan«, erwiderte er betont

gleichmütig. »Sie wollte nur ihre Meinung verdeutlichen, und so wie du reagiert hast, ist ihr das offensichtlich gelungen.«

»Ich habe deinetwegen so reagiert. Ihr scheint euch sehr nahe zu stehen. Ich habe ihren Blick gesehen, als sie dich wegen gestern Nacht gefragt hat.«

Er wandte sich ab und starrte auf die Lilien und das Schilfrohr am anderen Ufer des Teichs. Ein Fisch sprang aus dem Wasser und verursachte winzige Wellen auf der glatten Oberfläche. »Meine Beziehung zu Cat ist sehr ungewöhnlich. Das war schon immer so. Sie ist mein gesetzlicher Vormund.«

»Aber du wohnst nicht bei ihr.«

»Das werde ich wohl jetzt müssen, wenn meine Mom nicht mehr im Hourglass-Haus ist. Ich hole heute Abend schon ein paar Sachen rüber.«

»Oh.« Der Schmerz, der sich in seinem Gesicht spiegelte, zerriss mir das Herz. »Ist das okay für dich?«

»Ich weiß nicht. Ich meine, ich mag Cat sehr gern, aber sie kommt in letzter Zeit nicht mit mir klar. Und ich mache es ihr auch nicht gerade leicht. Und wenn ich versuche, ihre Gefühle zu deuten … wirbeln ihre Emotionen wild durcheinander.« Seine Stimme klang verwundbar, was überhaupt nicht zu einem muskelbepackten Sportler passte. »Angst, Schuld, Zorn, Traurigkeit. Wahrscheinlich wegen meinem Vater, oder vielleicht, weil sie noch keine dreißig ist und nun einen fast erwachsenen Pflegesohn hat.«

»Ich glaube nicht, dass sie dich als Pflegekind sieht«, sagte ich aufmunternd und zupfte an dem nassen Papiertuch herum. »Ich glaube, sie macht sich ernsthafte Sorgen um dich. Wie lange kennst du sie schon?«

»Es kommt mir so vor, als würde ich sie schon immer kennen. Sie war immer da. Sie ist wie eine Schwester für mich.

Aber sie sollte nicht die Verantwortung für mich tragen müssen. Es hätte nicht so kommen dürfen.«

»Sie hat dich sehr gern. Viele Menschen haben dich gern.«

»Was ist mit dir, Shorty?« Er lächelte mich an. »Könntest du mich gernhaben?«

Er sprach nicht von Freundschaft. Das Wasser aus dem Tuch schien auf meiner Haut zu verdampfen. »Kaleb, ich … Es ist gerade … Ich meine, es ist nicht der richtige Zeitpunkt für …«

Ich hörte ein Räuspern und fuhr herum. Michael stand hinter uns. Ich fragte mich, wie viel er mit angehört hatte. Mir war klar, welchen Eindruck wir auf ihn machen mussten, Kalebs Arm um meine Schultern, ich zu ihm aufschauend. Ich stand so schnell auf, dass ich fast über meine eigenen Füße gestolpert wäre. Hastig schob ich das feuchte Tuch in die Jeanstasche und trat Michael gegenüber.

»Hey!«, sagte ich viel zu laut und fröhlich für die Situation. »Wo ist Cat geblieben?«

»Sie will darüber nachdenken.« Er schien sich nicht wohl in seiner Haut zu fühlen. »Wir wollen uns morgen Nachmittag im Haus treffen, dann lässt sie uns wissen, wie sie entschieden hat. Und sie wird sich entschuldigen.«

»Hat sie zugegeben, dass sie etwas Falsches zu Emerson gesagt hat?«, fragte Kaleb. Er hatte sich mittlerweile hinter mich gestellt – dicht hinter mich.

»Sie hat eingesehen, dass sie etwas Falsches gesagt hat, Punkt«, antwortete Michael angespannt. »Zu uns allen.«

Ein Handy klingelte, und Kaleb fischte seines aus der Hosentasche. Das Bild eines Mädchens in verführerischer Kusspose erschien auf dem Display. »Ich sollte besser drangehen«, sagte er verlegen.

Er drehte uns den Rücken zu und meldete sich mit leiser Stimme. »Hey, Baby.«

Ich hätte gern mehr darüber erfahren, was Michael und Cat besprochen hatten, aber plötzlich wollte ich nur noch weg.

»Okay.« Ich kramte meinen Schlüsselbund hervor und wedelte nervös damit herum. »Ich … äh … ich glaube, ich mach mich auf den Weg. Wegen morgen schau ich später noch bei dir rein.«

Ich winkte vage in Kalebs Richtung. Dann drehte ich mich auf dem Absatz um und rannte wie ein Feigling davon.

Zumindest so schnell, wie es meine Absätze erlaubten.

»Warte, Em«, rief Michael mir nach.

Ich lief weiter und sah ihn nicht an, als er mich eingeholt hatte und neben mir her trottete. Wieder einmal ärgerte ich mich über meine kurzen Beine. »Was ist?«

»Ich wollte mit dir über …«

»Du brauchst mich nicht zu fragen, ob ich Liam immer noch retten will. Mein Entschluss steht fest. Cats Erklärungen haben nichts daran geändert. Und ich find's blöd, dass du daran zweifelst«, sagte ich und war plötzlich ohne Grund wütend auf ihn. Als wir den Wagen erreichten, lehnte ich mich an die Fahrertür und wappnete mich für einen Streit. »Ich kann meine eigenen Entscheidungen treffen, verstehst du?«

»Sicher kannst du das.« Er trommelte mit den Fingern aufs Autodach. »Aber deshalb bin ich dir nicht gefolgt. Ich wollte dich fragen … äh … welche Erfahrungen du mit Jungs hast.«

Ich ließ den Schlüsselbund fallen und sah ihn ungläubig an. »*Was?*«

Er schaute zu Boden und suchte nach den richtigen Worten. »Ich … ähm … ich meine nicht … im körperlichen Sinn …«

Nie im Leben würde ich ihm gestehen, dass unser kleines Intermezzo auf der Veranda bislang meine einzige Erfahrung war, die ansatzweise mit Rummachen vergleichbar war. Und für die Katastrophen beim Flaschendrehen würde er sich ganz bestimmt nicht interessieren. Wieso sollte ihn mein Liebesleben überhaupt etwas angehen? Ich hob meinen Schlüsselbund auf und hätte ihn am liebsten als Schlagring benutzt. »Was soll das jetzt eigentlich?«

»Ich wollte nur sagen … Ich weiß, Kaleb hat auf Mädchen eine große Anziehungskraft.« Michael sprach das Wort aus, als ob er einen schlechten Geschmack im Mund hätte. »Auch wenn wir ständig streiten, ist es mein bester Freund, aber …«

»Aber was?«, hakte ich nach.

»Er ist sehr … Wenn es um Mädchen geht … Er hat einige blöde …« Er trat einen Schritt zurück und schob die Hände in die Taschen. »Vergiss es. Ich hab kein Recht, dir zu sagen, mit wem du dich treffen sollst und mit wem nicht. Tut mir leid.«

»Ich *treffe* mich mit niemandem. Ich weiß nicht, was du gesehen hast, aber wir haben uns nur unterhalten.« Einerseits freute es mich, dass ihm an mir lag, andererseits war ich stinksauer, dass er sich in meine Angelegenheiten mischte. »Kaleb und ich haben viel gemeinsam. Wir haben uns unterhalten. Das war alles.«

»Ich verstehe. Aber … Kaleb benutzt nicht immer sein Gehirn, wenn's um Mädchen geht.«

»Welcher Junge in seinem Alter tut das schon?« Eigentlich hatte ich gedacht, dass Jungs einen ganz anderen Teil des männlichen Körpers nutzten. Ich fragte mich, wie dieser Tag so vollkommen aus dem Ruder laufen konnte. Zuerst der Streit mit meinem Bruder, dann Kaleb in seinem total betrunkenen Zustand, dann das Gespräch mit Cat über unsere Zeitreisepläne und schließlich diese Diskussion über mein nicht existierendes Sexleben.

Mann, war ich müde.

Michael starrte mich an. »Ich will doch nur sagen, dass

er ziemlich wahllos irgendwelche Mädchen abschleppt. Ich möchte nicht, dass er dir wehtut.«

Mit einem Mal bekam ich derart bohrende Kopfschmerzen, als würde mir jeden Moment der Schädel platzen und das Hirn rausquellen. »Na gut, ich denk dran, wenn ich mich von Kaleb abschleppen lasse.«

»O nein, warte … Du hast mich falsch verstanden. Emerson, warte!«

Ohne ein weiteres Wort stieg ich ins Auto und knallte die Tür zu. Ich betätigte die Zentralverriegelung und ließ den Motor an. Das Letzte, das ich sah, als ich vom Parkplatz fuhr, war sein entsetzter Gesichtsausdruck.

35. KAPITEL

Der Schmerz in meinem Kopf ließ meinen Magen rebellieren. Ich wollte nur noch ins Bett. Und völlige Dunkelheit.

Und Schokolade.

Ich schleppte mich die Treppe hoch, schloss die Tür auf und fand eine leere Wohnung vor. Gott sei Dank. Ich schnappte mir eine Flasche Wasser, Schmerztabletten und einen Schokoriegel aus Drus Notreserve. Es war kurz vor acht. Nicht zu früh, um ins Bett zu gehen.

Wenn man sieben Jahre alt war.

Es kümmerte mich nicht. Ich war so dankbar, dass ich keinen weiteren Streit mit meinem Bruder auf die Liste der heutigen Katastrophen schreiben musste. Ich legte Drus Schlüssel auf die Anrichte, daneben eine Nachricht, dass ich vollkommen erschöpft und schon zu Bett gegangen sei. Zum Trost duschte ich zunächst ausgiebig, zog saubere Unterwäsche an und eins von Thomas' total verwaschenen alten T-Shirts.

Nachdem ich meine Fenster und Fensterläden geschlossen hatte, ließ ich mich ins Bett fallen. Michael sollte keine Chance bekommen, mir ein Gespräch unter vier Augen aufzuzwingen. Ich schaltete das Licht aus, zog mir die Decke über den Kopf und schloss die Augen, in der Hoffnung auf traumlosen, erholsamen Schlaf, der jedoch nicht kommen wollte.

Frustriert drehte ich mich auf den Bauch und vergrub das Gesicht im Kopfkissen. Wenn ich meine Gedanken einen nach dem anderen analysierte, wäre das vielleicht genauso effektiv wie Schafezählen. Ich konnte versuchen, sie über einen Zaun und raus aus meinem Kopf springen zu lassen.

War Kaleb wirklich so wahllos, wenn es um Mädchen ging, wie Michael mir weismachen wollte? Bei unserem Gespräch hatte er so aufrichtig gewirkt. Ich konnte mir nicht vorstellen, dass er all diese Dinge irgendeiner x-beliebigen Zufallsbekanntschaft anvertrauen würde, schon gar nicht die traurige Geschichte seiner Eltern. Er mochte gern flirten, aber er schien mir ehrlich zu sein. Bis zu dem Anruf des Kussmundmädchens. Seine Art zu antworten hatte ihn zum Aufreißer abgestempelt.

Und dann noch Michaels Ermahnungen ...

Ich hielt mir das Kissen über den Kopf und stieß einen Frustschrei aus.

»Emerson!«

Das Wort ertönte laut und deutlich direkt an meinem Ohr. Ich schluckte meinen Schrei herunter, setzte mich auf und presste mir das Kissen vor die Brust. Erst als ich einen Moment lang in die Richtung gestarrt hatte, aus der die Stimme gekommen war, konnte ich die Gestalt ausmachen, die neben meinem Bett stand, was jedoch zur Folge hatte, dass ich am liebsten weitergeschrien hätte.

Jack.

»Nicht jetzt«, stöhnte ich und kniff die Augen zu. Ein paar Sekunden später öffnete ich sie wieder und hoffte, dass er verschwunden war.

Aber so viel Glück hatte ich nicht.

»Geht es dir gut?«

Ich seufzte.

»Hast du deinen jungen Mann gefunden? Die Antworten bekommen, die du gesucht hast?«

»Meinen jungen Mann? Oh, ich hab ihn gefunden«, brummte ich. »Und als ob ein dummer Junge noch nicht genug wäre, hab ich auch noch seinen besten Freund gefunden.«

»Lass mich raten«, sagte er und lächelte verständnisvoll. »Sie streiten sich um dich?«

»Ja. Nein! Ich weiß es nicht.« Ich drückte mein Gesicht ins Kissen und antwortete mit gedämpfter Stimme. »Es ist eine Art … Wettbewerb, völlig überflüssig. Ich würd sie am liebsten zusammen in einen Sack stecken und … und …«

»Was denn?«

»Draufhauen, bis ihnen Hören und Sehen vergeht.«

Er ließ sein volltönendes, weiches Lachen ertönen. »Komm schon. Du bist doch sicher daran gewöhnt, dass sich Jungs um dich streiten.«

»Nein, bin ich nicht«, sagte ich ein wenig geschmeichelt. »Woher bist du gekommen? Ich dachte, du wärst fort.«

Jacks Lachen erstarb, und es wurde fast unerträglich still im Raum.

»Ich hab dich gestern gesucht. Wo warst du? Nein, vergiss das.« Ich setzte mich auf und sah ihn an. Seine Augen hatten immer noch dieses seltsame Blau, wenn auch ein wenig heller, und sie starrten durch mich hindurch. Ich hielt mir das Kissen vor die Brust und war mir mit einem Mal sehr bewusst, wie wenig ich anhatte. »Was bist du?«

»Das ist eine merkwürdige Frage.«

»Eigentlich nicht.« Ich zog die Bettdecke ein bisschen höher. »Immer wenn ich Zeitlose berühre, verschwinden sie. Du bist nicht verschwunden.«

»Was sind Zeitlose?«, fragte er und musterte mich belustigt.

»Das, was du bist. Das, wofür ich dich *halte.*« Ich schüttelte genervt den Kopf. Er trug immer noch denselben schwarzen Anzug mit der Weste. Es gab keinen definitiven Hinweis auf die Zeit, in die er gehörte. Nicht mal sein Haarschnitt ließ irgendwelche Schlüsse zu. Er trug keine Ringe an den Fingern. Keine sichtbaren Anhaltspunkte, die auf eine bestimmte Ära hindeuteten, abgesehen von der Taschenuhr, die auf eine gemächlichere Zeit deutete. »Du kommst aus der Vergangenheit. Stimmt's?«

Er nickte.

»Ich weiß nicht, warum du hier bist, Jack.« Ich beugte mich ein wenig vor und fragte mich, was passieren würde, wenn ich ihn berührte. Er musste meine Gedanken ahnen, dennoch blieb er still stehen. »Warum tauchst du immer wieder auf?«

»Für dich.«

»Wie bitte?« Die Klimaanlage schaltete sich ein und blies kalte Luft auf meine nackten Arme.

»Ich fühle mich … mit dir verbunden. Ich kenne alle rätselhaften Wendungen, die das Schicksal nehmen kann. Ich wünschte, ich könnte dich davor beschützen.«

»Das ist unmöglich.« Ich rieb mir fröstelnd die Arme und fragte mich, ob die Kühle eher auf Jack als auf die Klimaanlage zurückzuführen war.

»Das glaubst du, nicht wahr? Du bist so einzigartig. So unschuldig.« Bei dem Blick, mit dem er mich anschaute, fühlte ich mich alles andere als unschuldig und wünschte mir, dass Thomas und Dru da wären. »Das Leben ist voller Entscheidungen. Manche sind weniger eindeutig als andere.«

Ich presste das Kissen fester an meine Brust. »Das ergibt keinen Sinn. Was du sagst, kann ich nicht verstehen …«

»Eines Tages wirst du's verstehen.« Seine Augen wurden für den Bruchteil einer Sekunde ein wenig dunkler. »Und eines Tages wirst du wissen, dass ich all das hier für dich getan habe, um dich zu beschützen. Nur für dich.«

Ich hörte, wie die Wohnungstür aufgeschlossen wurde, aber ich wandte meinen Blick nicht von Jack ab.

Er schenkte mir ein trauriges Lächeln und trat einen Schritt zurück.

Und war verschwunden.

Ich fragte mich, ob er diesmal für immer fort sein würde.

36. KAPITEL

Ich weiß nicht, wie Dru meinen Bruder dazu brachte, mir keine Szene zu machen, weil ich nach Michael gesucht hatte. Ich weiß nur, dass ich dankbar war. Thomas gab keinen Mucks von sich, als ich am nächsten Morgen fragte, ob ich Drus Wagen noch einmal ausleihen dürfe, woraufhin sie mir bereitwillig die Schlüssel reichte.

Ich machte mich aus dem Staub, solange die Gelegenheit günstig war, und fuhr mit offenen Fenstern zum Campus. Es war enorm schwül, und ich war froh, dass ich Shorts und Trägertop angezogen hatte statt Jeans und T-Shirt. Ich drehte das Radio auf und ließ mich von der Musik volldröhnen. Ich wollte nicht darüber nachdenken, wie ich mit der Michael-Kaleb-Geschichte umgehen sollte. Als ich beim Haus der Abtrünnigen ankam, musste ich mich zwingen, überhaupt auszusteigen.

Ohne zu klopfen, ging ich hinein. Die Fliegentür fiel krachend hinter mir ins Schloss und kündigte mein Kommen an. Ich folgte meiner Nase in die Küche und fand Kaleb am Herd vor, wo er etwas brutzelte, das absolut köstlich duftete. In der einen Hand hielt er einen Holzlöffel und in der anderen ein großes Küchenmesser.

»Bist du nüchtern?«, rief ich ihm von der Küchentür aus zu.

Er drehte sich um, und sein Lächeln führte dazu, dass mir die Knie ein bisschen weich wurden. »Ja, das bin ich.«

»Gut, denn sonst würde ich dich nicht mit diesem Mordinstrument herumfuchteln lassen.« Ich durchquerte die Küche und setzte mich neben dem Herd auf die Anrichte. Auf einem Küchenbrett lagen ein paar grüne Paprikaschoten und Selleriestangen und warteten auf das Messer. In einer Pfanne brieten Zwiebelwürfel in Butter. »Du kochst?«

Kaleb sah so gut aus, dass man neidisch werden konnte. Sein muskulöser Oberkörper wurde von einem roten Drachen-Tattoo geziert. »Ja, ich koche.«

»Trägst du dabei immer ein Muskelshirt und eine Küss-den-Koch-Schürze?«

Er kam mir so nah, dass mein Herz ein paar Schläge übersprang. »Für dich würd ich immer so rumlaufen.«

»Haha!« Ich deutete auf das Schneidebrett und wechselte das Thema. »Und was schnippelst du da zusammen?«

»Die drei Klassiker. Zwiebeln, Paprika und Sellerie. Für eine Reispfanne. Dune und Nate kommen gleich von der Arbeit und bringen Langusten mit. Also«, sagte er und streifte das Messer am Pfannenrand ab, »können wir gespannt auf das Schlussurteil warten.«

Mir drehte sich der Magen um bei dem Gedanken, dass Michaels sämtliche Pläne von Cats Antwort abhingen. Ohne sie konnten wir die Reise nicht antreten. »Weißt du schon, wie sie entschieden hat?«

»Keine Ahnung. Bist du sicher, dass du's immer noch machen willst?«

»Ganz sicher.«

»Ich glaube dir nicht.« Kaleb legte das Messer ab und lehnte sich neben mir an die Anrichte. »Gestern warst du ganz ruhig. Und jetzt bist du nervös. Was hat sich geändert?«

»Spürst du meine Gefühle? Wir haben uns doch gestern erst kennen gelernt. Wie machst du das?«

Er zuckte lächelnd die Achseln.

»Es ist wirklich nervig, wenn du das ohne Erlaubnis tust.«

»Ich kann nichts dafür.« Er nahm die Pfanne und warf das Gemüse ein paarmal hoch. Das hatte ich noch nie geschafft, ohne alles durch die Gegend zu schleudern oder mich zu verbrennen. »Bist du nervös wegen irgendetwas, das Michael dir gestern auf dem Weg zum Auto gesagt hat?«

»Nein, eigentlich nicht.« Ich nahm an, dass Michael seine Aufreißtheorien nicht mit Kaleb diskutiert hatte.

»Weißt du was? Ich wette, ich könnte dich von deinen Sorgen ablenken.«

»Ach ja?«, sagte ich spöttisch.

Er stellte die Pfanne zurück auf den Herd und legte seine Hände links und rechts von mir auf der Anrichte, wobei seine Fingerspitzen meine Oberschenkel berührten. »Jap.«

»Oh.« Sch… ich biss mir auf die Unterlippe.

Er hielt mein Haar im Nacken zusammen, und seine Unterarme ruhten auf meinen nackten Schultern. »Du ahnst nicht, *wie* gern ich dich ablenken würde. Ich muss ständig daran denken.«

»Tatsächlich?« Meine Stimme klang ein wenig zu atemlos. Meine Gedanken überschlugen sich auf der Suche nach den richtigen Worten, um ihn zu stoppen, aber mir fiel partout nichts ein, was ich hätte sagen können.

»Tatsächlich.« Kaleb ließ seine Hände meine Arme hinab bis zu den Handgelenken gleiten. Ich bekam eine Gänsehaut, und mein Pulsschlag beschleunigte sich. Ich wich zurück und stieß mir den Kopf am Hängeschrank.

Er lachte, aber sein Lachen wärmte mich, statt mich zu beschämen.

Noch wärmer wurde mir, als er mein Gesicht mit den Händen umschloss, bevor ich mir ein zweites Mal den Kopf stoßen konnte.

»Und? Hab ich dich schon ein bisschen abgelenkt?«, fragte Kaleb.

Kein einziges Wort kam mir in den Sinn. Ich äußerte keinen Protest, als er sich ganz langsam vorbeugte, bis sein Mund fast meine Lippen berührte. Ich schloss die Augen.

Und sah Michaels Gesicht vor mir.

Ich brauchte Kaleb nicht wegzustoßen. Er hörte von selbst auf. Gleichzeitig öffneten wir die Augen.

»Das habe ich befürchtet.«

»Was?«, hauchte ich.

»Michael. Und du.«

»Woher weißt du das? Ich meine, wovon redest du?«

Er runzelte die Stirn und strich sanft über meine Wange. »Hör zu. Wenn das hier rein körperlich wäre, würde ich dich nach oben tragen und uns ein freies Zimmer suchen. Mit deinem Einverständnis, natürlich.«

Ich glaube, ich habe gequiekt. Kaleb war unglaublich sexy, aber auch genauso Furcht einflößend. Wenigstens für mich.

Er lachte. »Aber es ist nicht rein körperlich, was schon sehr verwirrend ist. Da ist etwas zwischen dir und Michael, auch wenn er es nicht zugeben will.«

»Nein, da ist nichts. Wirklich nicht«, widersprach ich.

»Empfindest du etwas für ihn?«

»Vielleicht.« Diesmal schlug ich den Hinterkopf absichtlich gegen den Schrank. »Ich hab keine Ahnung, was. Tut mir leid.«

»Du musst dich nicht entschuldigen. Sag mir einfach Bescheid, wenn du's weißt.« Seine Hände umschlossen noch immer mein Gesicht. Er hauchte mir einen sanften Kuss auf den Mundwinkel, ohne seinen Blick von meinen Augen zu wenden. Dann flüsterte er mit den Lippen an meiner Haut: »Für eine Chance bei dir lohnt es sich zu warten.«

Ausgerechnet in diesem Augenblick kam Michael in die Küche marschiert.

Kaleb entfernte sich von mir und kehrte zu seiner Pfanne zurück, als sei nichts geschehen. Michaels Miene war undurchdringlich. Eine Sekunde lang fragte ich mich, ob er überhaupt etwas gesehen hatte. Oder ob es ihm etwas ausgemacht hätte.

»Emerson?« Seine Stimme klang emotionslos.

»Ja?« Ich sprang von der Anrichte und geriet ins Stolpern, doch Kaleb hielt mich fest und verhinderte einen Sturz.

»Tut mir leid«, murmelte er.

»Weich in den Knien?«, fragte Michael.

Er hatte definitiv was gesehen.

Ich strich mein Haar zurück und zupfte mein Top zurecht. »Alles okay.«

»Cat ist nicht hier. Ich bin zu ihr ins Labor gefahren. Wir treffen uns erst morgen Früh. Ich wollte mit dir reden über … unser gestriges Gespräch. Aber es sieht so aus, als würdest du dich anderweitig amüsieren.«

Damit drehte er sich um und verließ die Küche.

»Irgendwas ist im Busch.« Kaleb machte ein konzentriertes Gesicht. »Seine Gefühle sind durcheinander. Ich glaube, ich sollte mit ihm sprechen …«

»Nein, das mach ich.« Ich legte die Hand auf Kalebs Arm. »Ihr Jungs habt euch schon genug gestritten. Ich bring die Sache jetzt in Ordnung.«

37. KAPITEL

Michael.«

Er war schon an der Haustür, als ich ihn einholte. »Wo willst du hin? Ich dachte, du wolltest reden.«

»Wusste ja nicht, wie lange du noch brauchst.« Seine Schritte dröhnten über den Holzboden der Veranda. »Ich wollte euch Zeit lassen, bis ihr fertig seid.«

»Warte!« Ich hielt ihn am Ärmel fest, und er zuckte zusammen, als ich versehentlich seine Haut streifte. »Wir waren fertig. Ich war fertig. Wir haben nicht …«

Er riss sich von mir los und steuerte die Treppe an. »Was zum Teufel hast du dir nur dabei gedacht, Kaleb zu küssen?«

»Ich habe ihn nicht geküsst!«

»Ich hab dich gerade in der Küche mit ihm gesehen«, sagte er und fuhr herum. »Und ihr habt euch geküsst.«

»Es war nicht so …«

»Das ist es nie.« Er verschränkte die Arme vor der Brust und schaffte es, überlegen zu wirken. »Das sagt man so, wenn man erwischt wird.«

»Erwischt? Das klingt, als hätte ich was Schlimmes getan.« Um ihm das überhebliche Grinsen auszutreiben, legte ich schneidenden Spott in meine Stimme. »Was kümmert's dich überhaupt?«

»Ich will nur, dass du … Ach, vergiss es«, erwiderte er und wandte sich ab.

Ich packte ihn an den Schultern und riss ihn herum, um

ihn besser anbrüllen zu können. »Nein, das tu ich nicht, Michael Weaver. Du kannst mich nicht runterputzen und dich dann aus dem Staub machen, ohne mir zu sagen, wieso du so sauer bist.«

»Du kannst tun und lassen, was du willst.« Seine Stimme war kalt und distanziert. »Es steht mir nicht zu, dein Verhalten zu beurteilen.«

Doch genau das wollte ich. Und dass er es laut aussprach. Am liebsten hätte ich ihn geschubst, aber stattdessen beschloss ich, ihn auf die Palme zu bringen. »Kaleb hat wirklich versucht, mich zu küssen«, sagte ich herausfordernd.

Michael zuckte zusammen, als hätte ich ihm eine Ohrfeige verpasst. »Ich hatte den Eindruck, als wär's ihm gelungen.«

Bingo.

»Er hat aufgegeben.« Ich baute mich ganz dicht vor ihm auf. »Willst du wissen, warum?«

Michael hielt sich die Hände vors Gesicht, und der Ring an seinem Daumen blitzte im Sonnenlicht. »Keine Ahnung. Sollte ich es wissen?«

Die nächsten Worte sprach ich sehr deutlich, um ihnen mehr Gewicht zu geben. »Kaleb hat deinetwegen aufgehört.«

»Was?«, fragte er ungläubig und senkte die Hände.

»Dein bester Freund ist ein Empath. Und er hat mich *deinetwegen* nicht geküsst.« Die Worte waren mir unwillkürlich rausgerutscht. Warum konnte ich nicht einfach den Mund halten? Gefrustet setzte ich mich auf die oberste Verandastufe.

»Ähm … Ich dachte … das mit Kaleb … Na ja, ich hab mich gefragt, ob du unsere Gefühle … die körperlichen Reaktionen … mit tatsächlichen Gefühlen verwechselt hast.«

»Vielleicht habe ich das.«

»Zwischen uns kann nichts sein, Em.« Zumindest schien er es zu bedauern.

»Das weiß ich.« Ich starrte auf die abblätternde Farbe der Treppenstufen. »Ich sollte zu Kaleb gehen und ihn auf sein Angebot ansprechen, mich abzulenken.«

»Lass es.«

»Warum? Trotz ›Fraternisierungsverbot‹ habe ich mich dir doch praktisch an den Hals geworfen. Mal denke ich, du willst mich zurück, und dann bin ich mir wieder nicht sicher. Ich erkenne mich kaum im Spiegel wieder, weil ich mich sonst nie so aufführe, und dann sehe ich Ava und …«

Hinter mir öffnete sich plötzlich die Fliegentür mit quietschenden Angeln. Dankbar für die Unterbrechung, die meinen demütigenden Offenbarungen ein Ende setzte, stand ich ruckartig auf und stieß mit dem Kopf gegen einen harten Gegenstand, woraufhin mir etwas Kaltes, Schleimiges über den Rücken lief.

Als ich mich umdrehte, sah ich Dune mit einer Kühlbox, die zur Hälfte mit Schlamm und Langustenköpfen gefüllt war.

Die andere Hälfte war auf mir gelandet.

38. KAPITEL

Eine schreckliche Sekunde lang rührte sich keiner. Überdeutlich nahm ich alles um mich herum wahr. Die Bestürzung in Michaels Gesicht, das schlammige Wasser, das von meinem Top tropfte, die Langustenköpfe in meinem Haar.

Michael löste sich als Erster aus der Starre. »Dune, geh rein und hol eine Rolle Küchenpapier. Kaleb soll Eis bringen, sie hat sich ziemlich doll den Kopf angeschlagen.«

»Emerson, es tut mir so leid.« Dune stellte die Kühlbox ab und streckte die Hand nach mir aus, aber als Michael auf die Tür deutete, verzog er sich in Richtung Küche.

»Ist alles in Ordnung?« Michael musterte mich besorgt und legte mir vorsichtig die Hände auf die Schultern. Ich wusste nicht, ob er den Schleim oder die Berührung meiner Haut meiden wollte. »Deine Pupillen sind geweitet. Hast du Kopfschmerzen? Sag mir deinen Namen.«

»Natürlich tut mir der Kopf weh«, zischte ich. »Frag mich noch einmal, wie ich heiße, und du singst im Knabenchor.«

Er wirkte sichtlich erleichtert und trat einen Schritt zurück. »Wenigstens bist du okay.«

Ich war alles andere als okay.

Genervt strich ich mir ein paar schlammige Haarsträhnen aus der Stirn. »Habt ihr hier irgendwo einen Gartenschlauch? Ich kann so nicht nach Hause fahren.«

»Das fehlte noch, dass du dir mit einem Schlauch behilfst«,

sagte er kopfschüttelnd. »Du kannst nach oben gehen und duschen. Ich wasche in der Zwischenzeit deine Sachen.«

»Und ich soll nackt herumsitzen und warten, bis sie trocken sind?«, fragte ich und wurde rot.

Glücklicherweise tauchte Dune in diesem Moment mit der Küchenpapierrolle auf. Er riss ein paar Streifen ab und fing an, meine Kleider und Haare abzutupfen, während er die ganze Zeit Entschuldigungen flüsterte.

Als mir das Getupfe ein bisschen zu persönlich wurde, hielt ich seine Hand fest. »Ist schon gut, Dune. Du hast es doch nicht absichtlich gemacht. Das kann schon mal passieren.«

Seine wasserblauen Augen waren voller Schuldbewusstsein. »Es tut mir wirklich leid.«

»Wie doll hat sie sich gestoßen? Soll ich den Notarzt rufen?«, fragte Kaleb und stürmte mit dem Eis durch die Fliegentür. Bei meinem Anblick stutzte er kurz, bevor er laut losprustete.

»Schluss damit«, befahl Michael wütend. »Sie hätte sich verletzen können.«

»Alles in Ordnung mit dir?«, fragte Kaleb mit Tränen in den Augen.

Schmollend verschränkte ich die Arme vor der Brust und stellte überrascht fest, dass ich fast losgekichert hätte. »Alles bestens.«

Er fing erneut an zu lachen. Ich fragte mich, ob mein Kopf doch etwas abbekommen hatte, denn ich stimmte mit ein.

»Das ist wirklich … nicht lustig.« Ich setzte mich hin, um wieder zu Atem zu kommen, landete jedoch auf einem besonders schleimigen Haufen von Langustenköpfen und rutschte glucksend und hicksend die ganze Treppe hinunter.

Dune ließ sich anstecken. Die Sorge in seinen Augen wandelte sich in Belustigung. Schließlich bog er sich vor Lachen und sank neben Kaleb und mir zu Boden. Michael hatte sich nicht vom Fleck gerührt und beobachtete uns drei mit einem Hauch von Wehmut in seinen Augen.

Ich wischte mir die Lachtränen von den Wangen und warf mein besudeltes Haar zurück, wobei sich ein paar Langustenschalen lösten und neben Kaleb landeten, was bei ihm und Dune eine erneute Lachsalve auslöste. Die beiden benahmen sich wie zwei übergroße Vorschulkinder, die zu viel Zuckerwatte gegessen hatten. Ich presste die Hände auf den Mund, um nicht mit einzustimmen, und schaute zu Michael auf.

»Was ist?«, keuchte ich.

»Nichts«, erwiderte er kopfschüttelnd. »Gar nichts.«

Frisch geduscht saß ich auf Michaels Bett und wartete darauf, dass jemand mir meine trockenen Sachen brachte. Meine Unterwäsche hatte ich lieber selbst im Waschbecken gewaschen und danach trocken geföhnt.

Immer wieder musste ich an Michaels Gesicht denken, bevor er Dune, Kaleb und mich verlassen hatte. Fast als hätte er resigniert.

Es klopfte an der Tür, und ich sprang auf, um zu öffnen, nur einen Spalt, durch den ich meinen Kopf rausstreckte. »Ava.«

Sie trug winzige Pyjamashorts und ein weißes Spaghettiträgertop. Ich öffnete die Tür etwas weiter und trat mit Michaels Red-Sox-T-Shirt bekleidet auf den Flur.

Sie taxierte mein feuchtes Haar, sein T-Shirt, meine nackten Beine und die rosa lackierten Zehennägel. Unwillkürlich fragte ich mich, wie oft sie Michael abendliche Besuche in knappen Pyjamas abstattete.

»Wo ist Michael?«

»Unten«, sagte ich knapp, ohne die Gründe zu nennen, aus denen ich mich in seinem Zimmer befand. Sollte er ihr's doch erzählen. Dann konnten sie zusammen darüber lachen.

»Was machst du hier drin?«

Ich hatte keine Ahnung, wie ich das Langustenmissgeschick erklären sollte. »Ähm …«

»Vergiss es.« Mit einer abwinkenden Geste tat sie sowohl ihre Frage als auch meine Antwort als unwichtig ab. Dann beugte sie sich zu mir und sagte verschwörerisch: »Darf ich dir einen kleinen freundschaftlichen Rat geben?«

»Klar.«

»Michael und ich stehen uns schon lange sehr nah. Ich möchte nicht, dass du irgendetwas tust, das … peinlich für dich würde, wenn du verstehst, was ich damit meine.« Sie sah mich mahnend an, und ihr Blick wanderte zum Saum von Michaels T-Shirt.

Ich wünschte mir verzweifelt, diese Unterhaltung nicht in Unterhosen führen zu müssen.

»Ich tue gar nichts … Es ist nur … Ich bin nur hier, um zu helfen.«

»Wem willst du helfen?«, fragte sie. Ihre Augen waren auf mein Gesicht gerichtet, aber ich spürte, wie sie mich im Geist von oben bis unten taxierte. »Wem genau?«

»Ich wollte helfen …« Die Wahrheit traf mich wie ein Keulenschlag, und ich wich einen Schritt zurück. Sie wusste nichts von den Plänen, Liam zu retten. Ich suchte verzweifelt nach einer Erklärung. »Ich bin hier, um Cat bei ein paar Sachen zu helfen. Das ist alles.«

»Oh.« Sie lächelte anzüglich. »Nun, dann solltest du vielleicht in ihrem Zimmer sein statt in Michaels. Er könnte es brauchen … später.«

Plötzlich hatte ich die Vision von meinen Händen um ihren Hals. So weit hatte mich das grünäugige Monster Eifersucht schon getrieben. Ich hatte gar nicht gewusst, welches Aggressionspotenzial in mir lauerte.

»Okay.« Ich zwang mich zu einem Lächeln. »Viel Glück dabei.«

Bevor ich noch mehr dumme Sachen sagen konnte, knallte ich die Tür zu, lehnte mich von innen dagegen und versuchte, mich zu beruhigen.

Ich musste mich zum Antiaggressionstraining anmelden.

Ich musste aus diesem Haus.

Und ich musste dringend meine Hose finden.

39. KAPITEL

Ich zog Michaels T-Shirt nach unten, so weit es ging, schlich auf Zehenspitzen die Treppe hinunter und blieb kurz vorm Wohnbereich stehen.

Ava und Michael unterhielten sich. Ihre Stimme war laut, seine leise. Neben dem breiten Durchgang presste ich mich an die Wand und schluckte einen Schrei herunter, als ich statt gegen das harte Mauerwerk, das ich erwartet hatte, gegen einen menschlichen Körper stieß.

Kaleb. Im Schummerlicht spürte ich, wie sein Blick von unten nach oben wanderte, von den nackten Füßen bis zu dem viel zu großen T-Shirt, dann wieder zurück zu den Beinen. Er stieß einen leisen anerkennenden Pfiff aus.

»Mann, hast du tolle Beine. Wenn du in diesem Aufzug oben in meinem Zimmer wärst, würde ich nie und nimmer mit ihr hier unten hocken.«

Ich gab ihm ein Zeichen, den Mund zu halten, und versuchte zu lauschen. Kaleb blieb so dicht hinter mir, dass ich seinen Atem in meinem Haar spürte.

»Sie war in deinem Zimmer.« Avas Stimme klang so selbstsicher und gelassen wie immer. Sicher würde sie nie einen Eimer voller Fischabfälle auf den Kopf bekommen. »Und sie hatte keine Hose an.«

Ich spürte, wie Kaleb meine Beine anstarrte, und stieß ihm den Ellbogen in die Rippen.

»Dune hat ihr aus Versehen eine Kühlbox voller Langustenköpfe und Schlamm über den Kopf geschüttet.« Ich konnte ihn kaum hören, da sie den Sportsender eingeschaltet hatten, wo gerade ein Baseballspiel übertragen wurde. »Was hätte sie denn tun sollen?«

»Nach Hause fahren?«

»Sie hat in meinem Bad geduscht und muss warten, bis ihre Sachen trocken werden.«

Avas Gelassenheit geriet ein bisschen ins Wanken. »Hattest du vor, mich zu informieren, dass sie in deinem Zimmer ist – halb nackt?«

Zur Sicherheit verpasste ich Kaleb einen weiteren Rippenstoß.

»Ava.« Michaels Stimme klang traurig »Du bist hier, weil ich dich beschützen will.«

»Vor was?«, fragte Ava verwirrt.

»Frag lieber, vor wem. Landers …«

»Willst du wieder davon anfangen?«, entgegnete sie genervt. »Ich weiß, was für ein Mensch er ist. Ich weiß es schon lange.«

»Wenn das so ist, müsstest du wissen, warum ich nicht will, dass du dich in dem Haus aufhältst. Du hattest immer wieder diese Blackouts …«

»Die Blackouts? Ist das der einzige Grund, aus dem du mich gebeten hast hierherzuziehen?« Michael antwortete nicht. Eine Weile waren nur die Diskussionen der Sportreporter über die Trefferquote des ersten Baseman zu hören. »Die Black-outs sind Geschichte.«

»Da bin ich mir nicht so sicher, Ava.«

»Ich will nicht darüber reden.«

»Und ich will mich nicht mit dir streiten.«

»Weißt du was? Geh in dein Zimmer und lass dich von dem kleinen Groupie mit ›Aufmerksamkeit‹ überschütten.« Die angedeuteten Anführungsstriche waren nicht zu überhören.

»Wenn sie deinem Superheldenimage schmeicheln will, nur zu! Sollte ihr nicht schwerfallen, da sie von der Taille abwärts nackt ist.«

Es gefiel mir nicht, was sie mir da unterstellte.

Und ich war nicht nackt, sondern trug Unterwäsche.

Ich erhob mich aus meiner geduckten Stellung und stieß mit dem Kopf gegen Kalebs Kinn. Bevor ich ins Wohnzimmer stürmen konnte, hielt er mich fest. Hätte er das nicht getan, wäre ich mit Ava zusammengeprallt, denn sie rauschte aus dem Zimmer und stampfte die Treppe rauf. Sobald ich ihre Tür ins Schloss fallen hörte, trat ich um mich, um mich aus Kalebs Umklammerung zu befreien. Irgendwie hatte ich den Eindruck, als würde er mein Gezappel ein bisschen zu sehr genießen.

»Wo willst du hin?«, flüsterte Kaleb zornig.

»Da rein«, zischte ich.

»Lass das lieber. Komm schon, Em. Es gibt für dich nicht nur ihn.«

Ich erstarrte. »Darum geht es doch gar nicht.«

Er lächelte schief und schüttelte den Kopf. »Vergiss nicht, was ich dir gesagt habe.« Damit drehte er sich um und ging die Treppe hoch.

Ich wusste nicht, wann ich zum Hauptpreis bei Michaels und Kalebs albernem Konkurrenzkampf geworden war, aber ich hatte keine Lust, mir das Rennen anzuschauen. Ich wollte nichts weiter als meine Hose.

Ich trat ins Wohnzimmer. »Hey.«

Michael mied den Blick auf meine Beine. »Deine Sachen sind fast trocken. Ich bring sie rauf, wenn sie fertig sind.«

Ich atmete aus. »Kann ich sie sofort haben?«

»Hast du's eilig?« Sein Blick durchbohrte mich förmlich.

»Ich war oft unterwegs in letzter Zeit. Ich möchte nicht,

dass Thomas und Dru sich Sorgen machen.« Ich zupfte am T-Shirt-Saum herum und fragte mich, ob er wusste, dass ich log.

»Lass mich raten. Könnte es sein, dass du mein Gespräch mit Ava mit angehört hast?«

»Vielleicht.« Ich sah zu ihm auf. »Ja.«

»Tut mir leid.« Er rieb sich die Stirn, als wolle er die Erinnerung an den Streit wegwischen.

»Stimmt es, dass du gern den Superhelden spielst?« Ohne es zu wollen, trat ich einen Schritt näher auf ihn zu.

»Wie war das nochmal mit deinem Laufwerk?« Ich wurde rot, während Michael die Fernbedienung vom Tisch nahm und den Fernseher ausschaltete. Es wurde noch dunkler im Zimmer. Die einzigen Lichtquellen waren zwei kleine Lämpchen auf dem Sideboard. »Ava neigt dazu, den falschen Leuten zu vertrauen. Landers hat sie eingewickelt.«

»So wie du mich eingewickelt hast?« Ich versuchte, wütend zu sein, aber ich klang nicht überzeugend. Ich war zu versunken in die Betrachtung seines Gesichts. Im Halbdunkel wirkte es geheimnisvoll. Gefährlich. Verführerisch.

»Wie meinst du das?«

Ich ahmte ihn nach. »›Nein, Emerson, dich zu küssen wäre ein großer Fehler.‹ Warum, Michael? Weil ich dir nicht aus den falschen Gründen bei Liams Rettung helfen soll, oder weil du dich nicht zwischen mir und Ava entscheiden willst?«

Ehe ich mich's versah, umschloss er mein Gesicht mit den Händen und brachte seinen Mund ganz dicht an meine Lippen. Das Blut rauschte durch meine Adern, jeder Quadratmillimeter meiner Haut glühte und zitterte gleichzeitig vor Kälte. Ich fürchtete schon, dass Funken aus den Steckdosen sprühen würden. Eine der beiden Lampen brannte durch und erlosch.

Ich schloss die Augen und war bereit, mich seinem Kuss hinzugeben.

Genauso schnell wie er mich an sich gezogen hatte, ließ er mich auch wieder los.

»Das … war nicht … fair.« Ich öffnete die Augen und geriet ins Schwanken.

»Nein, das war es nicht. Aber jetzt weißt du Bescheid. Wenn ich mit deinen Gefühlen spielen wollte, um dich auf meine Seite zu ziehen, hätte ich leichtes Spiel. Was ich will, spielt bei der Sache keine Rolle. Für Gefühle ist kein Platz.«

All die Hitze, die ich gespürt hatte, war verflogen. »Ich kann nicht glauben, was du getan hast. Du bist so ein Mistkerl.«

»Mag sein. Aber ich will nicht, dass du irgendetwas tust, um mir eine Freude zu machen, oder wegen irgendwelcher Gefühle, die du für mich zu haben glaubst. Du sollst mir nicht aus den falschen Gründen helfen.«

»Gibt es falsche Gründe dafür, jemandem das Leben zu retten?«

»Nein, aber vielleicht würdest du es bedauern.«

»Ich bedauere nur, dass ich jemals gedacht habe, zwischen uns könnte irgendetwas sein. Sag mir, wo ich meine Sachen finde. Dann hol ich sie mir selbst.«

Michael deutete in Richtung Küche.

»Ich komme morgen wieder, um Cats Entscheidung zu hören. Wenn sie sagt, wir können zurückreisen, werde ich dir helfen, Liam zu retten. Aber danach brauchst du mich nie wiederzusehen. Und ich dich auch nicht.«

Mir war, als hätte ich beim Verlassen des Raums eine Spur von Traurigkeit in seinen Augen gesehen.

Es musste eine Sinnestäuschung gewesen sein.

Ich schlief sehr lange. Dru schaute nach mir, bevor sie zur Arbeit fuhr, aber die Sonne stand schon hoch am Himmel, als ich endlich aus dem Bett kam. Ich fühlte mich wie nach einem Langstreckenlauf oder als wäre ich von einem Laster überrollt worden. Es war ein vertrautes und gleichzeitig Furcht erregendes Gefühl.

Was hatte ich getan?

Ich stolperte ins Bad, drehte den Duschhahn auf, damit das Wasser warm wurde, und zog mich aus. Vier Jahre lang hatte ich mich abgekapselt und alles für mich behalten, und in weniger als vierundzwanzig Stunden hatten Thomas, Dru und Lily all meine schmutzigen Geheimnisse erfahren.

Und Michael wusste viel mehr, als ich ihn wissen lassen wollte. Genau wie Kaleb.

Reglos ließ ich das warme Wasser auf mich niederprasseln und versuchte, all die Schäden zu verarbeiten, die ich meinem Leben zugefügt hatte.

Wo hatte ich nur meinen Kopf gelassen? Wie konnte jemand wie ich einem anderen Menschen nur die ganze Wahrheit anvertrauen? Hätte ich all die seltsamen Dinge in meinem Leben doch nur für mich behalten. Dru und Thomas waren wenigstens meine Familie. Sie würden mir zur Seite stehen, egal was kam. Das hatten sie schon längst bewiesen.

Lily hielt seit Jahren zu mir. Alle anderen hatten sich von mir abgewandt.

Ich zog mich an und wünschte mir, ich könnte meine Gedanken einfach abschalten. Beziehungen bargen ein solches Risiko. Im Internat hatte ich alles auf einem oberflächlichen Level gehalten und war immer lustig gewesen, aber wenn es um den Aufbau engerer Freundschaften ging, war ich abgetaucht. Ich brachte so viel Verständnis für Kalebs Schutzmauer auf, weil ich selbst eine um mich errichtet hatte.

Bis Michael daherkam und sie in Schutt und Asche legte.

Ich studierte mein Spiegelbild. Die Wahrheit stand mir im Gesicht geschrieben.

Ich hatte mich in ihn verliebt, bis über beide Ohren, und das war mir erst klar geworden, als es schon vorbei war.

Ich nahm Drus Schlüssel von der Kommode und schlüpfte in meine Turnschuhe. Ich konnte es stoppen. Es war noch nicht zu spät. Die Schutzmauer konnte wiederaufgebaut werden, Stein für Stein. Michael zu lieben war unmöglich.

Selbst wenn ich auf dem besten Wege dazu war, konnte ich immer noch eine Kehrtwendung machen.

Obwohl mich der Gedanke daran fast umbrachte.

40. KAPITEL

Wo ist Kaleb? Ich dachte, er wollte bei der Unterhaltung dabei sein«, sagte Cat irritiert.

»Er ist zum Hourglass-Haus gefahren, um seine restlichen Sachen zu holen.« Michael hatte mir auf mein Klopfen hin wortlos die Tür geöffnet. Ich war ihm schweigend in die Küche gefolgt, und jeder Schritt brach mir das Herz ein bisschen mehr. »Er hat gesagt, wir sollen ohne ihn anfangen.«

Wir setzten uns alle an den Küchentisch. Zwischen Michael und mir blieb ein freier Platz.

Die Omabrille, die Cat am College getragen hatte, saß auf ihrer Nasenspitze. Sie zog ein winziges Notizbüchlein hervor und klappte es auf. »Ich habe ein paar Nachforschungen angestellt und das Nowikow-Prinzip aus verschiedenen Blickwinkeln unter die Lupe genommen. Ich muss sagen, dass du deine Hausaufgaben gründlich gemacht hast, Michael. Ich denke, es ist möglich.«

Sieg.

»Freut euch nicht zu früh«, warnte sie uns und tippte kopfschüttelnd auf das Notizbuch. Die Seiten waren mit Zahlen und Formeln vollgekritzelt. »Es ist noch eine Menge zu tun. Wir müssen alle Elemente berechnen, so viele …«

Wir zuckten alle zusammen, als die Hintertür aufgerissen wurde und gegen die Wand knallte. Kaleb kam hereingestürmt. »Cat, Michael … Ihr ahnt nicht … Das Haus … Landers …« Keuchend krümmte er sich.

»Bist du den ganzen Weg hierher gerannt?« Cat nahm eine Flasche Wasser aus dem Kühlschrank und reichte sie ihm. Er trank mehrere große Schlucke, bevor er sich den Mund mit dem Handrücken abwischte.

»Nein. Mein Tank war leer. Ein paar Straßenblocks von hier. Von da bin ich gelaufen«, schnaubte er. »Landers. Er ist abgehauen.«

»Wohin?«, fragte Michael.

»Was?«, rief Cat gleichzeitig.

»Keiner weiß was. Hab gehört, wie sich ein paar Leute drüber unterhalten haben.« Kaleb leerte die Flasche und schraubte den Deckel wieder drauf. »Haben sich beschwert, dass sie über einen Monat schon kein Geld mehr bekommen.«

»Wie kann das sein?«, fragte Michael. »Seit Liams Tod hat Landers doch mehr Arbeit angenommen, als Hourglass schaffen kann.«

»Es war so komisch.« Kaleb drehte den Verschluss der Wasserflasche auf und zu und starrte auf seine Turnschuhe. »Als hätten alle gleichzeitig gemerkt, dass er weg war.«

»Sie hätten ihm gar nicht erst helfen sollen.«

»Du verstehst nicht, worum es geht. Als er abgehauen ist, *hat er die Akten mitgenommen.*«

Die Anspannung im Raum wurde unerträglich.

»Aber du hattest sie doch.« Michaels Stimme klang so grimmig wie an dem Tag, als er mir sagte, ich solle mich um meine eigenen Angelegenheiten kümmern statt um Hourglass. »Kaleb, du hast gesagt, du hättest sie.«

»Ich wollte sie an mich nehmen. Als ich gestern den Safe aufgemacht habe, um Moms Papiere für die Pflegeeinrichtung rauszuholen, waren die Akten noch da«, erklärte Kaleb mit einem Anflug von Traurigkeit. »Landers' Wachen waren im Büro, also musste ich sie dalassen. Heute Morgen war der Safe dann aufgebohrt worden. Schmuck und Wertpapiere waren noch da. Bargeld und Akten waren verschwunden.«

Totenstille senkte sich über den Raum. Furcht umklammerte mein Herz wie winzige Ranken. Ich schloss die Augen und ahnte, dass mich alle anstarren würden, wenn ich sie wieder öffnete.

So war es auch. »Was ist los?«

»Mein Dad hat Aufzeichnungen gemacht«, erwiderte Kaleb. Der Klang seiner Stimme gefiel mir nicht. »Manchmal hat er was auf CD gespeichert, aber diese Akten gab es nur auf Papier. Er bewahrte sie im Familiensafe auf. So geheim wollte er sie halten.«

Ich sah Kaleb an. »Was haben die Akten mit mir zu tun?«

»Wenn Dad von jemandem mit bestimmten Fähigkeiten hörte, und sei es nur der kleinste Hinweis, dann hat er es dokumentiert. Jeden Vorfall. Jedes Detail.« Kaleb zerdrückte die Plastikflasche in seiner Faust. »Jede Person.«

»Liam hat Notizen über mich gemacht.« Ich wandte mich Michael zu. »Und du weißt es, weil du sie gelesen hast.«

»Nach unserem ersten Treffen brauchte ich einen Beweis, dass du real warst. Ich habe Kaleb gebeten, den Safe zu öffnen. Damals hätte ich die Akte an mich nehmen sollen«, sagte Michael.

»Es ist nicht nur Emersons Akte. Denk an all die anderen Leute, auf die er jetzt Zugriff hat«, warf Cat ein. »Wir müssen ihn finden.«

»Wenn Hourglass ihn nicht finden kann, wieso sollten wir es können?«, wandte Kaleb ein.

»Wir müssen. Weil wir alle ganz genau wissen, wen er als Erstes ins Visier nimmt.« Michaels Gesicht wirkte wie eine starre Maske. »Zeitreisende, die die Vergangenheit ansteuern können, sind selten. Sehr selten. Einige Physiker glauben, dass sie irgendwann in der Lage sind, in die Zukunft zu reisen, auch ohne das Zeitreise-Gen. Aber nicht in die Vergangenheit.«

»Das ist es, was Leute wie dich und Grace so besonders macht. Und jetzt, da Grace nicht mehr zur Verfügung steht, ist es nur logisch, dass Landers nach einer anderen Person mit dieser Fähigkeit sucht.«

»Wenn er bis jetzt noch nichts von dir gewusst hat, wird sich das bald ändern. Er wird erfahren, dass du in der Stadt wohnst, ganz in der Nähe. Du bist nicht mehr sicher. Nicht, wenn er die Akten hat«, sagte Michael. »Er hat Zugang zu allem: zu deinen Daten, zu persönlichen Informationen. Die Adresse deiner Familie. Ich fürchte, es ist nur eine Frage der Zeit, wann er dich holen kommt.«

Panik stieg in mir hoch. »O nein! Thomas und Dru … Das Baby.«

Mein Blick fiel auf das Telefon an der Wand, und ich sprang so hastig auf, dass ich fast meinen Stuhl umgeworfen hätte. Es war ein altmodisches Gerät mit Wählscheibe und einer langen, verdrehten Schnur.

»Ihr verfügt über mehr Technologie als die NASA, und das ist euer Telefon?«, fragte ich Michael und fuchtelte mit dem Hörer herum. Cat und Kaleb verschwanden aus der Küche, und die Tür fiel hinter ihnen ins Schloss.

»Wir brauchen eine sichere Leitung, also …«, begann er zu erklären, aber mein Gesichtsausdruck ließ ihn verstummen. Ich nahm mich zusammen und schaffte es, den Finger in die richtigen Löcher zu stecken und die Nummer zu wählen.

Ein einziger Gedanke raste durch meinen Kopf. Wenn Landers Liam getötet hatte, um Hourglass zu übernehmen, würde er nicht vor anderen Gräueltaten zurückschrecken, um mich und meine Zeitreisefähigkeit in seine Gewalt zu bekommen?

Ich erreichte Thomas auf seinem Handy. Maschinenlärm übertönte seine Stimme. »Bleib dran, Em. Ich such mir einen stilleren Platz.«

Ich beschwor ihn zur Eile und überlegte krampfhaft, wie ich ihm beibringen sollte, dass ein Wahnsinniger unterwegs war, der es dank meiner irren Fähigkeiten auf meine Familie abgesehen hatte, einschließlich ihrer ungeborenen Mitglieder.

»Was gibt's?«

»Vertraust du mir?«

»In welcher Hinsicht?«

Ich wickelte mir die Schnur um den Finger. »Letztens im Restaurant hast du gesagt, ich sei fast erwachsen und du könntest mir eigentlich nicht mehr vorschreiben, was ich zu tun und zu lassen habe.«

»Das klingt irgendwie bedrohlich.«

»Mir fehlt die Zeit, dir die Gründe zu erklären, aber du musst unbedingt so schnell wie möglich mit Dru an einen sicheren Ort fahren, wo euch niemand finden kann. Nur für ein paar Tage. Bis du von mir oder Michael hörst.« Am anderen Ende der Leitung blieb es still. »Thomas?«

»Das muss ich erst mal sacken lassen.«

»Wir haben keine Zeit ...«

»Du vielleicht nicht«, unterbrach er mich und klang genau wie unser Vater, »aber ich rühr mich nicht vom Fleck, bevor du mir erklärst, was los ist.«

»Dieser Landers, Liams potenzieller Mörder ... Michael glaubt, er könne ein besonderes Interesse haben an jemandem mit meiner Gabe. Und jetzt weiß er von meiner Existenz. Was ich tun kann. *Wo ich wohne.*«

»Wir treffen uns zuhause. Dann fahren wir alle zusammen an einen sicheren Ort.«

»Wenn ich nachhause fahre, kann ich Liam nicht retten.

Michael glaubt, dass es der einzige Weg ist, wie wir den Typen aufhalten können.«

»Eins musst du wissen.« Thomas' väterlicher Tonfall ging langsam in Panik über. »Du bist mir genauso wichtig wie Dru und unser Baby. Ich verstehe deine Motivation, aber …«

»Thomas.« Ich fiel ihm ins Wort und überlegte kurz, ob ich Michael aus der Küche schicken sollte, damit ich vollkommen offen mit meinem Bruder reden konnte. Stattdessen wandte ich mich ab und senkte die Stimme. »Mir geht es nicht nur darum, einen Menschen oder eine Familie zu retten. Es ist so … Ich gehöre hierher. Ich hab meinen Platz auf der Welt gefunden. Wenn ich jetzt fortgehe, ist es für immer, und das kann ich nicht tun.«

»Ist Michael bei dir?«, fragte Thomas. »Bist du in Sicherheit?«

»Ja.« So sicher, wie ich sein konnte. »Er steht neben mir.«

»Gib ihn mir.«

Während Michael meinem Bruder konzentriert zuhörte, griff er nach meiner Hand. Ich war froh, dass das Telefon nicht an die Stromversorgung angeschlossen war.

»Ja, Sir. Unbedingt. Wir regeln alles, damit Sie und Dru so schnell wie möglich zum Flughafen starten können«, sagte Michael. »Ein junger Mann namens Dune wird Sie anrufen.« Er hörte noch einen Moment zu. »Genau. Ich geb sie Ihnen.«

»Meine innere Stimme schreit, dass ich dich das nicht tun lassen sollte«, sagte Thomas.

»Und meine innere Stimme schreit, dass du es mir erlauben sollst.«

»Ich weiß.« Eine Mischung aus Besorgnis und Vorbehalt schwang in seinen Worten mit. »Ich hab dich lieb. Pass auf dich auf.«

»Mach ich. Ich hab dich auch lieb.«

Ich reichte Michael den Hörer, und er legte ihn auf die Gabel.

»Du weißt, was wir zu tun haben«, sagte ich. Wenn man einen Psychopathen auf den Fersen hat, wird es plötzlich ganz einfach, sich aufs Wesentliche zu konzentrieren. »Wir müssen Liam zurückholen. Sofort.«

»Du bist noch nicht so weit. Wir dürfen nicht riskieren …«

»*Wir dürfen nicht riskieren*, dass Landers mich findet, bevor wir zurückreisen, um Liam zu retten. *Wir dürfen nicht riskieren*, Dru und Thomas und ihr Baby zu gefährden. Es gibt vieles, das wir nicht riskieren dürfen.«

Michael presste sich die Hände an die Stirn. »Es war dumm, die Informationen über dich dazulassen, wo Landers sie finden konnte.«

»Daran lässt sich nichts mehr ändern.«

»Wenn es uns gelingt, Liam zu retten, kann er alles wieder in Ordnung bringen. Aber bis es so weit ist, müssen wir alle in deinem Umfeld beschützen.«

»Was ist mit Lily?«, fragte ich. »Könnte er sie auch ins Visier nehmen?«

»Er könnte jeden bedrohen, um an dich ranzukommen. Willst du, dass sie herkommt?«

Ich wollte schon, konnte mir aber nicht vorstellen, dass sie sich überreden lassen würde. »Nein, ich ruf sie an.«

»Ich suche Dune. Dann kann er mit den Reisevorbereitungen für Thomas und Dru anfangen.«

Ich wählte Lilys Nummer.

»Hallo, Lily. Ich bin's. Es ist etwas passiert, und ich muss dir ein paar Sachen sagen, die du tun sollst.«

»Sag, was ich machen soll, Süße.« Wenn jemand cool blieb und keine Fragen stellte, dann war es Lily. Sie war nicht ohne Grund meine beste Freundin.

»Das Wichtigste ist, dass du gut auf dich aufpasst. Wär nicht schlecht, wenn du euren Baseballschläger immer in Reichweite hättest.«

Sie stieß ein paar wilde Fluchwörter aus.

»Und wenn jemand fragt, sagst du, du hast keine Ahnung, wo Michael und ich sind.«

Am anderen Ende der Leitung blieb es einen Augenblick lang still. »Ich *hab* ja auch keine Ahnung, wo ihr seid.«

»Das muss auch so bleiben. Egal was passiert.« Ich hatte schreckliche Angst davor, was alles in den Akten stehen mochte, nicht nur über mich, sondern auch über meine beste Freundin. »Hast du verstanden?«

»Ich hab verstanden.«

Erst als ich den Hörer aufgelegt hatte, ließ ich meinen Tränen freien Lauf.

41. KAPITEL

Michael saß vor dem aufgeklappten Laptop am Küchentisch und durchforstete Zeitungsartikel und Collegeberichte, die sechs Monate zurücklagen. Er hatte eine Zeittafel aufgestellt und versuchte, Lücken zu finden. Dune hatte einen anderen Laptop auf den Knien und ging Verkehrs- und Unfallberichte durch, um zu gewährleisten, dass wir freie Fahrt haben würden. Nate hatte sich an die Anrichte gelehnt und hielt eine Karte von Ivy Springs hoch.

Ich schaute auf eine Kopie der Zeittafel und bemühte mich mit aller Kraft, meine Übelkeit in Schach zu halten.

Cat war so nervös wie eine Mutter, die ihr Kind zum ersten Mal in den Kindergarten bringt. Vielleicht noch nervöser, was kein Wunder war, wenn man bedachte, dass unser Vorhaben weitaus gefährlicher war als der erste Kindergartentag.

»Okay, Michael, du hast die Autoschlüssel, stimmt's?« Er hielt sie hoch und legte sie zurück auf den Tisch, woraufhin Cat einen Punkt auf ihrer Liste abhakte. »Ich habe die Schlüssel fürs naturwissenschaftliche Institut.«

»Du brauchst die Kennnummer der Leiche, die du entwenden musst«, sagte Dune.

Seine Worte jagten mir einen kalten Schauer über den Rücken.

»Ich recherchiere das und notier's mir«, sagte Michael. »Was noch?«

»Schlüssel, Leiche – oh, dann noch …« Cat ging in der Küche auf und ab und murmelte vor sich hin.

Dune wandte sich an mich. »Ich check nochmal die Ankunftszeit von Thomas und Drus Flieger. Sicher willst du mit ihnen reden, bevor ihr euch auf den Weg macht. Damit du weißt, dass sie sicher auf die Insel gekommen sind.«

»Danke, Dune.« Ich schloss die Augen und atmete ein paar Mal tief ein und aus. Meine Gedanken wanderten immer wieder zurück zu Landers und dem, was er vorhatte. Würde irgendeiner von uns jemals wieder in Sicherheit sein? Wenn er tatsächlich auf einem Megapowertrip war, wie alle vermuteten, wie würde seine Rache aussehen, wenn uns Liams Rettung gelang?

»Einen Moment. Was ist mit Geld?« Als Kaleb sprach, öffnete ich die Augen. »Wovon soll Dad sechs Monate lang leben?«

Cat tippte mit dem Bleistift auf ihr Notizbuch. »Ich kann ein paar Quellen flüssigmachen, Bargeld auftreiben, aber es dürfen keine Geldscheine sein, die nach seinem Todesdatum gedruckt wurden.«

»Ja, eine Anzeige wegen Banknotenfälschung dürft ihr nicht riskieren. Ich kann zur Bank gehen«, bot Nate an und legte den Stadtplan auf die Anrichte. »Ich nutze meine Gabe und hol uns, was wir brauchen aus dem Tresorraum. Dann müssen wir nicht erklären, warum wir Banknoten mit bestimmten Daten brauchen.«

»Nate, Liam würde es niemals gutheißen, dass du deine Gabe nutzt, um etwas zu stehlen.«

»Ich weiß, ich weiß.« Nate hielt in gespielter Unterwerfung die Arme hoch. »Aber was bleibt uns denn sonst übrig? Wir werden das Geld schließlich zurückzahlen.«

Widerwillig schüttelte Cat den Kopf. Nate deutete das als

Zustimmung und war von einer Sekunde zur anderen verschwunden.

»Das war flott«, sagte Michael. Die Stelle neben seinem Laptop, wo die Autoschlüssel gelegen hatten, war nun leer. »Hoffentlich fährt er nicht so schnell, wie er verschwunden ist.«

»Okay. Was sonst noch?« Cat schaute auf ihre Liste. »Ich wünschte, wir hätten einen Schlupfwinkel, an dem Liam sich verstecken könnte. Aber mir fällt einfach keiner ein.«

»Mach dir nicht so viele Sorgen. Er wird leben.« Michael ließ sich auf einen Küchenstuhl fallen und sah mir in die Augen. »Das ist alles, was zählt.«

»Warte.« Cats Miene hellte sich auf. »Ihr könnt sie kriegen!«

»Wovon redest du?«, fragte Michael.

»Liams Forschungsergebnisse. Ihr könnt sie vor den Flammen retten. Es ist ein Wunder«, sagte Cat und klatschte aufgeregt in die Hände. »Ihr müsst nichts weiter tun, als die CD in Sicherheit bringen. Er hatte nur die eine. Sie ist in einer Klarsichthülle, und sie lag immer neben dem Hauptrechner in Liams Labor.«

»Klar«, antwortete ich.

»Phantastisch.« Cat schnippte mit den Fingern und deutete in Richtung Wohnzimmer. »Ihr braucht Jacken. Wenn ich mich recht entsinne, hat es an dem Wochenende geschneit. Komm, Michael. Wir treiben welche auf.«

Sie verließen die Küche in dem Moment, als Dune seinen Laptop zuklappte. »Thomas und Dru sind in Charlotte. Sie gehen gleich an Bord ihres nächsten Fliegers. Wenn du willst, kannst du sie jetzt anrufen.«

»Danke.« Ich kramte mein Handy aus der Tasche und verzog mich auf die Hintertreppe. Thomas ging sofort dran.

Nach dem Gespräch sah ich auf die Zeittafel und dachte

darüber nach, was bald geschehen würde. Ich zuckte zusammen, als Kaleb neben mir auftauchte.

»Es tut mir leid.«

»Was denn?«, fragte ich.

»Dass ich die Akten nicht mitgenommen habe. Und was ich gestern Abend gesagt habe. Kannst du mir verzeihen?«

»Natürlich«, sagte ich seufzend.

»Alles in Ordnung mit dir?« Er setzte sich auf die Stufe unter meiner und rutschte dann noch eine tiefer, bis wir auf Augenhöhe waren. »Sag mir die Wahrheit.«

»Du weißt, dass ich dir die Wahrheit sage. Wenn ich einem Menschen gegenüber ehrlich sein kann, dann dir. Und nicht nur, weil du einen eingebauten Lügendetektor hast.« Ich stützte das Kinn auf. »Die Wahrheit ist, dass ich es nicht weiß. Ich dachte, ich hätte mehr Zeit, um mich vorzubereiten.«

»Bist du sicher, dass du's tun willst?«

»Was sagt dir dein eingebauter Lügendetektor?«

»Dass du es willst.«

Ich nickte.

»Nun, da du sowieso zurückreist, diese CD-ROM in der durchsichtigen Hülle, die Cat erwähnt hat …«

»Ja?«

»Die Formel für mein Medikament ist mit dem Labor in Flammen aufgegangen.«

Ich musterte Kaleb genauer. Um seine Augen entdeckte ich winzige Fältchen; die Linien um den Mund waren tiefer als noch zwei Tage zuvor. »Du hast gesagt, dein Dad hätte kurz vor seinem Tod einen Vorrat für dich hergestellt. Wie lange hast schon nichts mehr eingenommen?«

»Ich hab schon eine ganze Weile eine geringere Dosis geschluckt. Vor ein paar Wochen waren die Tabletten dann alle. Richtig schlimm ist es erst heute geworden, jetzt, da sich alles so zugespitzt hat.« In den letzten paar Stunden waren die Emotionen hochgekocht, und Kaleb war ihnen ausgesetzt gewesen ohne eine Möglichkeit, sie zu filtern.

»Warum hast du keinem was gesagt?«

»Was hättet ihr denn tun sollen?« Er zuckte die Achseln.

»Ich hol dir das Rezept. Wo kann ich es finden?«

»In seinem Schreibtisch. Rechts. In der untersten Schublade. Es ist in einem Hängeordner mit meinem Namen drauf. Sieht genauso aus wie die CD mit seinen Forschungsergebnissen.«

»Sonst noch was, was ich dir mitbringen soll?«

»Nur meinen Dad.«

Ich sah die tiefe Traurigkeit in seinen Augen und konnte nur ahnen, wie schwer das alles für ihn sein musste. »Hast du deshalb meine Gefühle so deutlich spüren können, als wir uns kennen gelernt haben? Weil du keine Filtermöglichkeit hattest?«

»Ja. Aber …« Er blickte zu Boden, und seine langen Wimpern warfen dunkle Schatten auf seine Wangenknochen. Von dem verspielten, sexy Kaleb war nichts mehr zu sehen. »Ich bin mir ziemlich sicher, dass ich mich so oder so mit dir verbunden gefühlt hätte.«

Mir fiel keine angemessene Antwort auf diese Aussage ein. Auf der Suche nach den richtigen Worten fragte ich: »Ähm … sag mal, denkt eigentlich jeder, dass es Landers war, der deinen Vater umgebracht hat?«

»Es gab keine anderen Verdächtigen«, erwiderte er, anscheinend dankbar für den Themenwechsel. »Die Polizei hat ein paar Leute befragt, aber sie fanden keine logische Erklärung für das Feuer, also haben sie es schließlich als Unfall bezeichnet.«

»Wurde Landers verhört?«

»Kurz«, schnaubte Kaleb. »Er hatte ein absolut wasserdichtes Alibi.«

»Ich hab Unmengen von Krimis verschlungen. Alibis können auch vorgetäuscht sein.«

»Die Polizei hätte nicht beweisen können, dass er es war. Sie ahnen nicht mal was von Organisationen wie Hourglass – wie hätten wir seine Motive deutlich machen sollen?«

»Ich mach mir Sorgen.«

»Ich weiß«, sagte er und gab sich keine Mühe, sein Grinsen zu verbergen.

Ich boxte auf seinen gewaltigen Bizeps ein. »Sag mir nicht, dass Michael nicht versucht, den Mord an deinem Vater aufzuklären, wenn wir in die Vergangenheit reisen.«

»Okay«, sagte Kaleb und zog die Brauen hoch. »Dann erzähl ich's dir eben nicht.«

»Aber …« Ich deutete auf den Zeitplan auf meinem Schoß, auf dem es keinen Platz für Abweichungen gab.

»Er wird nichts tun, das dich gefährdet. Falls er die Möglichkeit hat, den Täter zu stellen, wird er sie ergreifen. Aber nicht, wenn es dich in Gefahr bringt.« Kaleb nahm meine Hand und strich mit dem Daumen über meine Fingerknöchel. »Er wird gut auf dich aufpassen. So ist Michael.«

»Ich mach mir keine Sorgen um mich.«

»Ich schon.« Er strich mein Haar zurück, und ich erstarrte. Die Zärtlichkeit seiner Berührung warf mich aus der Bahn. »Ich möchte, dass du heil zurückkommst.«

Ich fragte mich, welche Art von Gefühlen Kaleb nun bei mir spürte. Vielleicht konnte er mir helfen, sie einzuordnen.

»Em?«, rief Michael und löste die Spannung. Ich ließ Kalebs Hand los, sprang auf und wäre fast über meine eigenen Füße gestolpert. Natürlich machte sich Kaleb über mich lustig, aber ich tat, als würde ich sein Gelächter nicht hören.

»Hey«, sagte ich zu Michael, als ich mit brennend heißen Wangen in die Küche trat. »Wolltest du etwas von mir?«

»Kannst du einen Moment herkommen? Ich möchte noch etwas mit dir besprechen, bevor wir starten.«

»Klar.« Ich folgte ihm die Treppenstufen hinauf.

Michael ging in sein Zimmer, ließ die Tür offen und setzte sich auf die Bettkante. Ich lehnte mich an seinen Schreibtisch und hatte keine Ahnung, was er mir zu sagen haben mochte. Ich hoffte, er würde mich nicht wieder über Kaleb belehren. Er schaute nachdenklich auf seine Hände. »Hast du Angst?«

»Ein bisschen.«

Große Angst.

»Deine Sicherheit ist genauso wichtig für mich wie Liams Rettung. Das ist dir klar, oder?«

»Ja. Aber ich möchte, dass wir beide heil da wieder rauskommen. Hör zu. Bitte versprich mir, dass du auf der Zeitreise nichts Dummes anstellst und nicht versuchst, den Mord an Liam aufzuklären. Wenn wir ihn retten können, spielt es keine Rolle, wer es getan hat.«

»Es wird immer eine Rolle spielen, wer es getan hat.«

»Ich verstehe, aber wir können uns nur darum kümmern, wenn wir nicht in Gefahr sind. Versprichst du mir das?«

»Ich werde nicht versuchen herauszukriegen, wer Liam getötet hat.«

»Du hast nicht versprochen, nichts Dummes anzustellen.«

Er lächelte verkrampft. All die ungesagten Dinge zwischen uns lasteten schwer auf meinen Schultern. Ich konnte keinen weiteren Schritt tun, ohne eine Sache zu klären.

»Michael …«

»Em, ich …«

»Du zuerst«, sagte ich. Er trug ein hellblaues Hemd über einem weißen T-Shirt, unter dem ein Stück von seinem Schlüsselbein zu sehen war, was ihn seltsam verletzlich erscheinen ließ.

»Wegen gestern Abend«, sagte er. »Es war falsch, dass ich dich einfach gepackt hab. Was ich zu dir gesagt habe, war falsch.«

»Nein, es war richtig.«

Er machte ein überraschtes Gesicht.

Ich starrte auf sein Schlüsselbein. »Ich sollte dir wahrscheinlich dankbar sein, dass du das, was ich für dich gefühlt habe, nicht ausgenutzt hast, um meine Entscheidung zu beeinflussen.«

»Was du für mich *gefühlt hast*? Fühlst du jetzt nichts mehr?«

»Es spielt keine Rolle.« Ich fragte mich, ob meine Worte das wilde Schlagen meines Herzens übertönen konnten. Sah ich so verunsichert aus, wie ich mich fühlte? »Du hast deine Grenzen ziemlich deutlich aufgezeigt. Und dann ist da noch Ava.«

»Ava?«

»Ich meine eure Beziehung.«

Er stand auf und trat einen Schritt näher. »Wir haben keine Beziehung. Sie will vielleicht eine, aber ich nicht.«

Ich starrte ihn an. Mein Herz hämmerte so stark, dass ich jeden Moment einen Kreislaufstillstand fürchtete. »Nein? Aber ihr … Sie ist gestern Abend in dein Zimmer gekommen …«

»Sie spielt dieses Spielchen, seit sie hier eingezogen ist. Will mich überzeugen, dass sie die Richtige für mich ist.«

»Lustiges Spiel.« Ich schwankte zwischen Erleichterung und Zorn, wenn ich an all das dachte, was ich gesehen hatte. Mit einem Mal wurde mir klar, dass ich die Situation aufgrund meiner Eifersucht vollkommen falsch eingeschätzt hatte. Was war ich nur für ein Idiot gewesen.

»Sie hat nie gewonnen.« Er trat noch ein Stück näher. »Nicht mal ansatzweise. Seit dem Tag, als ich eine Nachricht auf meiner Mailbox abhörte und mich mit einer etwas älteren Frau im Riverbendpark getroffen habe, weiß ich, wer ›die Richtige‹ für mich ist.«

»Dann stehst du also auf ältere Frauen?«

Er versetzte seiner Zimmertür einen kräftigen Stoß, und sie fiel ins Schloss.

»Ich mag *dich*. Und ich hätte das schon vor langer Zeit klarstellen sollen.«

»Das ist bestimmt keine gute Idee«, flüsterte ich, da ich meiner Stimme nicht traute. Ich war wie erstarrt. Hatte Angst, ihn zu berühren. Angst, es nicht zu tun.

Langsam, so langsam, dass es mit wehtat, legte er die Hand an meinen Hals und strich mit dem Daumen über meine Wange. Ich erschauderte. »Tut mir leid. Ich will, dass du dich mit mir wohlfühlst.«

»Tu ich doch.«

»Und warum zitterst du dann?«

Ich nahm meinen ganzen Mut zusammen und berührte seine Unterlippe. Seine Augen wurden dunkel vor Verlangen. Ich ließ meine Finger zu dem leichten Grübchen an seinem Kinn wandern und fragte mich, ob das Prickeln, das ich spürte, auf seine Bartstoppeln oder die ständig präsente Elektrizität zwischen uns zurückzuführen war.

Ich erhielt die Antwort, als die Glühbirne in seiner Schreibtischlampe platzte.

»Wir haben ein echtes Problem«, sagte er mit tiefer, fast schläfriger Stimme. »Ich arbeite immer noch für deinen Bruder.«

»Nur ein Problem?« Ich strich mit dem Finger über seine Unterlippe und sehnte mich danach, ihn zu küssen.

»Mindestens. Ich möchte sein Vertrauen nicht missbrauchen. Du etwa?«

Ich presste die Handflächen gegen seine Brust und fragte mich, ob sie sich auf seiner Haut wie ein aufgeladener Defibrillator anfühlten. »Nein.«

Michael zögerte eine Sekunde lang. Eine entscheidende Sekunde, in der alles in der Schwebe war. Dann beugte er sich zu mir, und ich krallte mich an seinem T-Shirt fest. Seine Lippen streiften meine.

Einmal.

Ich schnappte nach Luft.

Zweimal.

Keine Reaktion von mir. Abgesehen von einem kleinen Seufzer vielleicht.

Dreimal.

»Michael?«, hauchte ich seinen Namen. Sein Atem verriet mir, dass seine Selbstbeherrschung ins Wanken geriet. Ich stellte mich auf die Zehenspitzen und wuschelte ihm durchs Haar. »Du wirst bestimmt gefeuert.«

All die elektrische Spannung, die sich zwischen uns aufgebaut hatte, entlud sich in einem Hitzeschwall, sobald seine Berührung ein wenig beherzter wurde. Er umschloss mein Gesicht mit den Händen und steuerte damit die Intensität unseres Kusses, der schnell heftig und verwegen wurde. Es war ein atemberaubender Übergriff.

Er küsste mich, als wäre der Kuss für ihn so lebensnotwendig wie die Luft zum Atmen. Im nächsten Moment war es auch schon vorbei. Er wich zurück und wirkte gehetzt.

»Hab ich was falsch gemacht?« Ich berührte meine Lippen und vermisste seine Glut.

»Nein.« Er schüttelte den Kopf und schob die Hände in die Hosentaschen.

Ich wollte nicht, dass sie in den Taschen steckten. Ich wollte sie auf meinem Körper spüren. »Warum hast du …«

»Nicht weil ich aufhören wollte, dich zu küssen.« Er blickte auf meinen Mund. Mein Herzschlag beschleunigte sich, und mein Blut fühlte sich an wie heiße Lava in meinen Adern. »Es ist der falsche Moment.«

Es lag an den Umständen. Nicht an mir. Ich musste grinsen. »Würdest du es gern noch einmal versuchen? Später?«

»Ja, das würde ich sehr gern.« Er lächelte, aber in seinem Lächeln lag ein Anflug von Traurigkeit. »Ich lass dir ein bisschen Zeit, damit du … äh … meine Haare in Ordnung bringen kannst.«

»Deine Haare?«

»Nein … äh … deine.« Er seufzte. »Ich wollte sagen, wir sehen uns gleich unten.«

Er drehte sich um und stürmte aus dem Zimmer, wobei er leider vergaß, vorher die Tür aufzumachen.

Ich konnte mir kaum das Lachen verkneifen, bis er sein Vorhaben in die Tat umgesetzt hatte.

Ich folgte dem verlockenden Duft nach Popcorn und Butter nach unten in die Küche. Als ich eintrat, waren alle mit verschiedenen Vorbereitungen beschäftigt: Cat ging immer noch ihre Listen durch, Dune klickte sich durchs Internet, und Kaleb saß erschöpft daneben und sah den anderen zu. Das Popcorn fing an zu knallen, und Nate wachte argwöhnisch über die Mikrowelle.

»Ich brauche einen Ring.«

Michael hätte fast die Tasche mit dem Geld fallen lassen, das er gerade zählte. Er schaute zu mir auf, und der Hauch eines Lächelns spielte um seine Lippen.

Ich verscheuchte die Gedanken an diese Lippen und konzentrierte mich auf unsere bevorstehende Aufgabe. »Für die Zeitreise. Duranium oder was auch immer.«

»Duronium«, korrigierte mich Cat.

»Ja, das meine ich.«

»Hab ich dir besorgt.« Kaleb zog einen schmalen Ring aus der Tasche und hielt ihn zwischen Daumen und Zeigefinger. »Ich habe ihn heute Morgen aus dem Safe geholt.«

»Den kann ich nicht annehmen«, protestierte ich. »Der gehört doch deiner Mom, stimmt's?«

Er griff nach meiner Hand. »Meine Mom ist nicht … in der Lage, meinem Dad zu helfen. Du schon. Sie würde wollen, dass du ihn bekommst. So ist es, als wäre ein Teil von ihr bei euch.«

Michael beobachtete uns von seinem Platz aus. Nach dem, was oben geschehen war, erwartete ich Eifersucht, zumindest ein bisschen, aber es war nichts davon zu merken.

Ich nahm den Ring entgegen und steckte ihn auf den Zeigefinger. »Perfekt«, sagte ich zu Kaleb.

»Perfekt.«

Der feierliche Augenblick wurde durch das Piepen der Mikrowelle unterbrochen.

»Okay, Emerson.« Cat kam auf mich zu und schob mich auf einen Platz am Küchentisch. »Du bekommst jetzt einen Crashkurs in Sachen Zeitreise. Michael ist an deiner Seite, also brauchst du nur die Basics. Das ist gut so, denn mehr Zeit haben wir sowieso nicht.«

»Soll ich mir Notizen machen?«

Nate stellte die Schüssel mit dem heißen Popcorn auf den Tisch, und ich langte ordentlich zu. Seelenfutter. Bevor ich mir was davon in den Mund steckte, hielt ich inne. »Darf ich das essen? Oder sollte ich mit nüchternem Magen rübergehen?«

»Es ist keine Operation, sondern nur eine Zeitreise.«

»Nur eine Zeitreise«, murmelte ich.

»Schau dich mal um. Fällt dir irgendetwas auf?«, fragte Cat.

Ich gehorchte und verschluckte mich vor Schreck am Popcorn. Nachdem Dune mir ein paar kräftige Schläge auf den Rücken gegeben hatte und ich zu husten aufhörte, zeigte ich auf ein schimmerndes Rechteck aus Licht, das in der Luft zu hängen schien. Es reichte bis zur Decke und war mindestens drei Meter breit.

»Heilige Sch… Das sieht ja aus wie ein Tuch aus Wasser. Und ich kann es ganz klar und deutlich sehen.«

»Das ist einer der Vorteile des Duroniums. Es beeinflusst deine Körperchemie und hilft dir beim Lokalisieren von Schleiern.« Michael holte eine Dose Limo aus dem Kühlschrank und reichte sie mir. »Schleier schützen die Brückentore. Sie sind eine Art Übergangsbereich und dienen den Zeitreisenden als Tarnung. Ab jetzt kannst du auch die Zeitlosen besser erkennen. Wenn du Duronium am Körper trägst, schimmern sie an den Rändern.«

»Warum hast du mir bei unserem ersten Gespräch über die Zeitlosen nichts davon erzählt? An dem Morgen im Café?«, fragte ich schmollend und öffnete die Dose.

»Weil ich dachte, du seist noch nicht bereit für die Erklärung des Zeitreisephänomens.«

»Stimmt.«

»Ihr werdet diesen Schleier nutzen.« Cat zeigte auf das ein Meter entfernte Rechteck, das wie Meereswellen im Sonnenschein glitzerte. »Dunes Nachforschungen haben ergeben, dass dieses Haus unbewohnt war, als Liam ums Leben kam.«

»Ich verstehe immer noch nicht, wie wir an unser Ziel kommen sollen.«

Cat runzelte die Stirn. »Du denkst beim Eintreten ganz fest an Datum, genauen Zeitpunkt und Ziel deiner Reise. Meine exotische Materie, euer Zeitreise-Gen und das Duronium erledigen den Rest.«

Mir kam der Abend in den Sinn, als ich Michael gefragt hatte, ob es einfach sei, woraufhin er mich mit seiner Standardantwort, es sei kompliziert, abgespeist hatte. »Stimmt das, Michael?«

»Also bei dem ersten Teil hattest du Recht.« Er lächelte verschmitzt. »Aber beim zweiten hast du dich geirrt.«

»Welcher zweite Teil?«

»Du musst nicht dreimal die Hacken zusammenschlagen.«

Ich schleuderte ihm meine restlichen Popcornkrümel an den Kopf.

»Gibt es ein Zeitlimit? Vergeht die Zeit für euch? Oder für uns?«

Michael schüttelte sich, und die Popcornkrümel rieselten wie Schneeflocken aus seinem dunklen Haar. »Es ist ein Verhältnis von zwei zu eins. Für zwei Stunden, die wir in der Vergangenheit verbringen, vergeht hier eine Stunde. Das ist gut, denn so können wir mehr schaffen, während wir fort sind, und es ist nicht so anstrengend für Cat. Der Nachteil ist, dass wir älter zurückkehren, als wir sonst wären.«

»Ich verstehe.« In gewisser Weise, zumindest. »Was muss ich sonst noch wissen?«

»Das waren die Basics«, sagte Cat und wischte sich die Hände mit einem Küchentuch ab. »Bist du bereit für die Reise?«

»So bereit wie ich je sein werde.«

Ich hatte keine Lust, es mir noch einmal durch den Kopf gehen zu lassen. Aber plötzlich wünschte ich, ich hätte nicht so viel Popcorn gegessen.

Cat stand auf, in der Hand die wirbelnde violettfarbene Feuerkugel.

Michael hatte eine kleine Leinentasche voller Geld. Seine Autoschlüssel befanden sich in der Reißverschlusstasche meiner Daunenjacke, und die Schlüssel für das naturwissenschaftliche Institut waren in seiner Jackentasche. Die Zeittafel hatte ich im Kopf, hielt sie aber noch in der rechten Hand. Mit meiner linken hielt ich Michaels Hand.

Kaleb, Dune und Nate standen mit angespannten Gesichtern daneben. Kaleb wirkte so gequält, dass ich ihn kaum anschauen mochte.

Cat drehte die Hand.

Michael trat in den Schleier.

Ich folgte ihm.

»Konzentrier dich auf Datum und Zeitpunkt.« Michaels Stimme hallte im Tunnel wider. Der wässerige, silbern schimmernde Schleier erstreckte sich so weit das Auge reichte. Fast konnte ich durch die flüssigen, runden Wände schauen wie durch ein Fenster, durch das man den Verlauf der Zeit beobachten konnte. »Konzentrierst du dich?«

Ich rief mir Ort, Datum und Zeitpunkt, wo ich landen wollte, ins Gedächtnis. »Ja.«

»Das ist gut, denn im Augenblick nutze ich dir nichts. Das hier bist alles du. Die Emerson-Show.«

»Konntest du dir nicht was Originelleres ausdenken?«

»Konzentrier dich, Em«, ermahnte Michael mich.

»Müssen wir gehen oder so?«

»Nein. Wir stehen still. Die Zeit fließt um uns herum.«

Ich hatte erwartet, auf der Brücke würde es laut sein, wie ein heulender Sturm oder ein tosender Wasserfall. Stattdessen herrschte gespenstische Stille. Ab und an drangen gedämpfte Worte oder Musik durch die wogenden Wände, aber immer nur ganz kurz. Ich kniff die Augen zusammen, und als die Geräusche akzentuierter wurden, nahm ich an, dass wir uns dem Ende näherten.

»Wir sind da«, sagte Michael und legte mir sanft die Hand auf die Schulter. »Du hast es geschafft.«

Ich öffnete die Augen. Der Schleier schimmerte vor uns, und ich konnte den Raum sehen, den wir gerade verlassen hatten und der jetzt leer und dunkel war.

42. KAPITEL

Die kalte Nachtluft ließ unseren Atem gefrieren, als wir Hand in Hand zu dem Parkplatz gingen, auf dem Michael seinen Wagen abgestellt hatte.

»Ich war verreist, als Liam gestorben ist. Gott sei Dank bin ich nicht mit dem Auto gefahren«, erklärte Michael. Er hielt unsere Hände an seine Lippen und versuchte, sie mit seinem Atem zu wärmen. »So kommen wir leichter zum Hourglass-Haus.«

»Wo warst du denn?«

»In Florida. Frühlingsferien. Das Timing war bestimmt kein Zufall.«

Die Lichter weit entfernter Siedlungen blinkten am Horizont. Der Campus lag im Dunkeln. Das College wirkte verlassen und unheimlich ohne die Studenten. Ich ging ein bisschen dichter neben Michael.

»Kein Wunder, dass alle in den Frühlingsferien an den Strand wollen, statt in den Bergen zu bleiben. Wir hätten an einen Eiskratzer denken sollen.« Er strich über die vereiste Windschutzscheibe, bevor er mir die Tür aufhielt. Ich legte den Sicherheitsgurt an, während er einstieg und den Motor startete, und zuckte zusammen, als Musik aus den Boxen dröhnte.

Er drehte die Lautstärke herunter und schaute sich argwöhnisch um. Der Parkplatz lag noch genauso leer und verlassen da, wie wir ihn zwei Minuten zuvor vorgefunden hatten. Und genauso gespenstisch.

Fünf Minuten später parkte Michael hinter dem naturwissenschaftlichen Institut.

»Ich geh jetzt John Doe holen. Bleib im Wagen.« Er öffnete die Tür, bevor ich protestieren konnte.

Ich folgte ihm zum Hintereingang. Über diesen Teil der Reise hatten wir vorher nicht gesprochen. »Hör zu«, flüsterte ich. »Du kannst die Leiche unmöglich ganz allein aus dem Gebäude und ins Auto schleppen.«

»Das schaff ich schon.« Stirnrunzelnd sortierte er die Schlüssel. »Du hattest doch solche Angst, als du von der Leiche gehört hast. Ich werde dich bestimmt nicht bitten, mir beim Tragen zu helfen.«

»Du musst mich nicht bitten. Wir sind doch ein Team, richtig?«

»Em ...«

»Richtig?«, wiederholte ich und wusste, dass wir keine Zeit hatten, uns deswegen zu streiten. Michael wusste das ebenfalls, also machten wir uns gemeinsam auf den Weg zum Gebäude.

Fünfzehn Minuten, nachdem wir die Leiche geholt hatten – Michael wickelte sie ein, bevor ich sie sehen konnte, und verwies mich beim Tragen ans Fußende –, stoppte er den Wagen vor dem Tor des Hourglass-Hauses. Es war verschlossen.

»Das Tor ist nie verschlossen. Das bedeutet, dass wir uns von einem entfernteren Punkt nähern müssen als geplant.« Er fuhr rechts ran und schaltete die Scheinwerfer aus. Ich wollte die Beifahrertür öffnen, aber er hielt mich zurück. »Ich will, dass du hierbleibst.«

Mir fiel die Kinnlade runter. »Was?«

»Ich denke, es wäre besser, wenn du im Wagen bleibst.«

Obwohl es stockfinster war, sah ich in seine Richtung. »Bist du verrückt geworden?«

»Ich hab darüber nachgedacht. Du hast getan, was nötig war, um mich hierher zurückzubringen. Warte im Auto auf mich. Lass den Motor ruhig laufen …«

»Halt die Klappe. Ich mein's ernst, Michael.« Ich weigerte mich, einen Rückzieher zu machen. »Halt den Mund. Wieso willst du mich ständig raushalten? Wenn du auch nur eine Sekunde lang denkst, ich würde dich allein zum Labor gehen lassen, dann bist du genauso verrückt wie ich. Entschuldige, so verrückt, wie ich es zu sein glaubte. Also vergiss es.«

»Aber …«

»Nein, du kannst mich nicht zwingen, hier sitzen zu bleiben. Soll ich dich anlügen und sagen, dass ich auf dich warte? Obwohl du weißt, dass ich dir sowieso folgen werde? Ganz auf mich gestellt? Allein und schutzlos?«

Seufzend gab er sich geschlagen. »Warum lässt du dich nicht von mir beschützen?«

»Ich brauche keinen Helden, Michael. Ich dachte, du hättest kapiert, dass ich auf mich selbst aufpassen kann.«

»Diesmal ist es anders. Es geht um Leben und Tod. Ich hab dich in die Sache reingezogen, und jetzt will ich alles dransetzen, dich heil zurückzubringen.«

»Ich habe die Entscheidung, dir zu helfen, ganz allein getroffen. Du hast meine Rückendeckung. Und ich hab deine.«

Michael legte den Arm um mich und zog mich fest an sich. »Ich habe eine Scheißangst. Wenn ich allein wäre, wäre ich furchtlos. Aber nicht mit dir an meiner Seite.«

»Gut, denn keine Angst zu haben, ist dumm.«

»An deiner Stelle würde ich das zurücknehmen, denn du bist einer der furchtlosesten Menschen, die mir je begegnet sind.«

Ich stöhnte. »Raus aus dem verdammten Auto.«

Leise schlossen wir die Türen, und er warf mir die Schlüssel zu. Ich steckte sie in die Jackentasche und zog den Reißverschluss zu. Die eisbedeckten Bäume sahen aus wie ein Märchenwald und nicht wie der Schauplatz eines grausigen Verbrechens. Ich zitterte.

»Ist dir kalt?«, flüsterte Michael und legte den Arm um meine Schultern.

»Nein.«

Er drückte mich. »Wir gehen hinten herum. Ich will sehen, welche Autos auf dem Parkplatz stehen.«

»Warum?«

»Ich will nur wissen, ob Landers auf dem Gelände ist. Ich werde deswegen nichts unternehmen.«

Das konnte er seiner Oma erzählen. Ich sah ihn an und wusste, dass mein Blick voller Zweifel war.

»Ich *versuche*, nichts zu unternehmen.«

Wenigstens war er ehrlich.

»Was ist mit John Doe?« Ich deutete auf den Kofferraum.

»Das Feuer brach gegen Mitternacht aus. Wir haben genug Zeit, um zurückzukommen und ihn zu holen. Wir sollten keinen toten Typen über den Rasen schleifen, bevor wir wissen, was los ist.«

»Igitt«, schnaubte ich.

»Entschuldige.« Er stampfte mit den Füßen auf und schob die Hände in die Taschen. »Wir müssen los.«

Das gefrorene Gras knirschte geräuschvoll unter unseren Füßen. Eilig überquerten wir die Rasenfläche und erreichten eine Baumgruppe, bei der unsere Schritte durch herabgefallene Tannennadeln gedämpft wurden. Michael warf einen Blick auf die parkenden Autos.

»Siehst du was?«

»Er ist da.«

Wir liefen weiter und nahmen denselben Weg, den ich bei

meinem ersten Besuch gegangen war. Nachdem wir zwischen den Bäumen kurz Ausschau gehalten hatten, schlichen wir über den Rasen und pressten uns an die Hauswand.

Michael legte mir die Hand auf die Schulter und flüsterte: »Letzte Chance umzukehren. Willst du wirklich weitergehen?«

Ich hielt ihm den Mittelfinger unter die Nase, und er schluckte ein Lachen herunter.

Wir krochen an der Hauswand entlang und huschten über die überdachte Terrasse, wo Michael und Kaleb über mich gesprochen hatten. Aus dem Pool stieg Dampf auf, der wie Nebel in der Luft hing.

Als wir die hintere Ecke des Hauses erreicht hatten, betrat ich unbekanntes Terrain. Es war dunkler als an dem Abend, als ich Michael und Kaleb belauscht hatte, denn das einzige Licht kam vom Pool.

Ich verließ mich auf Michael und folgte ihm von einem Nebengebäude zum anderen. Von der Angst, jemand könnte uns sehen und unseren Plan vereiteln, Liam zu retten und in die Gegenwart zurückzukehren, bekam ich weiche Knie und einen trockenen Mund. Als wir das letzte Nebengebäude erreichten, war ich außer Atem, aber nicht vom Laufen.

Das Gebäude zeigte als einziges Anzeichen von Leben. Auf den ersten Blick erinnerte es an einen Pferdestall und schien dunkelrot gestrichen zu sein. Auf dem Dach befand sich ein Wetterhahn, der sich in der leichten Brise quietschend drehte.

Ich konnte mich nicht erinnern, das Haus bei meinem ersten Besuch gesehen zu haben. Das war auch unmöglich, denn es war nicht mehr da gewesen.

Wir standen vor dem Laboratorium.

43. KAPITEL

Ich geh als Erster rein«, flüsterte Michael. »Liam kennt dich nicht, und ich will nicht riskieren, dass er sich erschreckt. Hock dich da links neben dem Baum. Das kleine Gebäude nebenan ist ein alter Vorratsschuppen. Aber der ist leer, und der Boden ist total durchgefault. Da ist bestimmt niemand drin und beobachtet dich. Du müsstest hier sicher sein, bis ich dich rufe. Kannst du Vogelstimmen nachmachen?«

»Vogelstimmen?«

»Falls du mich brauchst.«

»In der Klinik haben sie uns höchstens mal Nudeln auffädeln lassen, und im Internat hatten wir Mode und Make-up im Kopf und keine Jagdtechniken«, flüsterte ich. »Tut mir leid.«

»Okay. Kannst du pfeifen?«

Ich nickte.

»Dann pfeif einfach, wenn du mich brauchst.« Er machte sich auf den Weg zum Labor.

»Michael«, flüsterte ich. Er drehte sich zu mir um. »Viel Glück.«

Um mich zu beschäftigen, musste ich ganz schön viel Phantasie aufbringen. Zuerst nannte ich alle Bundesstaaten und deren Hauptstädte, dann zitierte ich Psalm dreiundzwanzig und zählte sämtliche Mannschaften der American League auf. Gerade als ich mit der National League anfing, hörte ich Stimmen. Keine davon gehörte zu Michael.

Ich presste mich ganz dicht an den Baumstamm. Ein Mann und eine Frau sprachen leise miteinander. Ich konnte nicht ausmachen, ob ich eine der Stimmen schon einmal gehört hatte.

»Du hast gesagt, dass du mit mir zusammen sein willst.« Die Stimme des Mannes klang einschmeichelnd und anzüglich. »Dass du alles dafür tun würdest.«

»Ich tu auch alles für dich ... Aber das ...« In den Worten der Frau schwang Verzweiflung mit. »Ich bin mir einfach nicht sicher ...«

Sie verstummte. Ich konnte zwar nichts sehen, aber es klang nach heftigem Rumgemache. Je lauter das Gekeuche wurde, desto unbehaglicher fühlte ich mich. Doch plötzlich lachte der Mann, und ich war gerettet. »Später. Verschwende nicht deine Energie.«

»Warum weist du mich immer ab?« Ich hörte, wie ein Reißverschluss geöffnet wurde, und mir wurde ein bisschen übel.

Der Mann lachte erneut, dann folgte ein weiteres Ratschen. Das frustrierte Stöhnen der Frau ließ darauf schließen, dass er ihren Reißverschluss wieder hochgezogen hatte. Hallelujah.

»Dies ist weder die richtige Zeit noch der richtige Ort für das, was du vorhast.« Seine Stimme klang jetzt harscher als zuvor.

»Es tut mir leid.« Ihre Stimme klang zittrig, und ich ahnte, dass es nicht an der Kälte lag. Wer auch immer der Mann sein mochte, er war ein Dreckskerl.

»Das sollte es auch. Aber ich verzeihe dir. Mach deine Sache gut, dann werde ich dich vielleicht belohnen.«

»Was auch immer du sagst«, sagte sie atemlos. Das Mädel brauchte wirklich eine anständige Portion Selbstbewusstsein. Und einen neuen Freund.

Sie entfernten sich vom Labor und gingen tiefer in den

Wald, Blätter raschelten unter ihren Füßen. Vorsichtig lugte ich hinter meinem Baum hervor und sah gerade noch, wie sie hinter dem alten Schuppen verschwanden. Im selben Augenblick öffnete sich die Labortür. Licht fiel auf den Rasen und ließ die gefrorenen Grashalme aufblitzen.

Michael rief meinen Namen.

Ich eilte zum Laborgebäude und trat durch die Tür in das gelbliche Licht.

44. KAPITEL

Liam Ballard war geradezu lächerlich stereotypisch. Er hatte wirklich diese verrückte Einstein-Frisur, Essensflecke auf dem Hemd und ein kleines Etui mit Stiften in der Brusttasche. Doch wenn man diese Kleinigkeiten außer Acht ließ, wurde deutlich, dass Kaleb sein gutes Aussehen nicht allein seiner Mutter zu verdanken hatte. Liam war groß und muskulös, mit dem Körperbau eines Naturburschen. Ich kannte ihn von dem Foto in Michaels Wohnung, auf dem er mit Angelgeräten zu sehen war.

Er schüttelte mir die Hand und hielt sie fest. Es überraschte mich nicht, einen leichten Stromstoß zu spüren. Nicht so stark wie die Elektrizität zwischen mir und Michael, aber es gab definitiv eine Verbindung. Sein Lächeln war warmherzig und einladend, und seine Augen strahlten Güte aus. Ich konnte verstehen, warum Michael ihn als Ersatzvater betrachtete, und fragte mich, ob in seinem Leben noch Platz für ein weiteres Kind vorhanden war.

»Hallo, Emerson«, sagte er mit rauer Stimme.

»Hallo, Lia… Dok… Ich weiß gar nicht, wie ich Sie nennen soll«, sagte ich und lachte.

»Liam ist in Ordnung.« Er legte die andere Hand auf meine und sah mir direkt in die Augen. »Michael hat gesagt, dass er durch dich zurückreisen konnte. Bemerkenswert. Danke, dass du mir und meiner Familie helfen willst.«

Am liebsten hätte ich geweint.

Und Liam gebeten, mich zu adoptieren.

»Obwohl mich euer Besuch natürlich sehr freut, muss ich mit euch schimpfen. Wie konntet ihr nur euer Leben so leichtsinnig aufs Spiel setzen, Michael?«

»Ich hatte keine andere Wahl.«

»Man hat immer eine Wahl.«

»Nun ja, dann hab ich mich eben entschieden, dich zu retten, weil du wie ein Vater für mich bist. Und weil ich es wollte.« Die Worte hätten die eines bockigen Kindes sein können. Stattdessen klang er wie ein gebrochener Mann.

»Du kannst die Vergangenheit nicht wegen eines persönlichen Verlustes ändern.« Liam strahlte die Art von sanfter Güte aus, zu der nur die Geringsten oder die Größten unter uns fähig sind. »Es ist nicht der Sinn unserer Gaben, sie auf diese Weise zu nutzen.«

»Es geht nicht nur um mich. Kaleb und Grace … Es ist einfach nicht richtig ohne dich. Nichts ist richtig.«

Beim Anblick all der Gefühle, die sich in Michaels Gesicht spiegelten, musste ich schlucken.

»Landers hat die Akten, und keiner außer dir weiß, was sie enthalten und wessen Namen darin aufgelistet sind. Von Emerson wusste ich nur, weil … Das ist eine lange Geschichte.«

Liam sah mich an. »Anscheinend breche ich alle Regeln«, sagte ich.

»Die Sache ist die«, fuhr Michael fort, »du bist der Einzige, der ihn aufhalten kann. Und Em und ich brechen durch unser Herkommen keine Regeln. Das Nowikow-Prinzip trifft zu.«

Liam runzelte die Stirn. »Willst du damit sagen … Ich nehme an, es wurden Knochenreste gefunden. Wie willst du …«

»Das habe ich bedacht. Wir haben eine Leiche im Auto, ich muss sie holen.« Michael streckte mir die Hand entgegen, und ich reichte ihm die Schlüssel. »Können wir danach weiterreden?«

»Das werden wir, verlass dich drauf.«

»Wie spät ist es?«, fragte Michael. Ich war mir sicher, dass es ein Versuch war, Liams Zorn zu zerstreuen.

Liam hielt seine Armbanduhr hoch und schüttelte sie. Das Glas hatte in der Mitte einen Riss. Er deutete auf die Uhr über der Tür. Beide Zeiger zeigten auf die Elf. »Brauchst du Hilfe?«

»Wir können nicht riskieren, dass du gesehen wirst. Em bleibt hier und informiert dich über alles.«

Ich sah ihn misstrauisch an. »Wie willst du John Doe über den Rasen …«

»Ich zieh ihn. Ich habe noch eine Decke dabei. Wir müssen uns beeilen, und Liam muss noch alle Details erfahren.« Ich schnappte nach Luft, als er meine Schultern packte und mich heftig auf den Mund küsste. »Ich schaff das schon. Bis gleich.«

Die Tür fiel hinter ihm ins Schloss, und Liam sah mich abermals an. Ich fragte mich, warum Michael so schnell verschwunden war und wie ich den Kuss interpretieren sollte.

»Das Nowikow-Prinzip, hmm?«

Ich schüttelte den Kopf, um wieder zur Besinnung zu kommen. »Richtig. Ich weiß nur, dass es funktioniert, weil es uns nicht ermöglicht, die Vergangenheit zu verändern, sondern uns nur gestattet, sie zu beeinflussen, ohne irgendwelche Folgewidrigkeiten auszulösen. Wir ersetzen Sie durch die Leiche, und dann tauchen Sie unter. So wird das Raum-Zeit-Kontinuum nicht beeinflusst, und die Zeitachse bleibt für alle dieselbe. Außer für Sie. Aber Sie hatten im letzten halben Jahr auch keine, weil Sie tot waren.« Ich sah ihn entschuldigend an. »Tut mir leid. Cat und Michael haben mir nur eine vereinfachte Fassung erklärt.«

»Wie weit seid ihr in die Vergangenheit gereist?« Er setzte

sich auf den Hocker neben dem langen Arbeitstisch mit den Laborgeräten. »Wie lange war ich … fort?«

»Sechs Monate.«

»In sechs Monaten kann viel geschehen.«

Ich stützte die Ellbogen auf den Tisch. »Wie viel hat Michael Ihnen erzählt?«

»Nicht genug. Zu viel. Die meiste Zeit haben wir über Grace gesprochen.«

»Es tut mir leid.« Ich hätte ihn gern getröstet, aber ich wusste nicht, wie.

»Mir auch. Und ich bin ganz durcheinander. Grace ist eine sehr starke Frau. Es passt nicht zu ihr, dass mein Tod sie in solche Verzweiflung gestürzt hat. Besonders wenn man bedenkt, wie sehr sie Kaleb liebt. Ich weiß, dass sie für ihn stark gewesen wäre, nur an ihn gedacht hätte.« Er schüttelte den Kopf. »Es ergibt einfach keinen Sinn.«

»Ich wünschte, ich hätte eine Erklärung.« Wir schwiegen eine Weile. »Kaleb hat mir von Ihnen und Ihrer Frau erzählt, wie phantastisch Sie beide waren. Ich hab noch nie jemanden in meinem Alter so begeistert von seinen Eltern reden hören wie er über Sie beide.«

»Wir sind eine sehr glückliche Familie. Oder waren es.«

»Michael ist überzeugt, dass Sie das alles zurückbekommen. Ich bin sicher, dass er Recht hat.«

»Danke, Emerson«, sagte er freundlich, machte jedoch gleichzeitig einen gequälten Eindruck. »Bitte, erzähl mir von meinem Sohn und was er so macht. Michael hat versucht, es schönzureden.«

»Ich glaube nicht, dass Sie sich Sorgen machen müssen. Ich kann Kaleb verstehen. Ich habe ebenfalls meine Eltern verloren, und wenn man denkt, man hat niemanden mehr … trifft man vielleicht nicht die besten Entscheidungen.«

»Diese Entscheidungen – würdest du sie als unwiderruflich bezeichnen?«

»Nicht alle. Tattoos lassen sich entfernen.«

»Tattoos?«

»Müsste Michael nicht langsam zurück sein?«, fragte ich. »John Doe – die Leiche – ist nicht so schwer.«

Er blinzelte und schaute zur Uhr hinauf, und plötzlich sah ich Furcht in seinem Blick.

Ich wirbelte herum.

Keiner der beiden Uhrzeiger hatte sich bewegt, seit Michael das Labor verlassen hatte.

45. KAPITEL

Sie haben *nichts* hier drinnen, das uns sagt, wie spät es ist?« Ich schob die Sachen auf seinem Schreibtisch hin und her und suchte nach etwas, das uns die korrekte Zeit verraten würde. »Kein Handy? Keine Uhr außer der an Ihrem Arm?«

»Dinge wie Handys und Armbanduhren verliere ich immer so schnell. Und beim Zeitreisen werden sie zerstört. Ich habe in letzter Zeit einige Forschungsreisen unternommen.« Er öffnete eine Schreibtischschublade und präsentierte ein halbes Dutzend Uhren mit kaputten Deckeln. »Die sind zu nichts zu gebrauchen.«

Forschung. Ein Computer. Ein Computer musste eine Uhr haben. »Cat hat Ihren Hauptrechner erwähnt. Wo ist er?«

»Er ist außer Betrieb. Ich habe gerade daran gearbeitet, als Michael auftauchte«, sagte er und deutete in die Ecke. Der Hauptrechner sah ganz anders aus als alle Computer, die ich bislang gesehen hatte. Er hatte mehrere Bildschirme, Tastaturen mit rätselhaften Zeichen und einen zentralen Prozessor so groß wie ein Koffer. Liam kniete sich hin, drückte auf verschiedene Tasten und überprüfte die Kabel.

Neben dem größten Monitor lag eine CD in einer durchsichtigen Hülle. Die Informationen, die wir für Cat besorgen sollten. Die Hülle war flach genug, dass ich sie in die Innentasche meiner Jacke schieben konnte. Danach öffnete ich die rechte Schreibtischschublade und entnahm die CD mit der Formel für Kalebs Medikament. Sie befand sich exakt an der von Kaleb beschriebenen Stelle. Ich schob sie ebenfalls in die Jackentasche, platzierte sie so, dass sie sich direkt an meinem Herzen befand, ohne darüber nachzudenken, was das bedeutete.

Liam machte sich nach wie vor am Hauptprozessor zu schaffen.

»Ich geh mal nach draußen und seh nach, ob er schon zurückkommt.«

Ich öffnete die Tür. Nichts. Das Gelände war ruhig und glitzerte im Mondlicht. Ich stellte mich auf die Zehenspitzen, um besser sehen zu können. Obwohl ich vor Kälte zitterte, mochte ich nicht zurück ins Labor gehen. Ich hatte gerade beschlossen, nach ihm zu suchen, als Michael an der Ecke des Haupthauses auftauchte. Erleichtert atmete ich auf und wartete, bis er die Terrasse überquert hatte, und rannte los, um ihm zu helfen.

»Ich bin so schnell zurück, wie ich konnte. Was ist passiert?«, fragte er.

»Die Uhr. Sie ist kaputt. Wir wissen nicht, wie spät es ist.«

Er murmelte einen Fluch. In dem Augenblick trat Liam aus dem Labor, um Michael mit der Leiche zu helfen. »Nein, Liam. Nimm Emerson mit, und geht zurück zum Auto. Ich komme nach, sobald ich hier alles vorbereitet habe. Geht schon!«

»Ich lass dich nicht hier zurück«, sagte ich.

»Geh, Emerson«, befahl Michael und drängte mir die Autoschlüssel auf.

»Komm mit«, flehte ich. »Du hast versprochen, dass wir heil zurückkehren.«

»Ich hab versprochen, dass *du* heil zurückkehrst. Und jetzt sieh zu, dass du hier wegkommst. Geh mit Liam zum Auto.« Michael bückte sich und griff nach der Leiche. Mein Magen krampfte sich zusammen. »Bitte! Die Zeit wird knapp.«

Liam umfasste meinen Arm und zog mich sanft in Richtung Haus. »Michael wird wissen, was er tut. Wir halten ihn nur auf.«

»Geht.« Michael sah mich flehend an. »Passt auf euch auf.«

Er trug John Doe ins Labor, und Liam und ich eilten über den Rasen davon. Kurz bevor wir das Haus erreicht hatten, hörte ich einen kurzen Schrei, gefolgt von Gelächter.

Dann ging die Welt in Flammen auf.

46. KAPITEL

Als ich die Augen öffnete, brannte das ganze Gebäude schon lichterloh. Die Stahlträger verbogen sich bereits durch die Hitze des Feuers. Ich lag wenige Meter von der unteren Terrasse entfernt flach auf dem Boden. Liam war nirgends zu sehen.

Ich versuchte, mich aufzusetzen, aber der Untergrund war irgendwie schief. Ich hoffte, dass ich mir keine Gehirnerschütterung zugezogen hatte, und startete einen weiteren Versuch. In der Nähe des brennenden Gebäudes konnte ich zwei Gestalten ausmachen. Ich fürchtete, doppelt zu sehen, und schüttelte den Kopf. Nein, es waren definitiv zwei Leute. Mein Puls raste. Liam und Michael? Dann geriet mein Herz ins Stocken. Die Gestalten, die ich sah, gehörten zu keinem der Männer, die ich sehen wollte.

Die beiden standen nebeneinander und schauten auf die Feuersbrunst. Aber irgendetwas war seltsam. Sie rannten nicht herum und machten keinerlei Anstalten zu helfen. Ihrer Haltung nach zu urteilen, schienen sie ganz entspannt, als würden sie vor einem Freudenfeuer stehen statt vor einem brennenden Gebäude, in dem sich noch Menschen befinden konnten.

Langsam richtete ich mich auf und blinzelte ein paarmal, um die vom Feuerschein beschienenen Gesichter besser erkennen zu können.

Übelkeit stieg in mir hoch.

Ich kannte das Gesicht der Frau.

Ihr Gesichtsausdruck wirkte verletzlicher, als ich es in Erinnerung hatte. Sie kaute an einem Fingernagel und schaute zu dem Mann auf, der neben ihr stand.

Ich sah nur seinen Hinterkopf. Weitere Details konnte ich nicht erkennen, nur dass er sehr groß war und breite Schultern hatte.

Aus der Ferne hörte ich Sirenen und schob meine aufgepeitschten Gefühle beiseite. Man durfte uns nicht auf dem Gelände erwischen. Ich musste Michael finden.

»Emerson. Emerson!«

Von der überdachten Terrasse her hörte ich eine leise Stimme und schöpfte Hoffnung. So schnell ich konnte, huschte ich die Stufen hinauf und sah mich suchend nach Michael um, traf aber nur auf Liam.

»Wo ist er?«, fragte ich. »Wo ist er, Liam?«

Das Prasseln des Feuers erfüllte die Stille zwischen uns. Ich schaute in sein Gesicht, das von den Flammen erhellt wurde. Seine Augen verrieten die Wahrheit, die er nicht aussprechen wollte.

»Nein.« Meine Knie gaben nach, und ich sackte nach vorn. Liam fing mich auf und ließ mich langsam zu Boden. »Er muss aus dem Fenster gesprungen sein oder so. Bevor wir in die Vergangenheit gereist sind, hat er mir versprochen, dass wir gesund zurückkehren. Er muss in Sicherheit sein.«

»Mein liebes Kind.« Liam setzte sich neben mich auf den Boden und legte mir den Arm um die Schultern, um mich zu stützen. »Sobald ich wusste, dass du nichts abbekommen hattest, bin ich zur Vorderseite des Gebäudes gelaufen. Durch den hinteren Teil kann er nicht entkommen sein – von dort kam die Explosion. Michael ist nirgends. Ich glaube nicht, dass er es nach draußen geschafft hat.«

Mein Atem ging stoßweise, und es war, als würde mir ein Messer ins Herz gestoßen. »Er … Er muss … Wenn er hier in der Vergangenheit gestorben ist, dann hätte ich ihm doch nie begegnen können.«

»Ich wünschte, es würde so funktionieren, aber so ist es nicht.« Liam nahm meine Hände.

»Wir müssen ihn finden. Wir müssen ihn mit zurücknehmen.« Ich versuchte, meine Hände wegzuziehen und aufzustehen, aber Liam war genauso kräftig wie sein Sohn und hielt mich mit eisernem Griff. »Bitte«, flehte ich, »lassen Sie mich los, bitte.«

»Du wirst ihn nicht finden, Emerson«, flüsterte er.

»Nein. Nein!«, beharrte ich. »Die Polizei hat doch nur ein paar Knochen in den Trümmern des Labors gefunden. Wenn die Leiche und Michael beide in dem Gebäude gewesen wären, hätten sie mehr finden müssen.«

»Das könnte alles davon abhängen, wo das Feuer ausgebrochen ist … Wie heiß es geworden ist. Welche Art von Feuer es war.«

»Was?« Ich verstand es nicht. Wollte es nicht verstehen. Das Sirenengeheul näherte sich, und Liam spähte über die Mauer.

»Wir müssen hier weg, zurück über die Brücke, bevor uns jemand sieht. Wir dürfen das Kontinuum nicht gefährden.«

»Sie wollen zurück?«

»Ich kann dich nicht allein zurückgehen lassen.«

»Ich komme nicht mit.« Eine Flut von Tränen verschleierte meinen Blick. »Ich gehe nicht ohne Michael.«

»Emerson, hier wimmelt es gleich von Feuerwehrleuten und Polizisten. Wir müssen zurück zum Wagen, bevor wir hier in der Falle sitzen.«

»Ich kann nicht ohne ihn gehen, Liam. Ich kann nicht.«

»Er ist längst fort, Liebes.«

47. KAPITEL

Die Hölle brach los, als wir von der Brücke wieder in die Küche traten.

Cat wurde unnatürlich bleich und hielt sich die Hände vor den Mund. Dune und Kaleb erstarrten. Nate sprach als Erster.

»Dr. Ballard? Sie sind am Leben!« Nate eilte uns entgegen. Ungläubig starrte er Liam an und berührte vorsichtig seinen Arm.

»Deshalb konnte ich dich nicht fühlen«, sagte Kaleb. »Ich dachte wirklich, du wärst tot, weil ich dich nicht fühlen konnte. Aber du warst nicht tot. Du bist nicht tot. Du hast einfach nicht existiert.« Einen kurzen Moment lang sah er aus wie ein kleiner Junge. »Dad?«

Liam ging auf Kaleb zu und schloss ihn in die Arme.

Ich stahl mich aus der Küche, ohne zu wissen, wohin ich gehen sollte.

Cat folgte mir und sah mich fragend an. »Emerson?«

»Michael ist fort.« Ein eiskalter Schauer überkam mich. »Er war in dem Gebäude, als …«

Sie mied meinen Blick.

»Cat?« Ich dachte, ich sei zu benommen, um irgendetwas zu spüren, aber dass sie meinem Blick auswich, zerriss mir das Herz. »Cat? Wieso bist du nicht überrascht? Rede mit mir.«

Sie atmete hörbar aus. »An dem Tag, als Kaleb, Michael und du mich im College besucht habt, ist er später noch einmal allein zu mir gekommen. Er hat mich gebeten, eine Brücke in die Zukunft zu öffnen.«

»Nein«, flehte ich. Das konnte nicht wahr sein.

»Da hat er herausgefunden, dass du es zurückgeschafft hast.« Jetzt sah sie mich an. »Und er nicht.«

»Nein!« Ich schlang die Arme um meinen Körper, der durch den Sturm meiner Gefühle zu zerbersten drohte. »Bitte nicht.«

»Er wollte mir nicht sagen, was er sonst noch gesehen hat, nur dass er nicht bei dir war. Ich weiß, wie sehr er dich gemocht hat. Ich weiß, er wollte, dass du ein Teil seiner Zukunft bist.«

»Sag mir das nicht.« Ich wollte das alles ungeschehen machen. Die grauenvolle Wahrheit sollte verschwinden wie die Zeitlosen, wenn ich sie antippte. »Warum sind wir dann überhaupt zurückgegangen, wenn er ... Warum?«

»Ich weiß nicht genau. Aber ich weiß, Michael glaubte, dass Liam gerettet werden musste. Er hat wohl an das große Ganze gedacht – hat das Wohlergehen aller über sein eigenes gestellt. Eure Gabe bringt eine große Verantwortung mit sich. Das ist ihm immer klar gewesen.«

»Sie ist kein Geschenk«, sagte ich. »Sie ist ein Fluch.«

»Emerson!«, rief Cat entsetzt, als ihr Blick auf meine Verletzungen fiel. »Du blutest!«

»Ist nicht so schlimm«, sagte ich mit klappernden Zähnen.

»Ist es wohl. Du zitterst ja. Es sieht fast nach einem Schock aus.« Sie legte mir die Sofadecke um die Schultern. »Wir müssen dich in die Notaufnahme bringen.«

»Nicht ins Krankenhaus. Ich kann nicht. Ich will nicht.« Ich sah zu ihr auf, und mein ganzes Leben hing von ihrer Antwort ab. »Wenn er irgendwelche Vorsichtsmaßnahmen getroffen hat, wenn er das Feuer irgendwie überlebt hat und eine Brücke gefunden hat, könnte er es zurückschaffen ohne dich und deine exotische Materie?«

Ihr Gesicht war voller Mitgefühl. »Emerson ...«

»Könnte er zurück?«

»Es ist eine Möglichkeit.« Ihr Blick blieb mitfühlend, und irgendwo tief in meinem Inneren wusste ich, dass sie mir sagte, was ich hören wollte.

Ich sah auf die große Standuhr in der Ecke. Halb eins.

»Ich warte auf ihn.«

»Dann setz dich wenigstens hin, bevor du zusammenbrichst.« Cat führte mich zum Sofa und schob mir ein paar Kissen hinter den Rücken. »Lass mich einen Blick auf deine Schnittverletzungen werfen ...«

»Fass mich nicht an. Okay?« Ich bemühte mich um einen ruhigen Tonfall. »Mir geht's gut.«

»Aber ...«

»Bitte!« Ich spürte, wie ich mich von Sekunde zu Sekunde auf einen hysterischen Anfall zubewegte. Ich musste sie loswerden. »Mir geht's gut. Bitte lass mich allein.«

»Das kann ich nicht. Du bist verletzt ...«

»Cat?« Ich wollte nicht zusammenbrechen, und wenn sie mich nicht in Ruhe ließ, nicht aufhörte von Michael zu reden, konnte ich für nichts garantieren.

Sie ließ mich allein.

Ich hoffte und betete, dass er irgendeinen Weg gefunden hatte, um zu überleben, dass er durch irgendein Wunder zu mir zurückkommen könnte.

Ich saß im Dunkeln und wartete. Die Standuhr läutete zur vollen Stunde.

Eins.

Ich bekam es kaum mit, wie Dune und Nate sich auf den Weg nach oben machten. Dune wollte etwas sagen, verstummte jedoch, als er mein Gesicht sah.

Eine weitere Stunde verstrich. Die Uhr schlug zwei.

Cat sah kurz nach mir, sagte jedoch nichts. Ich ignorierte

sie und starrte auf die Zeiger der Uhr. Nach und nach wurde das Haus immer stiller, und schließlich vernahm ich nur noch ein gelegentliches Knacken und Ächzen, wie man es häufig in alten Häusern hört. Einmal war mir, als hätte ich Kaleb und Liam vorbeihuschen sehen, aber ich war zu fixiert auf die Zeit, um darauf zu achten.

Die Morgendämmerung brach herein. Der Sonnenaufgang schenkte mir keine Hoffnung.

Als die Uhr sieben Mal schlug, stand ich auf, ließ die Decke zu Boden gleiten und ging nach oben in Michaels Bett. Allein.

Er würde nicht zurückkommen.

48. KAPITEL

Als die Tür aufging, wusste ich sofort, wer es war. Er war der Einzige, der hier nach mir suchen würde, der Einzige, der sich nicht scheute, ohne anzuklopfen hereinzukommen. Er bat gar nicht erst um Erlaubnis, weil er wusste, dass ich ohnehin Nein gesagt hätte.

Kaleb würde ein Nein nicht akzeptieren.

Er trat näher ans Bett und wollte mich in den Arm nehmen und trösten, doch ich zuckte zurück. Ich konnte nicht anders. Als mich das letzte Mal jemand in diesem Raum berührt hatte, war es Michael gewesen.

Er ließ sich auf den Schreibtischstuhl fallen.

»Du solltest bei deinem Vater sein.« Meine Stimme klang rau von Tränen und Rauch.

»Ich sollte bei dir sein. Mein Vater findet das auch.«

Ich war so erschüttert, dass mir keine schlagfertige Antwort einfiel.

»Em.« Er rieb sich den Nacken. Ich wusste, dass er all meine grauenvollen Gefühle nachempfand. Um ihn irgendwie abzulenken, wollte ich ihm erzählen, dass sich die Rezeptur seines Medikaments in meiner Jackentasche befand, aber jetzt, da sein Vater wieder da war, würde er sie wahrscheinlich eh nicht mehr brauchen.

Liam war am Leben.

Michael war tot.

Eine Flutwelle der Verzweiflung stürzte über mir zusammen. »Das muss aufhören«, sagte Kaleb und beugte sich vor. »Komm her.«

»Warum?«

»Komm … Komm einfach her.«

Ich setzte mich auf die Bettkante, um ihn abzuwehren. Vor Anspannung tat mir alles weh. Mit einem Mal überrumpelte er mich und zog mich auf seinen Schoß.

»Was tust du da?« Das sollte doch wohl kein Annäherungsversuch sein. Es fehlte nicht viel, und ich wäre in hysterisches Gelächter ausgebrochen. Alles, was in den vergangenen Stunden passiert war, erschien mir plötzlich lächerlich unwirklich.

»Es ist nicht, was du denkst.« Er lehnte die Stirn gegen meine und sagte: »Sieh mich bitte an, Emerson. Sieh mir in die Augen.«

Ich gab nach. Körperliche und psychische Schmerzen verschwanden in einem Vakuum. Dröhnendes Rauschen erfüllte meine Ohren, und ich konnte nichts anderes sehen als Kalebs tiefblaue Augen. Unbewusst presste ich mein Gesicht an seines, wobei sich unsere Lippen so nahe kamen, dass wir dieselbe Luft atmeten.

Die Erleichterung reichte aus, um den Sauerstoff erträglich zu machen. Für einen Moment nahm ich seinen Trost an, bis mir klar wurde, was passierte, woraufhin ich mich von ihm losriss und unsanft auf dem Boden landete. Im Raum war es unheimlich still geworden.

»Was hast du gerade gemacht?«, keuchte ich atemlos.

Seine Augen waren voller Leid, seine Stimme klang gequält, als hätte er körperliche Schmerzen. »Hab versucht, dir zu helfen. Hab dir ein paar von deinen Emotionen genommen.«

»Seit wann bist du dazu im Stande?«

»Seit ich denken kann. Manchmal funktioniert es aber nicht. Bei meiner Mom zum Beispiel. Aber dir kann ich helfen.«

Ich hätte mich gern an ihn geschmiegt und in seinen Armen Trost gefunden. Kaleb hätte sich ein Bein ausgerissen, um mir alles zu geben, was ich wollte. Das wusste ich. Ich musste ihn nur darum bitten.

Der Schmerz, der verschwunden gewesen war, ergriff von Neuem meine Brust. »Ich kann dir nicht meine Qual aufbürden, wenn du selbst so traurig bist. Ihr zwei wart wie Brüder und habt euch geliebt wie Brüder.«

Kaleb stand auf, und wieder einmal erschrak ich über seine Größe. »Ich weiß, du hast diese Sache – zumindest teilweise – für mich gemacht. Weil du mich davor bewahren wolltest, dasselbe durchzumachen wie du nach dem Tod deiner Eltern. Und jetzt bist du schlimmer dran als vorher. Ich weiß es, weil ich deine Gefühle nicht abblocken könnte, selbst wenn ich es wollte.«

Ich biss mir auf die Lippe. Bloß nicht weinen. Das konnte warten, bis ich allein war. *Bloß nicht weinen.* Tränen traten mir in die Augen, und es kostete mich Mühe, nicht zu blinzeln, denn wenn auch nur das kleinste Tröpfchen entkam, wäre die Schlacht vorbei.

Ich verlor.

Meine Welt, die ich so lange aus eigener Kraft zusammengehalten hatte, brach in Stücke. Ich musste mich am Stuhl abstützen, um mich aufrecht zu halten. Ich sah, wie mein Schmerz Kalebs Züge verzerrte, und hielt mir die Hände vors Gesicht, damit ich nichts mehr sehen musste.

Er setzte sich neben mich, zog mich in die Arme und schaukelte mich hin und her, während ich meinen Tränen freien Lauf ließ, die Augen geschlossen, weil ich nicht mit ansehen mochte, wie er meine Trauer teilte. Ich erinnerte mich an meine Gefühle in Michaels Armen, als ich ihm vom Tod meiner Eltern erzählt hatte. Auch er hatte mich tröstend in den Armen gewiegt. Die Erinnerung ließ mich noch heftiger schluchzen. Kaleb streichelte mein Haar und presste seine Lippen auf meine Schläfe.

»Es kann nicht sein. Michael muss zurückkommen. Es muss ein Fehler sein.« Meine Tränen hatten ihren eigenen Kopf. Wie sehr ich auch gegen sie ankämpfte, sie wollten einfach nicht aufhören zu fließen.

»Ich kann es leichter für dich machen, wenn du mich lässt.«

»Nein. Nicht so. Du sollst dir nicht noch mehr Qualen aufladen, nur damit es mir besser geht.«

»Auch nicht, wenn ich es gern möchte?«, fragte er leise.

Ich schüttelte den Kopf.

»Er hatte dich gern. Es fühlte sich an, als würde er dich lieben.«

»Das hat er nie gesagt.«

»Das bedeutet nicht, dass es nicht so war.«

»Vielleicht.«

»Du musst stark bleiben. Wir wissen nicht, was passiert ist. Was ist, wenn er überlebt hat? Du bist ein verheulter Jammerlappen. Willst du, dass er dich so sieht?«

»Ich bin kein Jammerlappen.«

Und er kommt nicht zurück.

Kaleb blickte auf mein von Tränen und Rotz verschmiertes Gesicht.

»Ich bin *kein* Jammerlappen.« Ich wischte mit dem Ärmel über mein nasses Gesicht. Mühsam rappelte ich mich hoch und stellte ihm die Frage, vor deren Antwort ich mich am meisten fürchtete. »Spürst du ihn? Seine Gefühle?«

Sein wehmütiges Lächeln drückte eine ganze Welt von Traurigkeit aus.

Ich verbarg mein Gesicht an seiner Brust und ließ mich fallen.

Ich brauchte eine Weile, bis ich aufhören konnte zu weinen. Als meine Tränen versiegt waren, erhob Kaleb sich und half mir auf. »Geh dich waschen und dann komm nach unten. Ich sage Cat, sie soll dir was zum Anziehen bringen. Zeig ihr deine Schürfwunden.« Er deutete auf meine Hände und Knie. Ich wollte protestieren, aber er unterbrach mich. »Entweder du lässt dich von ihr verarzten, oder ich bring dich ins Krankenhaus.«

»Ich hasse Krankenhäuser.«

»Ich weiß.«

»Das ist ein mieser Trick.«

»Auch das ist mir bewusst. Tu's einfach.« Er zog etwas aus der Tasche, legte es in meine Hand und schloss meine Finger darum.

Als er fort war, inspizierte ich sein Geschenk. Es war sein Silberreif, in den das Wort *Hoffnung* eingraviert war. Ich starrte ihn einen Moment an, bevor ich ihn genau in die Mitte von Michaels Bett legte.

Ich zog die Jacke aus und ließ sie fallen, wobei etwas Hartes auf den Boden prallte. Als ich in der Tasche nachsah, entdeckte ich die CDs, die ich mitgebracht hatte, und Michaels Autoschlüssel. Ich presste sie so fest in meine Handfläche, dass es wehtat. Mit Tränen in den Augen legte ich sie auf seinen Nachttisch. Die CDs ließ ich, wo sie waren.

Blind tapste ich ins Bad und stellte das Wasser so heiß, wie ich es aushalten konnte. Bevor ich in die Duschkabine trat, starrte ich mein Spiegelbild an.

Mein Haar war grau statt blond von all der Asche, das Gesicht schwarz vor Ruß und tränenverschmiert. Meine leuchtend grünen Augen waren blutunterlaufen vom vielen Weinen. An der Schulter zeigte sich bereits ein violettfarbener Bluterguss, der mir Schmerzen bereitete, wenn ich mich bewegte. Ich betrachtete meine aufgeschürften Knie und Handflächen.

So schlimm mein Äußeres auch aussah, mein Inneres war viel schlimmer dran.

Ich trat in die Dusche und ließ den heißen Schauer auf mich niederprasseln, bis das Wasser kalt wurde.

49. KAPITEL

Nur mit einem Handtuch um den Körper geschlungen, spähte ich aus der Badezimmertür und entdeckte einen Stapel frischer Sachen auf dem Bett: graue Yogahosen, eine weiße Kapuzenjacke und ein Trägertop, dazu blaue Kuschelsocken und sogar eine Packung mit neuer Unterwäsche. Ich sprach einen stummen Dank an Cats Großherzigkeit, mit der sie mir ihre Garderobe überließ. Über die Unterwäsche hätte ich fast gelacht, wenn ich dazu im Stande gewesen wäre.

Während meines ausgiebigen Duschbads hatte ich mehr Klarheit über die Dinge gewonnen, die ich bei Hourglass gesehen hatte. Wenn meine Vermutungen der Wahrheit entsprachen, gab es eine Menge Fragen, auf die ich eine Antwort brauchte.

Und … Michael war verschwunden. Ich musste eine Entscheidung treffen. Ich konnte entweder wie nach dem Tod meiner Eltern zusammenbrechen, oder ich konnte tun, was nötig war, um ihm auf irgendeine Weise Gerechtigkeit widerfahren zu lassen. Ich wusste, was am einfachsten wäre, aber ich wusste auch, was richtig war.

Ich wusste jedoch nicht, wie ich mich entscheiden würde.

Nachdem ich mich angezogen hatte, nahm ich den Silberreif vom Bett und steckte ihn in die Tasche der Kapuzenjacke. Auf dem Weg nach unten schmerzten meine geschundenen Knie. Schritt für Schritt, ein Fuß vor den anderen. Jede Vorwärtsbewegung zerrte an meinen zum Zerreißen angespannten Nerven. Den Blick auf Sofa und Standuhr meidend passierte ich das Wohnzimmer und stand schließlich vor der Küchentür.

Du musst funktionieren, Emerson. Du darfst dich nicht unterkriegen lassen. Es gibt Dinge, die getan werden müssen.

Nach ein paar tiefen Atemzügen steckte ich den Kopf durch die Küchentür. Es roch immer noch nach Popcorn.

»Hallo.« Cat saß allein am Küchentisch. Sie erhob sich, um mir auf einen Stuhl zu helfen. »Kaleb hat gesagt, dass ich einen Blick auf deine Verletzungen werfen darf.«

»Das Einzige, das wirklich wehtut, ist meine Schulter.«

Und mein Herz. Aber ich konnte mir nicht vorstellen, dass sie daran etwas ändern konnte.

»Welche Schulter ist es?«, fragte sie.

»Die rechte.« Es war ein kleiner Sieg, dass meine Lippen nicht zitterten.

Vorsichtig streifte sie die Jacke herunter und verzog beim Anblick des Blutergusses das Gesicht. »Liam hat gesagt, er hätte dich zu Boden gedrückt, als das Gebäude explodiert ist. Ist es dabei passiert?«

Irgendetwas war seltsam an dem, was sie sagte, und lenkte mich von meinen Schmerzen ab, sowohl von den körperlichen als auch von den seelischen.

»Explodiert?« Das Gebäude *war explodiert*. Alles, was ich gelesen und gehört hatte, deutete darauf hin, dass es ein Feuer gegeben hatte, aber von einer Explosion war nie die Rede gewesen.

Cat schien verwirrt. »Hab ich mich geirrt? Hab ich Liam falsch verstanden?«

Ich ignorierte ihre Fragen. »Wo ist Ava?«

»Ich weiß nicht. Keiner hat sie gesehen.«

»*Ich* habe sie gesehen. In der Vergangenheit. Sie stand bei einem Mann und schaute zu, wie das Labor abbrannte.« Traurigkeit schnürte mir die Kehle zu, und ich musste ein paarmal schlucken, um die Fassung zu wahren. »Ich dachte, ich hätte ihn wiedererkannt.«

»Wie sah er aus?«

»Groß. Breite Schultern. Helles Haar.«

Cats Miene blieb unbeweglich. »Und du hast ihn wiedererkannt?«

»Ja.« Ich konnte mir nicht vorstellen, dass es sie gefreut hätte, wenn ich ihr verraten hätte, woher. »Ich bin ihm schon mal begegnet.«

»*Was?*«

Ich verschränkte die Arme auf dem Tisch und legte meinen Kopf darauf.

Alle mochten denken, dass Landers verschwunden war, weil er Liams Akten gestohlen hatte. Aber so war es nicht.

Er hatte sich in meiner Wohnung versteckt.

Die Morgenluft war frisch. Irgendwo verbrannte jemand Laub. Liam und Kaleb saßen in Schaukelstühlen unter einem alten Eichbaum. Von den herunterhängenden Zweigen regnete es goldenes Herbstlaub.

Es hätte ein wunderschöner Tag sein können.

»Liam.« Cat ging auf sie zu, die Arme vor der Brust verschränkt, um sich gegen die Kühle zu wappnen. Oder gegen Liams Reaktion. »Tut mir leid, wenn ich euch unterbreche. Wir müssen reden.«

»Schon gut, Cat.« Sein Gesicht wirkte älter als gestern. Er drückte sich vom Boden ab und schaukelte in seinem Sessel hin und her. »Guten Morgen, Emerson.«

»Morgen.« Ich konnte nichts Gutes daran sehen.

Kaleb bot mir seinen Platz an. Ich wollte protestieren,

doch er umfasste meine Handgelenke und zog mich auf den Stuhl.

Ich ersparte es Cat, die Neuigkeiten zu verkünden, indem ich sagte: »Jonathan Landers hat in meinem Zimmer gewohnt.«

Keiner sagte etwas. Liam hörte auf zu schaukeln. Kaleb starrte mich an.

»Ich wusste nicht, dass er es war. Er hat gesagt, sein Name sei Jack.«

»So ist er als Junge genannt worden«, murmelte Cat.

»Ich bin gestern Nacht draufgekommen. Aber richtig klar geworden ist es mir erst heute Morgen. Ich hab ihn für einen Zeitlosen gehalten, bis ich versucht habe, ihn platzen zu lassen und er nicht verschwunden ist. Er war … halbfest.«

Liam beugte sich vor und stützte die Hände auf die Knie. In seinen Ehering waren Unendlichkeitssymbole eingraviert. Das musste ihm letzte Nacht beim Überqueren der Brücke geholfen haben.

»Wann hast du ihn zum ersten Mal gesehen?«

»An dem Abend, als das Restaurant eröffnet wurde. Vor ein paar Wochen.«

Vor einer Ewigkeit.

»Er hat in deinem Zimmer gewohnt? War er ständig dort? Wie hat er auf dich gewirkt?«, fragte Liam.

»Er ist aufgetaucht, und nach einer Weile ist er wieder verschwunden.« Ich war bedrückt vor Scham und Trauer. »Jetzt ist mir klar, dass es in meinem Zimmer wahrscheinlich eine Brücke gibt, die ich vorher nicht sehen konnte. Über die ist er wohl gekommen. Mit dem Schleier konnte er schnell wieder verschwinden.«

»Hast du ihn jemals gesehen, wenn Michael dabei war?«, fragte Cat.

»Nein. Aber ich habe ihn einmal gesehen, als ich allein in Michaels Wohnung war. Jack hat behauptet, er würde ihn beobachten. Michaels Schlafzimmer und meins sind … waren Wand an Wand.« Ich starrte auf die Erde. Ich wollte nicht daran denken, wo er geschlafen hatte. Ich wollte nicht daran denken, wie sehr ich mich zu ihm hingezogen gefühlt hatte, trotz der Betonwand zwischen uns. »Der Schleier wird anscheinend von den zwei Zimmern geteilt.«

Liam strich sich über seinen Bart. Sicher eine nervöse Angewohnheit, so wie Michael immer an seinem Ring gedreht hatte. Die Erinnerung daran schnitt mir ins Herz.

»Aber wie?« Cats Gesicht war aschfahl. »Er ist nicht Träger des Zeitreise-Gens.«

Liam erhob sich und fing an, auf und ab zu gehen. »Es wird gemunkelt, dass es Möglichkeiten gibt, auch ohne das betreffende Gen auf Zeitreise zu gehen, aber das verstößt gegen alle Prinzipien, für die Hourglass steht – gegen die Gesetze der Natur und der Menschen. Die Kosten wären ungeheuerlich.«

»Landers schert sich nicht um irgendwelche Gesetze.« Blätter regneten auf uns herab, als Kaleb mit der Faust auf den Baumstamm drosch. »Er schert sich nur um sich selbst.«

»Welche Art von Kosten?«, fragte ich Liam. »Wer würde ihn zwingen, sie zu zahlen?«

Er blieb stehen. »Unter anderem das Universum selbst.«

»Das Phänomen der Zeitlosen verändert sich. Anfangs hab ich immer nur eine Person gesehen, jetzt sehe ich Gruppen, Teile einer Szenerie. Ich dachte, Jack würde dazugehören oder zu irgendetwas Neuem, das ich noch nicht verstanden hatte.«

»Du siehst ganze Szenen?« Liams Blick war so intensiv, dass sich mein Herz zusammenkrampfte. »Mehrere Personen?«

»Was bedeutet das?«, fragte ich beklommen.

»Ich bin mir nicht sicher«, erwiderte er. »Aber wenn immer mehr Zeitlose durch das Gewebe der Zeit quellen, müssen wir uns um mehr Dinge sorgen als um Jonathan Landers.«

Obwohl Liam am Leben und bereit war, die Kontrolle über Hourglass wiederzuerlangen, hatte Jack immer noch genug Informationen, um gefährlich zu sein. Informationen über mich, über meine Familie. Er hatte Namen und Adressen von Leuten, die über besondere Fähigkeiten verfügten. Ob ich seine Zielscheibe war oder nicht, ich hatte keinen Zweifel, dass er versuchen würde, jeden Einzelnen auf seiner Liste auszunutzen.

»Wir müssen ihn finden.« Kaleb trat in den Laubhaufen, der auf dem Rasen entstanden war. »Wir müssen in Ems Wohnung und ihn von der Brücke ziehen.«

»Ich glaube nicht, dass er sich noch dort aufhält. Er hat sich von mir verabschiedet. Liam, Sie haben Cat erzählt, das Labor sei explodiert. Von einem Moment auf den anderen in die Luft geflogen. Haben Sie auch die Personen gesehen, die zugeschaut haben, als es niederbrannte?«

Liam nickte. »Ich hatte gehofft, ich hätte die Identität einer der Personen schützen können.«

»Einer der Personen?«, unterbracht Kaleb ihn. »Landers hatte einen Komplizen?«

»Ich glaube nicht, dass sie wusste, was sie tat«, sagte Liam leise. »Ich glaube, sie wurde benutzt.«

»Sie?«, fragte Kaleb. Da keiner antwortete, zählte Kaleb selbst eins und eins zusammen. Er stieß eine Reihe wüster Flüche aus. »Miststück!«, beendete er seine Schimpftirade.

»Mein Sohn ...«

»Ava ist hergekommen, um ihre Gabe zu verbergen«, schnitt Kaleb seinem Vater das Wort ab. »Das war schon verdächtig genug. Aber du willst sie doch wohl nicht im Ernst verteidigen, obwohl sie sie eingesetzt hat, um dich hochgehen zu lassen?«

»Sie ist eine Brandstifterin?«, fragte ich und hatte ein Bild der kleinen Drew Barrymore aus *Der Feuerteufel* im Kopf. Kaleb hatte Avas Spitznamen der falschen Stephen-King-Verfilmung entnommen.

»Avas Gabe ist vielschichtig«, erwiderte Liam. »Wir glauben, sie kann Dinge bewegen, Objekte durch die Zeit schieben.«

»Sie glauben? Heißt das, Sie wissen es nicht?«, fragte ich.

»Wie Kaleb sagte, ist Ava zu Hourglass gekommen, weil sie ihre Fähigkeiten loswerden wollte. Ich hab ihr nie widersprochen, sondern nur versucht, ihr das Leben leichter zu machen, als es zuhause für sie war. Offensichtlich hatte Landers andere Absichten. Und größeren Einfluss auf sie.«

»Wo mag Ava jetzt sein?«, fragte ich.

Wieder regneten Blätter vom Baum, und Kaleb stöhnte frustriert und gequält auf.

Landers hatte eine Komplizin, Geld und eine Liste von Leuten mit besonderen Fähigkeiten.

»Er hat gesagt, er wolle mich schützen. Meine Unschuld schützen. Ich hätte es ihm fast geglaubt.« Es schauderte mich, als ich daran zurückdachte, wie er mich an jenem Tag angesehen hatte. Ich schloss die Augen und versuchte, die Erinnerung an sein Gesicht auszulöschen. »Ich frage mich, ob Ava ihm geglaubt hat.«

»Er kann sehr überzeugend sein«, sagte Liam.

»Er hat mir nachspioniert. Jetzt sind er und Ava verschwunden, und Michael ist tot.«

Damit würden sie nicht davonkommen. Ich würde tun, was auch immer nötig wäre, um sie aufzuhalten. Die Rache würde mich am Leben halten, und wenn ich sie genommen hätte … würde ich irgendwie weitersehen. Krampfhaft versuchte ich, meinen Verstand festzuhalten. Wenn er mir entglitt, konnte mir selbst Kaleb nicht mehr helfen, fürchtete ich. Ich musste allein sein und nachdenken.

Ich ließ die anderen draußen zurück und ging hinauf in Michaels Zimmer. Wenige Sekunden später steckte Cat den Kopf durch die Tür.

»Emerson, ich …«

Ich hielt meine zitternde Hand hoch und gab ihr ein Zeichen, still zu sein.

»Tu das nicht.« Ihre Stirn legte sich in tiefe Falten. »Du darfst dich nicht abkapseln – das ist nicht gesund.«

»Du hast ja keine Ahnung.« Ich lachte bitter.

»Sag mir, wie du dich fühlst. Rede mit mir.« Sie sah so besorgt aus, fast wie eine Mutter, die Angst um ihr Kind hat. »Bitte.«

Das Wort »Bitte« löste meine Zunge.

»Ich werde ihn nie wiedersehen. Es gibt so vieles, was ich nicht gesagt habe, und nachdem meine Eltern … Ich habe mir geschworen, nie wieder etwas ungesagt zu lassen. Aber ich habe es wieder getan. Jetzt ist er fort.«

Hätten wir dieselbe lebenslange Verbindung haben können wie Liam und Grace? Ich würde es nie erfahren. Mein ganzes Leben lang würde ich über diese Möglichkeit nachdenken.

Cat kam langsam auf mich zu, als würde sie sich zögernd einem Unfallort nähern.

So ähnlich war es auch.

»Fass mich nicht an.« Ich verzog mich in die äußerste Ecke des Bettes – außerhalb ihrer Reichweite. Die Arme um die angezogenen Knie geschlungen, wiegte ich mich hin und her. »Wusstest du, dass es sieben Stufen der Trauer gibt?«

Mein Tonfall war so beiläufig, dass ich wie eine Verrückte

rüberkam. Cat trat zurück und ließ sich schweigend auf dem Schreibtischstuhl nieder.

»Ich hab bei der Therapie alles darüber gelernt. Und soll ich dir was sagen? Ich finde das total bescheuert. Wieso ist es keine gerade Zahl? Wieso gibt es nicht acht Stufen der Trauer? Ich brauche eine Art Etappenziel für mein Leid, damit ich weiß, wann ich die Hälfte geschafft hab.« Ich lachte verbittert und hielt einen Moment inne, um meine Fassung wiederzuerlangen. Ich musste meine Fassung wahren.

Ich konzentrierte mich auf ein Spinnennetz an der Decke, ein winziger Fetzen vergessenen Lebens, das von einem Luftzug bewegt wurde. »Aber es gibt nur sieben. Die ersten Stufen sollten kein Problem für mich sein – Schock und Verdrängung, Schmerz und Schuld. Ich habe schon Erfahrung, also müsste es leichter sein, oder? Ich kann mir all die richtigen Sachen sagen, mir die Bewältigungsstrategien ins Gedächtnis rufen.«

Am liebsten wäre ich aufgestanden und hätte das Spinnennetz von der Decke gerissen. Stattdessen umschlang ich meine Knie noch ein wenig fester. »Ich … bin stehen geblieben auf diesen Stufen, als ich meine Eltern verloren habe. Monatelang. Ich habe mich fast verloren.«

Cats Stirnfalten waren noch tiefer geworden, seit sie sich gesetzt hatte. Sie passten nicht zu ihrem übrigen Gesichtsausdruck.

»Als ich aus der Zukunft zu ihm gekommen bin, warum hab ich ihm nicht gesagt, er soll das Gebäude verlassen, bevor es in die Luft fliegt?« Ich konnte nicht verstehen, warum ich ein solches Wissen für mich behalten sollte. »Wie konnte ich ihn auf diese Weise sterben lassen? Wie konnte er beschließen, so zu sterben?«

»Du hättest nichts sagen können – es gibt Regeln, besonders, wenn du in Zukunft mit Hourglass verbunden bleibst.« Sie wollte mich trösten, aber ihre Erklärung machte mich wütend.

»Wer stellt diese Regeln auf?«

»Das findest du früh genug heraus«, sagte sie in sachlichem Ton und stand auf. »Nach heute werden sie uns bestimmt bald einen Besuch abstatten.«

Ich starrte sie verständnislos an. »Wovon redest du?«

»Was wäre, wenn ich dir sagen würde«, fragte Cat und schaute mir dabei tief in die Augen, »dass du Dinge verändern kannst?«

Ich erwiderte ihren Blick. Ihre Worte machten mir Angst und ließen mich gleichzeitig hoffen.

»Es ist so, dass ich bereits mehr als genug Schwierigkeiten habe.« Sie hielt inne und presste die Lippen zusammen. In ihrem Kopf schien es zu arbeiten. »Wenn Landers verschwunden ist … und wir Zugang zum Hourglass-Haus erlangen … gibt es eine Brücke. Ich könnte dich durchschleusen.«

»Mich durchschleusen?«

»Damit du Dinge verändern kannst?«

Sie sprach über Michaels Rettung. Ich stellte mich auf die Knie. »O ja. Bitte …«

»Warte.« Sie hielt einen Finger hoch. »Es ist nicht so einfach. Wenn die Machthaber auftauchen, könntest du deine Gabe vielleicht niemals wieder einsetzen.«

»Das ist mir egal.« Um Michael zurückzubringen, hätte ich jede Regel gebrochen und jede Folge in Kauf genommen.

Ich rutschte zur Bettkante. Ein Gefühl von Hoffnung wärmte mir das Herz und ließ es schneller schlagen. »Wann kann ich gehen?«

Sie erhob sich und schaute auf die Uhr. »Gib mir eine halbe Stunde Zeit. Ich könnte mir vorstellen, dass Liam und die anderen zu deiner Wohnung fahren, um nach einer Spur von Landers zu suchen. Ich sag ihnen, dass du hierbleiben willst und dass ich dich nicht allein lassen möchte. Und Emerson?«

»Ja?«

»Du darfst es niemandem sagen. Liam bricht niemals die Regeln. Es hat mich, ehrlich gesagt, überrascht, dass er mit dir zurückgekommen ist. Was wir tun wollen, ist gefährlich und sehr, sehr falsch«, sagte sie in harschem Ton. »Hast du das verstanden?«

»Ich hab's verstanden.«

50. KAPITEL

Die Zikaden sangen, als wir durch das dämmerige Zwielicht in Richtung Hourglass fuhren. Dadurch erschien das, was ich tun wollte, noch unwirklicher, als ob ich lieber Glühwürmchen in einem Marmeladenglas fangen sollte, statt Tote wieder zum Leben zu erwecken.

Gekonnt steuerte Cat den Wagen die gewundene Straße entlang und behielt den Rückspiegel im Auge. Zufrieden, dass niemand uns gefolgt war, fuhr sie rechts ran und parkte unter einer Trauerweide, deren tief hängende Zweige eine gute Tarnung für das Fahrzeug boten.

»Wir gehen direkt in Liams altes Büro. Komm mit und tu so, als gehörtest du hierher, egal, welche Leute wir treffen oder was sie zu dir sagen.«

»Verstanden.«

»Wenn ich die Brücke öffne, musst du dich auf den Moment konzentrieren, in dem du mit Michael ins Labor gegangen bist. Und du musst darauf achten, dass du von niemandem gesehen wirst – wirklich von *niemandem*, Emerson. Auch wenn die Versuchung noch so groß ist, Michael zu rufen, du darfst es erst tun, nachdem du mit Liam das Labor verlassen hast. Dann bleiben dir nur wenige Sekunden vor der Explosion.«

Ich warf einen Blick auf meine Kleidung, in der Hoffnung, es würde reichen, bei ihm den Eindruck zu erwecken, dass er eine »andere« Emerson vor sich hatte. Wir hatten die warme

Jacke, die ich bei unserem ersten Rettungsversuch getragen hatte, so gut es ging, gereinigt, und ich hatte mir einen leuchtend grünen Schal umgebunden. Das Haar trug ich offen statt zum Pferdeschwanz zusammengebunden. Außerdem hatte ich Kalebs Silberreif als Glücksbringer in die Tasche gesteckt.

»Du musst ihn zum Mitmachen überreden. Wenn er sich weigert, wenn dir irgendetwas zustößt …«

Sie brauchte den Satz nicht zu beenden. Wenn mir irgendetwas zustieß, würde niemand kommen, um uns zu retten.

»Du sagst immer ›wenn‹. Das ist nicht sonderlich ermutigend.«

Sie packte meinen Arm und drückte ihn. »Du musst dir bewusst machen, welches Risiko du eingehst. Bist du dir darüber im Klaren?«

Ich nickte.

Ich folgte ihr zum Haus und bemühte mich, nicht allzu verängstigt dreinzuschauen. Cat klopfte nicht und benutzte auch keinen Schlüssel, sondern öffnete einfach die Haustür und ging hinein. Ich gewann einen flüchtigen Eindruck von warmen Farben und einem großzügigen Wohnbereich, bevor sie mich in einen dunklen Raum zog.

Sie deutete durch die Tür. »Der Flur führt in ein Wohnzimmer. In diesem Zimmer führt eine Glastür zu einer überdachten Terrasse mit einer Steinmauer, die dir Sichtschutz bietet. Wenn du die Rasenfläche erreicht hast, musst du rennen, damit dich niemand sieht.«

»Ja, ich weiß, aber was mach ich, wenn …«

Die Frage wurde vom Klappern einer Tür unterbrochen. Cat zog mich hinter den Schreibtisch und drückte mich herunter. Gedämpfte Stimmen waren zu hören und entfernten sich wieder.

»Wenn du gehen willst, musst du es jetzt tun.« Sie hob die Hände, und die leuchtende Kugel materialisierte sich. Ihr Licht verlieh Cats Gesicht einen gespenstischen Schimmer. »Bist du bereit?«

Ich stand auf und trat durch den Schleier.

51. KAPITEL

Der lange Tunnel aus Licht wurde von denselben silbrigen Wasserkaskaden umströmt wie am Abend zuvor. Es war anders ohne Michael an meiner Seite, weniger aufregend, mehr beängstigend. Ich drehte den Ring und konzentrierte mich auf das Datum von Liams Tod, während ich mir ins Gedächtnis rief, wie Michael und ich den Rasen vor dem Labor überquert hatten. Dinge, die wir gesagt und die wir nicht gesagt hatten, kamen mir in den Sinn. Ich verscheuchte die Gedanken daran und konzentrierte mich. Fast war es mir, als hätte ich Michaels Stimme im Ohr, die mich ermahnte, mich nicht ablenken zu lassen.

Bald hörte ich die ungefilterten Geräusche und sah den Schimmer, der das Ende meiner Reise signalisierte. Als alles wieder still war, blieb ich auf der Brücke und vergewisserte mich, dass ich allein im Raum war. Ich sah nichts weiter als den schwachen Lichtschein eines beleuchteten Regals.

Es enthielt eine Sammlung von Sanduhren, von den uråltesten Formen bis hin zu futuristischen Modellen. Sie waren mir nicht aufgefallen, als ich mit Cat hier gestanden hatte.

Ich trat durch den Schleier, schlich auf Zehenspitzen zu Liams Bürotür und steckte meinen Kopf hindurch, wie ich es fünfzehn Minuten zuvor, jedoch in einer vollkommen anderen Zeit, getan hatte. Das Haus schien genauso leer wie damals. Jetzt war es in derart tiefe Dunkelheit getaucht, dass ich mich schwarzärgerte, nicht an eine Taschenlampe gedacht zu haben. Ich schlich zur Terrassentür und drückte die geschwungene Türklinke herunter.

Abgeschlossen.

Und dann hinter mir – das unverwechselbare Geräusch von Schritten.

Panik stieg in mir hoch und krallte sich um mein Herz. Ich verschluckte den Schrei, der mir in der Kehle steckte, und blickte mich um.

Ich war allein.

Ich richtete meine Aufmerksamkeit wieder auf die Tür. Da war ein Riegel, den man nur mit einem Schlüssel öffnen konnte.

»Okay. Denk nach.« Ich suchte nach einem Haken an der Wand oder nach einem Beistelltischchen, wo sich das befinden mochte, wonach ich suchte. Aber ich hatte kein Glück. Eine Erinnerung kam mir in den Sinn. Ich schaute nach oben und sah etwas auf dem Türrahmen blitzen.

Ein Schlüssel.

Genau dort, wo meine Eltern den Badezimmerschlüssel liegen hatten, damit ich mich als Kleinkind nicht im Bad einschließen konnte. Ich reckte mich so hoch, wie ich konnte, und fluchte leise vor mich hin. Zu klein. Ich wagte nicht zu springen – wenn ich es nicht gleich beim ersten Mal schaffte und zu viel Lärm machte, würde mir vielleicht nicht genug Zeit bleiben, nach draußen zu kommen.

Gott sei Dank hatten meine Augen sich mittlerweile an das Dämmerlicht gewöhnt, und ich schaute mich im Raum um. In ein paar Metern Entfernung stand ein Sessel mit einem Plüschhocker. In der Hoffnung, dass er Rollen haben möge, eilte ich hinüber und hatte Glück.

Ich rollte den Hocker vor die Tür, kletterte vorsichtig drauf und beförderte den Schlüssel herunter, der mit leisem »Ping«

auf dem Holzboden aufschlug. Ohne den Hocker zurück an seinen Platz zu schieben, schob ich den Schlüssel ins Schloss.

Die kalte Nachtluft ließ meine Augen tränen. Im Labor brannte Licht, und der gefrorene Rasen war menschenleer. Ich drückte die Daumen, dass es so bleiben möge, schlich die Stufen hinab und rannte los.

Ziemlich schnell hatte ich den Waldrand erreicht. Ich wünschte mir, ich könnte irgendetwas oder irgendjemanden sehen, um eine Bestätigung zu bekommen, dass ich in der richtigen Zeitspanne von der Brücke getreten war.

Der Wunsch wurde prompt erfüllt.

Auf der Suche nach einem schnellen Zufluchtsort schlüpfte ich in das verlassene Gebäude mit dem morschen Fußboden, vor dem Michael mich beim letzten Mal gewarnt hatte. Obwohl die Tür nur noch gerade so an den Angeln hing, konnte ich sie hinter mir schließen. Drinnen roch es nach verschimmeltem Laub und Benzin. Der Fußboden schien einigermaßen in Ordnung. Aber auch wenn er es nicht gewesen wäre, hätte ich keine andere Alternative gehabt.

Landers und Ava befanden sich bereits im Wald und kamen direkt auf mich zu.

Ich öffnete die Tür einen winzigen Spalt und lugte nach draußen.

»Es tut mir leid.«

»Das sollte es auch. Aber ich verzeihe dir. Mach deine Sache gut, dann werde ich dich vielleicht belohnen.«

»Was auch immer du sagst, was immer du möchtest.«

Wenn überhaupt, erschien mir das Gespräch beim zweiten Mal noch verzweifelter. Zumindest wusste ich jetzt, dass Michael und Liam sich im Labor aufhielten und ich nur wenige Meter entfernt war und dasselbe Gespräch hinter einem Baum versteckt mit anhörte.

Das war sehr verwirrend.

Angestrengt spähte ich in die Dunkelheit.

Jacks kräftige Gestalt hob sich vor der winterlichen Landschaft ab. Alles an ihm drückte aus, dass er von seinem Recht überzeugt war, seine perfiden Pläne in die Tat umzusetzen. Das ließ mich ihn noch mehr hassen.

»Was meinst du, wie viel Zeit uns noch bleibt, bevor sie nach uns suchen?« Etwas an Avas Stimme war anders, vielleicht weil ich ihnen diesmal näher war. Oder vielleicht, weil ihre Worte ängstlich klangen.

»Sie werden uns nicht suchen. Es gibt keinerlei Beweise, dass der Vorfall durch eine zeitbezogene Fähigkeit ausgelöst wurde.« Er tat ihre Sorge als bedeutungslos ab – und er hatte Recht damit. Nach Kalebs Worten ahnte keine der staatlichen Behörden, dass so etwas wie Hourglass überhaupt existierte. »Mach dir doch nicht so viele Sorgen um die Konsequenzen. Du führst dich auf, als wär's dein Job, mich zu überwachen.«

Als sie am Schuppen vorbei tiefer in den Wald gingen, versuchte ich, einen Blick auf Avas Gesicht zu erhaschen, aber ich sah nichts als eine lange Halskette und eine blaue Jacke. Dann waren sie verschwunden.

Ein Rechteck aus goldenem Licht fiel auf den Rasen.

Michael – lebendig, unversehrt, atmend – verließ das Labor, um John Doe aus dem Auto zu holen.

Ich sah ihm nach, wie er zur Seitenwand des Hauses eilte und aus meinem Blickfeld verschwand.

Es fiel mir ungeheuer schwer, untätig abwarten zu müssen, obwohl ich genau wusste, was geschehen würde. Ich nutzte die Zeit, indem ich vorsichtig die Festigkeit der Bodenbretter testete. Michael und ich brauchten eine schnelle Rückzugsmöglichkeit, nachdem ich ihn kurz vor der Explosion aus dem Labor geschleift haben würde.

An den Wänden schienen die Bodenbretter stabiler zu sein als in der Mitte des Raums. Und während ich nach dem besten Versteck suchte, passierte das Unfassbare.

Der kahle Schuppen füllte sich mit Leben. Im Lichtschein einer Kerosinlampe folgte eine Vision auf die andere, eine bunte Patchworkdecke über einer Leiste neben einem Holzofen, ein kleines Mädchen, dessen dunkle Haut wie Ebenholz schimmerte, sang ihrer geschnitzten Holzpuppe etwas vor, in der Ecke eine junge Mutter, die ihr Baby auf dem Schoß wiegte.

»Nein, nein, nein.« Ich kniff die Augen zu und öffnete sie wieder. Die Bilder waren noch da und wiesen nun weitere Details auf. Der Raum hatte sich vollkommen verwandelt. Ich dachte an Liams Worte, dass die Zeitlosen durch das Gewebe der Zeit quollen. Zuerst hatte ich nur einzelne Personen gesehen, dann ein Jazztrio und eine Pferdekutsche und jetzt eine ganze Holzhütte mitsamt Bewohnern. Wie weit würden sich die Zeitlosen noch ausbreiten?

Ich schaute aus dem Fenster, vor dem jetzt handgewebte Gardinen hingen. Draußen bildeten andere Hütten eine Art Halbkreis um einen kleinen Platz.

Das Labor war weit und breit nicht zu sehen.

Sollte ich das kleine Mädchen oder die junge Mutter mit ihrem Neugeborenen zerplatzen lassen?

Einer von ihnen musste weg. Alles musste verschwinden, und zwar schnell. Ich musste die aktuelle Zeit vor dem Fenster sehen und keine Szenerie aus der Vergangenheit.

Das kleine Mädchen war mir am nächsten, also war sie die Gewinnerin. Oder die Verliererin, je nachdem. Ich tippte ihr leicht auf die Schulter, statt meinen Finger in sie hineinzubohren, als würde ich sie aufspießen.

Die Auflösung war anders als alles, was ich je gesehen hatte.

Statt einfach zu zerplatzen, begann die Szene von oben nach unten zu verblassen und zerlief wie Regenwasser auf einer Fensterscheibe.

Irgendetwas schien absolut verkehrt, aber ich hatte keine Zeit, darüber nachzudenken. Wie nach einem Filmschnitt tauchte das Labor wieder auf, wobei der obere Teil zuerst sichtbar wurde und dann der untere. Michael ging auf die Tür zu und zerrte John Doe hinter sich her.

Mir blieb vielleicht noch eine Minute. Ich rannte los, ohne mich darum zu scheren, ob mich einer sehen konnte. Jack und Ava waren in sicherer Entfernung irgendwo im Wald, von wo aus sie großen Schaden anrichten wollten, während Liam, Michael und ich an der Tür zum Labor anfingen zu streiten. Als ich die Seitenwand des Gebäudes erreichte, presste ich meinen Körper gegen das Mauerwerk und schloss die Augen. Ich wusste nicht, ob ich mich selbst sehen durfte.

Ich wusste nicht, ob ich es wollte.

»Ich lass dich nicht hier zurück.«

»Geh, Emerson. Nimm die hier mit.«

»Komm mit. Du hast versprochen, dass wir heil zurückkehren.«

Ich klang verzweifelt. In diesem Augenblick wurde mir klar, dass ich es irgendwie geahnt hatte, dass Michael nicht lebend aus dem Gebäude kommen würde. Aber das war damals.

Die Geschichte durfte sich nicht wiederholen.

»Ich hab versprochen, dass du heil zurückkehrst, und jetzt sieh zu, dass du hier wegkommst. Geh mit Liam zum Auto. Bitte! Die Zeit wird knapp.«

»Michael wird wissen, was er tut. Wir halten ihn nur auf.«

»Geht, passt auf euch auf. Ich komme nach, sobald ich kann.«

Sobald ich wusste, dass der Weg zur Eingangstür frei war, trat ich von der Seitenwand weg und schlüpfte ins Labor.

Michael stand reglos da. Mit hängenden Schultern, am

Boden zerstört. Er hielt den Leichensack umklammert wie eine Rettungsleine.

»Michael!«

Er hob den Kopf und riss verängstigt die Augen auf. Unter heftigem Kopfschütteln sagte er: »Warum bist du hier? Mach, dass du wegkommst, Em, lauf!«

»Nein!« Ich packte Michaels Handgelenk und trat so fest nach John Doe, wie ich konnte, woraufhin die Leiche zu Boden rutschte und ein Arm aus dem Leichensack herausglitt. »Wir rennen zusammen.«

Mit eisernem Griff zerrte ich Michael ins Freie und stürmte los. Hinter mir hörte ich Michaels keuchenden Atem, als er mir durch den Wald und in den kleinen Schuppen folgte.

In dem Moment, in dem ich die Tür hinter uns zugezogen hatte, ging das Labor in Flammen auf.

52. KAPITEL

Was hast du getan, Emerson? Was hast du getan?«

»Ich habe dir das Leben gerettet.«

»Die Regeln …«

»Vergiss die Regeln, sonst bist du in der Zukunft tot, weil ich dich umgebracht hab! Kein Mensch außer dir hält sich daran, und ich lass nicht zu, dass du jetzt wegen irgendeinem schrägen Ehrenkodex irgendwas Dummes tust.« Ich war hin- und hergerissen. Ein Teil von mir hätte ihn am liebsten in die Arme geschlossen und nie wieder losgelassen. Der andere Teil hätte ihm die Augen auskratzen können, weil er wissentlich in den Tod gegangen war.

»Warum bist du zurückgekommen, um mich zu holen?«

Mein Zorn war der klare Sieger. »Hast du auch nur eine einzige Sekunde darüber nachgedacht, was du mir damit angetan hättest, wenn du für immer von mir gegangen wärst? Deiner Mom und deiner Schwester? Kaleb? Allen Menschen, die dich gernhaben?«

»Ich habe an *nichts* anderes gedacht.«

»Und warum hast du's dann getan?«

»Ich hatte keine Wahl. Es war der vorgegebene Verlauf der Dinge. Sobald ich wusste, dass du es heil zurückschaffst …« Er hielt inne. »Ich musste mich vergewissern, dass du mit meiner Entscheidung klarkommen würdest, nach einer Weile. Und das würdest du.«

»Tatsächlich?«

Er starrte an die Decke. »Als ich dich gesehen habe, hat man sich um dich gekümmert. Du wurdest … geliebt.«

»Wer hat sich um mich *gekümmert?*«

Er erwiderte meinen Blick. »Kaleb.«

Ich schüttelte den Kopf.

»Also wusste ich, dass du eine Zukunft haben würdest. Ich musste mich damit abfinden, dass ich kein Teil davon sein würde.«

»Vielleicht will ich keine Zukunft ohne dich.« Ich leckte meine Lippen und versuchte, ruhig zu bleiben. Wie verdreht war ich eigentlich? Die Vorstellung eines Gesprächs über meine Gefühle jagte mir mehr Angst ein als das Drama, das sich draußen vor der Tür abspielte. »Hast du daran gedacht?«

»Mein Tod starrte mir ins Gesicht. Ich hätte keinen anderen Gedanken haben dürfen, aber da warst du ganz oben auf der Liste.«

Ich fragte mich, warum ich plötzlich an erster Stelle stand.

Eine zweite Explosion ließ die Scheiben klirren und jagte uns einen Schreck ein.

»Wir sollten zusehen, dass wir hier rauskommen«, sagte er und deutete auf die Tür.

»Das geht noch nicht. Draußen ist zu viel los. Wir müssen warten, bis es ruhiger wird. Wenn wir sowieso noch ein bisschen Zeit totschlagen müssen«, ich verdrehte die Augen wegen meiner Wortwahl, »hab ich dir noch ein paar Sachen zu sagen, bevor wir zurückkehren. Du kannst dir nicht vorstellen, was in den letzten vierundzwanzig Stunden alles passiert ist.«

»So schnell bist du zurückgekommen, um mich zu holen?«

»Glaub mir, es ist mir nicht schnell vorgekommen. Ich weiß nicht, ob ich mit den schlechten Nachrichten anfangen soll oder mit den guten.« Ich seufzte. »Okay. Du hattest Recht. Jonathan Landers war wirklich der Mörder.«

»Ich hab's gewusst.«

»Das ist noch nicht das Schlimmste. Er hat in meiner Wohnung gelebt seit dem Tag, an dem wir uns kennen gelernt haben. In deiner auch.«

Michael machte ein verwirrtes Gesicht. »Ich verstehe nicht.«

»Alle anderen auch nicht. Irgendwie hat er es geschafft, auf Zeitreise zu gehen. Er hat die Brücke benutzt, die in unseren Zimmern endet. Ich dachte, er wäre ein Zeitloser. Ich hab versucht, ihn zu berühren und verschwinden zu lassen, und endete mit einer Hand voll fluoreszierendem Schleim.«

»Warum habe ich ihn nicht gesehen?«

»Weil er es nicht wollte, nehme ich an. Wahrscheinlich hat er die Brücke irgendwie manipuliert und als Versteck umfunktioniert.«

Michael starrte nach draußen, wo Jack einen Feuerwehrwagen über den Rasen winkte.

»Warum hast du mir nichts von ihm erzählt?«

Mir wurde heiß vor Scham. Diese Frage war schwieriger zu beantworten als die anderen.

Wie konnte ich Michael erzählen, dass ich Jack mit seinen Aufmerksamkeiten und Schmeicheleien für mich behalten wollte? Ich hatte ihn für eine Art Schutzengel gehalten, doch er war nichts dergleichen. Er war ein Mörder, und er war in meiner Wohnung gewesen. Er hatte mich schlafen sehen. Ich war dumm genug, ihm zuzuhören, als er behauptet hatte, er wolle mich beschützen.

»Zuerst hab ich gedacht, es wär keine große Sache. Und dann – dann fühlte es sich an wie eine Lüge. Wie etwas, das ich besser für mich behalten sollte. Da hätte ich wissen müssen, dass es falsch war.«

Er wirkte nachdenklich. »Wir haben beide Dinge voreinander geheim gehalten.«

»In deinem Zimmer, nachdem wir uns geküsst haben … da hast du gesagt, dass du mich noch einmal küssen wolltest. Aber du hast gewusst, dass du nicht zurückkommen würdest. War es nur ein Abschiedskuss?«

»Was glaubst du denn, was für ein Kuss es war?«

Ich wusste, dass ich mich später ärgern würde, ihn nicht länger in die Mangel genommen zu haben, aber meine Traurigkeit wandelte sich in übermütige Erleichterung, die die Worte nur so aus meinem Mund sprudeln ließ. Unkontrollierbar und impulsiv.

»Ich hoffe, es war ein Abschiedskuss. Denn dann wäre jetzt ein Begrüßungskuss angesagt.« Ich fingerte an meinem Schal herum. »Ich meine, ich hab dich von den Toten zurückgeholt, könnte man sagen.«

Michael starrte mich kurz an, bevor er näher trat und mein Gesicht mit den Händen umschloss. Der Stromstoß, den seine Berührung auslöste, haute mich fast um.

»Es war ein Abschiedskuss. Ich glaubte nicht, dass ich dich jemals wiedersehen würde, und ich wollte nicht sterben, ohne zu wissen, wie es sich anfühlt, dich zu küssen.« Er stöhnte. »Das klingt alles so furchtbar dramatisch.«

»War es ja auch.« Ich dachte daran, wie es mir das Herz zerrissen hatte, als ich glaubte, ich hätte ihn verloren. »Es war schrecklich.«

»Es tut mir leid.«

»Ich habe dir noch nicht verziehen.« Mir zitterten die Knie, meine Stimme bebte. »Ich weiß nicht, wie lange ich brauche, bis ich dir vergebe, oder ob ich es jemals kann, aber ich bin so glücklich, dass du jetzt hier bist.«

»Emerson …«

»Ich weiß nicht, was all das zu bedeuten hat, aber ich weiß, dass ich nicht atmen konnte, als ich dachte, du wärst tot. Es war ein Gefühl, als ob eine Hälfte von mir fehlen würde.« Ich konnte nicht aufhören zu brabbeln, mein Laufwerk war nicht nur zu langsam, sondern vollkommen im Eimer. »Ich bin siebzehn. Wie kann man mit siebzehn so etwas fühlen?«

»Em …«

»Und was Ava angeht, oder Kaleb, ich will niemanden zwischen uns haben. Ich …«

»Emerson!« Seine Stimme klang dringlich.

»Was ist?«

»Bitte hör auf zu reden.« Er senkte den Kopf, bis sein Mund fast meine Lippen berührte. »Ich kann dich nicht küssen, wenn du redest.«

Die Freude, die durch meine Adern pulsierte, löschte den Schmerz aus, ihn fast verloren zu haben. Ganz kurz kam mir die Emerson draußen auf dem Rasen in den Sinn, die Emerson, auf die nichts als Trauer und Verlust warteten.

Dann ließ ich sie los, gab mich seinem Kuss hin, seinem Körper, der jetzt real und unversehrt vor mir stand.

Wir knieten vor dem Türspalt, durch den wir alles beobachten konnten, was sich auf dem Gelände abspielte. Die Flammen waren fast erloschen. Fahrzeuge setzten zurück und hinterließen matschige Reifenspuren im Gras. Der Feuerwehrhauptmann regelte den Verkehr. Sein Gesicht war voller Ruß und Asche, sein Atem bildete kleine weiße Wölkchen in der kalten Nachtluft, während er seine Befehle ausrief.

»Jetzt müssen wir es nur noch zu Liams Büro schaffen«, sagte ich. »Cat hält die Brücke offen.«

»Lass mich vorangehen.«

Ich zog die Brauen hoch.

»Ich weiß, du kannst auf dich selbst aufpassen. Und auf mich.« Er spähte nach links und rechts und beobachtete Landers. »Es ist nur eine Vorsichtsmaßnahme. Ich kenne das Haus und die Leute, die sich darin aufhalten könnten. Du nicht.«

»Akzeptiert.«

Ich betrachtete seine geschwungenen Lippen und dachte nicht an die Brücke oder an die Probleme, die uns auf der anderen Seite erwarteten. Ich dachte nur an Michael und daran, wie dankbar ich war, dass er lebte, und wie sehr ich mich danach sehnte, ihn zu berühren. Und von ihm berührt zu werden.

Er richtete seine Aufmerksamkeit auf die Aktivitäten vor dem Fenster. »Emerson. Du darfst mich nicht so ansehen. Nicht jetzt.«

»Woher weißt du, dass ich dich ansehe?«

»Ich fühle es.« Er lächelte. Ich konnte es nicht sehen, aber ich hörte es an seiner Stimme. Er legte den Arm um mich und zog mich sanft an seine Seite. »Moment mal. Du hast mir nur eine schlechte Nachricht erzählt. Was ist sonst noch passiert, außer dass Jonathan Landers dir nachspioniert hat?«

»Die Zeitlosen, diese Risse in der Zeit, sie verändern sich. Wir haben beide das Jazztrio bei der Eröffnung des Phone Company gesehen, aber seitdem hab ich noch andere Sachen gesehen. Das Schlimmste war hier, kurz bevor ich dich gerettet habe. Der ganze Raum hier hat sich verwandelt. Und als ich aus dem Fenster geschaut habe, sah ich eine Szene von vor mindestens hundertfünfzig Jahren.«

»Wie bitte?«

»Ich kann es nicht erklären. Es war, als wäre ich in die Vergangenheit zurückgereist.«

»Klingt eher, als wäre die Vergangenheit zu dir gereist.« Er hielt inne und dachte kurz nach. »Auch ich sehe die Zeitlosen mit sehr viel mehr Details, aber nicht so wie du. Hast du Liam davon erzählt?«

Ich nickte. »Er macht sich Sorgen.«

»Das will was heißen. Hatte er eine Erklärung?«

»Nein.«

Er ließ mich los und öffnete die Tür ein Stückchen weiter. »Sieht so aus, als würden alle wichtigen Leute mit dem Feuerwehrhauptmann sprechen.«

»Wir dürfen noch nicht gehen«, protestierte ich. Die Menge mochte sich verziehen, aber das Gelände schien noch zu belebt, um sich ungesehen bewegen zu können.

»Cat kann das Wurmloch nicht mehr allzu lange offen halten. Sie ist auf feindlichem Gebiet, wenn die Leute von Hourglass noch auf Landers' Seite stehen.«

»Nur noch ein paar Minuten.«

»Nur ein paar.« Er stand auf und zog mich hoch.

»Während wir warten …« Ich griff nach seinem Jackenkragen, stellte mich auf die Zehenspitzen und presste meine Lippen auf seine. Zuerst fühlte seine Haut sich kühl an, doch sobald wir uns berührten, flammte Hitze auf. Sie wärmte mich bis in die Finger- und Zehenspitzen, und ich wäre jede Wette eingegangen, dass mir die Haare zu Berge standen und zuckende Blitze aus jeder einzelnen Strähne hervorschossen. Ich mochte jedoch nicht die Augen öffnen, um mich zu vergewissern.

Er zog mich näher an sich und ließ seine Lippen über meine Wangen und den Hals hinuntergleiten. Ich klammerte mich an seiner Jacke fest und zog ihn noch näher an mich.

»Lass uns hier verschwinden«, flüsterte er mir ins Ohr. »Irgendwohin, wo ich dich richtig küssen kann.«

»Dann ist das hier kein richtiger Kuss?« Ich zitterte schon wieder. Was hatte dieser Junge nur an sich, dass er mich derart aus der Fassung brachte? »Wenn nicht, dann frag ich mich, ob ich mit einem *richtigen* Kuss überhaupt fertigwerde.«

»Ich geb mir alle Mühe, dass du's schaffst.« Seine Lippen wanderten über meine Wangenknochen und fanden schließlich meinen Mund, während seine Hände unter meine Jacke glitten. Ich spürte ihre Hitze durch mein T-Shirt und fragte mich, wie sich die Berührung auf der nackten Haut anfühlen würde. »Oder dass du's nicht schaffst. Was auch immer du willst.«

Ich wollte mit ihm allein sein. Ganz allein. »Vielleicht sollten wir damit bei mir zuhause weitermachen.«

Er hob den Kopf und warf mir einen sonderbaren Blick zu. Ich kicherte nervös. »In Gedanken klang das irgendwie besser.«

»Ich finde, es klingt verdammt gut!«

Wir erreichten das Haus ohne Zwischenfälle. Es ging fast zu glatt.

»Hab ich schon danke gesagt?«, fragte Michael, als wir in Liams Büro schlichen. »Wenn nicht, dann sag ich's jetzt. Danke.« Er hob meine Hand an seine Lippen und küsste die Innenseite meines Handgelenks.

»Ich kann mich nicht erinnern.« Ich konnte mich an gar nichts erinnern, denn ich hatte soeben eine neue erogene Zone entdeckt. »Gern geschehen.«

Er grinste nur.

Immer noch Hand in Hand traten wir in den Schleier.

Ich konzentrierte mich auf die Rückkehr in Liams Büro. Die silbrigen Wirbel umfingen mich wieder, und ich hörte nichts weiter als geisterhafte Stimm- oder Musikfetzen.

Als wir den Schleier erreichten, flüsterte Michael. »Bleib auf der Brücke. Ich komm dich holen, wenn ich sicher bin, dass alles in Ordnung ist.«

»Beeil dich.«

Er drückte meine Hand und verschwand.

Ich hingegen konzentrierte mich aufs Stillstehen. Es fühlte sich so anders an, als zu reisen. Es war, als würde ich geschoben und gezogen und als würde mein Leben davon abhängen, das Gleichgewicht zu halten. Die Silberwirbel schienen sich gleichzeitig mit und entgegen dem Uhrzeigersinn zu drehen. Gesichter, mit sprechenden Mündern und blinzelnden Augen, tauchten auf und verschwanden wieder.

Das Ganze gefiel mir ganz und gar nicht.

Wo war Michael?

Je länger ich wartete, desto bedrückender wurde es und desto näher kamen die Gesichter. Ich sah jetzt Details, Wimpern, Augenbrauen, Grübchen und Schnauzbärte. Wellenartig tauchten die Gesichter an den Rändern der Brücke auf. Ich konnte sie zwar nicht hören, aber es sah so aus, als würden ihre Münder meinen Namen aussprechen und stumme Warnrufe ausstoßen.

Ich schloss die Augen, dennoch konnte ich ihre Gesichter minutenlang vor mir sehen.

Ich musste raus.

Ich trat durch den Schleier von der Brücke und öffnete die Augen.

Und sah Cat.

Sie hatte eine Pistole auf Michael gerichtet.

53. KAPITEL

»Was ist los?«

Ich wurde von hinten gestoßen und von Michael aufgefangen.

Als ich wieder sicher auf den Beinen stand, sah ich mich Jack Landers gegenüber.

Die Waffe auf uns gerichtet, eilte Cat an Jacks Seite und sah uns mit funkelnden Augen an. Meine Kinnlade fiel herunter, als ich sah, wie sie sich an seinen Körper schmiegte und ihn hemmungslos abknutschte, als ob sie ihn auffressen wollte.

Was mir nur recht gewesen wäre.

»Cat?« Michael zog mich hinter seinen Rücken, um mich zu schützen. Jacks Schubser hatte mich aus dem Gleichgewicht gebracht, doch Cats Verrat warf mich um. »Was tust du nur?«

Hingerissen strich sie über Jacks Wange und richtete ihre ganze Aufmerksamkeit auf ihn. »Ich dachte, du wärst tot.«

»Das war ich auch fast. Das Mittel hat mich am Leben gehalten.« Jack nahm ihre Hand und presste sie an seine Lippen. »Auf meinem letzten Rückweg hatte ich alles aufgebraucht. Ich dachte schon, ich würde für immer stecken bleiben.«

»Deshalb bin ich hergekommen. Ich habe gehofft, du könntest dich an Emerson dranhängen und mithilfe ihres Gens rauskommen, während ich mit meiner exotischen Materie das Tor offen halte. Es hat funktioniert.«

»Danke«, sagte Landers förmlich.

»Cat?«, versuchte Michael es erneut.

Sie ignorierte ihn.

»Aber warum? Warum bist du auf Zeitreise gegangen, obwohl ich nicht da war, um dir zu helfen?« Cats Stimme bebte, und sie lehnte den Kopf an Landers' Stirn. »Du brauchst das Mittel in deinem Körper, und du brauchst mich, damit alles optimal läuft. Wo musstest du so dringend hin, dass du dafür dein Leben aufs Spiel gesetzt hast?«

»Es spielt keine Rolle. Jetzt bin ich ja hier.«

»Cat«, unterbrach Michael sie. »*Was* ist hier los?«

»Halt deine verdammte Klappe, Michael.«

Als sie sich umdrehte, wichen wir beide zurück. Ihre sonst so ausgeglichenen Gesichtszüge hatten sich in eine verächtliche Fratze verwandelt. »Zum Teufel mit deiner Pfadfinderehre.«

»Ich kann es nicht fassen. Bist du wirklich mit *ihm* zusammen?«, fragte Michael zornig.

»Ich weiß, dass du die junge, idealistische Schiene fährst, aber ich gehe davon aus, dass du lernfähig bist.« Sie schlang den Arm um Jacks Taille.

Er schaute mich an, und seine Augen wirkten nicht mehr farblos, sondern strahlend blau. Und Grauen erregend.

Einen Augenblick herrschte Totenstille, bis Michael fragte: »Warum?«

»Weil Jack und ich zusammen mehr erreichen konnten als getrennt. Weil ich es satthatte, jahrelang auf der Reservebank zu sitzen.« Sie schaute zu Jack auf. Als sie bemerkte, dass seine Aufmerksamkeit auf mich gerichtet war, räusperte sie sich, und der Griff, mit dem sie die Waffe hielt, festigte sich. Ich umklammerte Michaels Arm.

»Du hast nicht auf der Reservebank gesessen«, sagte Michael. »Du bist ein wesentlicher Teil von dem, was wir tun. Wir können nicht ohne dich auf Zeitreise gehen.«

»Ihr *konntet* nicht ohne mich reisen«, korrigierte sie ihn. »Liam hat einen wissenschaftlichen Jackpot geknackt. Er hat molekular vollständige exotische Materie erschaffen und in eine Form gebracht, die man wie ein Medikament einnehmen kann. Unglücklicherweise ist die Formel für das Mittel bei seinem Tod mit ihm in Flammen aufgegangen.«

Ich spürte, wie Michaels Muskeln sich anspannten. »Also deshalb hast du uns zurückgehen lassen, um ihn zu retten. Weil du die Formel wolltest.«

»Als du herausgefunden hast, dass du es nach eurer kleinen Rettungsaktion nicht zurückschaffen würdest, dachte ich, ich wäre zwei Probleme auf einmal losgeworden. Ich hätte nie gedacht, dass Liam mit Emerson über die Brücke spaziert kommt.«

»Wie konntest du das tun?«, flüsterte Michael. »Liam und Kaleb lieben dich. Du bist für sie ein Teil ihrer Familie.«

»Nein. Ich bin für sie kein Familienmitglied. Nicht mal eine entfernte Verwandte.«

»Das ist nicht wahr.« Er trat einen Schritt auf sie zu. »Liam hat dir *vertraut* ...«

Cat richtete die Pistole auf Michaels Kopf und entsicherte sie. Die Kugel glitt mit einem klackenden Geräusch in die Kammer.

»Liam hat eine DNA-Analyse bei mir vorgenommen, um an die Formel zu kommen. Ihm war gar nicht richtig bewusst, was er herausgefunden hatte, trotzdem wollte er mir keine Kopie überlassen.« In Cats Blick und ihrer Stimme schwang nicht der kleinste Anflug von Schuldgefühlen mit, einen Mord begangen zu haben. »Also habe ich mich gegen ihn gestellt. Ein Missverständnis hielt mich davon ab, seine Forschungsergebnisse an mich zu bringen, bevor wir ihn getötet haben. Wie wir alle wissen, kann exotische Materie erheblichen Schaden anrichten, wenn sie so schnell bewegt wird, wie Ava sie werfen kann.«

»Ava?«, fragte Michael.

»Das Feuer, von dem das Labor in Schutt und Asche gelegt wurde, war kein *normales* Feuer, Michael«, schnaubte Cat. »Und du scheinst kein normaler Mann zu sein, sonst wärst du nicht so immun gegen Avas Annäherungsversuche gewesen. Da wir sie doch so gedrängt haben, dich abzulenken und zu verführen. Armes zurückgewiesenes Ding.«

»Aber warum?«, fragte ich. Mir wurde ganz schlecht bei dem Gedanken, wie die arme Ava von Cat und Landers manipuliert worden war. »Warum habt ihr das getan?«

»Ich wollte die Fähigkeit erlangen, auf Zeitreise zu gehen«, antwortete Jack. »Wir hatten kein ›Rezept‹ für das Mittel, aber wir fanden eine Dose voller Pillen. Cat war bereit zu experimentieren.«

Michael schüttelte angewidert den Kopf. »Ihr seid beide wahnsinnig.«

Jack musterte uns mit verschlagenem Blick. »Sind wir das? Wer würde nicht gern bestimmte Dinge in seiner Vergangenheit ändern? Schlechtes in Gutes wandeln? Warum sollte man niederschmetternde, schreckliche Erlebnisse nicht verändern, wenn man die Möglichkeit hätte? Du weißt, wie so etwas ist, nicht wahr, Emerson?«

Ich konnte nichts sagen. Er hatte einen meiner wundesten Punkte angesprochen.

Das strahlende Blau von Jacks Augen war ein wenig verblasst, und es sah aus, als wäre sein blondes Haar an den Schläfen ergraut. »Ich habe immer gedacht, ich könnte Grace dazu bewegen, zurückzureisen und Dinge in meinem Sinn zu verändern. Kaleb hatte so viele Probleme; ich dachte, sie würde Verständnis haben für mein Anliegen.«

»Aber das hatte sie nicht«, sagte Michael.

»Sie hatte Einwände. Dann brachte sie mich mit Liams Tod in Verbindung. Ich musste etwas tun.«

Übelkeit stieg in mir hoch, und ich musste schlucken. »Du bist es gewesen. Sie hat nicht versucht, sich das Leben zu nehmen. Das hätte Kaleb doch kommen sehen. Aber er hat nichts gefühlt. Du hast versucht, sie umzubringen.«

»Das habe ich nicht«, wandte er höflich ein. »Ich habe nur meine Fähigkeit eingesetzt.«

»Deine Fähigkeit?«, fragte Michael. »Hast du überhaupt eine?«

Jack lachte dröhnend. »Keine Fähigkeit, die du mich je hast ausüben sehen. Zumindest kannst du dich nicht daran erinnern. Es war mir nicht *gestattet*, sie zu nutzen, seit einer unglücklichen Wahl, die ich vor langer Zeit getroffen habe. Aber ich trage dasselbe Gen einer zeitbezogenen Fähigkeit in mir wie ihr. Nur nicht das Zeitreise-Gen.«

»Welches Gen hast du denn?«, fragte ich und hasste den jämmerlichen Klang meiner Stimme. »Was kannst du tun?«

Er reagierte mit einem breiten Lächeln, und die Falten in seinem Gesicht waren tiefer, als ich sie in Erinnerung hatte.

»Ich kann Zeit stehlen.«

54. KAPITEL

Wie?«, fragte Michael. »Wie ›stiehlst‹ du Zeit?«

»Indem ich Erinnerungen stehle.«

»Das verstehe ich nicht.«

»Es war so einfach, mit Grace in Erinnerungen zu schwelgen. Während sie ihr in den Sinn kamen, habe ich sie ihr weggenommen, aber nur diejenigen, die sie am Leben gehalten haben. Als ihr nichts mehr blieb, wofür es sich zu leben lohnte, lag ganz zufällig eine Packung Schlafmittel bereit.« Er lachte. »Seitdem sorge ich dafür, dass sie außer Gefecht ist, was nicht sonderlich schwierig ist. Es wäre eine Verschwendung kostbarer Fähigkeiten, ihr Leben zu beenden.«

»Du hast Grace ihre schönen Erinnerungen geraubt. Hast du Avas Erinnerungen auch gestohlen?« Michael zeigte auf Landers. »Ihre Blackouts. Die gingen auf deine Kappe.«

»Ja.« Er wirkte zufrieden, als hätte sein Musterschüler eine besonders schwierige Aufgabe gelöst. »Ich habe die Erinnerungen von Grace gestohlen und die von Ava. Und deine, Emerson.«

Meine Übelkeit wandelte sich in nackte Angst.

»Meine? Was haben meine Erinnerungen mit alldem hier zu tun?«

»Sehr viel. Ich brauchte jemand anderen als Grace, der in die Vergangenheit reisen konnte. Die Suche nach Informationen führte mich zu den Akten. Die Akten haben mich zu dir geführt.«

Ich sah ungläubig zu ihm auf. Ich sagte nichts. Ich konnte nichts sagen.

»Als ich dich gefunden habe, warst du ganz anders als jetzt, mein Liebling. Du warst ein sabberndes Etwas und hast jeden Augenblick deiner grauenvollen Erfahrungen Nacht für Nacht in deinen Träumen wiedererlebt.« Seine Gesichtszüge nahmen einen gnädigen Ausdruck an, als wäre er bereit, ein Lob entgegenzunehmen. Oder Verehrung. »Ich nahm dir die Erinnerungen an das, was wirklich passiert ist, und habe sie als Pfand behalten.«

»Ich versteh nicht – wie meinst du das, was *wirklich* passiert ist?«

»Du warst nicht nur in dem Pendelbus, in dem deine Eltern und all die anderen Leute ums Leben kamen. Du hast den Unfall als Einzige überlebt.«

Der Boden unter mir geriet ins Wanken.

»Trauer und Schuld sowie deine zahlreichen schweren körperlichen Verletzungen – all das hat dich fast umgebracht.« Jack schüttelte den Kopf. »Du hast dich nie richtig davon erholt.«

»Nein, das stimmt nicht.« Ich wich zurück und stieß gegen Liams Schreibtisch.

»Du warst eine Weile in einer Klinik, und dann bist du zu deinem Bruder und dessen Frau gezogen. Sie fühlten sich schuldig, verstehst du? Es hat ihrem Leben einen ganz schönen Dämpfer verpasst.« In seinem Blick spiegelte sich geheucheltes Mitleid wider. »Was für eine Verschwendung für alle Beteiligten. Ich wusste, dass ich daran etwas ändern konnte, also tat ich es. Ich fand dich und nahm dir all die schrecklichen Erinnerungen. Du warst nicht klar genug bei Verstand, dass es irgendjemand gemerkt hätte, und ich wusste, dass sie eines Tages von Nutzen sein würden. Dann habe ich deine

Geschichte geändert. Durch dieses eine Tablettenröhrchen, Cat und ihre exotische Materie und einige andere Elemente konnte ich in die Vergangenheit zurückreisen. Ich habe dich im Hotelfoyer getroffen und dich davon abgehalten, in den Bus zu steigen. Dann bin ich den Berg hochgerast und habe dafür gesorgt, dass er genau an der richtigen Stelle von der Straße abkam. Er musste tief unter die Wasseroberfläche sinken, um jegliche Rettungsversuche zu verlangsamen. Sämtliche Insassen mussten umkommen.« Seine Worte klangen beiläufig, als wären ihm die vielen Menschenleben, die er auf dem Gewissen hatte, vollkommen gleichgültig. »Ich wusste, dass ich ein Risiko einging, aber indem ich dir das Trauma deiner körperlichen Verletzungen und die Erinnerung an den Unfall genommen habe – er war wirklich grauenvoll –, hoffte ich, dass du dich von der tiefen Depression erholen würdest, in der du dich befunden hast.«

Michaels Atem ging schneller. Aber ich konnte ihn nicht ansehen. Mein Blick hing an Jack.

»Dann habe ich deinen Weg in den nächsten paar Jahren festgelegt. Ich habe sogar an deinem Internat ein Stipendium für Jugendliche mit deinen speziellen Bedürfnissen ins Leben gerufen, als das Leben in Ivy Springs zu schwierig für dich wurde. Nachdem du dich zu meiner Zufriedenheit erholt hattest, ist das Stipendium verschwunden.« Er strahlte und klatschte wie ein Kind in die Hände. Ich konnte seinen Wahnsinn förmlich riechen. »Du bist zurückgekommen. Und dank Cat habe ich die ganze Arbeit erledigt und all diese Jahre an nur einem Tag geändert.«

»Nein, nein, nein.« Vor meinen Augen tanzten schwarze Punkte, und es kostete mich alle Mühe, nicht laut aufzuschluchzen. »Soll das heißen, dass meine Eltern *deinetwegen* tot sind?«

»Keineswegs. Ich würde eher sagen, dass du durch mich am Leben bist – wirklich am Leben. Du siehst das Ganze nicht logisch. Das Schicksal hat das Leben deiner Eltern gefordert, nicht ich. Du hast weitergelebt, weil ich es so wollte. Ich habe nur die Umstände ein bisschen modifiziert. Ich habe dich gerettet.« Er trat auf mich zu und streckte seine Hand nach mir aus. »Das verbindet uns miteinander.«

»Ich bin nicht an dich gebunden. Mein ganzes Leben ist deinetwegen eine einzige *Lüge*.«

»Aber Emerson, mein Liebling …«

»Hör auf, mich so zu nennen.« Ein Stöhnen drohte aus meiner Kehle aufzusteigen. Ich presste mir die Hand auf den Mund.

»Es fehlte nur ein klitzekleines bisschen, und ich hätte dich dazu gebracht, mir zu vertrauen. Dann hätte ich dir unsere Geschichte unter ganz anderen Umständen näherbringen können. Aber ich bin zu oft gereist, habe in zu kurzer Zeit zu große Mengen von dem Mittel genommen. Ich habe alles aufgebraucht, bevor ich bekommen habe, was ich wollte. Am Ende blieb ich auf der Brücke stecken.«

»Daran hat es gelegen?«, meldete sich Cat zornig zu Wort. »Deshalb bist du in diesem Loch stecken geblieben? Hast dafür gesorgt, dass das Leben für die kleine Göre ein Zuckerschlecken war, nur damit du sie überreden konntest zu tun, was du wolltest?«

»Ich glaube nicht, dass ihr Leben ein Zuckerschlecken war …«

»Aber es war ein unnötiges Risiko. Du brauchst sie nicht. Ich habe Informationen über eine andere Alternative«, sagte Cat. »Ich wollte dir gestern davon erzählen, bis Kaleb hereingestürmt kam und sagte, dass du verschwunden wärst. Ich habe gedacht, du wärst tot.«

Er starrte Cat wortlos an. Mir fiel auf, dass er nicht gerade stand, sondern ein wenig gebückt, als würde er eine Stütze brauchen. »Eine andere Alternative?«

Sie nickte, und sein zufriedener Gesichtsausdruck ließ mich bis ins Innerste erschauern.

»Das Frage- und Antwortspiel ist vorbei.« Cat hielt den Lauf ihrer Waffe auf Michael und mich gerichtet. »Du hast gesagt, dass du die CD zurückgebracht hättest. Wo ist sie?«

»Ich weiß nicht genau«, sagte ich ausweichend. »Seitdem ist so viel passiert …«

»Mach mir nichts vor.«

Cat zielte auf meinen Kopf und legte den Finger um den Abzugshahn.

Die Glastüren von Liams Bücherschrank zerbarsten in tausend Scherben, als Michael dazwischenging, um mich zu schützen. In Erwartung weiterer Schüsse schlang ich die Arme um seinen Körper und wünschte mir, mein Körper wäre groß genug, um ihn zu schützen.

Als die Waffe stumm blieb, öffnete ich die Augen und sah mir den Schaden an, den sie angerichtet hatte. Der Anblick von Michaels Hals, der von winzigen blutenden Schnittwunden übersät war, trieb mir die Tränen in die Augen.

»Der Ernst der Lage wird dir sicher bewusst sein«, sagte Cat, während die letzten Glassplitter zu Boden rieselten. »Ich will die CD mit der Formel für die exotische Materie, und ich will sie sofort. Also, wo ist sie?«

»Hab Geduld, Catherine«, sagte Jack beiläufig, als würden sie über die Einkaufsliste fürs Abendessen sprechen. Ein siegesbewusstes Lächeln trat wie schleichendes Gift auf seine Gesichtszüge. »Ich bin sicher, ich kann Emerson überzeugen, diese Information preiszugeben.«

»Wie willst du das machen?«, fragte Cat.

»Emerson zu heilen, hat das Leben für uns alle leichter gemacht. Sie weiß das. Und deshalb wird sie mit uns zusammenarbeiten, jetzt, da sich die Möglichkeit bietet.« Jacks Worte waren an Cat gerichtet, aber sein Blick ruhte auf mir. Seine folgende Drohung klang beinahe lüstern. »Wenn sie sich weigert, kann ich ihr den Schmerz jederzeit zurückgeben.«

Ich musste heftig schlucken, um meinen aufsteigenden Zorn zurückzudrängen. Er sprach von dem Pfand, das er noch in der Tasche hatte.

Michael nahm meine Hand.

»Nein.« Am liebsten wäre ich auf die Knie gefallen und hätte ihn angefleht. »Ich habe dich nicht um deine Hilfe gebeten. Du kannst mich nicht zwingen, dir zu helfen … wegen irgendeiner … kranken, verdrehten Vorstellung, dass ich dir etwas schuldig bin.«

Jack lächelte nachsichtig, als hätte ich nicht Nein gesagt, sondern wäre nur ein bisschen aus der Rolle gefallen. »Ich habe getan, was getan werden musste. Zum Teufel mit den Folgen.«

»Folgen«, zischte Michael. »All deine Zeitreisen – all die Dinge, die du verändert hast. Das hat sich doch ausgewirkt, nicht wahr? Das Raum-Zeit-Kontinuum …«

»Ist in Ordnung. Lass uns lieber von der Formel reden«, sagte Jack herablassend. Er trat ein Stück näher an mich heran. »Gibt es Erinnerungen, ohne die du nicht leben kannst, Emerson? An deine Eltern, als sie noch gesund und am Leben waren? Oder daran, wer du bist? Oder soll ich ein paar von den … unangenehmeren Erinnerungen zurückholen? Die Agonie, die Trauer? Hast du wirklich geglaubt, du wärst einfach nur weggetreten gewesen?«

Der Gedanke an größere Schmerzen, als ich sie ohnehin schon erlitten hatte, war kaum zu ertragen. Doch dann drückte Michael meine Hand und erinnerte mich daran, dass ich den Schmerz, falls er kommen sollte, nicht allein durchstehen musste.

»Es ist mir egal, was du sagst.« Ich holte tief Luft und sah Jack direkt in die Augen. »Ich werde dir die CD nicht geben. Ich kann dir nicht die Möglichkeit verschaffen, weiteren Menschen Schaden zuzufügen.«

Schnell wie der Blitz war Jack an meiner Seite.

Michael versuchte, sich zwischen uns zu drängen, woraufhin Cat ihm die Pistole unters Kinn schob. Er ließ meine Hand los, offensichtlich bereit zu kämpfen. Ich schrie auf.

»Tu's nicht, Michael.« Tränen liefen über meine Wangen. Ich sah ihn flehentlich an. »Ich brauche dich, wenn das hier vorbei ist.«

Wenn ich es überlebe.

Er hielt inne. Dann kam der Schmerz.

Mit aller Kraft klammerte ich mich in Gedanken an Michaels Gesicht, während meine Ohren von demselben Rauschen erfüllt wurden, das ich gehört hatte, als Kaleb versucht hatte, mir meinen Schmerz zu nehmen. Dieses Mal drang der Lärm bis ins Gehirn vor. Ich schrie auf. Von den grauenvollen Qualen meiner Erinnerungen geschüttelt, stürzte ich zu Boden.

Das zeitlupenartige Rutschen des Busses, bis er gegen den Baum prallte. Feuer, Hilferufe, der Geruch nach brennendem Fleisch und der metallische Geschmack von Blut in meinem Mund. Ich spürte, wie ich anfing zu schreien, und konnte nicht aufhören.

Die Visionen stürmten auf mich ein. Die kreischenden Rollen eines Essenswagens mit einer endlosen Reihe unberührter Mahlzeiten. Meine Arme, die aussahen wie Haut und Knochen. Mein Körper, kaum zu erkennen unter der Decke, wie der eines Kleinkindes.

Thomas' verzweifeltes Gesicht.

Das Rauschen verlangsamte sich, und ich rollte mich zusammen. Frierend schob ich die Hände in die Jackentaschen. Ich hörte Michael tröstend auf mich einreden, der Klang seiner Stimme war schmerzlicher, als wenn er mir direkt ins Ohr geschrien hätte. Bruchstückhafte Geschehnisse meines Lebens strömten mir entgegen. Ich hatte keine Hoffnung, mich vor ihnen zu schützen.

Zwei Särge. Ein schwarzer Leichenwagen. Eine endlose Reihe von Tabletten, steriler Krankenhausgeruch. Tagelanges Starren auf denselben Punkt an der Decke. Dru in Tränen aufgelöst. Elektroschockbehandlung. Tausend kleine Nadelstiche auf dem Rücken bei nachlassender Betäubung durch die Medikamente. Das Gerede eines Therapeuten über die Schuldgefühle Überlebender. Schreie und hilfloses Gejammer.

»Aufhören.« Michaels Stimme war lauter geworden. »Ich geb dir alles, was du willst. Bitte tu ihr das nicht an. Bitte.«

Die Schreckensbilder verschwanden. Bis auf das Dröhnen in meinem Kopf wurde es still im Raum.

Bevor die Erinnerungen sich verankern konnten, lächelte Jack mich gönnerhaft an. Ich kniff die Augen zu, um ihn auszuschließen. Wieder hörte es sich an, als würde Luft an meinen Ohren vorbeiströmen, diesmal wie in einem Vakuum. Ich spürte, wie die Erinnerungen wegglitten und nichts als ein Rauschen hinterließen. Ich lag zitternd da, meine Muskeln brannten, als wäre ich tagelang gerannt.

»Siehst du, meine Liebe«, hörte ich Jack mit sanfter Stimme sagen. »Ich kann geben. Oder ich kann nehmen. Du hast die Wahl.« Seine nächsten Worte waren ein Flüstern. »Vergiss *niemals*, was du mir schuldig bist.«

Meine Wange lag flach auf dem Holzfußboden, dazwischen waren nur meine Tränen. Mein Kopf schien zu schwer, um ihn zu heben, meine Augen zu müde, um sie aufzuhalten. Nachdem Jack in mein Innerstes vorgedrungen war, lag ich wie ein hilfloses Häufchen Elend auf dem Boden.

»Und jetzt sagst du uns, wo die CD ist«, befahl Cat.

Ich regte mich und fühlte, wie sich etwas gegen meine Rippen drückte.

Cat wollte die CD, und ich hatte sie.

»Nein.« Ein Fünkchen Hoffnung flammte auf und gab mir Kraft, mich aufzusetzen.

»Sag's ihnen, Emerson«, bettelte Michael. »Sag ihnen, wo sie ist, damit sie dir nicht noch einmal wehtun.«

»Wir bringen euch beide hier und jetzt um die Ecke«, sagte Cat, und die hässliche Bosheit ihrer Seele stand ihr im Gesicht geschrieben. »Wir finden sie auch ohne deine Hilfe. Sie kann ja nicht weit sein.«

Das Dröhnen in meinem Kopf machte es fast unmöglich nachzudenken. »Wenn ich euch sage, wo sie ist … Was hält euch davon ab, mich umzubringen?«

Cat zog die Brauen hoch und sah Jack an, der sich neben sie gestellt hatte.

»Warum sollte ich so ein nützliches Werkzeug wegwerfen, wenn es auch andere Möglichkeiten gibt?«, sagte Jack und tastete nach der Kette seiner Taschenuhr. Das Mondlicht, das durch das Fenster schien, ließ sein Haar silbern schimmern. »Sie hat ihre Lektion gelernt. Wenn wir sie das nächste Mal brauchen, wird sie bestimmt kooperieren.«

Cat schüttelte den Kopf. »Aber …«

»Genug.« Dieses eine Wort hatte die Wirkung von tausend Worten. Cat mochte die Kontrolle über die Pistole haben, aber Jack hatte die Kontrolle über ihre Beziehung. »Wir haben viel zu tun und können keine weiteren Komplikationen gebrauchen.«

Er wandte sich von ihr ab und legte die Hand auf die Sofalehne. Es sah aus, als müsste er sich darauf stützen.

»Emerson. Wo ist sie?«

Ich zögerte und biss mir auf die Lippe, obwohl ich mich längst entschieden hatte. Jacks selbstgefälliges Gehabe verschaffte mir eine Verschnaufpause.

»Na schön. Ich tu das nicht für euch.« Ich legte so viel Entschlossenheit in meine Stimme, wie ich konnte, und stand auf. »Ich tu das für mich.«

Er lächelte.

Nervös zog ich den Reißverschluss meiner Jacke rauf und runter. »Was habt ihr damit vor?«

Cat lachte höhnisch auf. Jack brachte sie mit einem Blick zum Schweigen.

»Ich habe Pläne.«

Ich ließ die Hand in die Innentasche der Jacke gleiten und zog die CD heraus. Ich hielt sie hoch und betete, es möge die richtige sein.

»Du hattest sie die ganze Zeit bei dir?«, fragte Jack und stützte sich noch schwerer auf die Sofalehne.

Ich nickte.

»Wie clever. Bring sie her, Emerson. Sei ein braves Mädchen.« Er hielt mir die Hand entgegen.

Mit rasendem Puls bewegte ich mich auf ihn zu, denn mir war klar, dass seine Pläne sich vielleicht nicht nur auf die CD bezogen. Ich umklammerte die Plastikhülle so fest, dass sich die Kanten ins Fleisch bohrten.

Jacks Augen waren graublau geworden. Kälter als zuvor starrten sie direkt in meine Seele.

Er nahm mir die CD aus der Hand.

»Wir sehen uns bald wieder.« Jetzt, da er mir so nah war, sah ich, dass sein Haar fast vollkommen weiß geworden war.

Er trat einen Schritt vor und sackte zusammen. Cat eilte an seine Seite, zog seinen Arm über ihre Schulter und half ihm zur Tür.

Ohne ein weiteres Wort verschwanden sie.

Sobald die Haustür ins Schloss gefallen war, kam Michael zu mir und schloss mich in die Arme.

»Ich dachte schon, er würde dich mitnehmen.« Er bedeckte mein Gesicht mit Küssen. »Davor hatte ich mehr Angst als vor Cats Revolver an meinem Hals. Ist alles in Ordnung mit dir?«

Ich konnte mich nicht erinnern, was Jack mir gezeigt hatte.

Den Kopf an Michaels Brust gepresst, nickte ich stumm und hielt mich an ihm fest.

»Michael, du musst ins Krankenhaus. Diese Schnitte …«

»Nicht so schlimm.« Er drückte mich an sich. »Es blutet schon nicht mehr. Aber wir müssen hier raus. Wir müssen Liam sagen, dass Jack die Brücke verlassen hat – dass er die CD mit der Formel hat.«

»Hat er nicht.«

»Was?«

Ich löste mich von seiner Brust und sah triumphierend zu ihm auf.

»Wenn ich's richtig gemacht hab, ist die Formel für die exotische Materie nicht in ihrem Besitz. Sie haben die Formel für das Medikament, das Kalebs Emotionen in erträglichem Rahmen hält.«

55. KAPITEL

Sobald Thomas mich erblickte, verdonnerte er mich zu Hausarrest. Ende offen.

Das entspricht nicht ganz der Wahrheit. Zuerst schloss er mich in die Arme. Aber der Stubenarrest folgte kurze Zeit später.

Das Sofa wurde zu meiner neuen Operationsbasis. Ich trug nach wie vor den Duroniumring von Grace und konnte den Brückenschleier noch zu deutlich sehen, um mich in meinem Zimmer wohlzufühlen. Dort zu schlafen ging gar nicht. Zur Sicherheit hatte ich ein Bücherregal vor die Tür geschoben und den anderen verboten, das Zimmer zu betreten. Thomas sagte kein Wort dazu.

Aber er fing an, nach einem anderen Haus Ausschau zu halten.

Die Albträume begannen in der sechsten Nacht meines Hausarrests.

Flammen. Lodernd und heiß züngelten sie um mich herum, während ich bewegungsunfähig dalag und zuschauen musste. Meine Eltern mit offenen Augen. Ohne zu blinzeln, kalt und tot.

In jener Nacht wachte ich schreiend auf. Thomas kam herbeigeeilt und hielt meine Hand, bis ich mich beruhigt hatte. Aber ich schlief nicht wieder ein.

Am nächsten Tag sah ich mir eine Reihe von Trickfilmen an, aus Sehnsucht nach märchenhaften Happy Ends. Die Disney-

Helden waren anfangs genauso wie ich – verwaist, am Boden, allein –, und am Ende triumphierten sie alle.

Unglücklicherweise schlief ich ein, kurz nachdem Arielle die Gabel findet und sich damit die Haare kämmt.

Diesmal bestand mein Traum nicht nur aus Bildern. Ich roch brennendes Fleisch, den süßlichen Duft unzähliger Blumen auf zwei Särgen, den scharfen Desinfektionsmittelgeruch im Krankenhaus. Ich spürte Elektroschocks durch mein Gehirn jagen, den Ruck, als der Pendelbus gegen den Baum prallte. Ich hörte das Ächzen des Blechs, als er abrutschte und den schneebedeckten Hang hinab in die Tiefe glitt.

Ich konnte mich nicht daran erinnern, dass all diese Dinge tatsächlich mir zugestoßen waren, aber ich spürte in meinem Inneren, dass es so gewesen sein musste.

Um bloß nicht wieder einzuschlafen trank ich mitten in der Nacht zwei große Tassen Kaffee.

Als Dru mich am nächsten Morgen dabei erwischte, wie ich mich krampfhaft wach hielt, indem ich ein Gedicht vor mich hin murmelte, sprach sie ein Machtwort, und ich hörte sie im Schlafzimmer mit Thomas streiten.

»Du kannst sie nicht isolieren, Thomas. Sie hat uns kurz erzählt, was passiert ist. Aber sie verbirgt etwas. Lass sie doch wenigstens mit Lily telefonieren. Selbst verurteilte Straftäter dürfen im Gefängnis …«

»Strafgefangene sitzen im Gefängnis, weil sie falsche Entscheidungen getroffen haben. Ich bin stolz darauf, dass sie Liam Ballard gerettet hat. Aber um welchen Preis? Schau dir an, was es aus ihr gemacht hat!« Er senkte die Stimme, aber mittlerweile war ich zur Schlafzimmertür geschlichen. »Ich kann es nicht ertragen, sie so zu sehen … als Schatten ihrer selbst. Wir haben sie gerade erst zurückbekommen.«

»Dann lass sie Kontakt zu jemandem aufnehmen«, flehte Dru ihn an. »Jemand, mit dem sie reden mag. Über das, was auch immer ihr zugestoßen ist.«

Er schwieg einen Moment. »Glaubst du wirklich, dass ihr das helfen würde?«

»Einen Versuch ist es wert.« Stille. »Ich habe Michaels Nummer gespeichert. Ich könnte ihn bitten herzukommen.«

Mit Lily zu sprechen, wäre toll gewesen – ich hatte ihr bislang nur mitteilen können, dass ich nicht zur Arbeit kommen würde –, aber ein Gespräch mit Michael wäre einfach himmlisch.

Thomas und Dru hatten mir nicht erlaubt, ihn zu sehen oder mit ihm zu sprechen, seit er seine Sachen aus der Wohnung geholt und Dru die Schlüssel ausgehändigt hatte. Selbst da gab es für mich nichts weiter als eine hastige Umarmung und einen Kuss auf die Stirn und die Information, dass alle Beteiligten wieder bei Hourglass waren, um über einen Neuanfang zu beraten.

Sogar Ava.

Mein Herz machte einen Sprung bei dem Gedanken, ihn wiederzusehen. Genau wie meine Füße. Als Thomas ins Wohnzimmer kam, kauerte ich in eine Decke gewickelt auf dem Sofa und sang das ABC-Lied vor mich hin.

Ich hätte alles getan, um mit Michael reden zu dürfen. Wenn ich ihm dafür eine Extraportion Wahnsinn auftischen musste, war ich dazu bereit.

»Babe?«, rief er nach Dru und sah erschrocken zu, während ich mit starrem Blick weitersang und mir eine Haarsträhne um den Finger wickelte. »Ruf ihn an!«

In der Sekunde, als ich Michaels Cabrio um die Ecke biegen sah, stürmte ich die Eingangstreppe hinunter. Bevor er den

Motor abschalten konnte, war ich auf seinen Schoß gesprungen und lag in seinen Armen.

Niemals hätte ich geahnt, wie sehr mich die Nähe eines anderen Menschen beruhigen konnte, einfach durch das gegenseitige Vertrauen. Als ich Michael in die Augen sah, fand ich meine Mitte wieder. Er umschloss mein Gesicht mit den Händen und brachte seine Lippen an meinen Mund. Sein Kuss fegte jeden Atemzug, jeden Gedanken hinweg, und meine blindwütige Angst verkohlte zu einem glimmenden Aschehäufchen.

Nach einer Weile ließ er die Lippen bis knapp unter mein Ohr gleiten, und ich spürte, wie er lächelte. »Ich hab dich vermisst.«

Ich hätte fast gelacht, als ich das wilde Rotieren der Parkuhrnadel sah. »Ich hab dich auch vermisst. Aber ich habe nur zwei Stunden Ausgang.«

»Dann lass uns jede Sekunde ausnutzen.« Er nahm mich fest in die Arme und wiegte mich sanft hin und her. »Ich habe auf dem Weg hierher sämtliche Verkehrsregeln gebrochen.«

»Ich frage mich die ganze Zeit, wie es jetzt weitergehen soll und wie alle das Ganze verkraftet haben. Habt ihr irgendwas von Cat oder Jack gehört?« Beim Aussprechen seines Namens spürte ich Schmerzen in der Brust.

»Nein. Dune hat sich in ihre E-Mails und Kontoauszüge gehackt. Jack hat in New York eine riesige Summe Bargeld abgebucht. Dann hat er zwei Flugtickets nach London mit Kreditkarte bezahlt. Aber danach verliert sich die Spur. Liam hat versucht, sie ins Visier zu nehmen, aber bislang sind sie nirgends aufgetaucht.«

Jack und Cat irgendwo unterwegs. Die Information erschütterte mein Unterbewusstsein, das sofort neue Albträume zusammenbraute.

»Was ist mit den Ballards?«

»Liam kommt nur aus seinem Büro, um Zeit mit Kaleb zu verbringen und am Bett von Grace zu sitzen.« Zwischen seinen Augenbrauen hatte sich eine steile Falte gebildet.

Ich strich über seine Stirn, um sie zu glätten. »Keine Veränderung?«

Er schüttelte den Kopf. »Wir haben gehofft, dass sich etwas verändern würde, wenn wir sie nach Hause holen und sie Liams Stimme hören kann. Ich weiß nicht, wie er es schafft. Ich mag mir nicht vorstellen, wie ich reagieren würde, wenn du es wärst. Als wären das nicht schon genug Sorgen, sieht es jetzt auch noch so aus, als würde Hourglass für Jack und Cats Aktionen zur Verantwortung gezogen.«

»Von wem?«

»Von den berüchtigten Machthabern.«

»Die hat Cat auch schon erwähnt.« Ich zog seine Arme fester um meinen Körper. »Aber warum? Liam trifft keinerlei Schuld. Er war nicht einmal *am Leben.*«

»Ich kenne nicht alle Details, aber die Dinge stehen ziemlich schlecht. Liam sieht aus, als hätte er seit der Nacht seiner Rettung nicht mehr geschlafen, und Kaleb führt sich auf wie ein Musterknabe.«

»Wie geht es Kaleb?« Es kam mir seltsam vor, das zu fragen, aber ich wollte es wissen. Musste es wissen.

»Er macht eine schwere Zeit durch. Versteht nicht, wieso er nicht fühlen konnte, was Cat und Jack vorhatten.«

»Und wie geht's Ava?«

»Sie kommt zurecht. Dune hat E-Mails und SMS gefunden, die Liams Verdacht bestätigen. Sie haben Ava benutzt, auf schreckliche Weise. Sie haben sie durch Lügen und Drohungen gezwungen, gegen ihren Willen zu handeln. Danach nahmen sie ihr die Erinnerung daran weg.« Michael presste wütend die Lippen zusammen. »Sie hatte keine Ahnung, dass sie es war, die das Labor in die Luft gejagt hat.«

Mir drehte sich der Magen um, und ich fragte mich unwillkürlich, wie Avas Träume wohl aussehen mochten.

»Was ist mit dir, Em?«, fragte er und strich mit dem Handrücken über meine Wange. »Du hast nicht zwei Stunden Ausgang bekommen, damit wir nur über alle anderen reden. Dru hat gesagt, du schläfst nicht. Warum?«

»Na ja.« Ich starrte auf das Armaturenbrett und rief mir ins Gedächtnis, dass ich mit ihm über meine Probleme reden *wollte.* »Wenn ich schlafe, träume ich.«

»Von Jack?«

»Von all den Sachen, die er mir gezeigt hat.« Mit denen er mich gequält hatte. »Ich hab das Gefühl, dass meine Wahrnehmungen ineinander verschwimmen, Michael. Oft weiß ich gar nicht mehr, was real ist.«

»Kannst du das genauer erklären?«

»Manchmal träume ich von Dingen, bei denen ich sicher bin, dass sie passiert sind, aber ich kann mich nicht genau erinnern. Sie sind so real – ich kann Sachen riechen. Fühlen. Sie müssen aus der Wirklichkeit stammen, von der er mir erzählt hat.« Als hätte er Spuren von ihnen zurückgelassen, die sich wie schleichendes Gift in meinem Inneren ausbreiteten.

»Kommen die Erinnerungen auch zurück, wenn du wach bist?«

»Nein.«

»Gut.« Michael nickte, aber die Besorgnis in seinen Augen verblasste nicht.

»Bis auf eine – aus einem ständig wiederkehrenden Albtraum. Es geht um Jack, und wie er immer wieder flüstert, dass ich ihm etwas schuldig bin.«

»Du schuldest ihm *gar nichts.*«

»Nein?« Ich wich ein Stück von ihm ab und setzte mich auf. »Jack ist zwar vollkommen wahnsinnig und fehlgeleitet, aber wenn er sich nicht in mein Leben eingemischt hätte, dann hätte ich kein Leben.«

»Das ist nicht …«

»Was ist, wenn er einen anderen Weg findet, unser Leben zu manipulieren? Er hat Liams Akten – was ist, wenn er einen Zeitreisenden findet, der keine Ahnung hat, wozu er im Stande ist? Jemand, den Cat und er manipulieren können?« Ich versuchte Ruhe zu bewahren, aber jetzt, da ich all die Dinge aussprach, die mich insgeheim verfolgten, konnte ich nicht aufhören. »Wir wissen nicht, welchen Schaden er dem Raum-Zeit-Kontinuum zugefügt hat. Wir wissen nicht, was er verändert hat oder wen er verändert hat. Wir sind wie Luftballons auf spitzen Nadeln. Es bleibt nicht ohne Folgen, dass ich ihm die falsche Formel gegeben habe. Er wird zurückkommen.«

»Du hast doch gesehen, in welcher körperlichen Verfassung er war. Vielleicht ist er längst tot. Er kann dir nicht mehr wehtun.«

»Du weißt, dass das nicht wahr ist. Er hat schon so viel Schaden angerichtet. Denk an Ava und Grace … Michael, was ist, wenn er mir diese schrecklichen Erinnerungen zurückgibt und sie mir nicht wieder nimmt? Und ich sie immer ertragen muss, ob ich wach bin oder träume?«

»Em …«

»Und du … wir. Ich weiß, du würdest bei mir bleiben, egal wie hoch der Preis wäre. Selbst wenn ich …«

Ich hielt inne, bevor ich das Wort ausgesprochen hatte.

Michaels mitfühlender Gesichtsausdruck verhärtete sich. »Warum sprichst du's nicht aus?«

»Du magst es nicht, wenn ich mich als verrückt bezeichne.« Ich schloss die Augen.

»Weil du nicht verrückt bist. Nach allem, was du über dich selbst erfahren hast, kann ich nicht fassen, dass du es beinahe schon wieder gesagt hättest.«

Ich lehnte mich an die Beifahrertür. »Aber du weißt nicht, wie es war, selbst nachdem Jack meine wahre Realität ein wenig zum Besseren gewendet hatte. Wie schlimm es war, wie krank ich war. Was ist, wenn ich am Ende Erinnerungen an beide Versionen habe?«

»Es würde nichts an meinen Gefühlen für dich ändern. Sieh mich an, verdammt.« Er packte meine Arme und zog mich näher. Ich riss die Augen auf. »Ich liebe dich – in Stücke zerbrochen, heil, wie auch immer. Egal was die Zukunft bringt. Egal was in der Vergangenheit war.«

»Ich habe Angst. Ich will keine Angst haben, aber ich hab welche.«

»Das ist okay.«

»Ist es das? Sollte ich nicht tapfer sein, furchtlos? Erwartet man das nicht von mir?« Ich fühlte mich ganz und gar nicht wie ein Superheld. Ich fühlte mich aus der Bahn geworfen und verängstigt.

»Zum Teufel mit dem, was andere von dir erwarten. Denk an all die Dinge, mit denen du fertigwerden musstest. Du hast Risse bekommen, aber du bist nicht zerbrochen. Und du hältst dich immer noch über Wasser. Wenn das nicht furchtlos ist, weiß ich's nicht. Du hast schon so viel gemeistert.«

»Das hängt alles davon ab, auf welche Realität du dich beziehst. Das Original oder die Version von Jack Landers?«, fragte ich ironisch. »Du hast die Wahl zwischen klarem Verstand oder grundlegenden körperlichen Funktionen.«

»Such's dir aus.« Michael drückte seine Stirn gegen meine

und senkte die Stimme. »Egal wie deine Realität aussieht, du bist das Mädchen, in das ich heute verliebt bin, und dasselbe Mädchen, in das ich morgen und an allen Tagen danach verliebt sein werde. Nicht nur weil du so bist, wie du jetzt bist, sondern auch weil du warst, wie du früher warst.«

Die Tränen, die ich so tapfer zurückgehalten hatte, liefen mir über die Wangen.

»Das ist alles ein Teil deiner Geschichte, Em. Und ich möchte auch ein Teil deiner Geschichte sein.«

Da spürte ich ihn, einen winzigen Funken der Hoffnung.

»Es ist in Ordnung, wenn du Angst hast, aber du musst dich nicht geschlagen geben. Du hast mehr als genug Kampfgeist in dir.«

»Bist du dir sicher?«

»Ja.« Er deutete auf mein Herz. »Er ist genau hier. Und hier«, fuhr er fort und berührte meine Schläfe. »Und du hast Unterstützung, wenn du welche brauchst.«

Er hatte Recht.

Ich hatte die Entschlossenheit, meine Ängste zu bezwingen.

Ich hatte Hourglass und alle, die damit verbunden waren – Kaleb, Liam, Nate, Dune. Menschen, die mein Leben und meine Fähigkeiten verstanden. Ich hatte Lily, die mir immer zur Seite gestanden hatte. Ich hatte Freunde.

Ich hatte Thomas und Dru, eine zukünftige Nichte oder einen Neffen. Ich hatte eine Familie.

Ich hatte Michael, der ein Teil meines Lebens sein wollte. Ich hatte Liebe.

Es spielte keine Rolle, was Landers mir in der Vergangenheit angetan hatte, und in diesem Augenblick kümmerte es mich nicht, was er in der Zukunft tun könnte. Es war einerlei, wer ich gewesen war oder was ich werden würde.

Ich hatte alles, was ich brauchte.

56. KAPITEL

Wir saßen eng umschlungen auf einer schmiedeeisernen Bank auf der Veranda und sahen zu, wie die Sonne hinter den roten Backsteingebäuden des Marktplatzes unterging. Die acht Schläge der Turmuhr hallten in der kühlen, stillen Herbstluft wider. Der Klang hatte etwas Tröstliches.

»Bevor ich es vergesse, ich wollte dir das hier geben.« Er lehnte sich zurück und zog etwas aus der Jeanstasche. »Halt die Hand auf, bitte. Und schließ die Augen.«

Ich gehorchte. Er zog mir den Ring von Grace vom Finger, nur um ihn durch einen anderen zu ersetzen. Der neue fühlte sich schwerer an und war ein wenig breiter.

»Aufmachen.«

Ich öffnete die Augen und sah einen schimmernden Duroniumring, in den ineinander verschlungene Unendlichkeitssymbole eingraviert waren.

»Er ist wunderschön, Michael. Ich liebe ihn.« Ich legte die Hände an seine Wangen, und die nostalgischen Gaslaternen flackerten über uns. Meine nächsten Worte flüsterte ich – kostete es aus, sie zum ersten Mal auszusprechen. »Und ich liebe dich.«

»Weißt du noch, wie wir damals hier saßen und ich dir all die Dinge erzählt hab, die ich von der zukünftigen Em wusste, um dich zu überzeugen, dass ich kein Betrüger war? Bluegrass-Musik, Nabel-Piercing …«

»Baseballstars?«

»Ja.« Er grinste.

»Hmm.«

»Was hab ich dir sonst noch erzählt?«

»Dass du einen Teddy namens Rupert hattest.«

Er verdrehte die Augen. »Von dir und unserer ersten Begegnung.«

Es beschämte mich ein wenig zu antworten, aber ich tat es trotzdem.

»Ich habe gesagt, dass ich dir bei unserem ersten Treffen den Atem rauben würde.« Ich umfasste immer noch sein Gesicht, und er legte die Hände an meine Wangen.

»Du hast es da getan. Und gerade eben schon wieder.«

Sein Kuss war zuerst zärtlich und sanft. Ich spürte die Leidenschaft unter der Oberfläche, aber ich drängte den Wunsch nach mehr zurück, um den Moment auszukosten. Jede einzelne Sekunde wollte ich genießen.

Wir hatten alle Zeit der Welt.

Durch das offene Fenster drang die Stimme meines Bruders. »Emerson!«

Nun ja, sobald mein Hausarrest vorbei war, würden wir alle Zeit der Welt haben.

»Bin gleich oben!«

Ich stahl einen letzten Kuss, bevor ich Michael nach draußen begleitete. Ich schaute ihm nach, bis ich sein Auto nicht mehr sehen konnte, und ging verträumt zur Eingangstreppe zurück.

Um ein Haar wäre ich mit einer Möchtegern-Scarlett-O'Hara mit ausladendem Reifrock und seidenem Sonnenschirm zusammengestoßen.

Wahrscheinlich hätte ich durch sie hindurchspazieren können.

Aber diesmal wich ich ihr aus.

DANKSAGUNG

Ich habe neulich noch Ethan (besser bekannt als »Der Ehemann«) erzählt, dass mein Kopf so voll von Geschichten sei, dass ich mich nicht mal an meine Bestellung beim Chinesen erinnern konnte. Wenn ich vergessen habe, dir zu danken, liegt es nicht an dir, sondern an mir. Wahrscheinlich.

Dank an:

Meine Agentin Holly Root. Die Worte *molten lava holy cats* haben alles verändert. Du hast mein Leben verändert. Ich bin dir für immer dankbar.

Meine Lektorin Regina Griffin. Niemals werde ich unser erstes Telefonat vergessen, bei dem mir klar wurde, dass du meine Figuren genauso liebst wie ich und dass wir einer Meinung bei meiner Geschichte waren. Ich hatte ein Riesenglück, dich zu finden. Herzlichen Dank.

Alle Egmont-USA-Mitarbeiter. Alison Weiss, Katie Halata, Nico Medina, Mary Albi, Elisabeth Law, Greg Ferguson, Rob Guzman und Doug Pocock. Ich bin überglücklich, euch als Verleger zu haben. Eure Leidenschaft für gute Geschichten und für eure Autoren heben euch von der Masse ab. Danke schön.

Meine Korrektorin Nora Reichard. Ich glaube, es wäre besser, hier eine Entschuldigung für meine ganzen Fehler zu schreiben, als dir nur für deine akribische Arbeit zu danken. (Danke vor allem für die »LOLs« in deinen Kommentaren. Die fand ich am besten.)

Am Originalcover von *Hourglass* werde ich mich wohl nie sattsehen können. Und das verdanke ich meiner Designerin Alison Chamberlain und natürlich dem Meister der Perfektion Greg Ferguson. (Am liebsten würde ich mit dem Cover rumschmusen, aber das wäre wohl ein bisschen seltsam.)

Es gibt Außendienstmitarbeiter, Co-Agenten und Redaktionsmitarbeiter, die ich wohl nie treffen werde. Danke für eure Arbeit und euren Glauben an dieses Buch.

Danke an alle bei Waxman Literary, besonders aber an Lindsey Kennedy. Sie war immer sehr lieb am Telefon, half mir, durch all die verrückten Formulare durchzusteigen.

Es gibt ganz normale Leser und solche, die mich anfeuern und meine Freunde sind. C. J. Redwine, Kimberly Pauley, M. G. Buehrlen und Bente Gallagher waren einige der ersten und besten Leser. Ein besonderer Dank gebührt C. J., die nicht wegrannte, als ich ihr eines Sonntags durch den Flur hinterherjagte, nur um sie zu fragen, ob sie wirklich Schriftstellerin sei. Und natürlich auch für die Ninja-Root-Empfehlung.

Des Weiteren danke ich Katie Bartow, Sophie Riggsby, Saundra Mitchell und Jen Lamoureux. Eure E-Mails und eure Freundschaft halten mich auf Trab – ein BinBons-Klon und ein Küsschen für euch.

Rachel Hawkins und Victoria Schwab. Was würde ich nur ohne euch tun? Mir fehlen die Worte.

Beth Revis. Du bist echt der Hammer. Und das nicht nur für mich.

Jessica Katina, LeeAnne Blair und Amelia Moore. Ihr kennt mich und trotzdem mögt ihr mich noch. Was kann mir Besseres passieren? (Das Lächeln auf meinem Autorenfoto ist mein Dank an diese drei.)

Wenn ich all die Gründe für meine Danksagungen an die

folgenden Leute aufzählen würde, würden wir noch beim Erscheinen des zweiten Bands hier sitzen. Einen Riesendank schulde ich Sally Peterson, Sam Pullara, Leigh Menninger, Kate Hart, Shannon Messenger, Lori Joffs, Coryell Opdahl, Tammy Jones, Jen Corum, Jen Root, Jen Phillips, Jody Boyer, Chad und Meghan Stout, Tracy Carter, Laine und Brian Bennett, Karen Gudgen, Jessica Sendewicz und Dian Belbeck.

Es gibt ein paar Lehrer, die sogar dann an mich geglaubt haben, als ich es selbst nicht tat. Dr. Sandra Ballard. Ich hoffe, Sie mögen Ihre Namensvettern. Mrs. Peggy Crabtree. Sie haben es gleich zweimal mit mir ausgehalten, und das mit einem Lächeln im Gesicht. Oder war das eine Grimasse? Coach Aubrey. O Captain! Mein Captain! Mrs. GeeGee Hillman. Sie haben etwas in einem achtjährigen Mädchen gesehen, das sie selbst nicht sehen konnte. Ihre kleine Schildkröte hat es am Ende doch noch ins Ziel geschafft.

Keith und Deborrah McEntire. Dieses Buch wäre ohne eure hervorragende Enkel-Betreuung nie zu Stande gekommen. Danke, dass ihr mir euren Sohn gegeben und meine Jungs so lieb habt. Auch an Elton und Mandy McEntire ein Dankeschön. Ihr seid das beste Onkel-und-Tante-Paar aller Zeiten.

Wayne und Martha Simmons. Vielen Dank dafür, dass ihr mir fürs Üben des Einmaleins immer ein Trixie-Belden-Buch als Belohnung mitgebracht habt (auch wenn ich beim Kopfrechnen bis heute ein hoffnungsloser Fall geblieben bin). Ich bin euch dankbar, weil ihr jeden Freitag mit mir in den Buchladen gegangen seid und meiner Phantasie keine Grenzen gesetzt habt, und vor allem danke ich euch für eure Liebe.

Andrew und Charlie. Ich liebe euch aus tiefster Seele. Alle Buchverträge dieser Welt wären nichts wert, wenn ich sie nicht mit meinen beiden Jungs feiern könnte.

Und schließlich Ethan. Was für eine Reise! Du ahnst nicht, wie froh ich bin, sie mit dir gemacht zu haben. Ich liebe dich, Mackydoodle. (Halt die Klappe. Du weißt doch, dass ich das sagen musste.)